# 中华哲理诗词 300 首译解

游 运 编著

线装书局

图书在版编目（CIP）数据

中华哲理诗词300首译解/游运编著. -- 北京：线装书局, 2025.3. -- ISBN 978-7-5120-6372-3

Ⅰ.I22

中国国家版本馆CIP数据核字第20257P324Z号

# 中华哲理诗词 300 首译解
ZHONGHUA ZHELI SHICI 300 SHOU YIJIE

| 编　　著 | 游　运 |
|---|---|
| 责任编辑 | 姚　欣 |
| 出版发行 | 线装书局 |
| 　地　　址 | 北京市东城区建国门内大街18号恒基中心办公楼二座12层 |
| 　电　　话 | 010-65186553（发行部）010-65186552（总编室） |
| 　网　　址 | www.zgxzsj.com |
| 经　　销 | 新华书店 |
| 印　　制 | 北京兴星伟业印刷有限公司 |
| 开　　本 | 710mm×1000mm　1/16 |
| 印　　张 | 33.5 |
| 字　　数 | 514千字 |
| 版　　次 | 2025年3月第1版第1次印刷 |
| 印　　数 | 0001—2000册 |
| 定　　价 | 68.00元 |

线装书局官方微信

# 情理互趣，诗中之诗

——序《中华哲理诗词300首译解》

游光中

什么是哲理？哲理诗的定义如何？按照一般人的理解："哲理"者，在古人当指玄妙高深的道理，在今人则指关于宇宙、自然、人生的原理。至于"哲理诗"，旧《辞海》上解释说：希腊芝诺芬尼作诗论自然，其诗为古希腊哲学之源，被称为"哲理诗"。又说："今人对于诗中包含的哲理，不纯为情绪之抒写者，亦统称为哲理诗。"换言之，诗人在自己的作品中表达了对于宇宙、人生、社会的理性思考，这样的诗便称为哲理诗。

诗歌如何表现哲理，有没有表现哲理呢？关于这个问题，西方从古希腊开始，诗人和哲学家曾有过许多争论：有的肯定，有的否定，各执一端，莫衷一是。柏拉图站在哲学家的立场，从模仿论出发，认为诗歌模仿的都是表面现象，因此不能反映客观真理，是没有哲理内容的。亚里士多德不同意这个说法，反驳说，诗歌所模仿的虽是表面现象，但现象与本质是相一致的。诗人所模仿的现象本身就"带有普遍性"，也就是说，是"富于哲学意味"的。

文艺复兴后，许多著名诗人和艺术家如意大利的米开朗基罗，英国的锡德尼、雪莱等，为恢复中世纪遭到贬责的诗歌和艺术的地位，曾大力为之辩护，力图证明诗歌和艺术的哲理性。到了近代，诗歌的哲理性在西方哲学家那里得到承认，并成了一种时代的趋势。

中国古代诗歌历来有表现哲理意义的传统，尽管并非都是有意识的、自觉的。从理论上讲，中国古诗论有言志说、缘情说两大主张。言志说认为诗歌主要表现人的"志意"，缘情说认为诗歌主要表现人的"情性"。大体秦汉以前的诗歌偏重言志，魏晋以后的诗歌偏重言情，唐宋以后则情志兼重。但不管以言志为主也好，以缘情为主也好，都离不开"情""理"二字。言志的作品，自然离不开"理"，不论是表现世界观、人生观或社会道德观，一般都贯穿着"理"在。而以"缘情"为主的作品，也绝非与"理"对立。人的情感，受着立场、观点的支配和制约，渗透了理性，表现在诗歌创作中，也会有某种意理蕴含其中。

到了魏晋时期，出现了一种以玄想清谈为基调的"玄言诗"，提倡在诗中讲谈哲学道理，但因其过分追求哲理，受到历代论诗者的批评。南朝梁代文学批评家钟嵘在《诗品序》中批评说："永嘉时，贵黄、老，稍尚虚谈，于时篇什，理过其辞，淡乎寡味。"尔后，又有宋人提倡以理入诗，以议论入诗，也一直为人所诟病。南宋时期的严羽就明确反对"以文字为诗，以才学为诗，以议论为诗"（《沧浪诗话·诗辨》）。他认为写诗不能讲道理，一旦落入讲理的套子中，专事议论，写出的诗就不是好诗。只有那些"羚羊挂角，无迹可寻"的诗，才是好诗。

可是反对玄言诗，反对以议论入诗，不等于反对在诗歌中表现哲理。南朝梁刘勰《文心雕龙·比兴篇》云："附理者切类以指事，起情者依微以拟议。起情故兴体以立，附理故比例以生。"意思说：兴法长于起情，比法长于附理。清沈德潜在《说诗晬语》中也说："事难显陈，理难言罄，每托物连类以形之。"可见，古人非但不反对诗歌表现哲理，反而采用比喻和象征手法来表现，即通过某一特定的事物形象，来表现与之相近或相似的观念、思想和感情，其中包含了对于宇宙、对于自然规律、对于社会人生及思想道德情操的哲理思考。如果某一事物的具体形象，能在某一角度、某一方面与人生哲理存在某些相似点，能启发读者的联想，让人从中领略到某种人生经验，那么这形象就具有哲理性。哲理性的多寡，取决于相似点的多寡。如果形象与哲理的相似点多，在不同角度、不同方面都有联系，那么这一形象便富于哲理性。读者在感受这些形象时，就能按自己的生活体验去想象、去联想、去领略其中的人生道理。

其实，严羽也并不是一概地否定诗之入理。所以他在《沧浪诗话·诗辨》中同时指出："夫诗有别材，非关书也；诗有别趣，非关理也。然非多读书，多穷理，则不能极其至。"强调要"多读书""多穷理"，他所说的"诗有别趣，非关理也"，仅是针对当时宋代诗坛"以议论为诗"而言。我们知道，"理"之为义，有广有窄，严羽所欲摒斥于诗外的，只是宇宙自然之理，而非社会人生之理，他只是反对在诗中表达抽象的哲学思想而已。因为这一类诗，多以理语议论，失去了诗歌的形象性和艺术特点，味同嚼蜡，所以历来为论诗者所反对。

诗是通过具体形象来反映现实，表达感情的。诗不同于哲学，所以不能以抽象的形式来讲哲学道理。这个观点，近人王国维在《海宁王静安先生遗书》中亦有论述："特如文学中之诗歌一门，尤与哲学有同一之性质。其所欲解释者，皆宇宙人生上根本之问题，不过其解释之方法，一直观的，一思考的，一顿悟的，一合理的耳。"王国维先生在这段话里既讲了诗与哲学相近的一面，又讲了诗与哲学不同的一面。所以，诗与哲学是有明显区别的：诗讲的是形象化，而哲学讲的是抽象化。专讲哲学道理的诗忽视了这一区别，把抽象的议论引入诗中，破坏了诗歌的形象性和感染力，自然要遭到反对了。

清潘德舆也不同意严羽简单地反对"以议论为诗"或以理入诗的观点，认为诗歌创作只有达到"理语不必入诗中，诗境不可出理外"（《养一斋诗话》）的境界，方为好诗。这两句话，恰好说明了诗与理的一般关系。

东晋以后，佛教般若学流行，受其影响，诗歌与佛教发生了密切联系，出现了一些以议论玄理为主的诗，其中颇有代表性的是王羲之的《兰亭诗》。隋唐以后，不少诗僧在诗中宣扬佛理，影响很大，其中一些诗从不同的角度，不同的层次反映了某些哲理。这方面的诗人中，尤以唐初的王梵志声名最著。他的诗，语言质朴，形象浅切，多以宣扬佛教因果业报、劝人为善为主，但也有一些诗描写人间冷暖，讽刺世态炎凉，于凡人小事中，指事直说，揭示出了社会人生中蕴含的哲理。例如《黄金未是宝》一诗："黄金未是宝，学问胜珠珍。丈夫无伎艺，虚活一世人。"《家贫从力贷》一诗："家贫从力贷，不得懒乖佣。但知勤作福，衣食自然丰。"都以通俗的语言，凝练的笔触，表达了诗人对金钱与学问、勤与福的辩证思想，言近旨远，别具一种淡而有味的哲理境界。

又如，元代某比丘尼写的《寻春》诗："尽日寻春不见春，芒鞋踏破岭头云。归来偶捻梅花嗅，春在枝头已十分。"这首诗以"寻春"喻访道，宣扬禅学南宗顿悟的思想：起初，不得入道之法，四处寻找佛法真谛，结果踏破铁鞋无觅处。实际上，佛性就在自心，何劳向外求索，一旦领悟到这一点，方觉"春在枝头已十分"。这首诗所蕴含的哲理，可以从三方面理解：其一，春天来临，但春暖大地是一个渐变过程，一时难以察觉，喻思想落后于形势；或一种倾向出现时，人们缺乏应有的感知，不能及时发现。其二，物性各有不同，梅花遇春气上升，满树着花，显示出一片烂漫的春光。其三，对新生事物的认知有一个渐进过程，一旦认识了它、理解了它，便有一种曲径通幽，继而豁然开朗的感觉。

此外，南宋朱熹的"等闲识得东风面，万紫千红总是春"，杨万里的"不须苦问春多少，暖暮晴帘总是春"，以及北宋苏轼的《琴诗》，都是这类以禅理、佛理写成的诗。苏轼的《琴诗》："若言弦上有琴声，放在匣中何不鸣？若言声在指头上，何不于君指上听？"引用佛教经典《楞严经》"譬如琴瑟琵琶，虽有妙音，若无妙指，终不能发"的佛理禅意入诗，表达了诗人的某种情怀与理趣。但深入剖析，它却蕴含了一个抽象的哲理：即天下事物的完成，有赖于主客体的紧密配合。作为主体的手指没有琴弦演奏不出音乐，作为客体的琴弦离开了手指也发不出琴音。只有手指与琴弦结合并按照乐谱弹拨，才能演奏出优美动人的旋律来。

所以，无论是佛学入诗还是理学入诗，只有体现出诗歌的艺术特点，注意形象性，达到"目击道存"、富于理趣的艺术效果，才是读者喜爱的诗歌。

许多优秀诗人善于把自己描写的对象放到广阔的生活潮流中去。这些描写虽然是个别的、具体的，但却不是孤立的，而是表现了普遍的人生体验，揭示着生活的规律和意蕴，从而其哲理性不期然就产生了。一些伟大的诗歌、千古名句，多具备这样的哲理性。如《诗经·小雅·鹤鸣》中的名句"他山之石，可以攻玉"，唐诗人王之涣《登鹳雀楼》中的名句"欲穷千里目，更上一层楼"等，不仅意象雄阔浑厚，而且深寓哲理。又如汉代古诗："甘瓜抱苦蒂，美枣生荆棘。"原诗所寓的哲理是：利与害相互对应，祸与福相互依存。到了清代，翟灏的《通俗篇》从另一角度理解为："甘瓜苦蒂，天下物无全美也。"都能使读者从不同的角度进行联想，从欣赏的再创造中发现新的哲理意蕴。

综上所述，中国古代诗歌中的哲理，往往是"理"中有情、"情"中有理，"理"与"情"血脉相连，相辅相成、相映成趣。社会在发展，历史在前进，读者的欣赏和再创造能力也在进步。可以断言，人们在欣赏古代哲理诗时，通过自己的再创造，将会不断发现某些新的哲理含义，或赋予原诗以前所没有的某些哲理含义。我们相信，人们对诗歌哲理的理解和欣赏，将随着社会生活的发展而发展，进步而进步，常变常新。

愿《中华哲理诗词300首译解》助读者畅游华夏诗海！

2024年3月31日

于四川大学竹林村

# 目录

情理互趣，诗中之诗　　　　1

## 先秦

**老子**
　　大成若缺　　　　　　　1
**孔子**
　　猗操　　　　　　　　　3
**屈原**
　　离骚（节录）　　　　　5
**佚名**
　　黄帝语　　　　　　　　7
　　鹤鸣　　　　　　　　　8
　　沧浪歌　　　　　　　　10

## 汉代

**卓文君**
　　白头吟　　　　　　　　12

**刘彻**
　　秋风辞　　　　　　　　14
**东方朔**
　　水至清则无鱼　　　　　16
**刘向**
　　绵绵之葛　　　　　　　18
**佚名**
　　食其食者　　　　　　　20
　　古谚　　　　　　　　　21
　　甘瓜抱苦蒂　　　　　　22
　　长歌行　　　　　　　　23
　　上邪　　　　　　　　　25

## 三国

**曹操**
　　龟虽寿　　　　　　　　27
**刘桢**
　　赠从弟　　　　　　　　29

应璩
　　杂　诗　　　　　　　　31
曹植
　　七步诗　　　　　　　　33
阮籍
　　咏怀·壮士何慷慨　　　35

## 晋代

傅玄
　　众星诗　　　　　　　　37
　　明月篇　　　　　　　　38
左思
　　咏　史　　　　　　　　40
郭璞
　　游仙诗　　　　　　　　42
陶渊明
　　饮酒·结庐在人境　　　44

## 南北朝

谢灵运
　　石壁精舍还湖中作　　　46
鲍照
　　拟行路难　　　　　　　48
萧衍
　　逸　民　　　　　　　　50
吴均
　　赠王桂阳　　　　　　　52

王籍
　　入若耶溪　　　　　　　54

## 隋代

杨广
　　春江花月夜　　　　　　56

## 唐代

虞世南
　　蝉　　　　　　　　　　58
　　咏　萤　　　　　　　　59
孔绍安
　　侍宴咏石榴　　　　　　61
李世民
　　赐萧瑀　　　　　　　　63
王梵志
　　城外土馒头　　　　　　65
王玄览
　　题　竹　　　　　　　　67
惠能
　　菩提偈　　　　　　　　69
李峤
　　风　　　　　　　　　　71
　　中秋月　　　　　　　　72
王勃
　　送杜少府之任蜀州　　　74
　　落花落　　　　　　　　75

刘希夷
　　代悲白头翁（节录）　78
陈子昂
　　登幽州台歌　　　　　80
张若虚
　　春江花月夜（节录）　82
张九龄
　　望月怀远　　　　　　84
　　感　遇　　　　　　　85
王翰
　　凉州词　　　　　　　87
王之涣
　　登鹳雀楼　　　　　　89
　　凉州词　　　　　　　90
孟浩然
　　江上寄山阴崔少府国辅　92
寒山子
　　众星罗列　　　　　　94
张敬忠
　　边　词　　　　　　　96
王湾
　　次北固山下　　　　　98
王昌龄
　　出塞二首　　　　　　100
　　芙蓉楼送辛渐　　　　102
王维
　　九月九日忆山东兄弟　104
　　终南别业　　　　　　105
李白
　　早发白帝城　　　　　107

行路难　　　　　　　108
将进酒　　　　　　　110
宣州谢朓楼饯别校书叔云　112
日出入行　　　　　　114
把酒问月·故人贾淳令
余问之　　　　　　　116
崔颢
　　黄鹤楼　　　　　　　118
张谓
　　早　梅　　　　　　　120
杜甫
　　望　岳　　　　　　　122
　　前出塞　　　　　　　123
　　春夜喜雨　　　　　　125
　　江　亭　　　　　　　126
　　江　汉　　　　　　　128
　　天　河　　　　　　　129
岑参
　　山房春事　　　　　　131
　　白雪歌送武判官归京
　　（节录）　　　　　　132
张继
　　枫桥夜泊　　　　　　134
苏涣
　　变　律　　　　　　　136
刘长卿
　　别严士元　　　　　　138
包佶
　　再过金陵　　　　　　140

李冶
　　八　至　　　　　　　　　142
韦应物
　　听嘉陵江水声寄深上人　144
李约
　　祈　雨　　　　　　　　　146
孟郊
　　游子吟　　　　　　　　　148
　　登科后　　　　　　　　　149
　　寓　言　　　　　　　　　150
杨巨源
　　城东早春　　　　　　　　152
王建
　　新嫁娘词　　　　　　　　154
　　古　谣　　　　　　　　　155
　　宫　词　　　　　　　　　156
令狐楚
　　游春词　　　　　　　　　158
张籍
　　节妇吟·寄东平李司空
　　师道　　　　　　　　　　160
韩愈
　　楸树　　　　　　　　　　162
　　早春呈水部张十八员外　　163
　　晚春　　　　　　　　　　164
白居易
　　大林寺桃花　　　　　　　166
　　赋得古原草送别　　　　　167
　　琵琶行（节录）　　　　　169
　　放言　　　　　　　　　　170

刘禹锡
　　竹枝词　　　　　　　　　172
　　乌衣巷　　　　　　　　　173
　　再游玄都观　　　　　　　174
　　酬乐天扬州初逢席上见赠　176
崔护
　　题都城南庄　　　　　　　178
李绅
　　悯农二首（其二）　　　　180
　　答章孝标　　　　　　　　181
柳宗元
　　江　雪　　　　　　　　　183
　　渔　翁　　　　　　　　　184
元稹
　　菊　花　　　　　　　　　186
　　离思五首（其四）　　　　187
贾岛
　　题李凝幽居　　　　　　　189
李贺
　　雁门太守行　　　　　　　191
杜秋娘
　　金缕衣　　　　　　　　　193
许浑
　　咸阳城东楼　　　　　　　195
杜牧
　　盆　池　　　　　　　　　197
　　赤　壁　　　　　　　　　198
　　赠别二首（其二）　　　　199
李忱
　　瀑布联句　　　　　　　　201

黄檗禅师
    上堂开示颂　　　　203
温庭筠
    商山早行　　　　　205
李商隐
    登乐游原　　　　　207
    无题·相见时难别亦难　208
    无题·昨夜星辰昨夜风　209
    锦　瑟　　　　　　211
曹松
    己亥岁　　　　　　213
罗隐
    蜂　　　　　　　　215
李山甫
    风　　　　　　　　217
    落　花　　　　　　218
章碣
    东都望幸　　　　　220
    焚书坑　　　　　　221
皮日休
    汴河怀古二首　　　223
杜荀鹤
    小　松　　　　　　225
    泾　溪　　　　　　226
吴融
    杨　花　　　　　　228
王驾
    雨　晴　　　　　　230
高蟾
    下第后上永崇高侍郎　232
    金陵晚望　　　　　233
秦韬玉
    贫　女　　　　　　235
唐备
    道傍木　　　　　　237
    失题二首　　　　　238

## 五代

契此
    插秧诗　　　　　　240
李煜
    虞美人·春花秋月何时了　242

## 宋代

魏野
    盆池萍　　　　　　244
苏麟
    断　句　　　　　　246
柳永
    凤栖梧·伫倚危楼
    风细细
    少年游·长安古道
    马迟迟　　　　　　250
范仲淹
    渔家傲·秋思　　　252
张先
    千秋岁·数声鶗鴂　254

## 晏殊
- 浣溪沙·一曲新词酒一杯　256
- 清平乐·春来秋去　257
- 浣溪沙·一向年光有限身　259

## 包拯
- 书端州郡斋壁　261

## 梅尧臣
- 鲁山山行　263
- 古意　264

## 欧阳修
- 画眉鸟　266
- 戏答元珍　267
- 浪淘沙·把酒祝东风　269
- 玉楼春·樽前拟把归期说　270
- 蝶恋花·庭院深深深几许　272

## 苏舜钦
- 淮中晚泊犊头　274
- 秋晓闻鹤唳一声　275

## 赵抃
- 赏春亭　277
- 题御爱山　278

## 邵雍
- 心安吟　280
- 安乐窝中吟　281

## 曾巩
- 咏柳　283
- 城南　284

## 王安石
- 元日　286
- 登飞来峰　287

鱼　儿　289
孤　桐　290
即　事　291

## 王令
- 春　晚　293
- 暑旱苦热　294

## 魏夫人
- 定风波·不是无心惜
- 落　花　296

## 程颢
- 秋日偶成　298

## 苏轼
- 题西林壁　300
- 惠崇春江晚景　301
- 琴　诗　302
- 和董传留别　303
- 和子由渑池怀旧　305
- 蝶恋花·春景　306
- 水调歌头·明月几时有　308

## 晏几道
- 与郑介夫　310
- 临江仙·梦后楼台高锁　311
- 鹧鸪天·醉拍春衫惜旧香　313

## 道潜
- 口占绝句　315

## 黄庭坚
- 杂　诗　317
- 水调歌头·游览　318

## 秦观
- 三月晦日偶题　321

鹊桥仙·纤云弄巧　　　322
贺铸
　　　踏莎行·杨柳回塘　　　324
翁卷
　　　观落花　　　326
　　　山　雨　　　327
张耒
　　　减字木兰花·个人风味　　　329
周邦彦
　　　鹤冲天·溧水长寿乡作　　　331
唐庚
　　　风树吟　　　333
晁冲之
　　　春日二首　　　335
朱敦儒
　　　鹧鸪天·西都作　　　337
　　　西江月·世事短如春梦　　　338
李纲
　　　病　牛　　　340
李清照
　　　乌　江　　　342
　　　鹧鸪天·桂花　　　343
陈与义
　　　襄邑道中　　　345
　　　临江仙·夜登小阁忆洛中
　　　旧游　　　346
岳飞
　　　满江红·怒发冲冠　　　348
林升
　　　题临安邸　　　350

陆游
　　　文　章　　　352
　　　游山西村　　　354
　　　卜算子·咏梅　　　355
范成大
　　　晚步西园　　　357
　　　风　止　　　358
杨万里
　　　道旁小憩观物化　　　360
　　　小　池　　　361
　　　桂源铺　　　362
　　　过沙头　　　363
　　　晓行望云山　　　364
朱熹
　　　春　日　　　366
　　　观书有感二首　　　367
朱淑真
　　　黄　花　　　370
　　　自　责　　　371
　　　秋　夜　　　373
　　　生查子·元夕　　　374
辛弃疾
　　　菩萨蛮·书江西造口壁　　　376
　　　青玉案·元夕　　　377
　　　破阵子·为陈同甫赋壮
　　　词以寄之　　　379
　　　木兰花慢·可怜今夕月　　　381
刘过
　　　多景楼醉歌　　　383
　　　唐多令·芦叶满汀洲　　　385

卢钺
    雪　梅　　　　　　　　387
游九功
    松　　　　　　　　　　389
叶绍翁
    游园不值　　　　　　　391
    秋日游龙井　　　　　　392
林稹
    冷泉亭　　　　　　　　394
夏元鼎
    绝句·崆峒访道至湘湖　396

## 元 代

元好问
    山居杂诗　　　　　　　398
    论　诗　　　　　　　　399
    同儿辈赋未开海棠　　　400
    岐阳　　　　　　　　　401
许衡
    风雨图　　　　　　　　404
释文珦
    过苕溪　　　　　　　　406
文天祥
    过零丁洋　　　　　　　408
郑思肖
    送友人归　　　　　　　410
蒋捷
    虞美人·听雨　　　　　412

刘立雪
    月　岩　　　　　　　　414
刘因
    下　山　　　　　　　　416
    山　家　　　　　　　　417
张养浩
    登泰山　　　　　　　　419
    山坡羊·潼关怀古　　　420
吴师道
    莲藕花叶图　　　　　　422
王冕
    墨　梅　　　　　　　　424
    白　梅　　　　　　　　425

## 明 代

钱宰
    拟古·长江东流去　　　427
刘基
    五月十九日大雨　　　　429
戴良
    插秧妇　　　　　　　　431
朱元璋
    雪　竹　　　　　　　　433
杨基
    花　开　　　　　　　　435
    浣溪沙·上巳　　　　　436
高启
    瓜　圃　　　　　　　　438

方孝孺
  鹦 鹉      440
丘云霄
  残 花      442
于谦
  石灰吟      444
  咏煤炭      445
钱福
  明日歌      447
唐寅
  画 鸡      449
王阳明
  蔽月山房     451
  泛 海      452
杨慎
  三岔驿      454
  临江仙·滚滚长江东逝水 455
文徵明
  感 怀      457
丰坊
  桃萼歌      459

## 清 代

顾炎武
  又酬傅处士次韵   461
王夫之
  清平乐·咏雨   463
张英
  家 书      465

纳兰性德
  木兰花·拟古决绝词柬友 467
刘师恕
  护 花      469
郑燮
  竹 石      471
  题画竹      472
曹雪芹
  螃蟹咏      474
  唐多令·柳絮   475
  临江仙·柳絮   477
袁枚
  雨 过      479
  纸鸢       480
  山行杂咏     481
赵翼
  论 诗      483
黄景仁
  杂 感      485
张维屏
  新 雷      487
林则徐
  赴戍登程口占示家人 489
龚自珍
  己亥杂诗·浩荡离愁
  白日斜      491
  己亥杂诗·九州生气
  恃风雷      492
永嘉诗丐
  绝命诗      494

**顾太清**
  南乡子·咏瑞香  496
**黄遵宪**
  己亥杂诗  498
**谭嗣同**
  狱中题壁  500
**秋瑾**
  梅  502
  鹧鸪天·祖国沉沦感不禁  503

❀ 近现代 ❀

**王国维**
  浣溪沙·山寺微茫
  背夕曛  505

  蝶恋花·阅尽天涯
  离别苦  507
**鲁迅**
  答客诮  509
  自嘲  510
  莲蓬人  512
**游运**
  月食  514

**后　记**  516

# 老子

老子（约前571—前471年），又称老聃（dān），也称李耳。西周陈国（今河南鹿邑）人。中国古代哲学家、思想家、道家学派创始人。存世有《道德经》，又称《老子》。

## 大成若缺[①]

大成若缺，其用不弊[②]；
大盈若冲[③]，其用不穷。
大直若屈，大巧若拙，大辩若讷。
静胜躁，寒胜热，清静为天下正[④]。

【译文】

最完满的东西好似有缺陷一样，但它的作用不会衰竭；
最充盈的东西好似空虚一样，但它的用处不会穷尽。
最刚直的人表面上反似委曲随和，最灵巧的人看上去显得笨拙，
最卓越的辩才给人一种不善言辞的印象。
清静优于躁动，寒冷克制暑热，清静无为而治天下。

【注释】

①出自《道德经》。以首句为标题。
②弊：遮盖，影响。

③盈：满，充盈。　冲：虚，空虚。
④正：通"政"。

## 【哲理解读】

老子运用辩证思维认识事物、认识人，告诉人们**"大成若缺，其用不弊"**。完美的东西总会有缺陷，事物有缺陷并不影响其使用，反而能在物尽其用中，成就它的完美。若一个东西已然极致完美，就意味着会向相反的方面转变，背其所用了。

同样地**"大盈若冲，其用不穷"**，也表达了即使看起来充盈的事物也有其空虚之处，充盈与空虚是相辅相成的，如房屋、天空正因为它们是空虚的，所以它们才有无穷无尽的用处。诗文中"大直""大巧""大辩"的人格形态，"若屈""若拙""若讷"的外在表现，是说一个完美的人格并不在外形上表露，而应当涵藏内敛。在自然界中，最直的东西往往看起来是弯曲的，如河水的流动，虽然它的目标是流向大海，但它的路径是曲折的。在人格方面，真正的技巧和聪明往往看起来很笨拙，如晏子使楚、苏武牧羊，他们是那样的自然和不做作。

充盈的如果能以细小视之，富裕如果能以不足居之，人的修养到了一定高度，再加上如屈、如拙、如讷，当然会其智无穷，其用不尽。其深远的哲学思想，无论治理国家，还是为人处世，都深刻地影响了后世。直到今天，成与缺、盈与冲、直与屈、巧与拙的辩证关系，对立统一思想，仍然与现代哲学的辩证法相媲美。

此外，**"静胜躁，寒胜热，清静为天下正"**，老子强调了清静无为的思想，强调了对立面的相互依存和转化。老子认为，人们应该保持内心的清静和冷静，以便更好地应对外界的变化和挑战。

# 孔子

孔子（前551—前479年），本名孔丘，字仲尼，春秋时期鲁国陬邑（今山东曲阜）人，中国古代思想家、教育家，儒家学派创始人。修订六经。其弟子把孔子言行记录下来，编成《论语》，后被奉为儒家经典。

## 槃 操[①]

竭泽而渔[②]，蛟龙不游；
覆巢毁卵[③]，凤不翔留。
惨予心悲[④]，还原息陬[⑤]。

【译文】

把湖水弄干了去捕捉鱼虾，蛟龙也就不会再游来湖中；
将鸟巢翻倒过来毁了鸟蛋，凤凰也就不会再飞来停留。
我的心给惨痛悲愤伤透了，便回到故土陬邑隐居安息。

【注释】

①槃（pán）操：一作盘操。古代的盘子舞曲。
②竭泽：把湖水放干。 渔：捕鱼。
③覆：翻倒。
④予（yú）：我。
⑤原：古同"源"。 陬（zōu）：指孔子家乡鲁昌平乡陬邑。

【哲理解读】

　　湖水弄干了就不会再有鱼了，鸟巢端了就再没有卵了。没有湖水哪里会有蛟龙，没有鸟巢哪里会有凤凰。对于过度搜刮民财，让我心里感到惨悲，我只有回到陬邑隐居，自求安静了。

　　孔子在这首诗中抒发了对当时社会现实的不满，并以回到故里隐居表示抗争。这是要告诉当政者，治理国家不要只顾眼前利益，要有长远眼光；一个过度搜刮民财的国家，必然会适得其反，走向衰弱。同时，也暗示了对于贤士的伤害，不能将贤者全都赶尽，一个不珍惜贤士的国家，就不会有仁人志士愿意为之效力。

　　就哲理而言，"竭泽而渔，蛟龙不游；覆巢毁卵，凤不翔留"，作者以类比方式形象地阐明了过犹不及的道理。说明做事必须留有余地，不能走到极端，否则物极必反，将会导致严重后果。此外，还启示人们要尊重生态环境，保护生态平衡。不仅仅是人类，所有的生物都应该拥有生存空间。其终极道理是资源和环境的可持续发展，以确保现在和未来都能够获得最大利益。

# 屈原

屈原（约前340—前278年），芈姓，屈氏，名平，字原，出生于楚国丹阳秭归（今湖北宜昌），战国时期楚国政治家、诗人。主要作品有《离骚》《天问》等。

## 离骚①（节录）

驷玉虬以椉鹥兮②，溘埃风余上征③。
朝发轫于苍梧兮④，夕余至乎县圃⑤。
欲少留此灵琐兮⑥，日忽忽其将暮。
吾令羲和弭节兮⑦，望崦嵫而勿迫⑧。
路漫漫其修远兮，吾将上下而求索。

【译文】

我驾起白玉龙再乘上凤凰车，要借着那风势离开尘世远翔。
早晨从舜之葬地苍梧出发，傍晚就到达昆仑山悬圃之上。
我本想在灵琐门前稍事逗留，可夕阳快速西下已经暮色苍茫。
我叫驾车的羲和节鞭慢走，看到崦嵫不要让它急于靠近太阳。
前面的道路啊！又远又漫长，我将上下奔走追求我的理想。

【注释】

①《离骚》是中国最早的长篇抒情诗。全诗373句。

②驷（sì）：一辆车四匹马叫作驷，驾驶。　玉虬（qiú）：没有角的白龙。　桀：同"乘"。　鹥（yī）：凤凰一类的鸟。
③溘（kè）：忽然、快速。　埃风：风云。　上征：上升。
④发轫（rèn）：出发。　苍梧：舜的葬地。
⑤县圃（xuán pǔ）：即悬圃，在昆仑山上，为神仙所居。
⑥灵琐：神人所居的宫门。
⑦羲和：神话中给太阳驾车的人。　弭（mǐ）节：按节徐步。
⑧崦嵫（yān zī）：神话中太阳出入之山。

**【哲理解读】**

驾白龙乘凤凰，我借着那风势，早晨从苍梧启程，晚上到达悬圃。一天的奔波多么疲劳啊。本想在宫门之外稍作休息，但是不能啊。天已快黑了，我请羲和不要再加鞭了，太阳的住地崦嵫已在眼前，不要快速靠近它，我要趁天未全黑探路前行。

这段诗展现了诗人对于人生价值的深刻理解。通过描绘他乘坐玉虬、凤凰之车，从苍梧出发、抵达县圃的神话场景，表达了对于超越现实、追求理想的渴望。屈原痛感自己的治国之道不能为楚王所接受，只好悲愤地去寻求理想中的人生道路。他运用浪漫主义手法，抒发了自己的心志情怀。他在想象中驾龙乘凤，上天远征，羲和为他取辔，望舒（月神）做他先导，身如飘风来到天宫门前，可是把守大门的司阍却不肯开门，诗人只能在混浊阴暗中怏怏而去。诗中体现了诗人努力进取、时间有限的时间观和追求目标、不违天道的道德观。

"路漫漫其修远兮，吾将上下而求索。"诗人在追求真理的过程中，不管道路多么遥远，过程多么漫长，上天入地也要寻找心中的理想之地。表达了对道路探索和真理追求不遗余力的决心和信心，蕴含了认识具有无限性的哲学道理。

# 佚名

佚名，作品有典籍出处，作者姓名无法考证者。

## 黄帝语①

日中不彗②，是谓失时。操刀不割，失利之期。
执柯不伐③，贼人将来。涓涓不塞，将为江河。
荧荧不救④，炎炎奈何。两叶不去，将用斧柯。
为虺弗摧⑤，行将为蛇。

【译文】

太阳正午时不晾晒谷物，就失去了天赐的时机。
手里拿着刀而不去收割，就失去了有利的时期。
握着斧子而不敢对付盗贼，盗贼得势将来还会乘机而至。
涓涓细流如果不及时堵塞，就将泛滥成波涛滚滚的江河。
星星小火如果不及时扑灭，燃烧成熊熊大火就无可奈何。
小苗刚萌发两叶时不锄去，长成树枝就得用斧头来砍除。
当毒蛇还是小虺时不消灭，将来长成大蛇那就很难对付。

【注释】

①出自《太公兵法》。这里摘录的是其中托名黄帝的话。
②彗（huì）：通"篲（wèi）"，曝晒。

③柯：斧柄，此代指斧头。
④荧荧：微光闪烁貌，借指微火。炎炎：借指大火。
⑤虺（huǐ）：指小蛇。 弗（fú）：不。

【哲理解读】

太阳当空就应该抓住时机晒东西。持刀而不收割，握斧而不对付盗贼，小火不救，杂木不除，幼蛇不摧，都将错过良机，酿成大祸。如果任由细流泛滥，就将洪水成灾。

诗中用一系列比喻和象征，阐释在生活和管理中，时机和预防、预见和决断的重要性。给我们几点启示：一是做事要善于抓住有利时机。"**日中不彗，是谓失时**。"如果失去了有利时机，也就等于失去了成功的机会。二是要注意防微杜渐。"**涓涓不塞，将为江河**。"在事态尚处于微小状态时，就应该及时采取措施，加以消除；反之，如果忽视小的纰漏，任其发展下去，积累到一定程度，就将酿成大的祸患。三是潜在问题要有预见性。"**两叶不去，将用斧柯**。"对于潜在的问题和威胁，应该及时采取措施，防范于未然，而不是等到问题发生或者严重后再去补救。

诗中蕴含着事物都是从量变到质变的哲学思想，以及预见性、及时性和决断力的重要，强调了做事应注意时机，预防胜于补救。在事态由小而大的变化过程中，应该把握最佳处理时节。

# 鹤　鸣①

鹤鸣于九皋②，声闻于野。
鱼潜在渊，或在于渚③。
乐彼之园，爰有树檀④，其下维萚⑤。
他山之石，可以为错⑥。

鹤鸣于九皋,声闻于天。
鱼在于渚,或在于渊。
乐彼之园,爰有树檀,其下维榖⑦。
他山之石,可以攻玉。

【译文】

白鹤长鸣于池沼畔,声音响亮,四野传遍。
鱼儿潜游在深水潭,有时浮游到浅水滩。
园林幽雅令人向往,园里檀树高耸,还有椭枣在下面。
他方山上有好石,可以做成磨玉砖。

白鹤长鸣于池沼畔,声音嘹亮,响彻云天。
鱼儿浮游在浅水滩,有时潜游到深水潭。
园林幽雅令人向往,园里檀树高耸,还有楮树在下面。
他方山上有好石,可以用来磨玉砧。

【注释】

① 《鹤鸣》是《诗经·小雅》中的名篇。
② 九皋(gāo):曲折的沼泽。
③ 渚(zhǔ):水中的小块陆地。
④ 爰(yuán):那里;何处。此为语气助词。
⑤ 萚(tuò):木名,即樱(yǐng)枣,又名软枣。一种低矮的植物。
⑥ 错:磨石,古代用来磨制玉石,制作玉器。
⑦ 榖(gǔ):楮(chǔ)树,又叫构木。

【哲理解读】

诗者听到鹤鸣声震动四野,声入云霄;看到游鱼潜入深渊,又跃上滩头；看到园林里檀树高耸，其下还有低矮的植物。由眼前一座山峰联想到，山上的石头可以做磨砺玉器的工具。

全篇以赞颂园林池沼的美丽，通过鹤鸣等物象，暗示了无论个体处于何种境地，其天性或特质都能超越环境限制。同样，鱼在渊中或渚上，也能在其处境中找到生存方式。即是说贤能之士都有其独特之处，可以超越或适应其所处的环境，而被外界所认知或欣赏。檀香树与树下的萚共存，形成了一个共生的和谐现象。这象征着自然界中的多样性和平衡性，也暗喻社会阶层中不同个体与群体的和谐共存。说明统治者治理政务，建设国家，应该尊重贤者个性，招用隐居山野的贤士加以重用。

最后二句"他山之石，可以攻玉"：在诗中比喻别国的贤才可以为本国效力，说明治理国家可以适时引进他国贤者。这意味着，应该善于从外部寻找资源和智慧，用以提升自己或帮助解决问题；也这意味着，要以开放的心态，听取他人的意见和建议。

## 沧浪歌[①]

沧浪之水清兮，可以濯我缨；
沧浪之水浊兮，可以濯我足。

【译文】

沧浪之水清澈时，可以用来洗我冠缨；
沧浪之水浑浊时，可以用来洗我脚趾。

【注释】

①沧浪：汉江一支流，流经沔（miǎn）阳名沧浪河。屈原流放时游经沧浪水。

**【哲理解读】**

这是《楚辞·渔父》中渔夫劝勉屈原的话，意思是河水清的时候可以用来洗帽缨，河水浊的时候可以用来洗脚。

屈原认为"安能以皓皓之白，而蒙世俗之尘埃乎？"《沧浪歌》则告诉他：君子处世，遇明主则仕而救济苍生，遇昏君则隐而独善其身。你没有必要以死来表示自己的清白高洁，你应该豁然地面对这种世态。

"沧浪之水"可以理解为生活环境的变化无常。"濯我缨"和"濯我足"分别代表两种不同的应对方式。如果世道清明，就应当把握时机，积极进取，像洗净帽缨一样全力以赴；如果世道浑浊，则可以随遇而安，像洗脚一样轻松自在。它告诉人们在不同的环境和条件下，需要采取不同的应对策略。濯缨濯足，皆看**"沧浪之水清兮"**或**"沧浪之水浊兮"**。

《沧浪歌》蕴含的哲理：可以是处世之道，意在启迪世人如何面对现实，如何适应环境，而不是与现实和环境对抗。可以是交友之道，表示对于真朋友就像清水一样，可以让自己的头脑清醒，值得珍惜；对一般假朋友就像浊水一样，只能用来洗脚，无须尊重。

# 卓文君

卓文君（生卒年不详），女，西汉临邛（今四川邛崃）人，司马相如（前179—前118年）之妻。中国古代四大才女之一。代表作《白头吟》。

## 白头吟

皑如山上雪，皎若云间月。闻君有两意，故来相决绝。
今日斗酒会，明旦沟水头。躞蹀御沟上①，沟水东西流。
凄凄复凄凄，嫁娶不须啼。愿得一人心，白头不相离。
竹竿何袅袅②，鱼尾何簁簁③。男儿重意气，何用钱刀为④。

【译文】

爱情应该像山上的雪一样纯净，像云朵中的月亮一样皎洁。
听说你近来打算迎娶新人，所以我来与你做个诀别了结。
今天准备了酒菜与你畅饮，明日便分别在沟水的东西两端。
缓缓地移动脚步沿沟走去，过去时光宛如沟水由西向东不回还。
经过惨惨凄凄，我毅然离家随君出走，就不会像一般女子哭啼。
满以为嫁了一个情意专心的人，就可以相爱到老永远不分离。
情投意合就该像钓竿那样轻柔细长，像鱼儿那样活泼生趣！
男儿应当以情义为重，失去了真爱，钱财也就失去了意义。

【注释】

①躞蹀（xiè dié）：小步行走貌。 御沟：流经御苑或环绕宫墙的沟。
②竹竿：指钓竿，司马相如曾作《钓竿诗》。钓鱼是古代求偶隐语。袅袅：纤长柔美的样子。
③簁簁（shāi）：鱼尾摇动貌。
④钱刀：古时马刀形的钱币。

【哲理解读】

　　司马相如穷困时在临邛富豪卓王孙家做客，偶然见到青春美貌女子卓文君，于是弹奏《凤求凰》表达爱慕之情。文君为之所动，与相如私奔成都。相如是个贫穷文人，生计无着，只好再回临邛开小酒店为生。卓王孙不忍爱女当垆卖酒，最终分一部分财产给她。相如后来到京城向皇帝献赋，为汉武帝赏识入朝为官。相如在京城想娶茂陵女为妾，文君写了这首诗表示情断意绝。

　　卓文君十七岁便新婚守寡，嫁给相如后，相如在仕途上有了起色，又久居京城，产生了纳妾之意。这首诗寄寓了文君对于爱情的崇高态度。虽然她对旧情不无留念和幻想，但更多的却是深沉的人生反思。该诗像一把匕首闪亮在文君和相如之间。女子少有的决绝之美，毫无顾忌地从诗者体内迸发出来。诗者自谓其人格纯洁如雪，而丈夫却有二心，于是暗引相如《钓竿诗》讽刺其意志不坚定，表达了她对爱情的执着和看法。她指出金钱面前无爱情，"男儿重义气，何用钱刀为"。坚定地宣誓自己的爱情观："愿得一人心，白头不相离。"强调了承诺对于情感纽带的重要性。

　　全诗语气决绝而又不舍，怨恨而又抱有期望，思想情感复杂而又沉郁。这或许是中国古代女子最早向男性说"不"的爱情宣言书。体现了古代女性对理想家庭的向往，以及对内在精神和道德的重视，更体现了妇女自身的人格尊严。代表了两千多年前女性关于婚姻问题的基本看法和根本观点。表达了珍惜眼前人，珍惜纯粹的爱情，让真挚见证未来的哲思。

# 刘彻

刘彻（前156—前87年），即汉武帝，西汉政治家、战略家。存有诗歌六篇。《秋风辞》是其有名的一篇楚辞体诗歌。

## 秋风辞①

秋风起兮白云飞，草木黄落兮雁南归。
兰有秀兮菊有芳②，怀佳人兮不能忘。
泛楼船兮济汾河，横中流兮扬素波③。
箫鼓鸣兮发棹歌④，欢乐极兮哀情多。
少壮几时兮奈老何！

【译文】

秋风强劲吹动，白云冉冉飘飞，草木衰败凋零，大雁向南归去。
兰草吐蕊开花，秋菊散发芬芳，心里怀念着佳人不能忘记。
乘坐楼台大船渡过汾河，船在中流横过，扬起白色浪波。
吹起箫，击起鼓，唱起划船的歌，欢乐达到极致哀情反而增多。
少年韶华苦短，青春能有几何，如今老之将至，又将如之奈何！

【注释】

①秋风辞：据《汉书·武帝纪》，这首辞是刘彻于元鼎四年（公元前113年）秋天巡幸河东时，在舟中和群臣宴饮时所作。

②秀：开花叫秀，这里是指花的颜色。下文"芳"是指花的香气。"兰有秀""菊有芳"互文见义。

③横：横渡。 素：白色的，清澈的。

④棹歌：摇桨时所唱的歌。

**【哲理解读】**

秋风徐徐，白云朵朵，万物凋零，大雁南飞。兰花正好开放，菊花阵阵芬芳，多么希望有佳人共度美好时光。楼船在行进中荡起白浪，箫鼓与船歌和在一起。欢乐至极反而觉得悲伤，叹息我将老矣，韶华不再。

这是悲秋的名作。秋日幽兰含芳，菊花斗艳，然草木凋零，归雁声声，勾起一代雄主对一生追求的"佳人"不尽思念。诗人以景起兴，暗示了人生短暂和自然永恒。面对船中歌舞盛宴的热闹场面，乐极生悲，倍感人生易老、岁月流逝。诗中"乐"与"悲"的关系，说明事物总是有矛盾的，秋景美好却有草木凋零，盛宴欢乐却人将老矣。"**欢乐极兮哀情多，少壮几时兮奈老何。**"作者咏叹乐到极致必生哀，惊心老之将至，说明"乐""哀"矛盾必将转化。然而诗人则以积极的心态，将自己的政治理想与自然规律相结合，不仅告诫自己也告诫世人："**怀佳人兮不能忘。**"珍惜时间，抓住机会，为了心中的理想，干出更多更伟大的事业来。

此诗蕴含了对自然与人类、欢乐与悲伤、理想与奋斗的思考。它告诉人们，要珍惜眼前的欢乐时光，也要正视生命中的悲伤和衰老；要珍惜每一个时刻，让生命绽放出灿烂的光彩。

# 东方朔

东方朔（前154—前93年），字曼倩。平原郡厌次县（今山东德州）人。西汉大臣、文学家。代表作有《答客难》赋等。

## 水至清则无鱼①

水至清则无鱼，人至察则无徒。
冕而前旒②，所以蔽明；
黈纩充耳③，所以塞聪。

【译文】

水太清澈了，就没有鱼能在其中生活。
人过于精明，察微求全，就不会有真心的伙伴。
帝王的冠冕，垂挂着一串串的玉珠，
是提醒自己不可看得太过明白；
用棉球挡耳，也是警惕自己，不可听得太过清楚。

【注释】

①节录自《汉书·东方朔传》所载《答客难》。以首句为标题。至：最，过分。
②旒（liú）：古代帝王礼帽前后的玉串。
③黈纩（tǒu kuàng）：指帝王礼帽两侧用黄绵所制的小球。

【哲理解读】

水如果太纯净了，就没有鱼能生存下去；人如果过于明察秋毫，就没有人跟你做同伴了。有时蔽目塞听，才是帝王之道。

世界上没有什么纯之又纯的东西。没有绝对的好，也没有绝对的坏。金无足赤，人无完人。"**水至清则无鱼，人至察则无徒。**"过于纯洁的环境，可能会破坏生态平衡，让生物无法生存。

在人类社会和人际关系中，每个人都有优点和长处，也都有缺点和不足，因此待人处世不能过于苛求。如果过于苛刻和挑剔，容不得一丝瑕疵和缺点，就很难找到真正的朋友和伙伴。因为过度挑剔、追求完美，会导致与众人的疏远。特别是作为领导者，应该抓大放小，在一些无关紧要的小事上，"蔽明""塞聪"，不妨睁一只眼闭一只眼，不能什么事都听得那么细致。有些无关痛痒的话，可以充耳不闻，似懂非懂，方能给人以宽松的工作环境。对于普通的人际关系，则看主流，宽容细节，而不求全责备。朋友之间则不能过分计较，要求太高。应以宽容之心治国、齐家、处世、待人。

这就是本诗关于洞察他人的深刻哲理，表达了一种中庸的思想，以及适度、宽容和理解的重要性。告诉人们，任何事情都要有度，过分追求极致可能会导致事物的反面效果，需要适当地调和与平衡。

# 刘向

刘向（前77—前6年），原名更生，字子政。沛郡丰邑（今江苏徐州）人。西汉文学家，著作有《说苑》等多部。

## 绵绵之葛①

绵绵之葛，在于旷野。
良工得之，以为绤纻②。
良工不得，枯死于野。

【译文】

连绵的葛藤，生长在荒芜的旷野里。
会纺织的人得到它，就可以做成好布。
如果没有得到，它只能枯死于荒野。

【注释】

①出自《说苑》。以首句为标题。葛（gé）：多年生草本植物。
②绤纻（chī zhù）：麻织物；细葛布。

【哲理解读】

绵绵葛藤在无人迹的荒野自生自灭，有好的工匠得到它，将其织成好的麻布。反之，则白白枯死于荒野。

　　本诗阐明了机遇和选择的关系。就机遇而言，葛藤遇到好的工匠，就能织成麻布，成为有用之物。反之，再好的"**绵绵之葛**"，"**良工不得**"，不但不能实现它的价值，而且只能"**枯死于野**"。一个人要有所作为，必须要有人赏识，有所用场，否则，纵有经天纬地之才，也不能发挥作用。就选择而言，"良工"形象反映了选择的能力和选择的重要性。面对旷野之葛，如果视而不见，则会错失缔绤的机会。对于有用人才，如果没有慧眼，就会错失良士。这个道理说明：客观条件对于事业成功有时起着决定性的作用，无论机遇方或者选择方都是一样。成功的选择利用了"葛"，创造了美好的"缔绤"；幸运的机遇则因为有人识才，让"葛"实现了价值。它启示人们要有用武之地，就要努力把握每一个可能改变命运的机会。

　　从更广泛的意义而言，此诗揭示了人类与自然之间的互动关系。提醒人们重视自然界中资源和生命的价值，以及合理利用和保护这些资源的重要性。同时，强调了人们对自然资源的责任和义务。

# 佚名

佚名，作品有典籍出处，作者姓名无法考证者。

## 食其食者[①]

食其食者，不毁其器；
荫其树者[②]，不折其枝。

【译文】

受人恩惠吃别人食物的人，不要无端毁坏别人的餐具；
在大树底下遮阴乘凉的人，不要随意折取树上的丫枝。

【注释】

①出自《淮南子·说林训》。以首句为标题。
②荫（yìn）：指林木遮住日光。

【哲理解读】

本诗通过食器和树的比喻，提醒人们在享受他人或自然的恩赐时，要有珍惜之意、尊重之心和感恩之德，避免破坏和浪费。

"食其食者，不毁其器。"这是一种感恩意识的倡导。受人之惠，应该有感恩之德。不能有意无意地损害别人的东西，而应该以感恩之心，对待施惠之人。这是做人最基本的道德规范和行为准则。心中常怀感恩，才会珍惜别人的恩情，若忘却恩情，无异于吃完饭后砸掉饭碗。

"荫其树者，不折其枝。"这是一种爱护资源和环境的倡导。当我们从树下获得荫庇时，不应该折断树枝，不损害其生长和存在的根本。也就是应该珍惜和保护我们所依赖的环境与资源，珍惜与自然环境和其他生物的共存与和谐，因为那是我们生存的基础。

再广泛一点来说，此诗不仅体现了人类社会中相互依存的共生关系，在享受自然资源时，也要避免过度开发和破坏。这不仅有助于维护和谐的人际关系，也有助于保护我们的生态环境。

# 古　谚[1]

将飞者翼伏，将奋者足局[2]。
将噬者爪缩，将文者且朴[2]。

【译文】

鸟将要飞翔双翼必先伏下，人将要奔跑双脚必先弯曲。
兽将要捕食脚爪必先收缩，欲求文采者必须先求朴实。

【注释】

①出自《古诗源·古谚》。
②奋：奔跑。　局（jú）：腰背弯曲。
③文：华美。　朴：质朴。

**【哲理解读】**

  鸟将要飞翔，先要收拢翅膀；人将要奔跑，先要把足弯曲；兽要捕食，先要把爪子收起来；想要有灿烂的文采，就要先质朴无华地奋斗。

  事物的发生发展都要经过停顿或曲折过程。欲飞先伏，欲奋先局。"静"是为"动"做准备，"收"是为"放"做预备。唯物辩证法认为，事物从一种状态向另一种状态转化，必须先具备一定的条件，如果条件不具备，就不能实现转变，就不能达到既定目标。诗中"噬"与"缩"，"文"与"朴"，既有转化关系又有相辅相成关系。

  "将文者且朴"，文章之华美，必以朴实衬托之。如果要想成为一个有文采的人，就必须投身社会，深入生活，修炼自己，从"朴"做起。质朴是为了更美地绽放。任何事物华丽的表象都离不开质朴而实在的基础，世间万物皆以最本真的姿态呈现，才是最纯粹的美。

  在生活中，不应该只看到目标，而应该看到实现目标所需要的准备和曲折。为了更好地实现目标，不仅需要充分的准备，看到可能的挫折，有时候还需要适当地退缩。

## 甘瓜抱苦蒂[①]

甘瓜抱苦蒂[②]，美枣生荆棘。
利旁有倚刀，贪人还自贼[③]。

**【译文】**

甜美的瓜上长有苦涩的蒂，美味的大枣长在有刺的树枝。
利益旁边靠着一把锋芒的刀，贪图名利那是自己戕害自己。

【注释】

①出自《古诗源》。以首句为标题。
②抱：连接，长有。与下句的"生"，互文见义。
③自贼：自害。

【哲理解读】

正如甜瓜连接苦蒂、枣树长有尖刺一样，"利"字旁边立了一把刀。这是告诫人们不能一味地贪财图利，否则会自己害了自己。

"**甘瓜抱苦蒂，美枣生荆棘。**"说明事物都是甘苦依存、美刺结合的矛盾统一体。世界上没有十全十美的东西。不能因为事物存在优点就把它看得完美无缺，也不能因为事物存在缺点就把它看得一无是处。芳香的玫瑰花总是与刺相生相伴。物是这样，人也是这样。在追求美好生活的同时，要敢于面对困难和挫折。对人、对事，都应该坚持一分为二的科学态度，克服片面性，坚持全面性。甘瓜与苦蒂，美枣与荆棘，世间一切事物都存在对立面，既辩证又统一。利益也是这样，"**利旁有倚刀**"，过分贪利，终究会害了自己。正如老子所言："祸兮福之所倚，福兮祸之所伏。"

此诗说明了好与坏、利与害的依存关系。提醒人们不要被事物表面现象所迷惑，不要被眼前的利益所引诱，不要贪得无厌，要看到可能的危害，要有长远的打算，要懂得适可而止。

# 长歌行①

青青园中葵，朝露待日晞②。阳春布德泽，万物生光辉。
常恐秋节至，焜黄华叶衰③。百川东到海，何时复西归？
少壮不努力，老大徒伤悲④。

【译文】

园中葵菜枝繁叶茂郁郁葱葱，早上露水晒着阳光蒸蒸升腾。
温暖的春天把希望洒满大地，世上万物交相辉映一派繁荣。
经常担心那肃杀的秋天来到，树叶黄落衰败花卉枯萎凋零。
百川千流奔腾向东流到大海，一去不复返何时又重回西境？
少壮时候如果没有好好努力，老来只能一事无成悔恨一生。

【注释】

①出自《乐府诗集》。歌行：古乐府诗的一种体裁，通常称为歌行体。
②晞（xī）：干燥，晒干。
③焜（kūn）黄：草木枯黄凋落的样子。　华（huā）：同"花"。
④徒：空，白白地。

【哲理解读】

　　本诗以园中葵"待日晞"，表明雨露阳光的可贵；以春荣秋衰感叹时光荏苒，再用水流到海不复回打比方，说明光阴一去不复回。
　　这是一首关于自然、时间和人生哲理的诗歌。诗人借用了朝露和日光的对比，表达了时光流逝的单向性和不可逆性。植物随着季节改变，春天繁荣，冬天枯萎。草木枯荣的周期性，揭示了万物处于运动和变化状态。世间生物有盛亦有衰，人的盛年终究会逝去。生命的繁盛总是伴随着时间的流逝，因此，盛壮之年极可宝贵，否则到了老年一事无成，悔恨悲伤就来不及了。"百川东到海，何时复西归？少壮不努力，老大徒伤悲。"时间如同河流之水一去不返，错过了便无法再挽回。诗者从时间的一维性，阐明了天地的悠长和人生的短暂、时空的无限与生命的有限。劝导人们要珍惜青春年华，发奋努力，有所作为，不要等老了再来后悔，悔也晚矣。而要通过努力与奋斗，去创造属于自己的美好未来。

全诗通过生动的自然景象和形象比喻,表达了对生命价值的深刻认识和对时光不可逆转的无限感慨。

# 上 邪①

上邪!我欲与君相知,长命无绝衰。
山无陵②,江水为竭。冬雷震震,夏雨雪③。
天地合,乃敢与君绝。

【译文】

天呀!我愿与你相知相惜,让我们的爱永不衰歇。
除非高山变为平地,江水断流干竭;严冬阵阵雷声,盛夏纷飞大雪。
天地合在一起,我才会把你的情意断绝。

【注释】

①出自《乐府诗集》。以首句为标题。上邪(yé):天啊。上,指天。邪,语助词。
②陵(líng):棱角、山峰。
③雨(yù)雪:降雪。雨:降落,作动词用。

【哲理解读】

上天呀!我想成为你的知己,痴心永不改。除非巍巍群山消逝不见,除非滔滔江水干涸枯竭。除非凛凛寒冬雷声翻滚,除非炎炎酷暑白雪纷飞。除非天地相交聚合连接,我才敢与你决裂。
《上邪》是汉代的一首乐府民歌,一般认为这是一首情歌。整首诗以自然景象作为象征，表现了主人公对于爱情永恒不变的信念和承诺。然而，诗中的"君"不仅是心中的"所爱"，也是心中的"追求"。"**天地合，乃敢与君绝。**"诗者呼喊上天，气势非凡，以天为证，鸣誓内心。并连用五件不可能的事情来表明自己与"君"生死不渝。天道有其运行的规律，不以人的意志为转移，诗者以此心此情此信念，比作天地之永恒。天地不灭，情意不绝，这是一种情大于天的爱情观，也是忠贞不贰的人生观，更是对心中认定目标的执着追求，坚定不移，永不变异，任天地都撼动不了的非凡信心。

用不可能发生的情况来强调誓言的绝对性，这不仅仅是一种情感的表达，更是一种责任和承诺的体现。诗者既展示了对自然逻辑的深刻理解，又启示人们，在实现理想和抱负过程中要有坚如磐石的信念。这样才能真正地拥有自己的人生意义。

# 曹操

曹操（155—220年），字孟德。沛国谯县（今安徽亳州）人。三国时政治家、军事家、文学家，曹魏奠基者。有《曹操集》等。

## 龟虽寿

神龟虽寿，犹有竟时；腾蛇乘雾①，终为土灰。
老骥伏枥②，志在千里；烈士暮年，壮心不已。
盈缩之期③，不但在天；养怡之福④，可得永年。
幸甚至哉，歌以咏志。

**【译文】**

通灵的神龟虽然能活很多年，但生命终究会有结束的一天；
传说中的飞蛇尽管可以腾云驾雾，但最终也会化成一堆灰土。
衰老的千里马虽然栖伏在马槽前，其雄心志向仍是驰骋千里；
有壮志的人即使到了迟暮之年，建立功业的雄心仍然不会停息。
自然规律虽然制约人的寿命，生命的长短却不只是由上天决定；
保持身心健康、积极乐观向上，就可以像神龟一样活得很长。
真是幸运得如此开心，能够用歌唱来表达自己的心志感情。

**【注释】**

①腾蛇：传说中的神物，与龙类同。

②老骥：年老的良马。　枥：马槽。马棚。
③盈缩：长短，伸缩。
④养怡：指调养身心，保持身心健康。怡：愉快，和乐。

【哲理解读】

　　这首诗写于北伐乌桓胜利的归途。此时曹操已经五十三岁，在古代已近暮年。虽然凯旋，但诗人想到一统中国的宏愿尚未实现，人生短暂，时不我待，怎能不为生命的有限而感慨？

　　远古时期的人们相信万物有灵，人死而灵魂不死。曹操则认为："神龟虽寿，犹有竟时；腾蛇乘雾，终为土灰。"就是神龟和腾蛇也不得永年，其寿命也是有限的，天地万物都是有生有灭，人也概不例外。死亡是不可抗拒的自然规律，但人的寿祚长短也不全是由上天决定，人的主观努力也可以使生命延长。这在一定程度上批判了宿命论的观点，表达了曹操"性不信天命之事"的朴素唯物主义世界观。诗中的"老骥""烈士"是曹操壮怀尤烈的自我形象，体现了诗人的人生态度。表达了作者虽然到了暮年，仍要积极对待人生，努力为国家统一大业奋斗进取的英雄气概。**"老骥伏枥，志在千里；烈士暮年，壮心不已。"**诗人以为：既要认识到死亡的到来是人生的必然，又要发挥人的主观能动作用，自我保养身心，只有健康长寿，才有条件去实现自己的雄心壮志，建立功勋，留名青史。

　　此诗表达了人生寿命和实现理想的关系。它告诉人们：即使一个人已经年老，但内心仍然可以保持年轻，不要因为年龄的限制而放弃自己的梦想，要保持积极向上的心态，努力追求自己的目标。

# 刘桢

刘桢（180—217年），字公干，东平宁阳（今山东宁阳）人，东汉名士，诗人。与曹植并称为"曹刘"。存诗15首，《赠从弟》为代表作。

## 赠从弟

亭亭山上松，瑟瑟谷中风。
风声一何盛①，松枝一何劲。
冰霜正惨凄，终岁常端正。
岂不罹凝寒②，松柏有本性。

【译文】

高山上巍然屹立的青松，任凭山谷吹来瑟瑟的风。
不管风势多么狂多么猛，松枝巍然挺立刚劲不动。
眼下那冰霜正凄寒凛冽，挺拔的身姿却常年端正。
松树不曾遭遇过严寒吗？是它有不惧严寒的本性。

【注释】

①一何：多么。
②罹（lí）凝寒：遭受严寒。罹，遭受。

【哲理解读】

　　山上的松，不管狂风怎样强劲，寒冰怎样凛冽，一年四季总是亭亭直立，正气凛然。难道是它没有遭遇严冬的寒冷？不！这是因为松树本性使然。

　　从诗歌题目看，这是对家人的劝勉。诗人从松树"亭亭"而立、"端正"不屈的外貌，透视到松树不畏狂风寒霜的内在本性。诗人以松柏为喻，勉励其弟不要因外力而改变本性。虽生在乱世，亦要坚贞自守。诗人借松树的高洁既勉励从弟，也表露自己的情怀，是为共勉。

　　诗中松树也象征诗人自己的情操、志趣和希望。"**冰霜正惨凄，终岁常端正。岂不罹凝寒，松柏有本性。**"这里蕴含着诗人对精神操守的哲学思考。诗人以事物的本质属性，阐明了松树坚定不移的立场和高风亮节的气质。松之所以坚贞，不是因为松没有遭受严寒侵袭，而是因为松有着坚强的内在本质，不因外界条件恶劣而改变自己。

　　诗人通过自然景色和人文精神的结合，阐明人只要品质优秀，就不会被外部环境所左右，就能像松一样保持端庄正直的姿态。诗中寄寓了作者的人生哲学和价值观念。

# 应璩

应璩（qú）（190—252年），字休琏。汝南南顿（今河南项城）人。三国时曹魏文学家。其存世作品入《汉魏六朝百三家集》。

## 杂 诗

细微苟不慎，堤溃自蚁穴。腠理早从事①，安复劳针石。
哲人睹未形②，愚夫暗明白③。曲突不见宾④，燋烂为上客⑤。
思愿献良规⑥，江海倘不逆。狂言虽寡善，犹有如鸡跖。
鸡跖食不已，齐王为肥泽。

【译文】

细微的地方如果不小心谨慎，就会遭受损失犹如蚁穴溃堤。
表皮处的疾病如果及早治疗，就不会深入内里而再用针石。
聪明的人能见事故之未形成，愚笨者却暗于明白事物道理。
建议烟囱修弯的人不受欢迎，头脸烧焦的人倒被礼若上宾。
既这样希望别人献好的计策，除非是江海的水倒流不回逆。
狂放的言语虽然很少有好音，仍有善听者如齐王之食鸡跖。
鸡掌虽肉少但味美吃个不停，齐王则因此而成为肥润之人。

【注释】

①腠（còu）理：中医学用语，指皮肤之下与肌肉之间处。

②哲人：明白事理之人。　睹（dǔ）：察看。
③暗（àn）：黑暗不明。
④曲突：曲折的烟囱。
⑤燋烂：焦头烂额。传说齐人淳于髡（kūn）见邻居烟囱是直的，而旁有柴堆，遂建议改直突为曲突并远徙柴薪，以防火灾。邻居不听，后果失火，幸得救灭。便设宴酬谢，凡救火而被烧得焦头烂额者均为上宾。
⑥良规：善意的规劝、良好的告诫。

**【哲理解读】**

　　细微末节如果不慎重对待，就会像蚂蚁洞穴导致大堤溃决。在表皮间的小病，如果不及早治疗就会发展成为大病。聪明之人见过失、祸患于未形成之前，愚昧之人对于已经明白的问题也看不出来。建议改进烟囱以防失火，却不被采纳；而失火得救后又只谢救火者，却忘了提建议的人。

　　诗中通过曲突徙薪的场景、智愚对比的方式，表达了细节与整体、当前与长远、预防与消防的关系。告诉人们对于祸端要防微杜渐，防患于未然。对于能及时发现苗头，把祸端消除在萌芽状态的人，应特别受到尊敬。"细微苟不慎，堤溃自蚁穴"，聪明的人不但要见微知著，明察祸患于"未形"，而且要善于听从建设性意见，哪怕是"狂言"，只要有可取之处，也要采纳。不要"曲突不见宾，燋烂为上客"，而要防止祸患于萌发之前。不要只重视筋骨之劳，而要更重视筹划之功。

　　此诗说明世上不仅需要救火的英雄，更需要能发现祸患于毫末、有先见之明的智慧，提醒世人对于警示之言不要置若罔闻。在现代社会中，这个道理同样适用。它提醒我们在社会治理和发展中要注重预防和预见，及时发现并解决潜在的问题，并重视能够避免问题扩大化建议者。

# 曹植

曹植（192—232年），字子建，沛国谯县（今安徽亳州）人。三国时曹魏文学家，代表作有《洛神赋》等，今存《曹子建集》。

## 七步诗[①]

煮豆燃豆萁[②]，豆在釜中泣[③]。
本是同根生，相煎何太急[④]。

【译文】

煮豆汁用豆秆做柴烧，豆子煮得在锅里哭号。
它们本来是同根所生，为何要如此紧迫煎熬。

【注释】

①七步诗：在走七步之内作成的诗。这首诗最早被记录在《世说新语·文学》篇中，原为六句："煮豆持作羹，漉菽以为汁。萁向釜下燃，豆在釜中泣。本是同根生，相煎何太急！"后来广为流传的多为四句，盖在传播中有人对它作了浓缩简化。
②豆萁（qí）：豆子的秸秆。
③釜（fǔ）：古代一种似锅的炊具。
④煎：煎熬，烹煮。比喻残害。

**【哲理解读】**

曹植与兄长曹丕同为曹操之子，曹操曾有立曹植为太子之意。据《世说新语》记载，曹丕做了皇帝后对立太子的矛盾记恨于心，借机在朝堂上要曹植七步作诗，否则就处极刑，曹植未等数到七步的话音落下，便脱口吟出此诗。

诗中以同根而生的豆和萁，比喻同父共母的兄弟，说明弟兄之间本是同胞，应该亲密无间，而不是自相残害，这样只会使亲者痛仇者快。"萁"燃烧煮的是自己同根生的"豆"，比喻兄弟相害有违天理，严重损害社会伦理。抗日战争时期，当周恩来同志听到国民党当局袭击共产党新四军叶挺部的"皖南事变"时，立刻想起了这首诗，于是古为今用，拟作了一首四言诗："千古奇冤，江南一叶；同室操戈，相煎何急？"表达了愤怒的抗议，有力地揭露了当局不顾中华民族遭受日本侵略的大局，反而策动自家兄弟相互残杀的行径。足见其诗的影响力和深刻哲理。

"本是同根生，相煎何太急。"千百年来已成为人们劝诫家人和睦，避免兄弟阋墙的普遍用语。"民吾同胞，物吾与也。"爱一切人如爱同胞一样，何况是兄弟之间。这说明矛盾双方的斗争不能脱离同一性。

# 阮籍

阮籍（210—263年），字嗣宗，陈留郡尉氏（今河南开封）人，三国时魏国诗人。"竹林七贤"之一。传世有《阮籍集》。

## 咏怀·壮士何慷慨

壮士何慷慨，志欲威八荒①。驱车远行役②，受命念自忘。
良弓挟乌号③，明甲有精光④。临难不顾生，身死魂飞扬。
岂为全躯士⑤，效命争战场。忠为百世荣，义使令名彰⑥。
垂声谢后世，气节故有常。

【译文】

壮士的斗志多么慷慨，立志要将声威震撼八方。
驾着战车去远征，接受命令则私念全忘。
手握乌号良弓，身穿铁甲晃亮，
遇到危险不惜捐躯，宁愿身死也要让忠魂飞扬。
意志坚定决不贪生怕死，效命于战场感到无限荣光。
为国家效忠能得百世荣耀，献身正义能使美名昭彰。
留下声誉勉励后世人，英雄气节在身后永远传唱。

【注释】

①八荒：八方的荒远之地。

②远行役：指外出服兵役，出征打仗。
③乌号：良弓名。
④明甲：明光铠甲，一种良甲。
⑤全躯士：苟且保全自己的人。
⑥令名：美名。

【哲理解读】

　　该诗赞扬了爱国壮士胸怀大志，效命沙场的崇高情操。壮士是多么慷慨激昂，有威震海外、扬名八荒的雄图大志。他驱车远行，受命抗击外敌，将个人的生死置之度外。

　　作者表达了兼济天下、报效国家的雄心。歌颂了驰骋疆场、战死沙场的英雄主义精神。**"驱车远行役，受命念自忘。"** 奔赴疆场，就要摒弃私心杂念，以舍生取义作为人生的最高准则，在国家危难时敢于挺身而出。"效命争战场""义使令名彰"，忠于使命，留下美名，勉励后人。

　　该诗主旨与屈原的《国殇》相近，"身既死兮神以灵，子魂魄兮为鬼雄！"不能不为诗人的英武精神、壮烈情怀所感动；同时也为他们壮志难酬感到悲叹。**"垂声谢后世，气节故有常。"** 胸怀名节的人总是想把自己的好名声留给后世，使崇高的气节万古长青。诗人看到了气节的永恒性，表现了壮士的人生信仰和目标追求。

　　此诗也是对人类精神和道德价值的肯定。诗中明白表示：只有重视名节的人，才更珍惜生命的价值和意义，才能做到临难不苟、义无反顾，勇于为国家献身，留下好名声，争取被后人铭记和传颂。

# 傅玄

傅玄（217—278年），字休奕。北地郡泥阳（今陕西铜川）人。魏晋名臣，文学家、思想家。诗歌以乐府见长，著有《傅子》内外篇。

## 众星诗

朗月并众星，日出擅其明。
冬寒地为裂，春和草木荣。
阳德虽普济，非阴亦不成。

【译文】

月亮和星星虽然明亮，太阳出来就独揽光明。
冬天的寒冷把大地冻得开了裂口，春天的温暖又使草木欣欣向荣。
阳气的恩惠虽然遍布天下，可是没有阴气的配合也不行。

【哲理解读】

月亮星辰很明亮，但会被太阳的光明所取代。春暖总是代替冬寒，白天取代夜晚，天地万物，皆阴阳相依相成。

古代思想家、哲学家看到一切现象都有正反两个方面，如日月、昼夜、冬春、寒暖，于是用阴、阳两个概念来阐释事物间的对立、消长和统一现象。有白昼就有黑夜，有冬寒就有春和，事物之间都是对立统一、相辅相成的，既普遍联系又相互制约。整个宇宙天地都是阴阳相生，这是永恒的自然现象或规律。自然界是这样，人类社会也是这样，世间一切事物都在阴阳对立统一之中。"阳德虽普济，非阴亦不成。"阴阳的平衡是和谐的基础。只有阳和阴达到平衡时，事物才能达到最佳状态。

这是告诉人们：自然界中存在着一种内在的秩序和规律，并且不以人的意志为转移。事物的发展需要阴阳的相互作用，任何一方的缺失都会导致不平衡和不稳定。

## 明月篇

皎皎明月光，灼灼朝日辉。昔为春蚕丝，今为秋女衣[①]。
丹唇列素齿，翠彩发蛾眉[②]。娇子多好言，欢合易为姿。
玉颜盛有时，秀色随年衰。常恐新间旧，变故兴细微。
浮萍本无根，非水将何依。忧喜更相接，乐极还自悲。

【译文】

皎皎洁白的明月光华，灼灼其华的朝日光辉，昭示着日月轮换。
昔日还是春蚕丝样的柔酥少女，而今已成为身着秋女衣的人妇。
丹红嘴唇里排列着洁白的牙齿，巧妙地配上翠绿色的蛾须眉毛。
多么妩媚娇冶还说着好听的话，交欢合衾的时候更是多姿多色。
玉一般容颜盛貌只在有限时刻，秀美的面容将会随着年岁衰败。
怎么不经常担心新宠离间旧故，意外变故往往兴起于细微之处。
池塘中的浮萍本没有什么根柢，如果没有水它又依靠什么存在？
忧和喜总是紧密地联系在一起，欢乐到了极点将必然生出悲哀。

【注释】

①秋女：犹秋娘，指成熟女子。

②翠彩：翠绿的色彩。　蛾眉：像蚕蛾触须细长而弯曲的眉毛。

**【哲理解读】**

　　这首诗写一新婚女子欢乐中的忧虑心理。初婚的时候，年轻貌美，打扮得动人，快乐时欢合无间。但她旋即就想到自己日后的"年衰"，提防起"变故"，担心着"新间旧"，不幸的阴云笼罩在心头，忧喜交加，不免自悲自伤。

　　诗中女子看着铜镜中的玉颜，总担心自己必将老去，丈夫会另有新欢而将自己"抛弃"。她将自己比作浮萍，把丈夫比作水，如果遭到遗弃，她就会像那离开了水的浮萍，无所依托。该诗揭示了古代女子与男子不同的命运，说明一个女人的穷通贵贱，是由所依靠的男人决定的，犹如浮萍，随风而变。水是浮萍生存的环境，与水相依却不能左右水，作为时代的"水"无法改变，作为"浮萍"的自己，又不能为未来绸缪。这是古代妇女所处的社会地位决定的。即便是新婚女子，也不免阴云笼罩于心，转喜为忧，忧喜交加。"浮萍本无根，非水将何依。忧喜更相接，乐极还自悲。"封建社会以男权为中心，女子难以自立，面对未来生活的无常和不确定性，增加了女性无法掌控命运的无助感，加持了女人对自身命运的忧虑和无奈。

　　全诗通过描绘新婚女子对花容难久、恩爱难持的疑虑，揭示了古代社会处于依附地位的女子难以摆脱的悲剧命运。蕴含了依附与独立、当前与未来、欢乐与悲哀的辩证思想。就个人生活而言，这种思想启示人们既要珍惜眼前的快乐人生，也要思考未来的不确定性。

# 左思

左思（约250—305年），字太冲。齐国临淄（今山东临淄）人。西晋文学家，《三都赋》使洛阳纸贵。诗歌传世14首。

## 咏 史

郁郁涧底松，离离山上苗。以彼径寸茎，荫此百尺条。
世胄蹑高位①，英俊沉下僚。地势使之然，由来非一朝。
金张藉旧业②，七叶珥汉貂③。冯公岂不伟④，白首不见招。

【译文】

山涧底的青松那样阴阴郁郁，山顶上的小苗总是葱葱茏茏。
小苗以它仅一寸粗细的茎叶，遮盖住了这百尺高大的青松。
世家子弟总是占据朝廷高位，英才俊杰总是埋没在最底层。
是他们的寒门地位使之如此，自古皆然并非现在才是这等。
金张两家子孙继承先辈旧业，先后就有七代成为汉朝宠臣。
冯唐的才德难道还不够出众，可直到须发斑白仍不被重用。

【注释】

①世胄（zhòu）：世家子弟。　蹑：踏，登上。
②金张：指汉代金日䃅和张汤、张安世家族，祖孙七代为官。
③七叶：七世。叶，借作"世"。　珥（ěr）汉貂：汉代官服凡侍中

以上官职均在耳旁插貂饰。

④冯公：指冯唐，汉文帝时人，很有才干和品德，由于出身寒微，到年老时只做到中郎署长这样的小官。

【哲理解读】

　　山顶的小草高于山涧的青松，这是地势使然。世胄盘踞高位，是基于门第制度。而凭着家族背景占据重要位置，只会使有用的人埋没在最底层。这是社会中的不公平现象。

　　这首诗咏史、言志、抒怀，反映了魏晋时期门阀制度下，"上品无寒门，下品无势族"的社会问题。"郁郁涧底松，离离山上苗。以彼径寸茎，荫此百尺条。"诗人借自然景物比喻用仕不公平，"径寸茎"一样的小苗代表世家子弟或权贵阶层，他们凭借家族背景和权势占据高位；"百尺条"一样的涧底松，代表出身寒微的才俊或士子，他们尽管有卓越的才能和智慧，却因为缺乏背景和机会而无法获得高位。"世胄蹑高位，英俊沉下僚"。有的人占据高位，却并没有什么才干，而有才干的人，却因门第沉沦在社会底层。世家子弟与寒门才俊之间的地位悬殊，乃"地势使之然"。从诗中所列史实来看，这种现象并非一朝一代形成，而是由来已久。寒家人才受到世家权贵的压抑，这是史上及当时社会用人制度上的不公。

　　本诗反映了社会阶层的不平等，表达了个人才能与命运的矛盾，以及对社会公平和正义的追求。阐明了人才的成长和使用需要一定的社会条件，要使潜在人才转化为现实人才，当政者应该为人才的脱颖创造平等的制度和社会环境。

# 郭璞

郭璞（276—324年），字景纯。河东郡闻喜（今山西闻喜）人。晋代文学家、风水学者。为《山海经》等作注传于世。追赠弘农太守，有辑本《郭弘农集》。

## 游仙诗

逸翮思拂霄①，迅足羡远游②。清源无增澜，安得运吞舟③？
珪璋虽特达④，明月难暗投。潜颖怨青阳⑤，陵苕哀素秋⑥。
悲来恻丹心，零泪缘缨流。

【译文】

善飞的鸟向往翱翔高高的蓝天，善奔的马羡慕奔驰遥远的前程。
清澈的小河水掀不起滔天波澜，怎么能容纳得下可吞舟的河豚？
珪璋礼器无须外饰就别具一格，明月样的珠宝决不能暗投于人。
幽暗处的禾穗怨春光姗姗来迟，丘陵处的植物恨秋霜匆匆来临。
我悲叹人才的遭遇而恻心辗转，常常因此落泪流湿颔下的冠缨。

【注释】

①逸翮（hé）：指善飞者，借指鸟。逸：迅疾；翮：鸟翅。 拂霄：摩天，言高飞。
②迅足：指善行者，借指骏马。

③吞舟：借指大鱼。出自《韩诗外传》"吞舟之鱼，不居潜泽"。
④珪璋（guī zhāng）：珪和璋两种贵重的玉制礼器。孔子说："珪璋特达，德也。" 特达：与众不同。
⑤潜颖：在幽潜处结穗的植物。
⑥陵苕（tiáo）：在丘陵高处的植物。

【哲理解读】

鹏翔蓝天，马驰远程。溪水中没有重重波浪，怎么能游动吞舟的大鱼？植物因所处环境不同，有的怨春光来迟，有的恨秋霜早到。珪璋像明月一样珍贵，如果暗中送人，不见其辉，又有什么用处？

诗者以比喻手法，抒写才德之士因受到压抑，而向往游仙隐逸的幽愤情绪。诗中阐明了人才成长既需要主观因素也需要客观因素。虽然"**逸翮思拂霄，迅足羡远游**"，然而"**清源无增澜，安得运吞舟**"。有志之人，目标远大，志向宏伟，但要实现自己的志向和目标，如果没有与之相适应的客观条件，适合的奋斗环境，其才能就不能施展。即使珪璋像明月一样，秉性高洁，独具光彩，如果不为人所赏识，那最终还是像明珠在暗中投掷与人，势必被人所闲置而不得其用、不见其光。即使同为才德之士，所处环境不同也是机会迥异、追求难同。"**潜颖怨青阳，陵苕哀素秋。**"卑微者恨不能显达，显达者又怨位高易摧。在出身决定机遇的时代，对于自己的命运总是那么无奈。既然人间仕、隐二途都坎坷不平，狭隘不容，志向远大之士就只有向往游仙了。

该诗揭示了人生的追求和困惑，表达了才华埋没和不被理解的痛苦与忧虑，以及对生命价值的探索。这种哲思可以帮助我们更好地理解自己和人生，并找到应对困境的方式。

# 陶渊明

陶渊明（365—427年），字元亮，名潜。浔阳柴桑（今江西九江）人。东晋末南朝宋初诗人，"田园诗派之鼻祖"，存世有《陶渊明集》。

## 饮酒·结庐在人境

结庐在人境①，而无车马喧。问君何能尔，心远地自偏。
采菊东篱下，悠然见南山。山气日夕佳，飞鸟相与还。
此中有真意，欲辩已忘言。

【译文】

我的草屋修建在人居密集之地，却听不到车马的闹闹喧喧。
要问我为什么能有如此心境？心地远离尘世，住地自然安静。
当我在东篱下采摘菊花，南山就悠然地耸立在我眼前。
山中气息与傍晚景色如此美妙，结伴成群的飞鸟翩翩归还。
这里包含着田园人生的真谛，想论说却忘记了表达的语言。

【注释】

①结庐：造屋，修房子。　人境：人聚居处。此指喧嚣的尘世。

**【哲理解读】**

居闹市而心安宁，乃心远尘世使然。在南山之下采菊，眺望夕光里的归鸟，真是妙不可言。虽然身处红尘，但并不感觉世俗喧嚣。内心能摆脱尘世束缚，即使处于喧闹环境，也如同居于僻静之地。心静则环境静，并能从"静"中体会到不可言说的意趣。

在陶渊明看来，人不仅存在于社会，存在于人与人的关系中，而且每一个个体生命作为独立的思想主体，都直接面对整个自然和宇宙而存在。个体虽然时刻都受到环境的制约，但是只要能够充分发挥主观能动性，心境亦可在一定程度上超越环境。"**采菊东篱下，悠然见南山**"就是这样的境界。诗人在自己的庭园随意地采摘菊花，偶然间抬起头来，目光恰与南山相对，那夕光，那飞鸟，多么令人陶醉。这"悠然"不仅属于人，也属于山，属于人与大自然。人闲逸而自在，山静穆而高远，在那一刻，似乎有共同的旋律从人心和山峰中一起流出，融为一支轻盈的人生乐曲。只有摆脱世俗尘埃的人，才能真正感受到这种宁静的怡然。

诗人通过对现实的深刻洞察和对人生的深沉反思，似乎意识到理想与现实之间的矛盾，注意到主观意识的作用，不再追求外在的成就和名利，而是转向内心的平静和淡泊，以此应对人生的挑战和困境。这应该是处理客观环境与主观心境之矛盾的一把钥匙，这或许就是陶翁的"真意"。

# 谢灵运

谢灵运（385—432年），人称谢康乐。浙江会稽（今浙江绍兴）人，南朝宋诗人。中国山水诗的开创者。有《谢康乐集》存世。

## 石壁精舍还湖中作

昏旦变气候，山水含清晖。清晖能娱人，游子憺忘归①。
出谷日尚早，入舟阳已微。林壑敛暝色，云霞收夕霏。
芰荷迭映蔚②，蒲稗相因依③。披拂趋南径④，愉悦偃东扉⑤。
虑澹物自轻，意惬理无违。寄言摄生客，试用此道推。

【译文】

黄昏的气候和清晨比较变化很大，山水间的景致蕴含着清灵与晖光。
水光山色清新灵秀着实让人愉悦，人在游历中安闲舒适得忘了回归。
从峡谷里出来太阳当空时间还早，到上船渡湖之时天色已近了黄昏。
树林与山壑聚积傍晚淡薄的昏暗，云霞包揽了日暮时候飘动的霭气。
菱叶荷花在蔚蓝的水中交织映辉，香蒲稗草在一起相互依靠着生长。
用手拨开草木快步走过南边小路，开心地仰卧歇息在东厢屋的门边。
私欲淡泊就会觉得名利无足轻重，言行合道就会感到内心满意顺畅。
送给喜欢求丹养身的人士这些话，寄望用这种道理来推求强身之道。

【注释】

①憺（dàn）：安闲舒适。
②芰（jì）：菱，水生草本植物。　映蔚：绿叶繁盛，互相映照。
③蒲稗（bài）：菖蒲和稗草。
④披拂：用手拨开草木。
⑤偃（yǎn）：仰面倒下。　扉（fēi）：门。

【哲理解读】

　　从清晨日出到黄昏雾散云开，林峦山壑之中，夜幕渐渐收拢聚合；天空飞云流霞，迅速向天边凝聚。湖中田田荷叶重叠葳蕤，碧绿的叶子抹上了一层夕阳的余晖，明暗交错，相互映照；丛丛菖蒲，株株稗草，在船桨剪开的波光中摇曳动荡，互相倚依。让人流连忘返，感触甚多。

　　此诗从大处着眼，实虚并举，从林峦沟壑到天边云霞，从满湖芰荷到船边蒲稗，天光湖色交相辉映，一副怡人心脾的水上晚归景象。"**山水含清晖，清晖能娱人。**"诗人在流连山水中体悟自然之道，感到山水清晖能够娱乐游人心性，并使游人沉醉其中，忘记回返。也只有深深感悟自然之道的人，才会将大自然欣赏成娱人的乐趣。"**虑澹物自轻，意惬理无违。**"这是诗人游后悟出的玄理。诗人领悟到，淡薄了个人得失，自然就会把一切都看得很轻；心里惬意，就会觉得自己的心性没有违背宇宙万物至理，一切皆可顺情适性。诗人兴奋之余，竟想把这番领悟，赠予那些寻求养生之道的炼丹人，寄望他们不妨试用这种道理去强壮身体，而不是依赖于外在的物质手段或虚幻的神仙追求。

　　作者将对山水娱人的感慨，升华为对人生真谛的感悟：思虑淡泊，超脱物欲，就能与自然和谐相处，就能使自己流淌恬静的气息。这是融合自然、顺应自然的生活态度。

# 鲍照

鲍照（约415—466年），字明远，出生于京口(今江苏镇江)。南朝宋诗人、文学家。因任过临海王前军参军，世称鲍参军。存世有《鲍参军集》等。

## 拟行路难

泻水置平地，各自东西南北流。
人生亦有命，安能行叹复坐愁？
酌酒以自宽，举杯断绝歌路难[①]。
心非木石岂无感？吞声踯躅不敢言[②]。

【译文】

往平地上泼的水，会流向东西南北不同的地方。
人生贵贱穷达犹如这流水，也各有各的方向。
人的命运就是这样，怎么能行走叹息坐卧惆怅？
喝点酒来宽慰自己，举杯吧！不要再把《行路难》来歌唱。
人心又不是草木，怎么会没有感伤？
欲说还休，欲行又止，不敢多发声响。

【注释】

①断绝：停止。不畅通。

②踯躅（zhí zhú）：徘徊不前。

### 【哲理解读】

水泻地面，向着四方流淌，那流向东西南北的水是地势造成的。诗人以"水"比喻人生，而"东西南北"则代表人生的际遇，代表社会生活中高低贵贱不同处境的人。作者感到人一生下来，便受到一种命运的摆布而不能自主，人的处境是门第决定的。

不管是贫穷还是富贵，命运早已注定，所以不要自怨自艾，大胆去做你想做的事吧。诗人"酌酒以自宽"，然而举杯消愁愁更愁，就连借以倾吐心中悲愤的《行路难》歌声，也因"举杯"哽咽而"断绝"。想说的话到了嘴边，却突然"吞声"强忍，"踯躅"克制。面对社会的不公平，寒士无可奈何，只能默默地把痛苦咽到肚子里。

鲍照出身贫寒，他渴望以自己的才能实现个人价值，却受到社会现实的压制和世俗偏见的阻碍。他借"拟行路难"来抒发建功立业的愿望，表现了寒门志士遭受压抑的痛苦，传达出寒士们愤慨不平的呼声，抒发了对当时门阀社会的不满情绪和抗争精神。

"泻水置平地，各自东西南北流。"诗人借水的流向，把人的命运的多向性准确地表达了出来。虽然命运有先天因素，但人们不能只是叹息和忧愁，而应该积极面对和把握。

# 萧衍

萧衍（464—549年），即梁武帝，南朝梁开国皇帝。字叔达。南兰陵郡（今江苏丹阳）人。后人辑有《梁武帝御制集》。

## 逸 民[①]

如垄生木，木有异心；如林鸣鸟，鸟有殊音；
如江游鱼，鱼有浮沉。岩岩山高[②]，湛湛水深[③]。
事迹易见，理相难寻[④]。

【译文】

如同树木生长在同一垄上，而各木之心却不完全相同；
如同鸟在同一树林中鸣叫，而各鸟的鸣叫声却有差异；
如同鱼在同一条江中游动，而各鱼或在深水或在浅水。
像大山凌空一样巍巍高峻，像江水滚荡一样沉沉深厚。
事物的表象容易被人看见，而其内理却难以被人发现。

【注释】

①逸民：指隐士。逸，隐居。
②岩岩：高大，高耸。《诗经·鲁颂·閟宫》：泰山岩岩，鲁邦所瞻。
③湛湛（zhàn）：水深貌。《楚辞·招魂》：湛湛江水兮上有风。

④理相：即实相，内理。

【哲理解读】

同垄之木有异心，同林之鸟有殊音，同江之鱼有浮沉。山高水深，物有其异，表里不一。

这首诗以"逸民"为题，是说人各有志，但避世隐居毕竟难以实现人生价值。诗中的意思是希望隐逸之士出来为国家出力，表达了作者渴求贤才的心情。"如垄生木，木有异心；如林鸣鸟，鸟有殊音。"而各种异心之木，共同构成了垄上之木；各种殊音之鸟，共同构成了林中之鸟。

诗中形象地说明了事物是复杂的，多样的，既有表面现象又有内在规律，既有普遍性又有特殊性。事物的表象容易看到，而事物的内理却难以认识。表面现象是认识事物的前提，特殊性是认识事物的基础，所以对于具体事物、具体问题要进行具体分析，透过现象看本质。既要从特殊性中看到普遍性，例如树木和飞鸟是不同的种类，但它们都是生物，都需要营养物、水和空气来生存；又要从普遍性中了解特殊性，就像树木的心材不同，鸟类的叫声各异，同类中有不同的特点：这样才能正确认识事物的内在规律。

诗人关于事物多样性和复杂性的描述，提醒人们在面对纷繁复杂的人和事时，既要看到其共性，也要看到其差异性；既要看到其外在表现，也要深入思考其背后道理，不断提升认识世界的能力和智慧。

# 吴均

吴均（469—520年），字叔庠（xiáng），吴兴故鄣（今浙江安吉）人。南朝梁文学家、史学家。官至奉朝请，明人辑有《吴朝请集》。

## 赠王桂阳①

松生数寸时，遂为草所没。
未见笼云心②，谁知负霜骨③。
弱干可摧残，纤茎易陵忽④。
何当数千尺，为君覆明月⑤。

【译文】

一棵幼松出土才几寸时，就被丛生的杂草掩埋住。
没能见到它笼聚云气的心志，谁能知道它有背负霜冻的傲骨。
弱软的枝干随时可能遭受摧残，纤细的茎叶容易被人疏忽。
应当让它长成参天大树，为你遮挡明月、撑天避暑。

【注释】

①王桂阳：指当时的桂阳郡太守王嵘，吴均曾依附于他。
②笼云心：指高远的志向。
③负霜骨：指坚贞的品质。负：承担，抗御。
④陵忽：欺凌，忽视。陵：同"凌"。

⑤覆明月：撑一片天，比喻干一番事业。

## 【哲理解读】

　　松树在寸茎的时候，常常淹没在杂草丛中。人们不了解它有笼罩云气的壮志和傲霜斗雪的风骨。松树因为幼小，很容易被摧残，只有精心培育它、爱护它，才能让它长成大树，为人撑起一片天。

　　作者以松喻人，表达了希望得到支持的心理和志向，也是一种对未来的期待和憧憬。"未见笼云心，谁知负霜骨。"有用的人才，就像挺拔的青松，在它幼小的时候和其他植物一样，会被杂草埋没而极不显眼，容易受到风霜的欺凌和世人的忽视。在这个阶段，松树需要得到适当的保护和培育，以避免被摧残和伤害。

　　诗人通过讲述松树成长的规律性，借以说明卑微者也有才能，只是最容易被小看而得不到培养。呼吁要发现人才、扶植人才，否则人才是很容易被埋没的。培养人才可以成就事业，正如诗人所言："**何当数千尺，为君覆明月。**"幼松一旦长成参天大树，一定不会辜负知遇之恩，一定能遮天盖地，荫蔽众生。这也是一种人生态度的体现。

　　全诗表达了对人才成长的思考和对人生的追求，反映了人才都有其潜在的能力和力量，等待被发掘和发挥；也指出人才的成长需要经历种种考验和磨砺，只有经过考验和磨砺，才能成为有用之才。

# 王籍

　　王籍（？—约547年），字文海，琅琊临沂（今山东临沂）人。南朝梁诗人。因其《入若耶溪》一诗，享誉诗史。今仅存诗二首。

## 入若耶溪①

　　艅艎何泛泛②，空水共悠悠③。
　　阴霞生远岫④，阳景逐回流⑤。
　　蝉噪林逾静⑥，鸟鸣山更幽。
　　此地动归念，长年悲倦游。

【译文】

驾着艅艎般的大船在水上随流而行，天空和水浑然一体茫茫悠悠。
晚霞从远处背阳的山头升起，浮动的光影照耀蜿蜒曲折的水流。
蝉音高唱，树林显得格外宁静；鸟语声声，山谷比往常更加清幽。
这地方让我产生了归乡之心，我多年来厌倦仕途却又不停地宦游。

【注释】

①若耶溪：在今浙江省绍兴市南若耶山下。
②艅艎（yú huáng）：舟名。　泛泛：船行无阻貌。
③悠悠：遥远；从容自然的样子。
④岫（xiù）：本义为山洞；此指山或山峦。

⑤阳景：日影。

⑥逾：同"愈"，更加。

**【哲理解读】**

诗人乘船入若耶溪游玩，云霞阳光似乎有知有情，仿佛有意追逐曲折的溪流。蝉噪使山林的寂静更为深沉，鸟鸣让山谷的空旷更加幽深。这样的美景，怎不让诗人产生留恋山乡之情。

此诗通过泛舟溪流，将流水与远山晚霞、天际长流形成远近对比，描绘出若耶溪的静谧与幽远。**"蝉噪林逾静，鸟鸣山更幽"**，诗人以声表静，以动表幽，表现了一种动与静的辩证关系。动与静是对立的，又是统一的。诗人以有声写无声，寓静于动，动中显静，动态的声音烘托了恬静的气氛，使山野的美更加迷人，令人读后产生阴阳变化的虚幻之感。

山林中的噪和静、鸣和幽既是矛盾的，也是可以转化的。如果一点声音也没有，这个树林和山谷反而会死气沉沉。而有了声音的存在，则显得更加幽静，过多的声音则由静而噪。这告诉人们，矛盾的对立面是有联系的，有时还可以相互转化。从唯物主义观点看，这种动静的相辅相成关系，就是要在对立中把握统一、在统一中观察对立。

在自然界中，声音常常能起到一种对比和衬托的作用，通过声音的渲染，人们能更加深刻地感受到安静和清幽的氛围。而在生活中，则要学会感受宁静的美妙，不要一味追求繁华和热闹，要保持一颗清静之心，享受生命的美好与和谐。

# 杨广

杨广(569—618年),弘农华阴(今陕西华阴)人。隋朝第二位皇帝,即隋炀帝。《全隋诗》存其诗40余首。

## 春江花月夜

暮江平不动,春花满正开。
流波将月去①,潮水带星来。

【译文】

傍晚的江面风平浪静,岸边盛开着满满的春花。
银河垂落,月亮被流波带去,星星随潮水而来。

【注释】

①将:带领,引申为携带。

【哲理解读】

黄昏远眺长江,暮霭沉沉,江水淼淼。江面平坦宁静,江边春花如火,开得满满当当。而到了夜晚,流动的微波携将月影而去,起伏的潮水挟带星光而来。

诗中展现了星光月影倒映在流水之中的美妙景象。"平不动"是遥望江水的总体感受,是静态美。江水随月亮西沉滚滚而去,星光随潮水闪烁缓缓而来,又很好地展现了静谧之中的动态美。一静一动的美妙春夜,给人一种静中显动、动中有静的春江月夜美景;也蕴含了物态无常,瞬息万变,江水携月带星,"我"将何作何为的内心感触,既有人生的美好与多变,又有世事都是美好与多变之共存。

美妙的意境还蕴含着诗人关于时空的哲思。"**暮江平不动,春花满正开。**"江水在夕阳下平静如镜,没有一丝波澜,象征着一种永恒和稳定;而春天的花朵开得绚烂,象征着生命的活力。"**流波将月去,潮水带星来。**"流波载着月光消失在远方,象征着时间的流逝和事物的变迁;而潮水带来了星星的倒影,象征着宇宙的浩渺和无限。这春江花月夜,蕴含着大自然的美妙和力量,时间和空间的无止无尽,以及生命的渺小和短暂。

这样的意境启示我们:世界是美好而多变的,生命是短暂而宝贵的,我们应该珍惜多变的时光和世界,努力追求自己的梦想和目标。

# 虞世南

虞世南（558—638年），字伯施。越州余姚（今浙江余姚）人。隋末唐初诗人，书法家、政治家。因任秘书监职，世称虞秘监。存有《虞秘监集》。

## 蝉

垂緌饮清露①，流响出疏桐。
居高声自远，非是藉秋风。

【译文】

垂下冠缨般的触须，吮吸清澈的露水，
流动的声音从疏朗的梧桐传出。
身在高高的树枝上，声音自然传得很远，
并不是凭借秋天的风力。

【注释】

①垂緌（ruí）：古代官帽打结下垂的部分，蝉的触须形状与其相似。

【哲理解读】

因为蝉饮"清露"一尘不染，所以它发出来的声音也不同凡响。这不同凡响的声音是怎样形成的呢？在一些人看来，蝉的"流响"之所以能够远播，是借助了秋风的传送，但诗人认为，蝉是由于居高而自然声远，并不是依赖秋风之力。

这首诗以蝉自况，借助比兴表达自己非同一般的节操和对自己品格的高度自信。蝉并不依赖外在的环境和物质，而是凭借自身的努力和内在的品质，来展现其独特的魅力。"居高声自远，非是藉秋风。"说明站位不同，则品位不同。凭自己的修养和学识就能声名远播，并不需要借助外力，也就是并不需要借助地位和权势的支持。这也告诉人们一个道理：品格高尚、学问渊博的人，因为立足点高，声名自可远扬，无须外力吹嘘。相反，一个人如果品行不正，心志不高，学识浅薄，即使有人说项夸誉，也不一定能得到美名。

此诗寓言了人应该注重内在修养，培养自信和独立的精神。它启示我们，在生活中要学会凭借自己的实力和努力去实现目标，这样才能真正体现出自己的价值和能力。

# 咏　萤

的历流光小①，飘飘弱翅轻。
恐畏无人识，独自暗中明。

【译文】

微小的流光闪闪烁烁，纤弱的翅膀轻盈飘荡。
总担心没人赏识自己，独自在黑夜发出光亮。

【注释】

①的历（dì lì）：小粒明珠的光点。

【哲理解读】

萤火虫弱小而翅轻，尚能在暗夜里努力地放出光亮，使自己被众人所注目。

诗人似乎有一种不被赏识的担忧，诗中强调了自己的风骨，表现出纵然力量单薄也要有所作为。诗人认为，物虽小而不碍其光华。不要因为微小而自卑，就算先天条件不具备或有所限制，也要努力进取，绽放出属于自己的光彩。正如《老子》所说："道常无名朴，虽小，天下莫能臣。"道虽然质朴无名，小不可见，但是天下谁也不能臣服它。尽管自己的生命弱小，也不甘心默默无闻，偏要在暗夜中闪光，执着地实现自己的生命价值。"恐畏无人识，独自暗中明。"阐述的正是这种积极向上的人生态度。它揭示了个体在追求自我价值和真理的过程中，应该具备的勇气和决心。

这对于个体的成长和发展具有重要的启示：只要生命存在，就要有所追求。即使微小纤弱或者身处困境，也要顽强地表现自己的存在，绝不放弃追求人生的价值和意义。

# 孔绍安

孔绍安（约577—622年），越州山阴人，孔子三十三代孙。隋末唐初文学家，《侍宴咏石榴》为其代表作。有文集传世。

## 侍宴咏石榴

可惜庭中树，移根逐汉臣①。
只为来时晚，花开不及春②。

【译文】

可怜庭院中的石榴树，它从西域移根到了中原。
只因为到的时间太晚，没有在春天里与花共繁。

【注释】

①移根：移植。　逐：跟随。　汉臣：汉朝的臣子，此处指张骞。
②不及：赶不上，不能比。

【哲理解读】

庭院中的一棵石榴树，它跟随张骞从西域移植到了中原。可惜它到的时间比较晚，没有赶上春天，所以，不能同其他花木竞相开放。

该诗借庭院中的石榴树，表达了作者对于得不到重用的感慨。据《旧唐书·文苑》记载，有一次孔绍安侍宴唐高祖李渊，席间李渊命孔以"石榴"为题作诗，孔看了看在场的夏侯端，旋即想到自己和夏都曾是隋朝的御史，后来李渊反隋称帝，夏首先归顺了李渊，授秘书监三品官，而自己归唐晚了一些，只被授予内史舍人五品官，远不及夏。于是将石榴在仲夏开花的原因，归结为石榴传播到中原比较晚所致，因而错过了同其他花在春天里开放的机会。诗人以石榴错过春光，暗喻自己投唐较迟不得重用的际遇，流露出有才不受重视的酸楚之情。此诗告诉人们，人生中有很多机会和机遇，一旦错过了就可能永远错过，无法逆转。

"只为来时晚，花开不及春。"作为感叹怀才不遇或大材小用的名句，常用来表达错过了时机，一步赶不上，步步赶不上的惋惜之情。它提醒人们要正确判断时机，积极面对和把握每一个机会，为可能的变化和不确定性做好准备。

# 李世民

李世民（598—649年），即唐太宗。出生于武功别馆（今陕西武功）。在位期间出现了"贞观之治"。在文学上也有造诣。《全唐诗》存其诗一卷。

## 赐萧瑀[1]

疾风知劲草[2]，板荡识诚臣[3]。
勇夫安识义，智者必怀仁。

【译文】

经过狂风猛吹，才能识别草的坚韧，
经过板荡危难，才知谁是坚贞忠臣。
一勇之夫，怎么懂得治理国家的大义之理，
智慧之人，必然怀有为国为民的仁爱之心。

【注释】

[1]萧瑀（yǔ）：字时文，隋朝将领，被李世民俘后归唐。
[2]疾风：大而急的风。
[3]板荡：动乱之世。《板》《荡》都是《诗经·大雅》中讥刺周厉王无道而导致国家败坏无序的诗篇。后用"板荡"指政局混乱或社会动荡。

**【哲理解读】**

　　只有经过强劲狂风之后，才知道哪些草刚劲坚韧；只有经过危难和动荡，才知道哪些人是坚贞的忠臣。那些只有一夫之勇的人，哪里懂得治理国家，真正的"智者"必然怀有安邦治国、救济苍生的仁德。

　　在平常的日子里，劲草与一般草看似相同；在和平安定的环境中，诚臣也不太显现。"疾风知劲草，板荡识诚臣。"诗人以常见的自然现象做比喻，深刻地说明在危难的时候，最能看出一个人的忠勇、诚心和智慧。而真正的爱国者在国家危难和需要之时，不但要挺身而出贡献勇敢，更要大义凛然贡献智慧。真正的朋友在人危难之时，能够毫无顾忌地伸出援手，助人于艰难困苦之中，这样的朋友，才最值得信赖和依靠。

　　该诗阐明了"智""勇""仁""义"之间的辩证关系，表明了国家强盛需要智勇双全的仁者，也揭示了人生中的挑战和逆境对个人成长和品质塑造的重要性。它启示人们在面对困难时，要保持坚韧不拔的精神，同时也要识别和珍惜那些忠诚可靠、诚实守义的人。

# 王梵志

王梵志（？—约670年），卫州黎阳（今河南浚县）人。唐白话诗僧。其诗宣弘佛理，劝诫世人，多用村言俚语，存有《王梵志诗校辑》。

## 城外土馒头①

城外土馒头，馅草在城里②。
一人吃一个，莫嫌没滋味。

【译文】

城外堆着一个个土包子，包子的馅心还在城里。
每个人都必须领吃一个，没有滋味也不要嫌弃。

【注释】

①此以首句为标题。土馒头：这里比喻墓冢。宋代范成大曾把这首诗与王梵志的另一首诗"世无百年人，强作千年调。打铁作门限，鬼见拍手笑"的诗意融为一联："纵有千年铁门槛，终须一个土馒头。"
②馅草：菜馅，比喻事物内部包藏的东西。这里指死者心思。

【哲理解读】

城外一个个土丘，看上去好像馒头一样。是啊，墓冢一人一个，不多不少，不管你怎样留恋人世生活，最后也逃不过离世的规律。

　　人生必死是自然现象，相对于大自然，人的生命是短暂的。面对"土馒头"，**"一人吃一个，莫嫌没滋味"**。意味着每个人都有相同的命运，无论贫富贵贱，最终都要面对死亡；无论达官贵人还是平民百姓，结果都一样，最终不过是郊野的一个土丘。作者用幽默、诙谐的语言，说明了死亡的不可避免和贪生的无可奈何。呼吁人们不要过分追求物质和名利，而应该珍惜生命，追求精神上的富足和成长。这是一个浅显而永恒的道理：生命有限，死亡必然。成为土馒头的死人，虽然心在城里，心在家人，但已经没有任何意义了。这种思考让人更加深刻地认识生命的本质，更加豁达地面对人生的穷达荣辱。

　　此诗也启示人们看淡死亡，活好当下，少些牵挂和贪婪，轻视利益和争斗，生命要顺其自然。同时也批评了长生不老的唯心主义观点。

# 王玄览

王玄览（626—697年），俗名晖。广汉绵竹（今四川绵竹）人，唐代诗僧。曾学道于茅山，后隐居成都至真观。存世著作有《玄珠录》。

## 题 竹

大海从鱼跃，长空任鸟飞①。
欲知吾道廓，不与物情违②。

【译文】

宽广的海洋任从鱼儿越跃，广阔的天空任凭鸟儿飞翔。
要想了解我道有多么广大，自由自在和这物情是一样。

【注释】

①从：与下句"任"为互文，均为"任凭"之意。
②廓：广阔，宽广。 物情：自然之道，物理人情。

【哲理解读】

大自然广阔无边，为鱼跃鸟飞提供了宽广空间。只要不与物理人情相违背，就能自由自在地做你想做的事。
玄览本意在于宣扬"道"之广大，无所不在，无所不有。他描绘的是一种广阔的视野和自由的精神。强调在辽阔的大海中，鱼儿自由自在地跳跃；在广袤的天空中，鸟儿无拘无束地飞翔。这实际上是表达了一种超越世俗束缚、追求内在开放的精神。而**"不与物情违"**的观点，来自老子顺应自然的思想，暗合了天之自然和人之常情。天广地大比喻心胸开阔、境界辽远，以言思想任驰骋，行为无拘束。如今多指才能可以尽情发挥，本领可以尽量施展，驰骋于用武之地，实现自我价值。也可以引申为人类应该遵循生物的本性，尊重生态平衡，与大自然和谐共处。

而人们阅读此诗，更是从**"大海从鱼跃，长空任鸟飞"**中受到激励，积极对待人生，不断进取；也增强了人们不违物情，顺应自然规律，追求思想境界的自由和宽广，以实现真正的自我超越。

# 惠能

惠能（638—713年），俗姓卢氏，唐岭南新州（今广东新兴）人。中国历史上有重大影响的佛教高僧之一。著有《六祖坛经》。

## 菩提偈①

菩提本无树②，明镜亦非台③。
本来无一物，何处惹尘埃！

【译文】

菩提树本来就没有树，而是用来比喻智慧的。
明镜台本来就没有台，而是比喻清静之心的。
心中本来就空无一物，哪里会染上什么尘埃？

【注释】

①偈（jì）：佛教术语，意为"颂"。一种类似于诗的有韵文辞，通常以四句为一偈。

②菩提树：意为"觉树"或"道树"。相传佛教始祖释迦牟尼在此树下证得菩提，觉悟成道，故称此树为菩提树。

③明镜：坐禅之处，多悬明镜。比喻佛与众生感应的中介。 台：安置明镜的地方，可借代为客观存在。

【哲理解读】

　　菩提树只是智慧的象征，明镜台只是清心的比喻，它们其实并不存在。如果心中本来就清静无物，哪里还会招惹尘埃？

　　无论是智慧，还是生长智慧的树，无论是想要寻找的那颗清静之心，还是能够照出那颗心的明镜，都是不存在的，世间所有一切在佛的内心都是没有的。即使通过修行获得的智慧，通过修行激发出来的佛性光辉，也都不是自身的，佛家远离红尘，本来就应该什么都没有。"**本来无一物，何处惹尘埃！**"心净万念空，心中没有物欲，一切现象都是自洁自净、无尘可染的。

　　此偈体现的就是一种空灵无物境界。虽是禅意，却可以启迪人们超然物外，不为物累。当人们跳出利欲的尘世，不带欲望看待事物，世间一切事物就只是一种客观存在，而带着欲望去看待事物，各种事物便会有各种诱人的色彩。虽然物流滚滚，当你视之无物，心中清净，便可悠然自得，傲视红尘。

　　从哲理的角度来看，诗中探讨了虚无主义和存在主义的哲学问题，引发人们对于生命意义和价值的思考。同时，也表达了作者对于清静、纯净的追求，认为应该摆脱尘世的纷扰和虚荣，追求内心的纯粹和平静。

# 李峤

　　李峤（644—713年），字巨山。赵州赞皇（今河北石家庄）人。唐朝宰相，诗人。其诗对律诗的发展有一定影响。存世有《李峤集》。

# 风

　　解落三秋叶①，能开二月花②。
　　过江千尺浪，入竹万竿斜。

## 【译文】

　　风，能吹落深秋的树叶，也能吹开早春的鲜花。
　　经过江面，可以掀起千尺巨浪；
　　进入竹林，能使万竿翠竹倾斜。

## 【注释】

①解落：吹落，散落。　三秋：秋季，这里指深秋。
②二月：农历二月，借指早春。

## 【哲理解读】

　　风能让深秋的树叶离开枝干，空中飘零，地上飞滚。风也能让初春的花儿应时绽放，给人带来美好的春天。经过江河能掀起巨大波浪，刮进竹林可以使万竿翠竹左歪右斜。

　　此诗以风的各种存在形态，表现了事物的多面性。风本无形，空气流动形成风。但它又有形，春天一阵微风掠过，花儿便含笑向人们点头；秋天一阵狂风刮来，落叶就满地飘飞。"**解落三秋叶，能开二月花**"，风既强劲又有柔情；"**过江千尺浪，入竹万竿斜**"，风既彪悍，又有力量。诗人通过描写风所造成的多种自然情状，既有有利的一面，又有不利的一面，试图唤起人们感知自然情息对物态变化与破坏的力量，暗示了人类对自然力量的敬畏和对生存环境的依赖。启示人们在面对各种各样的生活波折时，应该像风一样，既有勇气又有智慧去应对种种挑战。

　　诗中也蕴含了一种生命力量的理念。生物对抗自然力的韧性力量，也象征着生命的强大和不可阻挡。人类应以乐观的态度面对自然和生存环境的各种变化。

## 中秋月

圆魄上寒空①，皆言四海同。
安知千里外②，不有雨兼风？

【译文】

圆圆的月亮升上高寒的天空，人们都说四海清辉普照相同。
可哪里知道千里之外的地方，不是正下着雨就是正吹着风。

【注释】

①圆魄：指中秋圆月。魄，本指月亮初出或即将沉没时的微光。
②安知：哪里知道。

**【哲理解读】**

此时此地皓月当空,就以为天底下都是这样。你怎么知道千里之外的彼地,有没有风和雨呢?

该诗本意是对一种志得意满心理的否认。"圆魄"比喻平和、安详,而"风""雨"则象征着灾难和痛苦。诗人意在通过晴朗的局部或表象,看到"雨兼风"的全局或本相。

不要"**圆魄上寒空,皆言四海同**"。"皆言"者未必就是真理。大千世界,变化万千,人类对自然和社会的认识,是随着人类认识能力的提高而不断发展的,一种认识的正确与否,并不取决于持这种认识的人数多寡,即便是人人皆言"是"的东西,也要敢于怀疑,不断深入地探索事物的本质。

而是"**安知千里外,不有雨兼风**"。不要见到头上圆月就想象四海皆同,这样会犯以偏概全的错误。世界上的事物千差万别,不可能完全一样。所以看问题不要以点代面,不要凭感觉主观臆断,而要用全面的观点了解、认识和分析事物,要看到千里之外不一样的东西。

这首诗提醒人们,认识问题不要人云亦云,不要以此代彼,以局部代替整体,不要以片面的现象代替对事物整体或本质的探求。要理解世界的多样性和复杂性。

# 王勃

王勃（649—676年），字子安，绛州龙门（今山西河津）人。"初唐四杰"之一。以《滕王阁序》最著名。存世有《王子安集》。

## 送杜少府之任蜀州①

城阙辅三秦②，风烟望五津③。
与君离别意，同是宦游人④。
海内存知己，天涯若比邻。
无为在歧路，儿女共沾巾。

【译文】

三秦大地环绕着京都长安，遥望蜀州风烟迷茫着五津。
我和你一样都有离别伤感，因为同样是离家宦游之人。
只要四海之内有知心朋友，即使天各一方也像邻居一样。
在分别的路口没必要哭泣，不要儿女情长让泪湿衣裳。

【注释】

①少府：官名。之：到、往。　蜀州：今四川省崇州市。
②城阙（què）：城门楼，这里代表长安城。　三秦：秦朝末年，项羽灭秦之后，把关中分为三个区，封给三个秦国降将，因此得名。
③五津：蜀州岷江有五个渡口，用来代指四川。

④宦游：古代士人外出求官或做官。

【哲理解读】

三秦大地护卫着京都长安，遥望蜀川，一片风烟。我们都是离家宦游之人，离别的情绪是相通的。四海之内有知心朋友，即使远在天边也近如邻居。我们没有必要在分别的路口泪湿衣巾。

诗人首先描绘了广阔的地理空间，隐喻世界广大无垠。人生的离别和相遇，在这个宏大的背景下显得微不足道。又以"海内"之辽阔，"天涯"之遥远，来衬托朋友之间友谊的深厚和真挚。意在慰勉友人，告诉他：你我是知己，四海之内，你我之间，即使在天涯海角，只要心灵相通，就能超越时空，任何时候都如在身边一样。诗中**"海内存知己，天涯若比邻"**，从人的内心世界阐释了"远"和"近"的关系。虽然天各一方，仍然可以共勉。知己永远，友谊长存，因为心心相印，便能缩短心理上的距离。这体现了诗人对于情感交流和心灵共鸣的重视，也表达了对人类精神世界的深入理解和尊重。

全诗表现了诗人豁达的离别情调，强调了友情的力量和重要性。其深刻的哲理是：真挚的友谊不受时间限制和空间阻隔，即友情的真正价值在于精神上的相互理解和支持。

# 落花落

落花落，落花纷漠漠。
绿叶青跗映丹萼①，与君裴回上金阁②。
影拂妆阶玳瑁筵③，香飘舞馆茱萸幕④。
落花飞，燎乱入中帷。
落花春正满，春人归不归。
落花度，氛氲绕高树⑤。

落花春已繁，春人春不顾。
绮阁青台静且闲，罗袂红巾复往还⑥。
盛年不再得，高枝难重攀。
试复旦游落花里，暮宿落花间。
与君落花院，台上起双鬟⑦。

**【译文】**

落花正在飘落，花瓣悄然无息，纷纷漠漠。
想起绿叶青萼托着红色花朵，我和你慢慢登上金碧楼阁。
那时花影轻拂华丽台阶和精美筵席，香气飘过舞馆插着茱萸的帘幕。
而今落花漫天飞扬，缤纷进入中屋帷落。
落花正值仲春时节，游春的人还回不回来哦？
落花飞度，浓香围绕着高高的树木。
花落正密时，春天繁盛到了极点，游春的人都应接不暇了。
绮丽楼阁，青色台榭，多么安静闲适，我又穿戴罗袂红巾来到这里。
青春年华一去不复返，人生顶点难以再次重启。
但可重新尝试白天畅游落花之中，夜晚留宿落花之间。
睡梦中我跟你再次来到这落花院，一起登上楼台，头上还是梳着双鬟。

**【注释】**

①青趺（fū）：趺，本义脚背。此指花萼。 萼：花瓣外的绿色薄片。
②裴回：徐行的样子。裴：长衣下垂。
③玳瑁（dài mào）：热带海洋一种食肉性海龟。 玳瑁筵：精美筵席。
④茱萸：落叶小乔木，开小黄花。
⑤氛氲：指浓郁的烟气或香气。

⑥袂（mèi）：本义指衣袖。罗袂，丝罗的衣袖。
⑦双鬟（huán）：古代年轻女子的两个环形发髻。

【哲理解读】

现在落花纷纷扬扬，想起繁花似锦的时候，我和你一起登上金碧辉煌的亭台楼阁。那时花影轻拂盛宴，花香飘向舞台帷幕。而今已是落花时节，可是我不知你什么时候回来。落花围绕高树纷飞，春天的盛景让人目不暇接。我也身着罗袂红巾，徜徉在娴静的绮阁青台。只是青春不再，人生顶点难以再现。我尝试着白天再游落花下，夜晚睡到落花间，仿佛梦里和你一起登上花园的楼台，我的发髻依然是年轻时的双鬟。

这是诗人对美好时光的追忆和向往。该诗是王勃在死刑获释之后，心情大悲大喜之时写下的。全诗以女子面对春天落花的描述，抒发怀念青春的情怀。"绿叶青跗映丹萼，与君裴回上金阁。"人在美好的意境之中，年华虽已逐渐老去，回首往事却还似在梦中。诗中女子青春不再，她的心中人也一去不回，她只能在梦里重温往昔。这正像王勃的身世：青春年华之际，年少成名，不料后来竟身陷官司，仕途急转直下。他曾拥有过的一切，都不可能重新回来了。

诗人经历人生起落后，观看飞舞的落花，感觉落花都在春风里寻觅自己的归宿，人又何尝不是？诗人从落花的自然景象中，看到了人事盛衰的必然性。"盛年不再得，高枝难重攀。试复旦游落花里，暮宿落花间。"春天已经过去，美好的春光一去不复返，但人们还沉浸在春天里。美好的时光已经过去了，人们还往往迷恋已经过去的时光。这是一种对逝去青春的无奈和对美好时光的惋惜，以及对人生不可逆转和无法重复的感慨。

这首诗启示我们：人生应该向前看，要勇于接受变化，而不要总是停留在过去的美好或伤感之中。尽管生活变化无常，时间流逝无法控制，我们也应该正视现实，面向未来。

# 刘希夷

刘希夷（约651—约680年），字延之，汝州（今河南汝州）人。唐代诗人，其诗以歌行见长。《全唐诗》存其诗一卷。

## 代悲白头翁①（节录）

今年花落颜色改，明年花开复谁在？
已见松柏摧为薪②，更闻桑田变成海③。
古人无复洛城东，今人还对落花风。
年年岁岁花相似，岁岁年年人不同。

【译文】

今年在这里看花儿凋零颜色衰败，明年鲜花盛开又会是谁与我同在？
已经看到翠绿松柏被砍伐为柴薪，又听说那桑田已变成了汪洋大海。
古人已不再悲叹洛阳城东的花了，今人却对着飘零落花伤感在风中。
一年又一年花朵绽放如此的相似，一岁又一岁看花的人却不尽相同。

【注释】

①《代悲白头翁》凡26句。《唐才子传》记载，其舅宋之问因看上"年年岁岁花相似，岁岁年年人不同"，欲占为己有，因刘延之反悔而不成，竟暗中使计用土袋将其压死。令人蹊跷的是，《全唐诗》另一卷收录了另一首几乎一模一样的诗，题为《有所思》，署名为宋之问。

②出自《古诗十九首》:"古墓犁为田,松柏摧为薪。"
③比喻世事变化很大。

【哲理解读】

　　今年看到这花由繁而衰,明年看这花的人又是谁呢?想到松柏摧为柴薪,桑田变成沧海,怎不感叹这洛阳城东,多少古人已经逝去,今人正饶有兴味地面对这风中花落。只可叹花年年相似,人岁岁不同。
　　此诗看似看花人感伤落花,抒发人生短暂,红颜易老,实质上表现了诗人面对自然、面对人生的思考。在永恒的大自然面前,人类如同短暂盛开的花朵。在诗人看来,没有事物是永恒不变的,千年松柏也有化为柴薪的一天,即使桑田也有变成大海的时候。时间是永恒的,事物是变化的。时间的无限性和人生的有限性,让诗人面对无常变化悲从中来。"**今年花落颜色改,明年花开复谁在?**"时光永不停息,人生转瞬即逝,今天的美好,终将成为明天的记忆。而"**年年岁岁花相似,岁岁年年人不同**":不仅表达了个人面对时代的悲观情绪和多舛命运的感慨,更是说透了世间的变化,变化的必然。自然相似,世事无常;人生易逝,宇宙永远。这就是大自然和人类社会的一般规律。
　　这段诗是对生命与时间的感慨和思考。尽管生命是短暂的,但时光却是永恒的。我们应该珍惜当下,尽可能地把握住美好时光,让生活变得更加有意义,让美好成为生命中的永恒。

# 陈子昂

陈子昂（659—702年），字伯玉。梓州射洪（今四川射洪）人。初唐文学家，诗文革新人物之一。传世有《陈子昂集校注》。

## 登幽州台歌①

前不见古人，后不见来者。
念天地之悠悠，独怆然而涕下。

【译文】

古代的前贤已经过去，后来的明主很难预期。
感念天地之无穷无尽，我倍感凄凉独自落泪。

【注释】

①幽州台：又称黄金台，战国时燕昭王为招纳天下贤士而建。故址在今河北省定兴县。

【哲理解读】

向前看不见古代招贤的圣君，向后看不见后世求才的明主。站在广阔的天地中，只有那苍茫时空悠悠远远，止不住满怀悲伤热泪纷纷而下。

诗人站在黄金台上，登高望远，想到古时郭隗、乐毅得到燕昭王重用，干出一番惊天动地的事业来，而自己心怀壮志却孤处于世，"**前不见古人，后不见来者**"。无人赏识，不能为国家建功，一种生不逢时的孤独与悲怆油然而生，怎不为自己的命运而泣，怎不为时代的暗淡而泣。该诗作于武周二年（697年），这年契丹攻陷营州，武则天命武攸宜征伐契丹，陈子昂为随军参谋。在唐军战事不利时，陈慨然进谏却被武贬为军曹。陈因忠而见弃，怀着悲愤心情，登上燕昭王招贤的黄金台遗址。当面对宇宙的无限，想到时间的流逝时，诗人感到了无比的孤寂与悲凉，虽自信满满，却为时所困。在怀才不遇、报国无门、抑郁愤懑的情绪下，感受到了理想和现实的矛盾，表现出在理想破灭时的孤单和失望。

  作者感叹自己没有机会遇见明君，无法施展自己的才华。同时，感念天地悠悠，只有自己独自承受这孤独和苦闷。凭今吊古，在万千感慨中，抒发了封建社会知识分子在遭受压抑时的心境，具有深远的历史意义。

# 张若虚

张若虚（约660—约720年），扬州（今江苏扬州）人。唐代诗人，其诗仅存二首于《全唐诗》中。《春江花月夜》有孤篇压全唐之说。

## 春江花月夜①（节录）

江天一色无纤尘，皎皎空中孤月轮。
江畔何人初见月？江月何年初照人？
人生代代无穷已，江月年年只相似。
不知江月待何人，但见长江送流水。

【译文】

江水天空融为一色没有些微尘埃，明亮的苍天悬挂着荧荧圆月一轮。
是谁在江边最早看见这神奇月亮，江上月亮又是哪一年最初照耀人？
人的生命一代传给一代无穷无尽，明月的皎洁却是年年如此的相似。
不知江上的月亮又在等待什么人，只见漫漫长江奔腾着浩荡的流水。

【注释】

①乐府旧题，张若虚借旧题写新情。全诗共36句。

【哲理解读】

　　朗朗月光，大江东流，奔腾而去。清明澄澈的宇宙天地，仿佛使人进入了一个纯净的世界。人生代代相继，江月年年如此。一轮孤月高悬中天，它在等待什么？

　　这段诗以其独特的宇宙和生命意识，构造了一个寥廓而空灵的春江月夜景象。诗人将人生放在时空中，以时间为轴线展开了遐想：虽然个人的生命是短暂的，但人类的存在则是绵延长久的，因此"无穷已"的人类就和"只相似"的明月得以共存。这是诗人从大自然的美景中感受到的宇宙真理。诗人没有因为人生短暂、江月永恒而伤感，而是出于对生活的热爱和追求，唱出了昂扬向上的生命洪音。"**江畔何人初见月？江月何年初照人**"的发问，则是诗人对于人类起源问题的思考；对于"**人生代代无穷已，江月年年只相似**"的感叹，怎不引起人们对宇宙无穷、人生有限的探赜。自然界无穷无尽，而人类社会则是相继相传，诗人从宇宙人生的宏大视野去审视人事代谢，面对亿万年来未曾改变的月色，以江月之景展现个人的内心世界。实际上是在探索人类自身的起源和存在的意义。

　　阅读此诗，我们仿佛跳出人生樊篱，置身于浩瀚而美妙的宇宙时空，亦欲探索奥妙无穷的自然和生命真谛，在反思生命的意义和价值中，去创造美好的理想世界。

# 张九龄

张九龄（678—740年），字子寿，谥文献。韶州曲江（今广东韶关）人。盛唐名相，诗人。存世有《曲江集》。

## 望月怀远

海上生明月，天涯共此时。
情人怨遥夜，竟夕起相思。
灭烛怜光满，披衣觉露滋。
不堪盈手赠，还寝梦佳期。

【译文】

海上升起一轮皎洁的月亮，你我此时正天各一方共望。
有情的人都怨恨月夜漫长，整夜里把远方的亲人思念。
熄灭蜡烛爱怜这满屋月光，披衣徜徉感觉夜露已润凉。
不能把月色亲手捧赠远方，还是入寝与你相见在梦乡。

【哲理解读】

月亮从海上升起，勾起两地相思，虽是天涯海角，却共同仰望着明月。欲将月光双手捧赠，可是那么遥远，只好托之以梦乡。

张九龄是唐朝的贤相之一，晚年被贬荆州写了这首诗，寄寓了他对未来的向往。面对海上冉冉升起的明月，诗人想象，远在天涯的"情人"也和自己一样，望着月亮怀念对方。

彼此之间的思念，万里相连，真挚缠绵。这里情人并非实指，是诗人对重新受到朝廷重用的期盼，是对美好生活的一种寄托。"**海上生明月，天涯共此时**"二句，道出了相思之人以明月为媒介，在时间上的同一和空间上的共感。这是心灵上的相通，这种共时性超越了地理距离的限制，体现了人与自然的和谐统一。表达了时间与空间的相对性，无论身处何方，只要抬头望月，人们就能共享这一刻，尽管物理距离可能存在，但情感与精神可以穿越时空。

诗句内涵意义，远远超出情人之间，常被用来表达对远方亲人和远方朋友的思念与祝福。启示人们把握当下，与自然和谐共处，同时也表达了对于共通人性的追求。

## 感 遇

兰叶春葳蕤[①]，桂华秋皎洁[②]。
欣欣此生意，自尔为佳节[③]。
谁知林栖者，闻风坐相悦[④]。
草木有本心，何求美人折？

【译文】

兰草在春天翠叶纷披，桂花在秋日晶莹皎洁。
草木繁荣而生气蓬勃，各自顺应了上好季节。
谁知山林中隐逸高人，闻到香味也满怀喜悦。
草木芬芳源自于天性，怎么会求观赏者攀折。

【注释】

①葳蕤（wēi ruí）：草木枝叶茂盛。
②华：通"花"。花朵。　皎洁：形容桂花晶莹明亮。
③自尔：各自如此。　佳节：美好的季节。
④闻风：兰桂芳香之风。　坐：因而。

【哲理解读】

　　无论兰叶还是桂花，都是草木君子，只要逢时就会欣欣向荣，生机盎然。它们发出香气纯粹出于本性，而博得山林隐居者的喜爱，并不是因为它们指望别人欣赏。

　　这首诗系张九龄谪居荆州时，抒发遭受排挤的悠思闲情，表现了作者清高而坚贞的品质。诗人似乎感悟到：贤人志士只有在政治开明时代，才能施展才华和抱负。虽然流露出对重新"遇时"的一种愿望，但也绝不为了名利而改变自己的本性。有一种顺应自然、无为而为的人生态度。

　　"草木有本心，何求美人折？"在这里，诗人用花不以无人欣赏而不芳，比喻自身志洁行芳、不求人知的高雅情怀；也比喻自芳自洁，并不是为了得到别人赞赏，而是天性高尚，品质使然。其蕴含的哲思是：事物的属性是由事物的本质决定的，而不是外在作用赋予的。表达了内在品质与外在评价的关系，即独立价值观与自我实现的关系。启示人们追求自己的价值和意义，而不依赖于别人的赞扬或认可。

　　全诗表达了对自然之美的赞美和对内在价值的尊重。提醒人们，无论在哪个时节，无论身在何处，都可以通过感知和欣赏自然，找到生命的美好和价值。

# 王翰

王翰（687—726年），字子羽，并州晋阳（今山西太原）人。边塞诗人，《全唐诗》存其诗14首。

# 凉州词

葡萄美酒夜光杯①，欲饮琵琶马上催。
醉卧沙场君莫笑②，古来征战几人回？

【译文】

葡萄美酒盛满在夜光杯中，
正要畅饮，琵琶在马上响起，声声催人出征。
如果醉卧在沙场上，请不要笑话；
古来出征打仗，能有几人平安返回？

【注释】

①夜光杯：夜晚透明的玉制酒杯。
②沙场：平坦的沙地，指战场。

【哲理解读】

夜光杯里盛满葡萄美酒，在月光下闪闪发亮，将士们刚举起酒杯，忽然马背上奏起了出征的琵琶。想到即将奔赴沙场，一定要一醉方休，即使醉倒在战场上又有何妨？

在军营宴席上，将士们个个豪情满怀，早就做好了马革裹尸的准备。自古以来，出征打仗的人能够活着返回家乡的又有几个？上战场的人就没有想过平安回来。充分表现了为国出征，视死如归的精神。生动地表达了生命的真谛在于如何有价值、有意义，而不是时间长短。诗中虽然也有悲壮的情绪，以及战争的残酷与对和平的向往，但却把战争与酒筵的气氛、生与死的体验，表现得豪放、豁达、慷慨，大有"壮士一去兮不复还"的气势。千百年来，激励着征战者勇往直前，保家卫国。这就是**"醉卧沙场君莫笑，古来征战几人回"** 深沉的哲思。

仅就诗句"欲饮琵琶马上催"的现实意义而言，琵琶催人出征，蕴含着生活的矛盾与冲突。生活的美好总是伴随着无奈与痛苦，如同琵琶声既是欢快的音乐，又是催人出征的号角。人们在享受生活的同时，也不得不面对生活的压力和挑战。

# 王之涣

王之涣（688—742年），字季凌。并州（今山西太原）人。盛唐诗人，《全唐诗》存其诗6首，皆为名篇。

## 登鹳雀楼

白日依山尽，黄河入海流。
欲穷千里目①，更上一层楼。

【译文】

白日沿着西山慢慢地沉下，黄河水滚滚向东流入大海。
要看到目力所及千里之外，就要登上更高一层的楼台。

【注释】

①穷：尽，使达到极限。

【哲理解读】

极目远眺，白日依山沉落，黄河奔腾入海；站在鹳雀楼上，高山落日与黄河水两两相映，蔚为壮观。还想要看得更远，那就再上一层楼。

诗人在登高望远中，缩万里于咫尺，使咫尺有万里之势。表现出非凡的胸襟和抱负，诗中意境融合了作者心雄气壮的宏伟意志。日升日落，晨昏交替，人类繁衍代谢，都像这黄河水奔流，永不衰竭。所以个人也需要不断进取，不断攀登。"欲穷千里目，更上一层楼。"这无限探求的愿望，启迪人们：业无止境，学无止境，希望达到更高的目标，就必须不断超越自我，只有到了更高层次，才会有更高眼界，才能高瞻远瞩。

诗人心灵受大自然震撼，悟出的是朴素而深刻的哲理，能够催人抛弃故步自封的浅见短识，不断拓展愈加美好的崭新境界。这种积极向上的精神和对未来乐观的态度，启示人们努力保持奋进之心，以实现自己的梦想和目标。

## 凉州词

黄河远上白云间，一片孤城万仞山[①]。
羌笛何须怨杨柳[②]，春风不度玉门关[③]。

【译文】

黄河远上苍穹，又从白云间流出。
一座孤城像一片云朵，挂在高峻的山岭。
羌笛的《杨柳曲》埋怨春天迟迟不到，
可是春风原本就吹不到玉门关外来。

【注释】

①万仞：形容山高。古制一仞相当于八尺，即1.8米左右。
②羌（qiāng）笛：羌族管乐。 杨柳：柳条。又指《杨柳曲》。
③玉门关：汉武帝时设置。故址在今甘肃省敦煌市西北小方盘城。

**【哲理解读】**

　　远远望去，黄河从白云深处飞流而来，边城在重重山峦之中。羌笛阵阵，似乎埋怨边关杨柳迟迟没有发枝，其实春风根本就吹不到边城。

　　诗人描绘了西北边地广漠壮阔的风光，同时也突出了戍边士卒的荒凉境遇。表达出戍边士卒对家乡的思念之情，以及对边塞荒凉之地的哀怨，既慷慨又悲凉。戍边士卒远离家乡，听到羌笛杨柳曲，就难免触动离愁别绪。"羌笛何须怨杨柳，春风不度玉门关。"乡愁绵延不绝，这又"何须怨"呢，要知道春风本来就到不了边关。诗人认为士卒们怨也没有用，"春风"已被玉门关所阻隔。诗人体验边关的艰苦，表达了同情的意愿，引发了对边塞情感的思考。实质是希望朝廷关怀关塞，体恤边塞士卒的疾苦。

　　此诗也让人们思考如何面对生命中无法掌控的因素，并发挥自身的潜能去应对生活中的困境。如今"春风"亦用于比喻温暖，"玉门关"则用于比喻特定事项，比如希望春天的温暖关照被忽视的地方。

# 孟浩然

孟浩然（689—740年），字浩然，襄州襄阳（今湖北襄阳）人，世称孟襄阳，盛唐山水田园诗人，有《孟浩然集》传世。

## 江上寄山阴崔少府国辅

春堤杨柳发，忆与故人期。
草木本无意，荣枯自有时。
山阴定远近，江上日相思。
不及兰亭会①，空吟祓禊诗②。

【译文】

初春的堤边杨柳又吐新芽，我想起和故友相约的时光。
花草树木本来就没有思想，繁荣与枯萎自有季节决定。
山阴远近的景象固定如常，我还是在江上整日思念你。
由于没有兰亭那样的聚会，只好吟咏祓禊诗为你祝福。

【注释】

①兰亭会：晋王羲之等常于会稽郡山阴县（今绍兴）兰亭聚会宴咏。
②祓禊（fú xì）：犹祓除。古代每年夏历三月上巳日在水边洗濯去垢叫祓禊。诗友在祓禊日聚会时吟诗助兴，这时所作的诗叫祓禊诗。

【哲理解读】

又到了春天，想起我们相聚时的约定。草木枯荣有其自身时令，聚散也是一样。放眼望去，旧时景象都没有变化，我还是站在岸边想念你。我们虽然没有兰亭一样的聚会，但我依然要吟祓禊诗，为你送去祝福。

这是诗人写给故友的诗。杨柳在堤边吐出新芽，让他想起自然界的节奏和与故人的约定。草木本来没有感情，它们的生长和凋谢都是受自然支配，看来人的活动也和自然一样有其节律。只是分别之后，江上念远，每每如此，犹如"春堤杨柳发"，都是自发的。"**草木本无意，荣枯自有时。**"自然现象和过程独立于人的意志和意识之外，它们按照自身固有的规律发展。它们自己并没有意识，只是在季节的支配下循环着繁荣枯萎。而人则不一样，人是有思想、有感情的。"**山阴定远近，江上日相思。**"山水距离、相隔远近虽然固定不变，而诗人对故人的思念却如草木繁荣，年复一年，随着时令变换而增长。

诗人认为，自然界变化是有节律的，该荣则荣，该枯则枯；而思念和愿望又无法改变距离和现实，人的情感或许和自然界一样，既有时令性，也有周期性，这是人之常情，无法避免，那就让我们的聚散顺应自然吧。

# 寒山子

寒山子(约691—793年),长安(今陕西西安)人。《寒山子身世考》指出寒山乃隋皇室后裔,后遁隐于天台山寒岩。《全唐诗》录其诗一卷。

## 众星罗列

众星罗列夜明深,岩点孤灯月未沉。
圆满光华不磨莹①,挂在青天是我心。

【译文】

众多星星排列在夜空明亮而幽深,山岩上点一盏孤灯月亮尚未西沉。月亮圆满光华不用打磨也很晶莹,挂在青天的明月就是我的一颗心。

【注释】

①莹:光亮透明状。

【哲理解读】

茫茫黑夜,众星罗列,孤灯闪烁。只有一样明亮之物,那就是天上的月亮,月光铺洒开来,辉映大地,整个天地因月而明、因月而在。这一轮明月,不正是我无欲无求的禅心,高高挂在长空中吗?

这首诗描述了一个空灵的夜空，表达了诗者内心的禅悟和坚持。除了禅理外，也给人一种哲理启示。岩点孤灯，此灯为心，心灯如同天上的明月，与天地同在。自己内心没有黑暗，天地也就光明。"**圆满光华不磨莹，挂在青天是我心。**"诗人的心一尘不染，不磨自华，以我之心，照亮天地万物，这算是很高的修为了，是臻于物我两忘的至高境界。光明磊落，心如天灯，不与尘世隔绝，心系天下大众，这也是每个人应该修为的境界。这种境界启示人们，要努力追求内心修养，勇敢表达自己的内心世界，让内心世界充满无限可能并散发独特光亮。

　　此外，诗者以众星和孤灯为象征，展现了宇宙的广阔与人类的渺小，这种对比让人思考人类在宇宙中的地位和意义。这也是诗者对于宇宙和人生的独特感觉，星星、月亮和人都有自己的存在方式和意义，而人的内心世界应该像月亮一样，不断寻求更加真实的最高境界，圆满自足、光华四溢，自我超越，不怕孤独。

# 张敬忠

张敬忠，生卒年不详。京兆（今陕西西安）人。唐中宗（656—710年）至唐玄宗年间出仕。《全唐诗》存其诗二首。

## 边 词

五原春色旧来迟①，二月垂杨未挂丝②。
即今河畔冰开日，正是长安花落时。

【译文】

五原一带春天从来都来得很迟，已是二月垂杨还没有萌出嫩绿。
到今天河里的冰层才开始消融，长安城却已百花凋谢落红无数。

【注释】

①五原：郡名，在今内蒙古五原县一带。
②未挂丝：柳条的初芽，远看若丝。

【哲理解读】

五原的春天迟迟不来，到了农历二月间，杨柳尚未发芽。黄河岸边，如今开始冰雪消融；长安城里，却正当落花时节。
由于地理方位不同，北方五原一带的春色总是姗姗来迟。春风拂过，处处冰消雪化，万物复苏，这是春季的普遍性；但同样是春季，因气候环境不同，又会出现差异性。五原与长安相形有异，已经是农历二月，杨柳还未发芽。等到五原河融冰消，长安城的春花已经凋谢落地了。这里，突出了边地与京城的季节性差异，也隐含了戍边将士对京城的期盼。

诗中"即今河畔冰开日，正是长安花落时"，通过强烈的对比蕴含了一个哲理：事物无不是普遍性和差异性的统一。事物有差异性，对待事物的方式也应该有适应性。不同的气候应该有不同的应对方式，不同的区域应该有不同的处理方法。不能忽略事物的特殊性，就诗意而言，即不要忽略了对边城的冷暖关照和他们的特殊期盼。

此诗表达了作者对时间、生命和自然规律的思考。尽管存在地理和时令上的差异，但人类对于春天的向往和期盼是共通的。因此，应该充分尊重和妥善对待不同地域之间的特殊性，以实现人类社会的和谐发展。

# 王湾

王湾(约693—751年),号为德,洛阳(今河南洛阳)人。唐代诗人,《全唐诗》收其诗10首,《次北固山下》为代表作。

## 次北固山下①

客路青山外,行舟绿水前。
潮平两岸阔,风正一帆悬。
海日生残夜,江春入旧年。
乡书何处达,归雁洛阳边②。

【译文】

游客旅行的路在青青的山外,小舟推着绿波行驶在江面上。
潮水上涨两岸水面变得宽阔,一路顺风正好船帆高高悬扬。
海上红日在夜色将阑时升起,旧年未去江南已是春天景象。
传送的家信不知已到达何处,企望北归大雁把信捎到洛阳。

【注释】

①次北固山下:在北固山下暂时停宿。次:暂时停宿。北固山:在今江苏省镇江市北,三面临长江。
②归雁:北归的大雁。古代有用大雁传递书信之说。

**【哲理解读】**

　　大江两岸，山清水秀，正好潮水上涨水面宽阔，扬帆行船一路顺风。夜色未尽，红日初升，江南春早，旧年未过就有了新春的气象。时序交替之际，怎不让人旅途思乡。

　　诗人乘船来到北固山下，深深感叹江南山清水秀的壮丽景色，江南虽然还是旧年的冬天，但是江边的柳树已经涂上了春天的色彩。太阳刚刚升起，大地还处于黑暗之中，但黑夜已被旭日撕破，新的一天就要开始。诗人情不自禁地发出了**"海日生残夜，江春入旧年"**的感慨，表达了诗人对未来的憧憬和希望。海上的旭日驱走了最后的夜暗，江南的春意赶走了岁末的冬寒。诗中描述了具有普遍意义的天地人文现象，在时序交替的物象理趣中，阐明了事物是发展的、变化的，旧的事物在消逝过程中，必然伴随新事物的诞生。新事物脱胎于旧事物，而旧事物又孕育着新事物。这样的自然和社会哲理，给人以乐观、积极、向上的力量和信心。

　　此诗也启示人们在人生旅途中，要看到事物积极的一面。比如"海日""江春"就象征着走出困境的希望，"山重水复疑无路"时，要有信心迎接"柳暗花明又一村"的到来。

# 王昌龄

　　王昌龄（698—756年），字少伯，河东晋阳（今山西太原）人。唐代边塞诗人，被誉为七绝圣手。代表作有《出塞二首》等。存世有《王昌龄集》。

## 出塞二首

秦时明月汉时关，万里长征人未还。
但使龙城飞将在①，不教胡马度阴山②。

骝马新跨白玉鞍③，战罢沙场月色寒。
城头铁鼓声犹震，匣里金刀血未干。

【译文】

依旧是秦汉时期的明月和边关，
守边将士鏖战万里，至今未能回还。
倘若龙城飞将卫青、李广如今还在，
绝不让匈奴南下牧马，度过阴山。

将军又跨上白玉鞍的宝马出战，
战斗停止，战场上月光凄凉又冷寒。
看！城头战鼓还在旷野震荡回响，
刀匣里那宝刀上的血迹还没有干。

【注释】

①龙城飞将：指奇袭笼（龙）城的名将卫青、飞将军李广。
②胡马：指当时侵扰内地的外族骑兵。　阴山：昆仑山的北支。
③骝（liú）马：黑鬣（liè）黑尾巴的红马，骏马的一种。

【哲理解读】

在漫长的秦汉边防线上，战争一直没有停止，戍边的战士一直没有回归故土。要是直捣龙城的大将军卫青、飞将军李广还在的话，绝不会让敌人南下越过阴山。

这次战斗异常激烈，当枣红马刚装上马鞍，将军就骑上它迎战去了。战斗结束时，战地只留下寒冷的月光。催战的鼓声还在城头回响，盒子里钢刀还带着血迹。

这组诗抓住战斗刚刚结束的场面和心情加以描述，刻画了惊心动魄的战况场景、勇猛善战的将军形象和卫国杀敌的英雄豪情。诗人讴歌将士们的英勇，强调了勇气和决断的重要性。又从历史和现实的对比中，体现了一种慷慨激昂的向上精神，反映了黎民百姓对和平的渴望。诗中关于时空交错的描写，展现了边关的永恒与历史的沧桑。明月、关塞，这些恒久的自然与建筑见证了历史的变迁，也见证了无数将士的牺牲与奉献。诗人怀念"龙城飞将"的勇敢、智慧和威武，发出"**但使龙城飞将在，不教胡马度阴山**"的感慨。引发人们对决定战争胜败，边境长治久安问题的深入思考。诗人认为，边战不断与国无良将不无关系。既包含对戍边将士的同情和结束战争的愿望，又有一种战胜强敌需要良将的呐喊，同时洋溢着浓烈的国家情怀。

总的来说，这组诗不仅描绘了古代战争的宏大场景，而且通过生动形象的比喻，表达了对历史和现实的深思，对战争与和平的关注。它告诫人们和平是珍贵的，激励人们在面对困难和挑战时，要有勇气和决心去捍卫国家信念和目标。

## 芙蓉楼送辛渐①

寒雨连江夜入吴②，平明送客楚山孤③。
洛阳亲友如相问，一片冰心在玉壶④。

【译文】

透着寒气的夜雨，与吴地江水连成一片。
清晨在芙蓉楼送你，面对孤独的楚山。
洛阳亲友如果问起我，请告诉他们：
我的心，像玉壶中的冰一样清亮晶莹。

【注释】

①芙蓉楼：在润州（今江苏镇江）西北。　辛渐：诗人的朋友。
②吴：泛指江浙一带，三国时吴国属地。
③平明：天亮的时候。　楚山：古楚地的山。
④冰心：比喻纯洁的心。　玉壶：玉做的壶。比喻品性高洁。

【哲理解读】

　　昨夜的吴地，寒意弥漫在满江烟雨中。芙蓉楼上，两个离别友人面对楚山，心头一阵凄凉和孤独。分手之际，诗人嘱托友人：如果洛阳的亲友问起我来，就说我的心犹如晶莹剔透的冰，装在洁白无瑕的玉壶中。

　　此诗以嘱托表现惜别，从纯洁的玉壶中捧出一颗冰心，告慰洛阳亲友：虽然我的心是冰凉的，但也是晶莹的，我从来没有对不起国家，对不起家人和朋友，也不会因为连遭贬谪而改变节操。结合写作背景来看，王昌龄当时已贬为江宁（今江苏南京）丞，晚年再次被贬至更僻远的龙标（今湖南黔阳）尉，但诗人坚信自己内清外洁、表里如一。无论遭遇什么都不会玷污自己的清白。

"洛阳亲友如相问，一片冰心在玉壶。"诗人以自己内心的纯净传达了坚守节操，不为世俗所动的人生观和价值观，即始终追求道德的高洁和内在的修养，而不在乎名利得失。这种追求是人类精神生活的重要组成部分，也是个体自我完善、保留名节的重要途径。后"玉壶冰心"作为成语，被广泛运用于表白自身的内在修为和素养。

这首诗以离别为主题，通过场景描绘和象征运用，展现了诗人的高洁情操和坚定信念。所传达的是一种坚贞不屈、乐观开朗的人生态度，是对于道德、人格和人生意义的深刻理解和诠释。

# 王维

王维（699—761年），字摩诘，河东蒲州（今山西永济）人。唐肃宗年间任尚书右丞。有"诗佛"之称。传世有《王右丞集》等。

## 九月九日忆山东兄弟①

独在异乡为异客，每逢佳节倍思亲。
遥知兄弟登高处，遍插茱萸少一人②。

【译文】

独自一人在异乡漂泊闯荡，每到佳节就加倍思念亲人。
遥想家乡兄弟正登高望远，头上插着茱萸为我而担心。

【注释】

①山东：王维家居蒲州，在华山之东。所以称山东。
②茱萸（zhū yú）：一种香气浓烈的植物，古代重阳节时有佩戴茱萸的习俗。

【哲理解读】

又到重阳节，独自一人漂泊在外。每当佳节到来之际，遥想兄弟团聚的场面，他们戴带着茱萸登上高处，但是少了诗人自己。

该诗是作者十七岁的作品。尚未弱冠便独闯京城，以谋功名，争取仕进。诗人身处异乡，孑然无依，孤独凄然，对亲人的思念有其独特的体验。诗人质朴的语言中包含了人所共感的思亲之情。千百年来，每当佳节，身处异乡的人们都会想到此诗，并强烈地感受到它的力量。诗中"**遥知兄弟登高处，遍插茱萸少一人**"，隐约地蕴含了个体与群体的关系，诗人虽然背井离乡，节日思亲更甚，然而也感受到追求不同人生价值的意义。当个体目标与群体目标出现差异的时候，必然会有个体与群体的分离。但这并不影响个体与群体的骨肉亲情或特定情谊。

总之，此诗表达了诗人对家乡和亲人的思念之情，对作客他乡的人们，具有打动人心的力量。时间和空间隔不断离别的情思，虽然笼罩着一种淡淡的乡愁，但也包含着对个体和群体的思考。

## 终南别业

中岁颇好道，晚家南山陲①。
兴来每独处，胜事空自知。
行到水穷处，坐看云起时。
偶然值林叟②，谈笑无还期。

【译文】

我到中年就存有浓厚的好道之心，直到晚岁才安家在终南山的边陲。
兴趣浓时每每独来独往欣赏风景，有愉快的事就独自享受独自陶醉。
有时候走到水的尽头去寻找源流，有时坐下来看升起的云如何变化。
偶尔会在林间遇见一个乡村老翁，与他谈笑聊天常常忘了返路回家。

【注释】

①南山：即终南山。 陲（chuí）：边缘，旁边。
②值：遇到。 叟（sǒu）：老翁。

【哲理解读】

诗人中年以后即信奉佛教，终于在终南山旁安了家。经常独来独往，看水流之源，观云起云落，与山中老人闲聊，优哉游哉，不亦乐乎。

王维晚年隐居于终南山边陲，对眼前的事听任自然，与天地融为一体，不刻意追求动或静、进或退、有或无。随缘自适，兴之所至便是缘分。在水的尽头放开眼界，又是另一种风景。表现的是勘破自然、目尽万物、与世无争、舒畅自如的心境。遇到林中老叟，谈笑随兴，兴尽之时便是回家之时。在人生的穷尽处，随自然变化而变化，不与物违，不与己逆，体现了一种自由自在的精神状态和佛性修为。"**行到水穷处，坐看云起时。**"诗人面对水源尽头的平静和深沉，有一种对生命的坦然和放下的态度。也代表着人们在人生探索过程中的精神超越，人们不断前行，直至达到极限，然后回过头来，静静地欣赏风景。这是一种自由、超脱的境界，也是一种对生命意义和价值的再思考和再领悟。

全诗充满了自然美和人性美，让人感受到与大自然和谐相处的快乐与满足。同时也启示我们，人生中会有许多偶然和未知，只有保持乐观、淡泊的心态，才能真正享受生命的美好和意义。

# 李白

李白（701—762年），字太白。生于碎叶城（今吉尔吉斯境内）。五岁随其父迁居绵州彰明县（今四川江油）。唐代诗人，被誉为"诗仙"。有《李太白集》。

## 早发白帝城[①]

朝辞白帝彩云间，千里江陵一日还[②]。
两岸猿声啼不住，轻舟已过万重山。

【译文】

早晨告别霞霄深处的白帝城，水疾船快千里江陵一日回返。
两岸猿猴在身边不停地啼叫，不知不觉轻舟已过万重山峦。

【注释】

①白帝城：在今重庆市奉节县白帝山上。
②千里江陵：从白帝城到江陵（今湖北荆州）约一千二百里。

【哲理解读】

早上在彩云间辞别白帝山，千里之外的江陵一天就到了。顺流直下的轻舟快得如同飞翔，两岸不停地沸腾着猿声，仿佛是万山丛中一场穿越。

李白这首诗作于流放夜郎（今贵州）遇赦东还江陵时。借赞美长江壮丽景色，表现出顺应自然、借助自然之力超越困境的意志。全诗即景抒情，因事寄兴，在景象描写中表达了对自然、对人生的思考。诗中"**朝辞白帝彩云间，千里江陵一日还**"，把遇赦后的愉快心情和顺水行舟的轻快流畅融为一体。说明任何事物都是变化的，而且在一定条件下呈现快速变化状态。"**两岸猿声啼不住，轻舟已过万重山**"二句，不仅表明在别人议论纷纷的时候，"我"已回到了江陵；更是以不绝于耳的猿声反衬轻舟飞驶，表现事物的快速发展。说明前进途中尽管困难重重，但历史潮流、时代步伐却是不可阻挡的，这是事物变化和发展不可抗拒的规律。

这些哲理对于我们理解人生、面对生活具有重要启示。也展现了诗人不畏艰险、乐观豁达的精神追求，具有深刻的人文精神。

## 行路难

金樽清酒斗十千，玉盘珍馐值万钱①。
停杯投箸不能食，拔剑四顾心茫然。
欲渡黄河冰塞川，将登太行雪满山。
闲来垂钓碧溪上，忽复乘舟梦日边②。
行路难，行路难，多歧路，今安在？
长风破浪会有时，直挂云帆济沧海。

【译文】

金樽中清醇的美酒一斗价十千，玉盘里的菜肴珍贵得值一万钱。
我却放下酒杯和筷子不愿进食，拔宝剑顾四周心里面一片茫然。
想要渡黄河却是坚冰堵塞大川，想要登太行莽莽风雪早已封山。
仿佛像姜太公垂钓坐在碧溪上，忽然似伊尹做梦乘船经过日边。
人生道路何等艰难，何等艰难，岔路这么多，我身在何处不知北南？

108

相信总有一天，我会乘长风破万浪，高高挂起云帆，远渡碧海青天。

**【注释】**

①珍馐（xiū）：珍贵菜肴。

②闲来垂钓碧溪上，忽复乘舟梦日边：姜太公吕尚曾在渭水的磻（pán）溪上钓鱼，得遇周文王，终于助周灭商；伊尹曾梦见自己乘船从日月旁边经过，后被商汤聘请，助商灭夏。

**【哲理解读】**

朋友出于对李白的深厚友情，不惜金钱设下盛宴为他饯行。然而，他端起酒杯却又把酒杯推开，拿起筷子却又把筷子放下。他离开席位，拔下宝剑，举目四顾，心绪茫然。停、投、拔、顾四个连续的动作，显示了他内心的苦闷和抑郁。

天宝三年（744年）李白因权贵嫉恨，屡遭谗毁，被逐出长安。诗人以"行路难"比喻世道险阻，用姜太公垂钓碧溪和伊尹梦过日边的典故，暗示自己虽然被迫离开朝廷，但仍想有朝一日，能够像姜、伊二人得遇明主，一展宏图。诗人以曲折的文笔，表达出复杂的心理，一方面抒写在政治上遭遇的艰难，一方面希望有机会实现自己的抱负，反映了李白在思想上既不愿同流合污又不愿独置一身的矛盾。"**长风破浪会有时，直挂云帆济沧海。**"在诗人看来，尽管前进的路上障碍重重，但终将有一天会乘长风破巨浪，到达理想的彼岸。

就哲理而言，主要体现在面对人生困境与自我超越、乐观主义精神与坚韧意志力等方面。包含了诗人积极向上和坚持理想的品格，有一种济苍生、安社稷的壮志豪情，以及冲破一切阻力，去施展个人抱负的豪迈气概。这就是《行路难》不折不挠，不断探索生命价值的顽强信念。

# 将进酒

君不见，黄河之水天上来，奔流到海不复回。
君不见，高堂明镜悲白发，朝如青丝暮成雪。
人生得意须尽欢，莫使金樽空对月。
天生我材必有用，千金散尽还复来。
烹羊宰牛且为乐，会须一饮三百杯[①]。
岑夫子，丹丘生[②]，将进酒，杯莫停。
与君歌一曲，请君为我倾耳听。
钟鼓馔玉不足贵[③]，但愿长醉不复醒。
古来圣贤皆寂寞，惟有饮者留其名。
陈王昔时宴平乐[④]，斗酒十千恣欢谑[⑤]。
主人何为言少钱，径须沽取对君酌[⑥]。
五花马，千金裘，呼儿将出换美酒，与尔同销万古愁。

【译文】

你难道看不见黄河之水从天而来，滚滚东去奔向大海从不往回返。
你难道看不见那年迈的父母对着明镜，看着自己的白发而悲叹；
早晨还是乌黑的青丝，傍晚就变成了雪白一片。
人生得意之时就应当尽情欢悦，不要让金杯空对着天上明月。
老天生我就一定有用我的时候，即使散尽千两黄金也会重新获得。
把羊烹了、把牛宰了，寻欢作乐，就要痛痛快快一口气喝它三百杯。
岑夫子，丹丘生！快喝酒吧！不要停下来。
让我来为你们高歌一曲，请你们为我倾耳聆听：
击钟列鼎而食的山珍海味有什么珍贵的，我只愿在酒香里沉醉不醒。
自古以来贤圣的人无不冷落寂寞，只有那会喝酒的人会流传美名。

陈王曹植当年设宴平乐观，即使一斗酒要金十千也要纵情而饮。
主人呀，你为何说钱不多？只管买酒来，让我们一起畅快地喝。
名贵的五花良马，昂贵的千金皮衣，叫侍儿拿去换美酒，
我要和你们一起来消除这无穷无尽的烦忧和闲愁！

【注释】

①会须：正应当。
②岑（cén）夫子：岑勋。丹丘生：元丹丘。二人均为李白的好友。
③钟鼓馔（zhuàn）玉：指鸣钟鼓而食珍馐。馔玉：食物如玉一样精美。
④陈王：指陈思王曹植。　平乐：观名。在洛阳西门外。
⑤恣：纵情任意。　谑（xuè）：嬉戏。
⑥径须：只管。　沽：买。

【哲理解读】

该诗主要是对个人价值和精神自由的追求，以及对个人才能和社会现实的反思。李白在政治上被排挤受打击，理想不能实现，常常借饮酒来发泄胸中积郁。一方面壮志凌云，自信"天生我材必有用"，可是现实竟是我有才而君不用。

由于理想与现实的反差积郁于胸，愤懑无比，在漫游中遇到知心朋友岑勋、元丹丘，便一起倾谈，纵歌畅饮，借酒力以消心中"块垒"，借豪饮之兴以除胸中抑郁之气。诗中似乎看透人生，表现了对人生道理的顿悟，展现出面对世事的乐观心态。然而在豪饮乐杯语辞中，实则深含怀才不举的隐情。不甘沉落的激情犹如"黄河之水天上来"。诗人认为"**人生得意须尽欢，莫使金樽空对月**"。然而纵酒享乐的情绪只是一种表象，表面上重现庄子的乐生哲学，其实是对自我价值的强烈自信，对圣贤王侯的兀傲鄙视。而昂扬奋进的浪漫精神才是本诗的内在境界。对自己才华的自信，对自我价值的追求，体现了诗人自我意识的升华和自我超越的精神。

不要为失去什么而沮丧，财富可以靠才华和勇气获得。在不如意的时

候，要以虚静之心对待不平之事，以逍遥之心消解无端烦恼。不为外物所滞，不要自我沉沦，让生命在自然状态中尽量过得快乐一些，在快乐中向着既定目标努力进发，因为时光犹如黄河之水"**奔流到海不复回**"。

## 宣州谢朓楼饯别校书叔云①

弃我去者，昨日之日不可留；
乱我心者，今日之日多烦忧。
长风万里送秋雁，对此可以酣高楼②。
蓬莱文章建安骨③，中间小谢又清发④。
俱怀逸兴壮思飞⑤，欲上青天揽明月。
抽刀断水水更流，举杯消愁愁更愁。
人生在世不称意，明朝散发弄扁舟。

【译文】

弃我而去的昨日已不可挽留，扰乱我心的今日充满了烦忧。
长风吹过了一万里送来秋雁，对此可以开怀畅饮酣醉高楼。
你的蓬莱文章颇具建安风骨，还有我的诗如谢朓秀朗清发。
我们都心怀逸兴又壮思飞动，都想上青天能摘取一轮明月。
抽刀断水水却更加汹涌奔流，举杯消愁愁却上来更加忧愁。
人生在世上不能够称心如意，不如明朝披着散发乘舟漂流。

【注释】

①宣州：今安徽省宣城一带。 谢朓（tiǎo）楼：又名谢公楼，在陵阳山上，是南齐诗人谢朓任宣城太守时所建。 校（jiào）书：官名，即秘书省校书郎，掌管朝廷图书整理工作。 叔云：李白的本家叔叔李云。

②酣（hān）高楼：在高楼上畅饮。高楼，指谢朓楼。

③蓬莱文章：借指李云的文章。蓬莱，指东汉时藏书之东观。建安骨：指刚健遒劲的诗文风格。汉末建安（196—220）年间，"三曹"和"七子"等作家所作之诗风骨遒劲，后人称之为"建安风骨"。

④小谢：指谢朓，字玄晖，南朝齐诗人。后人将他和谢灵运并称为大谢小谢。这里用以自喻。清发：指清新秀俊的诗风。发，诗文俊逸。

⑤逸兴：飘逸豪放的兴致。

**【哲理解读】**

那些弃我而去的"昨日"，还有惹我心情烦忧的"今日"，都让我深感日月不居，心情惆怅。面对长空，秋雁高飞，就让我们在这高楼酣饮吧。校书的文章颇具建安风骨，可以珍藏于蓬莱观，我的诗也有谢朓的清新，我们都有揽月之志，可是现实不给我们机会，让我愁如流水。我抽刀断水，水却更加奔流；我举杯消愁，愁却愈加浓烈。人生如此不称心，不如登上扁舟，披着散发，随波逐流而去。

这首饯别诗既豪情逸趣，又忧愤郁悒，且遗世高蹈。天宝元年（742年），李白怀着远大理想和一腔热血来到长安就任翰林供奉。但不到三年，就发觉理想与现实有差距，而被"赐金放还"。于是他心情沉重，开始了长达十年的漫游生活。天宝十二年秋，李白来到宣城，在这里他遇到故人李云。此时的李云即将赴京就任秘书省校书郎，李白就在谢朓楼为李云设宴践行，并作此诗赠之。表达了"功业莫从就，岁光屡奔迫"的苦闷，而遥望蓝天鸿雁，激起了酣饮高楼的情绪。可是空有揽月之志，却难像鸿雁那样在万里长空自由飞翔。理想与现实的矛盾不可调和，加重了诗人内心的烦忧。诗人为了摆脱"不称意"的现实，找到了"散发弄扁舟"的一条出路，也就是孔子所说的"道不行，乘桴浮于海"。

"抽刀断水水更流，举杯消愁愁更愁。"是啊，刀不能断水，酒不能消愁，因为事物的联系是内在的、客观的，任何主观愿望都是不能改变的。它告诉人们，人生中的矛盾是普遍的，用不正确的手段达不到正确的目的，应该用正确的方式处理理想与现实的冲突。

## 日出入行

日出东方隈，似从地底来。
历天又入海，六龙所舍安在哉①。
其始与终古不息，人非元气安得与之久裴徊②。
草不谢荣于春风，木不怨落于秋天。
谁挥鞭策驱四运，万物兴歇皆自然。
羲和羲和，汝奚汩没于荒淫之波③。
鲁阳何德，驻景挥戈④。
逆道违天，矫诬实多⑤。
吾将囊括大块⑥，浩然与溟涬同科⑦。

【译文】

太阳从东方的天边升起，好像是从地底来到人间。
从天上经过又从西边回到海里，不知驾车的六龙住处在哪儿？
阴阳循环自始至终从来没有停止，人不是元气怎能与它长久回环？
花草不对春风吹绿表示感谢，树木在秋天零落没有埋怨。
哪会有谁挥动鞭子驱使四季运行，万物兴盛消歇都是自然规律。
驾驶太阳车的羲和啊羲和，你为何沉没于浩瀚的波涛？
鲁阳公到底有什么德行，竟能挥戈驻日？
拂逆天意违背自然规律，这类荒谬的事实在太多。
我将包容整个天地，浩浩然与宇宙元气融合。

【注释】

①六龙：古代神话传说，太阳每天由六条龙驾着座车在天空来往。

②元气：指天地未分前的混沌之气，被认为是最原始、最本质的因素。元气无形，而天地万物，均由它生。　裴徊：回环之意。

③羲和：神话中说为太阳驾车的神。　奚：何，为什么。　汩（gǔ）没：沉沦，沉没。　荒淫：此为浩瀚之意。

④鲁阳：古代传说中的大力士。《淮南子·览冥训》说：楚国的鲁阳公和韩国作战，非常激烈，战到黄昏，鲁阳举戈一挥，太阳为之倒退三舍（90华里。一舍30华里）。　景：古通"影"，即日光，这里代日。

⑤矫诬：欺诈诬罔。

⑥大块：大地，此指天地宇宙。《庄子·齐物论》："夫大块噫气，其名为风。"

⑦浩然：广大无垠貌。　溟涬（zǐ）：道家自然之气。充盈宇宙之气。

【哲理解读】

太阳从东方升起，好似从地底而来。它穿过天空，没入西海。自古以来，从来如此。人不是元气，怎能与太阳一样天长地久呢？

此诗一反传统自然观，表现了诗人无神论的唯物主义观点。在汉乐府中已有《日出入》篇，咏唱太阳出入无穷，而人的生命有限，乃幻想乘龙上天，以求长生。李白这首拟作则反其意，认为日出日入、四时变化，并没有神的主宰，而是自然界的客观规律在起作用。"草不谢荣于春风，木不怨落于秋天。"万物的兴衰，都是受自然规律支配，所以荣也不谢，衰也不怨。对于自然规律，人既不能违背它，也不能超越它；而只能认识它、顺从它、适应它，同自然融为一体。这才符合天理大道，人类社会和自然界才能和谐发展，彼此才会相安无事。正如英国哲学家培根所说："欲主宰自然，只有顺应自然，舍此之外，别无他法。"

总的来说，《日出入行》表达了时光流转与生命的关系、自然规律与人类的关系，引发人们对生命、宇宙和人生的思考。这种思考不仅体现了诗人的宇宙观和生命观，也展示了积极的人生观和浪漫主义精神。

## 把酒问月·故人贾淳令余问之

青天有月来几时？我今停杯一问之。
人攀明月不可得，月行却与人相随。
皎如飞镜临丹阙①，绿烟灭尽清辉发②。
但见宵从海上来，宁知晓向云间没？
白兔捣药秋复春，嫦娥孤栖与谁邻？
今人不见古时月，今月曾经照古人。
古人今人若流水，共看明月皆如此。
唯愿当歌对酒时，月光长照金樽里。

【译文】

不知天上的明月是何时开始产生，我姑且停下手中酒杯向青天一问。
人想攀上高高的明月显然不可能，天上明月时时行走却能与人相跟。
明月皎洁如镜飞行天下临近丹阙，宫殿上空绿烟散尽大地清辉同在。
可夜幕不知不觉从海上悄悄到来，怎知拂晓时明月不会被云层遮盖。
人说白兔捣药年复一年从秋到春，嫦娥孤独栖居在月宫与何人为邻。
尽管今天的人见不到古时的明月，而今天的明月曾经照耀古时的人。
古人和今人像流水一样更迭不已，可他们看到的明月都是同样如此。
我只想一边饮着酒一边吟唱诗歌，让明月清辉长照在酒满的金杯里。

【注释】

①丹阙（què）：朱红色的宫殿。
②绿烟：指遮蔽月光的云雾。

**【哲理解读】**

月在天穹，高不可攀，却始终与人相随。月如明镜，照亮地上宫殿，清凉的月光尽情挥洒。月亮夜晚从海上升起，为何清晨隐没在云层中？那玉兔年年捣药，嫦娥孤独生活，又有谁与她做伴？现在的人看不到古时的月亮，可现在的月亮照耀过古时的人。古人今人流水一样在世间走过，而月亮却一直都是这样。

此诗字面有一股飘逸之气，所以然者，茫茫宇宙，悠悠万世，月悬天空，清光普照，这对于有理想有抱负的诗人来说，确实非常神妙。"**今人不见古时月，今月曾经照古人。古人今人若流水，共看明月皆如此。**"人们对于月亮是很熟悉的，并且也许都曾有过思考、有过探询。但大诗人李白对月亮的探询却与众不同，他不只探询月亮，而且通过"问月"探寻宇宙、探寻人生。今月古月实为一个，而今人古人世代更迭，如同流水。从而揭示了宇宙物质的运动属性，自然界和人类社会的运动方式不一样，但运动是绝对的，不变是相对的。宇宙万古如此，人世则沧桑多变、衍延发展。过去如此，现在如此，将来也必然如此。

总而言之，这首诗通过对月亮和人的对照和思考，表达了诗人对宇宙和人生的深刻理解和感悟。诗人将人生短暂、自然永恒的主题渗透到诗中，传达了一种超越时空的思维。它提醒人们要珍惜生命、珍惜时光，同时也启发我们思考人类在面对自然和宇宙时的地位和意义。

# 崔颢

崔颢（704—754年），汴州（今河南开封）人。唐朝官员，诗人，代表作《黄鹤楼》，存有《崔颢诗集》。

## 黄鹤楼①

昔人已乘黄鹤去②，此地空余黄鹤楼。
黄鹤一去不复返，白云千载空悠悠。
晴川历历汉阳树③，芳草萋萋鹦鹉洲④。
日暮乡关何处是，烟波江上使人愁。

【译文】

过去的仙人已经驾乘黄鹤飞走了，这里只剩下空荡荡的黄鹤楼。

黄鹤一去再也没有回来过，千百年来只有白云邈远、时空悠悠。

阳光下汉阳树历历在目，清晰可见；鹦鹉洲上芳草茵茵，一片绿油油。

暮色里眺望远方，故乡在哪里？雾霭笼罩着江面，带来不尽的乡愁。

【注释】

①黄鹤楼：故址在今湖北省武汉市，始建于孙吴黄武二年（223年），民国初年被火焚毁，1985年重建。
②昔人：指传说中的仙人子安。因其曾驾鹤过黄鹤山，遂建黄鹤楼。

③历历：清楚可数。　汉阳：今湖北省武汉市汉阳区。
④萋萋：草木茂盛。　鹦鹉洲：在今湖北省武汉市武昌区。

【哲理解读】

　　仙人乘鹤而去，剩下空悠悠的黄鹤楼，应对着千年的白云。遥望晴川清晰历历的汉阳树，芳草繁茂的鹦鹉洲，可惜望不到何处是家乡，思乡之情油然而生。

　　本诗描写了登楼所见的晴川景象，借黄鹤楼久远的历史和美丽的传说，终归鹤去楼空、物是人非的现场，曲折地反映了仕途失意的痛苦。面对连绵的历史，广阔的天地，人类什么东西才是永恒的呢？当然是海枯石烂、地老天荒也割舍不断的绵绵乡情。"黄鹤一去不复返，白云千载空悠悠。"黄鹤一旦飞去就不再回来，白云飘荡了千年也只是一场空。如果说"白云"变幻莫测，寓托着世事难料的嗟叹，而"空悠悠"使人看到了空间的广袤，那么"黄鹤楼"则使人看到了时间的无限性和宇宙的永恒性。诗人在时间和空间的邈远中，产生了历史的纵深感和空间的开阔感，江山如此美好，世事那么渺茫，更加催生了千古不易的思乡之情，以及岁不待人的无尽伤感。并在自然与人类的对比中，让人们深入思考人生的意义和价值。

　　黄鹤楼作为一处历史悠久的文化古迹，见证了无数历史变迁和人事更迭。诗人以黄鹤楼产生联想，表达了对时空、生命和历史的思考和感慨，尤其是时间对于一切生命和事物的无情冲刷，展现了一种宏大而悲壮的宇宙观和人生观。

# 张谓

张谓（约711—约780年），字正言。怀州河内（今河南沁阳）人。唐代诗人，《早梅》为其代表作，《全唐诗》存其诗一卷。

## 早 梅

一树寒梅白玉条，迥临村路傍溪桥①。
不知近水花先发，疑是经冬雪未销②。

【译文】

满树的梅花开得像白玉一条条，远远地立在村路靠近小桥旁边。
不知是近水的梅树先绽放花蕾，还以为是一冬的积雪没有消融。

【注释】

①迥：远。 傍：靠近。
②销：通"消"，融化之意。

【哲理解读】

一树梅花色泽如玉，洁白可爱；远离村落，独立桥边。这梅花早早开放，人们始料未及，还以为是冬雪未化。虽然远看似雪，近看却是梅花。在冰雪尚未消融之际，早梅为世界带来了生机和希望。早梅有着不追逐尘世的品格和凛然迎寒的高洁形象。早梅之所以早开，是因为临水的地方气候较为温和。梅树临春都要开花，为何近水会"先发"呢？就是因为它靠近小河，比其他梅树多了一分外部条件，是外因作用于内因的结果。**"不知近水花先发，疑是经冬雪未消。"** 当事物有了发展变化的内因，外部条件对它就会有较大的影响作用，外部因素可以加速、延缓或阻止事物的变化和进程。诗中河流对于梅花早发起了助推作用，让人们看到了事物之间的普遍联系和内、外部条件的相互关系。它提醒人们关注自然界的变化和生命的适应性，学会欣赏和保护自然界的生态和特殊性。

这是一种别样的景致和精神。诗人既写出了事物之间的联系，又写出了探赜和认识的过程，还揭示了人们对未知事物的认知和理解的局限性，表达了一种自然和生命的规律性。

# 杜甫

杜甫（712—770年），字子美，河南府巩县（今河南巩义）人。唐代现实主义诗人，被尊为"诗圣"，其诗被称为"诗史"。存诗有《杜工部集》。

## 望 岳

岱宗夫如何①？齐鲁青未了②。
造化钟神秀③，阴阳割昏晓④。
荡胸生层云，决眦入归鸟⑤。
会当凌绝顶⑥，一览众山小。

【译文】

泰山高大非常，究竟怎样呢？那一脉苍莽青色横亘齐鲁无尽无了。天地间的神奇峻秀集中到它身上；山北阴山南明判若黄昏和晨晓。看到峰峦层云迭起，胸中荡起一阵波涛，睁大双眼目送入林归鸟。啊，泰山，我一定要登上峰巅，俯首一览众山在主峰下多么渺小。

【注释】

①岱宗：岱，泰山的别名；宗，首也。泰山为五岳之首。
②齐鲁：泰山在春秋时齐国和鲁国所在地，即今山东省之地。
③造化：指天地，大自然。　钟：聚集。　神秀：神奇秀丽。

④阴阳：山南水北为阳，反之为阴。　割：断然分开。
⑤决眦（zì）：极力张大眼睛。决，裂开；眦，眼角。
⑥会当：必当。　凌：登临，跃升。

**【哲理解读】**

　　五岳之首的泰山如何呢？它在齐鲁大地上，那葱翠的山色没有尽头。神奇的大自然汇聚了万千灵秀，山南山北犹如清晨和黄昏，景色分明；层层白云激动心中豪情，翩翩归鸟，点点入林。如果登上最高峰，一定会看到众山皆小的神奇景象。

　　杜甫初到洛阳应试落第，登泰山望远，触动内心。诗人通过赞美泰山的雄奇，抒发了展望山河的思想情感。诗人不甘平庸，决心"登泰山而小天下"。在诗人看来，站在不同层面看山，看到的结果是不一样的。站在山脚看，所有的山都是那么巍峨雄伟；站在山顶看，所有的山又是那么苍茫渺小。这是一个相对关系的哲学思考，它启示我们：站得越高就越能扩大视野，获得对事物的更多认识。只有不怕困难，敢于攀登，才能俯视一切，看到绝美的风景。

　　**"会当凌绝顶，一览众山小。"** 也是一种超越自我，实现精神升华的象征。是一种积极向上、勇往直前的人生态度。通过挑战自我和超越局限，使我们能够实现更高的目标，收获更广阔的人生境界。


# 前出塞①

挽弓当挽强，用箭当用长。
射人先射马，擒贼先擒王。
杀人亦有限，立国自有疆。
苟能制侵陵②，岂在多杀伤。

【译文】

拉弓就要拉最强硬的弓，用箭就要用最硬的长箭。
射人就要先射骑者的马，擒贼就要先擒贼人的王。
但是杀人要有一个限度，立国也各有自己的边线。
如果能够制止敌人侵略，哪里在于要太多的杀伤。

【注释】

①前出塞：汉乐府有"出塞"的曲名。杜甫借旧曲而用。
②苟能：如果能。　制侵陵：制止侵略。陵：侵犯。

【哲理解读】

　　杜甫写《前出塞》之时，正值唐玄宗天宝年间武力扩张时期（约747至751年）唐王朝与吐蕃等地边战频繁。此诗对当时穷兵黩武的战争政策表达了不同观点。

　　战争与人类共存，当战争不可避免时，杜甫认为，打仗要抓住关键，对敌要有方略，智勇并举。"射人先射马，擒贼先擒王。"在战略战术方面要抓主要矛盾，即抓住要害一招制敌，避免更多的杀戮。关键是取得战争主动权，而不是要杀多少人。"苟能制侵陵，岂在多杀伤。"杜甫认为，强兵的目的是保守疆土，制止侵略，决不能靠武力恃强。武力只是保守疆土的手段，而不是目的。不论是为制敌而"射马"，还是拥强兵而"擒王"，都应以"制侵陵"为限度，不能乱动干戈，更不应黩武凌弱，侵犯邻邦。这种以战争制止战争、以强兵制阻侵略的辩证思想，符合国家根本利益和民众普遍愿望，体现了黎民大众的心声。至今仍具有较强的现实意义。

　　全诗传达了在战争中应该遵循的一些道德和战略原则，强调了战争中智慧和策略的重要性，同时也体现了对生命的尊重和保护，是一种理性的战争观和处事观。

## 春夜喜雨

好雨知时节，当春乃发生。
随风潜入夜，润物细无声。
野径云俱黑，江船火独明。
晓看红湿处，花重锦官城①。

【译文】

好雨好像知道季节，每当春来植物萌芽生长，就应时而降。
随着和风悄悄进入夜里，遍洒田野，滋润万物，不声不响。
田野小径天空云层一派昏黑，唯有江面渔船放出点点明亮。
天色刚明看那雨水润湿的地方，锦官城满是红花隆重景象。

【注释】

①花重：花团簇拥且沾雨水而隆重。 锦官城：成都的别称。

【哲理解读】

　　春天万物萌生之时，雨就下起来了，悄然无声地滋润禾苗。田野小路沉没在云雾中，能看见的只有江船上的灯火。天一亮，红润润的花朵就满满地装点着锦官城。
　　诗人以喜悦之情描绘了春雨的特点和成都夜雨景象，讴歌了来得及时的春雨。天地有大美而不言，就像这雨知时令，一到春天就悄悄降临人间，不露声色地滋润万物。这样的"好雨"顺应规律，适时而至，悄无声息地孕育着大好春光，给万物以生命之源。天地之性正如孔子所说："天何言哉，四时行焉；百物生焉，天何言哉。"这种无形的影响不知不觉地改变着天地间的事物，影响着天地万物的状态和发展。从哲学的角度来说，此诗传达了一种深幽的自然观和生命观。它告诉我们，自然生命需要得到适时的滋润和养护，才能茁壮成长，焕发勃勃生机。同样地，人类社会的发展也需要得到适时的机遇和条件，才能不断进步，繁荣昌盛。春雨在夜里无声滋润万物而不求回报，也启示我们要关注他人需要，对他人的帮助要和风细雨，适时进行。

"好雨知时节，当春乃发生。随风潜入夜，润物细无声。"体现了把握时机和默默奉献的精神，传达了一种顺应自然潜移默化的哲思。如今多用来比喻不声张的支持、不张扬的爱、默默地奉献和循循善诱的教育等。

# 江 亭

坦腹江亭暖①，长吟野望时②。
水流心不竞，云在意俱迟。
寂寂春将晚③，欣欣物自私④。
江东犹苦战，回首一颦眉。

【译文】

坦腹仰卧在江亭感受春的温暖，长时吟咏诗句畅望辽阔的原野。
江水流动而我心平静与世无争，云朵飘动得和我心意一样迟缓。
春天将悄悄过去我却郁闷无比；万物欣欣向荣也显示万物本性。
江东至今还在进行艰苦的战争，我每次回望都因忧虑而皱眉头。

【注释】

①坦腹：舒身仰卧，袒露胸腹。

②野望：畅望原野。一说指作者上元二年（761年）写的一首七言律诗《野望》。
③寂寂：犹悄悄，谓春将悄然而去。
④物自私：事物的本质属性。此指各种生物的天性。

【哲理解读】

上元元年（760年）初，杜甫经过长途跋涉抵达四川成都。光阴如箭，转眼又到暮春。此时安史之乱未平，作者虽然避乱入川，暂时得以"坦腹江亭"，但到底还是忘不了国家安危。诗人在"长吟野望时"，以自然景物为媒介抒发内心的宁静与淡泊，以及对家国的忧虑。

"水流心不竞，云在意俱迟。"江水持续不断地流动，没有目的，没有欲望，只是自然而然地向前流淌。这体现了道家的"无为"思想，即不刻意追求，随遇而安。江水争流而内心平静，闲云徐度而内心栖迟，触发了诗人对于自由、闲适生活的向往。逝者如斯，诗人感觉自己年光已去，对区区争竞已然淡定；白云无心出岫，卷舒悠闲，蜗角名利之意荡然无存，只有心随旷野的悠悠然。

"寂寂春将晚，欣欣物自私。"天地万物在时令中生生不息，随性茂盛，各得其所。"物情无巨细，自适固其常。"这是道法自然，顺应自然的结果。大自然"是非不由，而照之于天"。虽然春天即将过去，但自然界的万物仍然充满生机。可它哪里知道诗人心怀故土，为国担忧；这种生机勃勃的状态，与诗人淡泊心境形成鲜明对比。因为心有余而力不足，所以无为而为，就让自己与自然共生吧。

总的来说，诗人通过对自然景象的描绘，表达了在自然中宁静内心的超然态度，以及对生命的珍视和对战争的忧虑，使得该诗成为一幅哲理与情感交融的美丽画卷。既体现了从容、淡定的人生态度，也传达了诗人对国家和人民的关切。

# 江 汉

江汉思归客，乾坤一腐儒。
片云天共远，永夜月同孤。
落日心犹壮，秋风病欲苏。
古来存老马，不必取长途。

【译文】

我这荡游江汉思念归乡的客子，不过是天地间迂腐无用的书生。
和天上一片云共处遥远的异乡，长夜里只身伴着一轮孤独月光。
垂暮之年如同落日却雄心尤壮，多病之身迎着秋风感觉好舒爽。
自古以来有人养老马以识迷途，用其所长不取长途奔驰的脚跟。

【哲理解读】

漂泊在长江和汉水一带，常常思念着回到故乡。茫茫天地，我只是一个冬烘先生。遥望夜空，我仿佛与云共远、与月同孤。我虽已年老体衰，但"落日心犹壮"；面对飒飒秋风，我觉得病情有所好转。自古以来养老马是因为其智可用，而不是为了取其脚力。

此诗表现了杜甫"烈士暮年，壮心不已"的精神。抒发了诗人怀才不遇的深沉感慨。诗人流落江汉，身处异地无法回归故里，因此觉得自己老朽无用。"片云天共远，永夜月同孤。"看着远浮天边的片云和孤悬暗夜的明月，内心难免孤独无奈，即使在这样的境遇下，诗人的壮志雄心依然存在。"古来存老马，不必取长途。"饱含着无限的辛酸和自我勉励，同时表达了诗人关于如何看待人才的观点。在诗人看来，事物都是一分为二的，有其利亦有其弊。对于人才，只要扬长避短，恰当使用，就可以发挥其有利的作用。比如老马，体羸力弱，难任远驰，要它驾辕拉车，长途跋涉，它是无能为力了；但是它善于识途，则是长处，人们存养它，用其所长，就能帮助人们少走弯路，避免歧途。

这是杜甫对自我价值的肯定，体现了在逆境中仍然坚守理想的人生态度。它表达了诗人对智慧和经验的看法，以及对国家和社会的责任感。有一种积极向上、坚韧向前的精神。

# 天　河

常时任显晦，秋至最分明。
纵被微云掩，终能永夜清。
含星动双阙①，伴月落边城。
牛女年年渡，何曾风浪生。

【译文】

无论平常的日子是显露还是隐晦，在秋至的时候它总是分外的光明。即使有时可能被微云短暂地遮掩，终能整夜里清朗明亮地横亘天辰。满含光辉的星群在双阙上空移动，伴着明月斜落到遥远边陲的小城。牛郎织女年年渡过天河相聚鹊桥，可天河之水从来也没有风浪产生。

【注释】

①双阙（què）：指宫殿、祠庙前的建筑物，通常左右各一。

【哲理解读】

天上银河平时或亮或暗，变化不定，秋至之时分外明亮。即使有微云遮掩，也不妨夜夜清明。星星移动在两座巍峨的宫阙之上，月亮伴随星光，一同降落在远方的边城。在宇宙的广阔与时间的永恒中，像牛郎和织女一样美好的现象，不会因为外在的变故而受到影响。

这首诗描绘了秋天夜晚天空的景象，展现了星星、月亮、云朵与天空之间的和谐关系，同时也寓意着一些深层的哲理和人生的感悟。"**常时任显晦，秋至最分明。**"描绘了星辰在一年四季中的显隐变化，而秋天是它们最为明亮的时刻。它告诉人们：事物都会表现出常态性和阶段性，即普遍性和特殊性。"最分明"是其阶段性或特殊性的表现，是事物自身运动的规律使然。"**纵被微云掩，终能永夜清。**"天上银河之所以能够"永夜清"，这是因为它由若干个太阳系一样的星系所组成，聚集了众多星系的光芒，所以任何浮云只能遮掩天河于一时。能发光是永夜清的条件，这是决定事物性质的内在因素。作为外在因素的"微云"，虽然能掩其光芒于片刻，却不能令其停止发光。月亮、星星伴随着宫阙，即使微云浮动，也掀不起大风浪。这里隐喻了诗人的信念，即使国家暂时遭受困难，但最终会像银河一样，永远保持清明。在杜甫看来，虽然唐王朝偶有"微云"蔽日，但大唐国运终将昌隆，如银河一样"永夜清"。

全诗以天际星辰为载体，表明世界终究是光明的，纵然一时被微云所遮掩，但它终究能光明天下。这启示人们无论身处何地何时，都应胸怀希望和追求光明。

# 岑参

岑参（约715—770年），荆州江陵（今湖北荆州）人。曾任嘉州（今四川乐山）刺史。唐边塞诗人，有《岑嘉州诗集》。

## 山房春事

梁园日暮乱飞鸦①，极目萧条三两家。
庭树不知人去尽，春来还发旧时花。

【译文】

曾经的梁园残阳斜照，乌鸦乱飞，
放眼望去一派萧条，稀稀落落三两户人家。
庭园中的树木不知人去楼空，
春天来了依然开放和往日一样艳丽的鲜花。

【注释】

①梁园：西汉梁孝王刘武所建的规模宏大的皇家园林，故址在今河南省商丘市东。

【哲理解读】

曾经堂皇富丽的梁园，放眼一望，日暮残照，人家稀少，只有几只乱飞的乌鸦，一派萧条。庭中树木不懂人世沧桑，春天里仍旧开放着和当年一样的鲜花。

安史之乱后唐朝由盛而衰，诗人对景怀旧，伤今追昔，从斜阳下乱鸦飞舞，春花照开的景象中，发现大自然不管人世更替、物事变迁，依照其节律照样运行，在破败的世道之中，繁花依旧。"**庭树不知人去尽，春来还发旧时花。**"人类社会充满了变迁和纷争，而自然界则保持着其固有的规律和节奏，人事与自然的巨大反差，暗含了诗人对物是人非的感慨，表达了诗人自己虽有才而时不遇的自我怜惜，把自然界中的常态恒定和人类社会的荣枯代谢含蓄而深刻地表现了出来，体现了大自然运行的永恒性和历史的沧桑感。

诗人以深情的笔触描绘了梁园的萧瑟，抒发了对世事变迁的无奈和感慨，说明任何盛极一时的繁华，最后都无法与时间抗衡，全诗在"伤今"之中，体现了一种生命意识和时间感悟。

## 白雪歌送武判官归京[①]（节录）

北风卷地白草折[②]，胡天八月即飞雪。
忽如一夜春风来，千树万树梨花开。

【译文】

北风席卷大地，把白草都吹折了，塞外的天气八月就飞降大雪。
仿佛一夜之间春风吹来，像梨花一样万千树木忽然绽放。

【注释】

①全诗十八句，这里节录前四句。
②白草：西域牧草名，秋天变白色。

【哲理解读】

　　八月天气，北风呼啸，塞外送客，白雪皑皑。经过一夜急风骤雪，大地银装素裹，挂在枝头上的积雪，极像突然盛开的梨花，仿佛美丽的春天一夜到来。

　　这段诗借八月飞雪的壮丽景色，抒发了塞外送别、雪中送客之离情，把一夜之间边塞气候变化写得壮丽奇幻。既是描写清晨奇丽雪景和突如其来的寒冷，又是诗人壮逸情怀的形象化写照，给人以"天地无常""妙手回春"的感觉，具有独特的浪漫情调。整首诗则传达了边塞的艰苦、离愁和乡思，抒发了诗人和边防将士的爱国热情，以及他们对战友的真挚情感。

　　诗中"忽如一夜春风来，千树万树梨花开"：这里的"梨花"原本是雪，比喻塞北的天气变化不定，异常寒冷。如今单独引用这句诗时常作字面意思理解，用来形容某些事物蓬勃发展、变化很快的现象，说明外部因素达到一定程度必然引起事物的突变。即当春风成为事物变化发展的必要条件时，对梨花的绽放会起加速的作用。事物在短时间内迅速发展的景象，给人以无限生机和活力。新生事物在经历了长时间的积淀后，突然间蓬勃发展，如同春风催开的梨花一般繁盛。这种发展是必然性和偶然性的统一，它引导人们正确认识和把握事物发展的规律和节奏，积极应对新生事物的成长和挑战。

　　总的来说，该诗以奇丽多变的雪景，生动地制造出奇中有丽、丽中有奇的美好意境。告诉人们，既要认识到世界的残酷性和多变性，也要看到新生事物的发展和美好。

# 张继

张继（约715—约779年），字懿孙，湖北襄州（今湖北襄阳）人。唐代诗人，《全唐诗》存其诗40余首，代表作《枫桥夜泊》。

## 枫桥夜泊[①]

月落乌啼霜满天，江枫渔火对愁眠[②]。
姑苏城外寒山寺[③]，夜半钟声到客船。

【译文】

月亮落下，乌鸦啼叫，寒霜满天，
面对着江边枫树和渔火，忧愁而眠。
漂泊到了姑苏城外寒山寺下，
半夜里古寺的钟声，传到了客船。

【注释】

①枫桥：在今苏州市阊（chāng）门外。
②江枫：江边枫树。江指吴淞江。
③姑苏：苏州的别称，因城西南有姑苏山而得名。

**【哲理解读】**

　　此诗描绘了一个客船夜泊者对江南深秋夜景的观察和感受。落月、啼乌、满天霜，江枫、渔火、愁眠人，都在动静之中、明暗之间，呈现出一种空灵旷远的悲凉夜景。

　　安史之乱后，当时江南局势比较安定，不少文士逃亡避乱，张继也在其中。在客船中卧听古刹钟声，仿佛回荡着历史的回音，诗人的羁旅之思、家国之忧，以及身处乱世尚无归宿的顾虑，都在**"姑苏城外寒山寺，夜半钟声到客船"**的静默中。盛唐已经过去，初唐诗僧寒山子所建的寒山寺，成为暂时的避乱场所，诗人颠沛流离总算可以暂时落脚。夜半时分，寒山寺的钟声悠扬传来，回荡在江面上，传到诗人的客船中。这钟声在诗人的心中引起了深沉的共鸣。它似乎告诉人们，无论身处何方，孤独愁绪都是人生旅途中不可避免的一部分。钟声清脆悠扬，使诗人在愁眠中进入禅悟境地，似乎羁旅愁绪顿时消失，有一种突然的超脱感；又仿佛卸下了一身重负，一下子从世间俗念的束缚中解脱出来，有一种置身世外的轻松感，以及在寂静中获得安宁的心情。

　　总的来说，这首诗通过夜晚枫桥江畔景象，巧妙地表达了诗人在旅途中的孤寂与愁绪。诗人运用丰富的意象和细腻的笔触，将情感与景色融为一体，给人一种禅幽之感，不言之意。反映了唐代诗歌对人生哲思和禅意的独特表达和追求。

# 苏涣

苏涣（？—775年），四川眉州人，少为盗跖（zhí），后从学入仕。唐朝诗人。杜甫对其《变律》很称赏。《全唐诗》录其诗四首。

## 变 律

日月东西行，寒暑冬夏易。
阴阳无停机①，造化渺莫测②。
开目为晨光，闭目为夜色。
一开复一闭，明晦无休息③。
居然六合外④，旷哉天地德。
天地且不言，世人浪喧喧。

【译文】

太阳和月亮东西间有规律地运行，寒冷和暑热随冬夏而变化和更迭。
阴阳变化日日夜夜没有一息休止，大自然运行如此神妙而难以预测。
早上起来映入眼帘是满屋的晨光，晚上夜幕降临天地一片沉沉暝色。
早晨晚上日复一日不断循环往复，光明黑暗反复交替从来不见停歇。
然而人们有谁能想到在四方之外，天地带给我们的恩德是多么广泽。
天地不言却按其自身规律在运行，世上人因欲望徒自喧闹扰攘不息。

【注释】

①阴阳：日光向背，向日为阳，背日为阴。　机：事物变化的机理。
②造化：自然界。　渺：深妙。
③明晦：指昼夜。　休息：停息。
④六合：指天地四方，整个天地之间。

【哲理解读】

　　自然界的日月、寒暑、阴阳、昼夜，都在有规律地变化。天地默默无声造化于人类，给了人类多少恩惠，而人类却欲壑难填，相互扰攘，喧闹不止。

　　自然现象的背后，似乎有一种法则在统摄，这个"法则"就是天地固有的规律。天地依其规律运动变化，人们应该认识它、顺应它，而不要与规律对抗，与大自然不和谐。苍天之下，大地为生灵提供了无穷无尽的资源，使人类永续，万物生生不息。诗中"**居然六合外，旷哉天地德**"，"六合"乃天地四方，即整个宇宙。世间事物并不只存在于人们的眼界之内，远超过人们的感知范围。这种宇宙观的提出，使人产生对自然的敬畏和感验。况且天地的存在和作用是充满智慧和德行的。作者似乎从《庄子》"天地有大美而不言"，引申出"**天地且不言，世人浪喧喧**"。说明与天地自然相比，世间众人缺乏德行不知修身，反而因欲望浮躁浪喧，与天地之德相去甚远。所以人类应该感谢天地的恩惠，应该与自然和谐相处，人类的行为应当与天地的广博、仁德相一致。

　　这首诗通过描述宇宙自然规律的运行，暗示了人类应该顺应天道，而不应该逆天而行。人类社会的发展和进步应该建立在尊重自然、顺应自然的基础上，只有这样才能实现可持续发展。

# 刘长卿

刘长卿（约718—约790年），字文房，宣城郡（今安徽宣城）人，唐代诗人。官终随州刺史，世称"刘随州"。有《刘随州集》。

## 别严士元①

春风倚棹阖闾城②，水国春寒阴复晴。
细雨湿衣看不见，闲花落地听无声。
日斜江上孤帆影，草绿湖南万里情。
东道若逢相识问，青袍今已误儒生③。

【译文】

春风习习，船停泊在苏州城外，搁起了船桨；
江南水乡春寒料峭，天气阴晴不定。
看不见的蒙蒙细雨，不知不觉地湿润了衣服；
飘逸的花瓣落在地上，听不到一点声音。
夕阳西下，江上一只孤帆远影缥缈而去；
太湖之南，碧草如茵，绵延着万里别情。
你到了那里以后，东道主中若有相识的人问起我，
请转告他们：我就是被官袍所误的一介书生。

【注释】

①严士元：吴（今江苏苏州）人，曾任员外郎之职。
②阖闾（hé lú）城：今苏州古城区。春秋时伍子胥为吴王阖闾所筑。
③青袍：唐朝的一种官服，八九品官服青袍。

【哲理解读】

　　初春微寒之际，与友人在水国阖闾城停船一叙；空蒙蒙的雨不觉得湿润了衣服，花瓣飘落，悄然无声。斜阳偏西，又要告别，茫茫江水，孤帆远影；太湖之南，萋萋芳草连绵着万里惜别之情。朋友啊，请转告相识的人，就说我一介书生如今被官袍所误。

　　诗人叙事写景，事中有情，景中有意，意中有理。旧友相逢，笑谈之际，飘来了一阵毛毛细雨，雨细得看不见，衣服却湿润了。树上残花，轻轻飘落，落到地上一点声音也没有。这样的景，这样的情，充分表现了主人公相逢时的惬意和流连。"细雨湿衣看不见，闲花落地听无声。"细雨被看不见，闲花被听无声，表现了主人公不为人知的寂寞和惆怅。然而雨虽看不见，但却"湿衣"了，说明诗人虽自甘寂寞，却要在"看不见""听无声"中有所作为；从隐与显、得与误中寻求积极的一面。不是追逐名利，而是恬淡适然，颇有"随风潜入夜，润物细无声"的味道。"同作逐臣君更远，青山万里一孤舟。"故人渐渐远去，虽然同是宦游人，此间一去，也如闲花落地，细听无声。可是看不见的细雨也能湿人衣，默默无闻的青袍小官，也有报国之志，也能为国为民做贡献。

　　全诗有一种深沉而复杂的离别之情，同时也蕴含着诗人对人生境遇的深切感慨。人生犹如江南水国阴晴无常，充满了变化和不确定性，但仍然应该以开放的心态去接受和面对。

# 包佶

包佶（？—792年），字幼正。润州延陵（今江苏丹阳）人。唐代诗人，与刘长卿为莫逆之交，《全唐诗》录其诗30余首。

## 再过金陵

玉树歌终王气收①，雁行高送石城秋②。
江山不管兴亡事③，一任斜阳伴客愁。

【译文】

一曲《玉树后庭花》唱完，金陵的王气就散尽了，
一行大雁南飞，送走了石头城的高秋。
江河山川依旧，从来不管朝代兴亡更替之事，
任凭夕阳余晖，陪伴游客一阵感叹一怀忧愁。

【注释】

①玉树：指《玉树后庭花》，为南朝陈后主所作赞美嫔妃的诗歌。后用作享乐歌曲的代称。
②石城：指南京，南京又称为石头城。
③江山：此指地理形势。

**【哲理解读】**

　　一曲《玉树后庭花》，断送了几多王业。秋风瑟瑟，大雁南飞，诗人再过金陵，面对六朝古城残破景象，涌起了对江山故国的遐思。河流山川，它们不管朝代兴亡更替，任凭斜阳西照，伴随游人愁生。

　　诗人目睹了安史之乱后河山依旧、政事日非的社会现实，以古鉴今，在历史与现实、时间与空间的变迁中，发出深沉的感慨：统治者如果以为占据了险要地势，就可以江山稳固而享太平，那就大错特错了。历经朝代变换，青山始终屹立；历经人事更替，江河依然东流。要巩固国家政权，还得靠人事、靠国力、靠主观努力，如果不为黎民百姓着想，不取得民众的支持和拥护，尽管占据险要地势，也无济于事。这样的王朝会像"雁行送秋"一样，随着时间节点，黯然而去。

　　"江山不管兴亡事，一任斜阳伴客愁。"表达了自然与历史的疏离，大自然并不关心人类社会的兴衰存亡。自然界的事物有其自身的运动规则，并不随人意而为，认识到这一点，才能正确对待人类社会与客观环境的关系，因为"兴废由人事，山川空地形"。

# 李冶

李冶（约730—784年），女。原名季兰。吴兴郡乌程（今浙江吴兴）人。唐代女诗人。原为女道士，后招入宫中。清人所编《薛涛李冶诗集》存其诗十余首。

## 八 至①

至近至远东西，至深至浅清溪。
至高至明日月，至亲至疏夫妻。

【译文】

最近最远是东方和西方，最深最浅是清清溪水。
最高最亮是日月，最亲近最疏远是夫妻俩。

【注释】

①八至：诗中八次出现"至"字，故称。

【哲理解读】

此诗明白如话，但这八个"至"却是历经千浪之后的平静。每一句都包含一个道理，并由自然物在空间形态上的对比关系，引出一句至理："至亲至疏夫妻。"

其深层含义是：自然界的空间距离和方位状态，如远与近、深与浅、高与明，其实是人与自然在互动过程中的对立统一关系。正如夫妻之间爱情的微妙心理和变化，在婚姻生活中的情感变迁和不可预测性。相爱的两个人在一起是最亲密的，犹如水乳交融，似漆如胶，心心相印，胜过世间所有情义；当两个人不再相爱，便同床异梦，貌合神离，形同路人，心心相拒。爱与不爱，这才是世间最近也是最远的距离。该诗悟透了事物的各种关系，说透了近而远之的客观存在，具有深刻的辩证思想，启示人们防止矛盾向相反的方向转化。

《八至》传达了诗人对事物的深刻思考和理解，揭示了事物的多样性和相对性，提醒人们要以全面的视角看待事物，理解事物之间的对立与统一，以及人际关系中的复杂性和动态性。

# 韦应物

韦应物（737—792年），京兆长安(今陕西西安)人。唐代诗人，任过苏州刺史，世称"韦苏州"。存有《韦苏州诗集》等。

## 听嘉陵江水声寄深上人①

凿崖泄奔湍，古称神禹迹。夜喧山门店，独宿不安席。
水性自云静，石中本无声。如何两相激，雷转空山惊②？
贻之道门旧③，了此物我情④。

【译文】

凿开山崖飞泻急速的水流，号称是远古大禹治水遗迹。
夜晚山寺门店水一直喧腾，我独自一人不能安眠息歇。
水性自然是云柔而安静的，石块中也不会有什么声音。
为什么水石两者相互激荡，便发出了空山震撼的雷鸣。
这问题就留给寺观旧友吧，以了却我对此疑惑的心情。

【注释】

①深上人：作者故友。上人：对僧人的敬称。
②雷转：接连轰鸣的雷声。比喻水石冲击发出的响声。　空山惊：巨大的声音在空旷的山间回响，使人听后感到惊骇。
③贻：赠送，遗留。

④物我情：诗人对此事的疑问。

【哲理解读】

　　诗人在山寺独宿，江涛喧响如雷，使之夜不安寝。这江水是由大禹凿开险峻山崖才飞流湍急、奔腾直泻而响，引起作者对佛性、物理的思索：这静的自性怎么会转变成动的喧响。**"水性自云静，石中本无声。如何两相激，雷转空山惊？"** 这究竟是物理还是禅理？

　　水和石本是两不相干的事物，水不激荡则不流动，其性本静；石头亦一样，水不与石头发生碰击，也不会发出声音。而当沟壑中的水流与河中岩石相撞击时，便会发出雷鸣般的声音。这说明事物的运动变化总是有果有因，而事物自身的矛盾斗争，便是其发生变化的根本原因，也是推动事物发展的动力。这是就物理而言。

　　人与人在社会中，外在之物与内心的自我，如果像水和石头一样保持安静和无声的本性，清静无为，人与人就不会冲突，彼此之间永远相安无事，也就具备了佛性禅意。反之欲念不止，一味向前，这山还望那山高，不达目的决不罢休，则必然会有所碰撞，当矛盾激烈的时候，就会发生震撼人心的雷动事件。这是就禅理而言。

　　不管是物理还是禅理，都表达了作者特别的感悟，由平常习见的自然现象，参悟了动静相依、有无相生之哲理。通过对"水"与"石"的描绘，展现了一个由静态到动态、由无声到有声的转化过程，进而引发出对事物相互作用的探讨，并强调了这种相互作用可能带来的巨大变化。

# 李约

李约（生卒年不详），字在博，宋州宋城（今河南商丘）人。唐代诗人。唐德宗时期（780—805年）为润州幕僚，元和年间（806—820年）出仕为兵部员外郎，后弃官终隐。《全唐诗》存其诗10首。

## 祈 雨[①]

桑条无叶土生烟，箫管迎龙水庙前。
朱门几处看歌舞[②]，犹恐春阴咽管弦[③]。

**【译文】**

桑树晒得都不长叶子了，田里的土也干得冒烟了。
农人们在龙王庙吹箫奏乐，祈祷龙王赶快降雨，缓解旱情。
可是豪门大院处处都在观看歌舞，
他们害怕春阴下雨会使管弦受潮，发不出美妙的声音。

**【注释】**

①祈雨：古代干旱时，从官府到民间会筑台或到龙王庙祈求龙王降雨。
②朱门：古代王侯贵族的住宅大门都漆成红色，后用"朱门"代称富贵之家。
③咽：凝塞，使乐器发声不响亮。

**【哲理解读】**

久旱无雨,桑树枝都长不出来叶子了,土地晒得快要冒烟起火了;龙王庙前人们敲锣打鼓,祈求龙王快降甘霖。而富贵人家却处处观看歌舞,生怕天阴下雨,使丝管受潮而影响悦耳的声音。

此诗通过大旱之日两种截然不同的场面、不同思想情感的对比,揭露了封建社会的阶级矛盾。由于旱情严重,树上无叶,桑条干脆,庄稼枯死,田地里只剩干涸冒烟的裂土。"桑条无叶"会毁了养蚕业,"土生烟"会影响农民的收成。"赤日炎炎似火烧,农夫心里如汤煮。"可是"公子王孙把扇摇""**朱门几处看歌舞**"两种场面形成鲜明对照,一方是唯恐不雨,一方是"**犹恐春阴咽管弦**"。唯恐不雨者,是因为生死攸关的生计问题;"犹恐春阴"者,是生怕丝竹受潮,管弦声音哑咽。一方是深重的焦虑与担忧,一方是享乐与闲悠,两相对比,着实耐人寻味。这样的反差现象,表现了社会阶层间的生活差距,揭示了社会的不公和矛盾,表达了对普通百姓的同情和关怀。

从哲理的角度来说,这种现象说明不同的人由于社会阶层和价值观的差异,对同一事物就会有不同的看法和感受。同一个事物或现象存在不同的意识驱使,体现了观察主体在价值判断和选择上的差异性。也就是说,立场不同则认识不同,对待事物或现象的态度也就不同。

# 孟郊

孟郊（751—814年），字东野。湖州武康（今浙江德清）人。唐代诗人，其诗与贾岛作品有相似之处，故有"郊寒岛瘦"之说。存有《孟东野诗集》。

## 游子吟

慈母手中线，游子身上衣。
临行密密缝，意恐迟迟归。
谁言寸草心，报得三春晖①。

【译文】

慈祥的母亲手里握着针线，为即将远行的孩子赶制新衣。
临行前一针一线密密地缝了又缝，心里总担心儿子迟迟不能回归。
谁说小草那样微弱的孝心，报答得了春晖一般的慈母恩情？

【注释】

①三春：农历正月为孟春，二月为仲春，三月为季春，合称三春。

【哲理解读】

母亲年迈眼花，手拿针线为儿缝衣。一边密密地缝制，一边担心儿子迟迟不回，所以要把衣服缝制得结结实实。

儿子即将远行，母亲种种忧虑，不舍之情都在一针一线中。**"谁言寸草心，报得三春晖。"** 这是游子对母亲既感恩又愧疚的复杂心理。阐释了孝心与母爱的差异，孝心是出于一种自觉的报恩意识，而母爱却是自发而无条件的舐犊天性。母爱犹如春风和阳光一样照拂子女，是不求回报的，是无微不至贴心的爱；小草的嫩芽之心，怎能与整个春天的光辉相比？

这表明儿女对母亲的孝敬之心微不足道，作为子女对于母爱怎么报答都不为过。子女的报答是有限的，母爱是无限的，无限与有限永远都是不对等的。这两句诗后来浓缩为成语"寸草春晖"，比喻母亲慈爱无疆，也比喻父亲恩重如山，都是难以报答的似海深情。

# 登科后①

昔日龌龊不足夸②，今朝放荡思无涯。
春风得意马蹄疾，一日看尽长安花。

【译文】

以往那些不如意再也不值一提，今日登科神采飞扬思绪万千。
迎着春风扬扬得意纵马疾驰，一天看完繁华长安的烂漫鲜花。

【注释】

①登科：唐朝进士及第，经复试后授予官职称登科。
②龌龊（wò chuò）：指不如意的处境。　不足夸：不值得提起。

**【哲理解读】**

　　这次金榜题名，仿佛一下子从苦海超度出来。以往那些龌龊生活再也不要提了。此时诗人春风满面，策马于偌大的长安城，就连自己的骏马也四蹄生风，无数灿烂鲜花被他一日看尽。

　　孟郊四十二岁时赴长安考进士落第，作《下第》诗："弃置复弃置，情如刀剑伤。"翌年，再次应试又名落孙山，作《再下第》诗："两度长安陌，空将泪见花。"贞元十二年（796年），第三次赴长安应进士试，终于榜上有名，欣喜若狂，遂写下了这首《登科后》。

　　"春风得意马蹄疾，一日看尽长安花。"活现出诗人神采飞扬、心花怒放的神情，突出了诗人心理上的极度快感。春风得意、马蹄轻快、看尽长安花，都是诗人在高兴时候的感觉和行为。人在高兴时看什么都觉得好，做什么都快乐；反之，人不高兴看什么都不顺心，做什么都觉得烦心。这是心理学上的感情定向问题，表明意识对于人体生理活动具有调节和控制作用。

　　通过两次落第的对比，诗人真正感到春风浩荡，长安如此美好。该诗记录了读书人考中后的得意心情，还为后世留下了"春风得意""走马观花"两个成语。

# 寓　言

谁言碧山曲，不废青松直。
谁言浊水泥，不污明月色。
我有松月心，俗骋风霜力[①]。
贞明既如此[②]，摧折安可得。

【译文】

虽说碧山的山势弯弯曲曲，可它并不影响青松的挺直。
虽说浊水坑污泥又脏又臭，可它并不能玷污皎皎月色。
我有松树和明月一样的心，能够承受风霜而永葆高洁。
既然心是如此的坚贞明净，又怎么能够使我屈服摧折。

【注释】

①俗骋：向来能承受。
②贞明：坚贞清明的节操。

【哲理解读】

这首诗用"碧山曲""浊水泥"表达环境的险恶和世道的污浊，用"青松直""明月色"表达自己人格的刚直和品质的高洁，用"不废"和"不污"表示自己在混浊的社会里顽强地抗争和不屈的品质。

诗人面对世人的不解展示了自己的坚韧和自信，在自我认知与群体认知不一致的时候，坚信自己的正直和明洁。**"谁言碧山曲，不废青松直；谁言浊水泥，不污明月色。"** 环境对事物发展虽然有一定的影响，但环境毕竟只是一个外在因素，决定事物本质属性的，是事物的内在根据。青松因其本性刚直而挺拔，明月因其本性皎洁而明亮。**"我有松月心，俗骋风霜力。贞明既如此，摧折安可得。"** "松月心"和"贞明"，是说"我"如松之贞、似月之明。有了这种品格，什么风霜之力也摧折不了。自我心存道，外物少能逼。具有"松月心"，便能刚直不屈，明洁不污。只要自身修养好，别人怎么看都不能改变其本质。

个体与群体之间永远存在认知不一致的矛盾，这也是人类普遍存在的精神困境。作者在面对纷扰时，有独自傲岸的自信，是因为内在修为所致。本诗传达了一种积极向上的人生态度。

# 杨巨源

杨巨源（约755—824年后），字景山，河中府（今山西永济）人。唐代诗人，长庆四年（824年），辞官隐居。《全唐诗》存其诗一卷。

## 城东早春

诗家清景在新春，绿柳才黄半未匀①。
若待上林花似锦②，出门俱是看花人。

【译文】

诗人喜爱的清新美景是在早春，柳条半萌鹅黄而嫩芽还不均匀。
若是到了京城上林苑花开似锦，那时出门将满城都是赏花人群。

【注释】

①才黄：刚刚露出嫩黄的柳眼。　匀：均匀。
②上林：指长安上林苑。　锦：五色织成的绸绫。

【哲理解读】

柳枝新芽，冲寒而出，刚露出的嫩黄最富有生机。这时百花尚未开放，正是最好的踏春时间。若到了繁花似锦之际，游人如织，则无新奇之感。

早春的清新景色，正是诗人的最爱。柳眼刚生，未及全枝，春光初现，就应该捷足先登，走在众人之前，赏景于最佳时间。**"若待上林花似锦，出门俱是看花人。"** 赏春最怕人多毁景，写诗最怕陈词滥调。从写诗角度来说，必须感知锐敏，努力发现新的东西、写出新的境界，不能人云亦云、重复人所共知的东西。从求贤用人的角度来看，当识才于未遇、拔之于卑微之时，不要等到别人已经做出成绩才去夸耀他好。从普遍意义而言，凡事应该把握先机，当事物处于萌芽状态时，就应当抓住时机，做好准备并积极行动起来。而不是在百花盛开时，去与众人"争"春光。

该诗通过新柳初萌和繁华春色的静闹对比，批判了人云亦云的行为，启示创作要用自己的眼睛和心灵去观察与感受大自然，以独特的视觉表现独特的景象和境界。同时传达了理解新生与常态、平衡宁静与繁华、把握先机与未来的哲学思想。

# 王建

王建（约765—约830年），字仲初。颍州（今河南许昌）人。唐代诗人，晚年任陕州司马。诗与张籍齐名，并称"张王"。有《王司马集》。

## 新嫁娘词

三日入厨下①，洗手作羹汤。
未谙姑食性②，先遣小姑尝。

【译文】

新娘入门三天要下厨做饭，她洗净双手做了份羹汤。
可是不知婆母的口味如何，便把小姑请来先尝一尝。

【注释】

①三日入厨：古代女子婚后第三天须下厨房献肴馔（yáo zhuàn）。
②谙（ān）：了解。 姑：对婆母的俗称。

【哲理解读】

古代女子婚后第三天就要献厨艺。这位新嫁娘担心自己一手好菜不合公婆的口味，先把小姑请来试一下味道。

初次在婆家下厨，新媳妇并没有紧张，而是冷静分析并采取相应行动。新娘通过小姑来了解婆母的口味，从而更好地适应公婆的饮食需求。新娘的行为启示我们，在处理人际关系时需要注重沟通，充分了解对方。这也是一个入境问俗的问题。到了一个新环境、新岗位、新地方，要从不熟悉到熟悉，就要先做调查研究。"未谙姑食性，先遣小姑尝。"就是做调查研究。有了调查研究，就有了话语权。

实践证明，对于新情况、新问题，都有一个由不知到知之的认识过程；人们在这一认识过程中，只要善于总结经验，就能发现规律性，掌握特殊性，把该做的事情做好。

## 古 谣

一东一西陇头水①，一聚一散天边霞。
一去一来道上客，一颠一倒池中麻。

【译文】

陇头之水一头在东一头在西，天边的霞一会儿聚一会儿散。
路上行人匆匆而来匆匆而去，池中麻秆在水里面一正一反。

【注释】

①陇头水：一般指陇山（今甘肃东南部）地段的水流。

【哲理解读】

陇头之水有折向西流的时候，天边的云霞常常聚而复散，行路之人有来也有去，池中所沤之麻看上去一颠一倒，各有方向。
世间的事物就是这样，既矛盾又统一，而矛盾的双方又会互相转化。

事物通过自己否定自己的方式向前发展。西否定东，散否定聚，去否定来。但最终水川还是东流入海，云霞散去还会聚拢，路上之人去了又来。所有的事物都是遵循着否定之否定规律，变化着、发展着。不仅是"**一东一西陇头水，一聚一散天边霞**"，而池中之麻，虽然捆在一起，也是一颠一倒，各有所向。对于这样的矛盾现象，必须承认它、正视它，而不是回避它、掩盖它。正是这些看来是矛盾的事物，才组成了丰富多彩的客观世界。

这首古谣以朴素的辩证观点，表达了作者对事物运动的独特观察，从而揭示了矛盾的普遍性和运动的规律性。

# 宫　词

树头树底觅残红，一片西飞一片东。
自是桃花贪结子①，错教人恨五更风。

【译文】

向树梢和树身下寻找桃花的残红，可花瓣儿一片飞向西一片飞向东。本是桃花自己贪图结籽花瓣零落，却让人错怪了五更时的瑟瑟凉风。

【注释】

①贪结子：比喻宫女希望受宠生子。

【哲理解读】

桃花落瓣，东西飘零，是桃花结籽的必然过程，如果单看表面现象，以为是五更的凉风将它吹落，那就大谬不然了。

"自是桃花贪结子，错教人恨五更风。"此诗本意是通过宫女自怨自艾，表达她们的内心幽恨，来揭示封建妃嫔制度非人性的一面，然则蕴含了应该如何看待事物变化的深刻哲理。

　　一是主观与客观的对比。桃树因结子而花瓣飘零，是桃树自身运动节律的体现，并非"风"吹之过，却教人错怪了风。由于主观内在原因造成的某种结果，却误从客观外在去找原因。或者说由于自身原因造成了某种结果，却错误地怪罪其他事物。生活中，当人们遇到不顺之事或事与愿违时，总是委过于人，而不从自身找原因，这是人们常犯的主观主义错误，表现了一种人性的弱点。

　　二是自然与人情的对比。桃花作为一种自然物，按照其本性生长、开花、结果。然而，人们却因为自身的情感和经历，赋予桃花某种特殊的意义。这种意义并非桃花本身的属性，是人们根据自己的心境和情感投射给桃花的。"自是"和"错教"似乎表达了一种自我反思或忏悔的情绪，暗示人们应该放下对自身命运和外部环境的怨恨，反省或接受生活中的无常变化和自身与环境的关系。

　　这就是诗人蕴含在意境中的深邃哲思。

# 令狐楚

令狐楚（766—837年），字悫（què）士，宜州华原（今陕西铜川）人。唐代官员、文学家、诗人。《全唐诗》存其诗一卷。

## 游春词

高楼晓见一花开，便觉春光四面来。
暖日晴云知次第①，东风不用更相催②。

【译文】

拂晓登上高楼看见初开的一朵花，感觉融和的春光从四面八方涌来。暖日和晴云随节令到来依次出现，百花姹紫嫣红不需要东风来相催。

【注释】

①次第：按次序，有规律。
②更：再，另外。　相：指代副词。这里指代暖日晴云或花开。

【哲理解读】

清晨登楼望远，看到有鲜花绽开，虽然只是一朵，也觉得天地之间充满春意。暖日和煦，晴云片片，融融春光必将依次而来，根本不用东风相催促。

一花开而知春至，通过个别或局部现象，可以推断全局或整体的形势变化。"暖日晴云知次第，东风不用更相催。"随着时令季节的推移，春天的景象将依次来临。自然界的事物遵循其本身的节律变化着、发展着，它们懂得在春天里出场的顺序，不需要东风加以催促，更不必人为"相催"。

　　此诗表达了诗人对春天到来的喜悦和期待，同时也提示人们应该敬畏自然、尊重自然规律，在欣赏和享受自然美景时，不要试图改变或干预。人们可以从事物的细微变化中，看到事物未来的方向；可以通过观察事物变化的步骤，看到事物发展的趋势，从而认识事物发展的规律，避免揠苗助长的主观主义错误。

　　在现代社会，人们往往忽视自然和生态的重要性，过度消耗资源和破坏环境，这就是人为的"更相催"。这首诗启示人们应该珍惜和感恩自然，尊重自然规律，保护环境，保持生态平衡。

# 张籍

张籍(766—830年),字文昌,吴郡(今江苏苏州)人,后迁居和州乌江(今安徽和县)。唐代诗人,曾担任国子司业官职。代表作《节妇吟》等,有《张司业集》。

## 节妇吟·寄东平李司空师道[1]

君知妾有夫,赠妾双明珠。
感君缠绵意,系在红罗襦。
妾家高楼连苑起,良人执戟明光里。
知君用心如日月,事夫誓拟同生死。
还君明珠双泪垂,恨不相逢未嫁时。

【译文】

你知道我已经有了丈夫,为何还送给我一对明珠。
我感激你的缠绵情意,把明珠系在我的红罗衣。
我家高楼就连着皇家花园,我丈夫手持长戟就在皇宫里值班。
我知道你的用心如同日月光熙,可我已发誓与丈夫共患难同生死。
我虽归还你的双明珠,而我不禁两眼泪涟涟,
真的非常遗憾,遇到你没有在我未嫁之前。

【注释】

①节妇吟：在安史之乱以后，唐王朝的控制力下降，地方藩镇割据，暗自发展自己的势力。许多节度使等地方大员拉拢文人和朝廷官吏为其所用，一些不得志的文人也乐得依附这些封疆大吏。李师道身为平卢淄青节度使，又冠以检校司空等头衔，其势炙手可热。张籍清楚李师道连当朝宰相武元衡都敢派人刺杀。面对他的重金拉拢，便写了《节妇吟》婉言拒绝。

【哲理解读】

我已经嫁人了，你还送我两颗明珠。我虽然高兴，玩了又玩，但我的丈夫就在身边。我知道你是好意，可我不能背叛丈夫。我含泪把明珠还给你，只恨在我未出嫁时没有遇到你。不是你不够好，而是相遇太晚了。

这首诗借女子之口，表达坚守节操的忠贞，实则表明张籍忠于朝廷，不被拉拢、收买的决心。李师道是当时藩镇之一的平卢淄青节度使，割据山东、河北、江苏等十二州之地。他非常仰慕张籍的才华，为了拉拢张，他以古书和重金相赠。张作为朝廷官员，他反对藩镇割据，坚决维护朝廷权威。因此他不可能为李所用，所以作了这首《节妇吟》以委婉回绝。

诗中所潜藏的坦荡胸怀让人钦佩。"**还君明珠双泪垂，恨不相逢未嫁时。**"我已经将自己许给了朝廷，决心一心一意效忠朝廷，绝不更事他人，希望你能够谅解。此二句言辞婉转但态度坚决，体现了儒家哲学所倡导的"忠贞"气节。常用来表示相遇恨晚，错过时机，无比惋惜之意。

仅就文本而言，此诗的哲理是：在面对情感与道德的冲突时，要珍惜既有，果断放下，委婉拒绝。女方已经嫁作人妇，因此无法再接受追求者的情感表达。这意味着，人生中的某些选择是受到限制的，一旦做出抉择，后果不堪设想。这种坦然面对，甚至接受现实的不完美，反映了人生范围的有限性和人生方向的不可逆性，也体现了道德的约束力。

# 韩愈

韩愈（768—824年），字退之，世称"韩昌黎"，河南河阳（今河南孟州）人。唐代文学家、政治家，为"唐宋八大家"之首。代表著作有《韩昌黎集》等。

## 楸 树

几岁生成为大树，一朝缠绕困长藤。
谁人与脱青罗帔，看吐高花万万层。

【译文】

经过多少年才成长的一棵大树，一旦被藤缠绕就难以繁荣生长。
谁能为它除去披肩一样的青藤，它就能在高枝上层层绽花吐芳。

【哲理解读】

多少年来，好不容易长成大树。不料被长藤缠绕生长困难。有谁能除掉这青罗披肩，让树枝高处开放出层层鲜花。

一棵成年楸树被一条长藤缠绕，给它带来了困扰和束缚，要想摆脱厄运却又无能为力。诗中揭示了人生面临的厄运，道出了无数身陷逆境者的心声。表达了对于解脱束缚、展现自我价值的渴望。韩愈曾因谏迎"佛骨"险遭极刑，他极力提携的李贺也未举遭嫉，结束了年轻的生命。古往今来邪恶势力不知扼杀了多少旷世英才。"谁人与脱青罗帔，看吐高花

*万万层。*"该诗本意是希望有志之士摆脱束缚,发挥才干,而它所蕴含的哲思却很深刻:人才要发挥作用,不仅需要自身不懈努力,还需要客观上得到必要的帮助,排除种种障碍,只要具备了主、客观两方面的条件,人才就能像楸树吐高花一样,做出一番可观的业绩。

此诗也暗喻生命成长过程中所面临的困境和挑战,揭示了生活中的无常和复杂性,表达了对摆脱束缚、追求自然成长的愿望,以及对美好未来的期待和向往。

# 早春呈水部张十八员外①

天街小雨润如酥②,草色遥看近却无。
最是一年春好处,绝胜烟柳满皇都。

【译文】

京城上空雨丝像奶油般细密滋润,远望草色连绵成片近看稀疏零星。
一年中最美的就是这早春的景色,远远胜过杨柳满皇都的碧烟繁春。

【注释】

①张十八员外:指张籍,张在族兄弟中排第十八,曾任水部员外郎。
②天街:京城街道。　润如酥:细腻如酥油。形容春雨的细腻。

【哲理解读】

初春的小雨润物无声,新草发出嫩芽,沾雨之后朦朦胧胧,远看似有,近看却无。这是一年春光中最美的时候,胜过烟柳满城的深春景象。
初春之雨并不引人注意,却能滋润万物,给人希望。暗示着生命的成长是渐进而细腻的,需要在雨露滋润下缓慢而坚韧地生长。张籍晚年屡遭生活打击,韩愈赠此诗是希望友人振作精神。冀望友人如同这无声的小雨,在平淡中做出一番有益的事业。诗人认为,人的作为往往在默默无闻中产生,就像初春的小草,刚冒芽时可能并不具有多少生气,但它们所显示出的生命力,则是充满了无尽的期待和想象,具有可待发掘的无限潜力。诗人暗示友人即使在无声无息之中,也要振作精神,有所作为,有所成就。

此外,"天街小雨润如酥,草色遥看近却无",还蕴含了另一种哲思:遥看时的草色让人感到清新美丽,但近看却无。这体现了距离在美学欣赏中的重要性。适当的距离可以让人更好地欣赏事物的美,而不会因为过于接近而失去美感。即生活中的自然之美和艺术之美,都需要一定的距离才能欣赏到。就像观赏油画一样,如果距离太近,就只能看到一堆杂乱的色彩,而看不到"诗和远方"。

## 晚 春

草木知春不久归,百般红紫斗芳菲。
杨花榆荚无才思,惟解漫天作雪飞。

【译文】

花草树木知道春天将要归去,多番盛开红红紫紫争斗芳菲。
可怜杨花榆钱没有艳丽姿色,只知随风飘扬化作漫天雪飞。

【哲理解读】

春天将尽,草木自知,各自争相开放,吐艳斗芳,就连乏色少香的杨花、榆钱也不甘示弱,化作雪花随风飞舞,加入到暮春的繁荣行列。

春天是万物复苏、生机勃勃的季节，但是春光短暂，容易流逝。韩愈在当时的政治和文化领域都有着广泛的影响力，但是也遭受了许多挫折和打压。结合这样的写作背景，这首诗的哲理主要体现在以下几方面。

其一，描绘了自然界蓬勃的生命力。在春天即将结束的时候，各种草木都在尽其所能地展现自己的风采，它们试图抓住春天的最后时机，竞相开放，万紫千红，繁花似锦，表现出了对生命的珍惜和珍视。"**草树知春不久归，百般红紫斗芳菲。**"这种生命力是自然界中最重要的力量，无论春去秋来，它始终在推动着万物生长和繁衍。

其二，揭示了自然界的多样性和差异性。不同的草木有着不同的生长和开花方式，它们各有各的特点和优势。杨花和榆荚虽然缺乏艳丽姿色，但它们也有自己的特点和优势。杨花可以随风飘荡，榆荚可以生出美丽的白色花朵。这种多样性和差异性正是自然界丰富多彩的基础。

其三，表达了一种自然界的平衡与和谐。在自然界中，不同的生物都有自己的生态位和生存方式，它们相互依存、相互制约，形成了一种动态平衡。这种平衡使自然界得以持续发展。杨花和榆荚虽然不如其他花艳丽，但它们也以自己的方式为自然界做贡献，是自然界的组成部分。

其四，表现了生命不甘迟暮的进取精神。花草花木在有限春光里尽态极妍，为春天制造最美的风景。杨花、榆钱不甘落寞，也要为春天增添独特的风采。一个人的生命是有限的，很容易就到迟暮之年，因此应该十分珍惜时光，像花草花木一样，努力绽放自己，在有限的时间内发挥最大的活力，让自己的生命更加有价值。

总之，自然界中的每一种生物都有其价值和意义，我们应该尊重和保护它们，而不是去破坏和干扰它们。同时，我们也应该从自然界中汲取智慧和力量，努力进取，珍惜时光，让自己活得更加精彩。

# 白居易

白居易（772—846年），字乐天。祖籍太原（今属山西），生于河南新郑（今河南郑州）。曾四度朝廷任职。早年与元稹齐名，称"元白"。晚年与刘禹锡齐名，称"刘白"。传世有《白氏长庆集》。

## 大林寺桃花[①]

人间四月芳菲尽[②]，山寺桃花始盛开。
长恨春归无觅处，不知转入此中来。

【译文】

平地村落到四月里百花凋谢殆尽，而高山深寺的桃花才刚刚绽开。
常恨春的脚步匆匆归去无处寻觅，殊不知它已经悄然转到这里来。

【注释】

①大林寺：在今江西省庐山香炉峰上。
②芳菲：香花芳草。此处泛指开放的花。

【哲理解读】

农历四月，春去夏来，山外的花都已凋谢了，而山间大林寺的桃花正在盛开。曾经苦苦追寻春的踪迹，谁知春光悄悄转移到庐山香炉峰来了。

此诗写大林寺之奇异景象,表达了诗人被贬后的顿悟和哲思。诗人以为春已归去,无处可觅,却在游历之时偶遇春色,高兴之余,另有所悟,原来风景这边独好。既然如此,又何必沉浸在过去的"春光"中呢?当四月的花朵凋谢的时候,山寺桃树的花朵才开始盛开。换了一个环境又是一片春光,又开始一个时间轮回,呈现一个新的生命循环。寓示人生中常常会有意外的惊喜和希望。

诗中的"山寺"象征着与世俗隔离、超脱的境界。代表一种精神或内心世界的状态,抑或是一个与自然和谐共处的理想之地。"人间"则指日常生活的现实世界,这个世界充满了世俗的纷争和繁华。在这个语境中,人间可能代表的是社会生活的喧嚣和骚扰。将这两个世界进行对比,诗人突出了它们之间的差异,同时也表达了寻求心灵净化和宁静的所在,以及精神境界的向往。

就哲理来说,"人间四月芳菲尽,山寺桃花始盛开",也说明事物发展具有不均衡性和差异性。启迪人们认识事物要防止经验主义,应该知道景外有景,山外有山;对客观事物的认识不可一概而论,不同的环境会有不同的景况,不能以点代面、以此代彼,而要根据事物发展的差异性和不平衡性,做到具体问题具体分析、具体对待。

## 赋得古原草送别

离离原上草[①],一岁一枯荣。
野火烧不尽,春风吹又生。
远芳侵古道[②],晴翠接荒城。
又送王孙去[③],萋萋满别情。

【译文】

古原上长满茂盛的青青草,年年岁岁枯萎了又再繁荣。

无情的野火不能把它烧尽，春风一吹又遍地绿茵生生。
远处春草蔓延淹没了古道，阳光下绿翠连接荒远的城。
我又一次送珍贵友人远去，萋萋芳草尽是离别的深情。

【注释】

①离离：野草茂盛的样子。
②远芳：草香远播。侵：长满。
③王孙：贵族的子孙。此指远行的游子。

【哲理解读】

　　古原上的草，一年一度枯了又荣。就是野火烧，也只能烧掉枯叶，到了春天又会发芽重生。一路上都是草的芬芳，绿茵连接远荒的城市。朋友已经远去，那漫天茂密的芳草，就是绵延不绝的惜别之情。
　　此诗将自然景色与人文情感巧妙地融合在一起，通过对古原野草的描绘，抒发了诗人的离别愁绪和不舍之情，表达了对友人的寄望，希望他像"原上草"一样顽强。"野火烧不尽，春风吹又生。"野火燎原，虽能迅速烧毁枯草，但不管烈火怎样焚烧，也无奈那深藏地底的根须，只要春风一吹，又是遍地青青草。在诗人看来，大自然的生物有荣亦有枯，有生亦有死，但顽强的荣与生和必然的枯与死是不一样的。同时表明，不管世态怎样变化，心中的友谊都会像青草一样重生繁荣。
　　诗人认为，新生力量是不可战胜的，顽强的生命力无法被轻易扼杀。只要条件具备，就会像"原上草"一样欣欣向荣。这种生命的循环和坚韧启示我们，生活中会遇到各种各样的变化和挑战，只要不屈不挠、顽强坚持，就会像春草一样迎来新的生机和希望。

# 琵琶行[①]（节录）

大弦嘈嘈如急雨，小弦切切如私语。
嘈嘈切切错杂弹，大珠小珠落玉盘。
间关莺语花底滑，幽咽泉流冰下难。
冰泉冷涩弦凝绝，凝绝不通声渐歇。
别有幽愁暗恨生，此时无声胜有声。

【译文】

大弦浑洪悠长嘈嘈如暴风骤雨，小弦和缓幽细切切如两人私语。
嘈嘈声切切声互相交错地弹拨，像大珠小珠一串串掉落在玉盘。
一会儿像花底婉转流畅的鸟鸣，一会儿像水在冰下流动之咽音。
犹如冰泉冷涩琵琶声开始凝结，凝结而不通畅声音渐渐地断绝。
像另有一种愁思幽恨暗暗滋生，黯然无声却比有声更加感动人。

【注释】

①摘自《琵琶行·琵琶引》。《琵琶行》凡88句。

【哲理解读】

这是《琵琶行》中描写音乐艺术的一段。大意是粗弦嘈嘈，如疾风骤雨；细弦切切，似情侣私语。嘈嘈切切，错杂一片，大珠小珠，落满玉盘。花底的黄莺叽叽喳喳，叫得多么流利；冰下的泉水幽幽咽咽，流得多么艰难。流水冻结了，也冻结了琵琶的弦子，弦子冻结了，声音渐渐停止。突然的无声，却比有声更加激动人心。

这段诗描写了船上听京都艺妓弹奏琵琶的场面，抒发了作者的苦闷心情和对琵琶女的深切同情，表达了同为天下沦落人的不凡胸怀。诗中名句"此时无声胜有声"，表示乐曲终止或者暂停，而惊心动魄的音乐魅力并没有消失，给人留下无尽的回味和想象。或许就是这个瞬间沉默，让诗人想到了自己及琵琶女的身世遭遇。自己被贬官流放与琵琶女沦落天涯有什么两样，一种深沉的忧伤和愤懑，在乐曲的休止中涌上心头，诗人在乐曲的余韵中感慨人生和社会的悲凉与变迁。

这种音乐中的无声和有声的辩证关系，不仅揭示了文学艺术留白的重要性，表明言比不言更能激发读者的想象；而且有力地说明了在某些场合下没有声音、没有言语，比有声音、有言语更加余味无穷，表明有时沉默会起到意在言外的特殊效果。它体现了人类情感的复杂性和深沉性，以及有的时候、有的场合下言语的局限性。

## 放 言

泰山不要欺毫末①，颜子无心羡老彭②。
松树千年终是朽，槿花一日自为荣。
何须恋世常忧死，亦莫嫌身漫厌生。
生去死来都是幻，幻人哀乐系何情。

【译文】

泰山不要因为高大而欺凌小丘，颜渊无意羡慕老聃和彭祖高寿。
松树活了一千年终究还是腐化，木槿只开了一天花也自觉荣华。
何必眷恋尘世而常存忧死之心，也不要因嫌弃自己而厌倦人生。
生死转换只是人们的一种幻想，虚幻的悲欢本不应该放在心上。

【注释】

①毫末：毫毛之梢，比喻极微小事物。
②颜子：即颜渊，29岁时便头发全白，因病早逝。　老彭：老聃和彭祖，都是长寿者。老聃寿百岁，彭祖寿超百岁。

【哲理解读】

泰山虽然高却不会欺辱旁边的小丘，颜渊也无意羡慕老聃和彭祖的长寿。松树即使活一千年，也终有干枯的一天；木槿花仅开一日，却能在一日之间尽显荣华。做人何必眷恋浮名而贪生怕死；到暮年也不要厌倦生活、失去生存的信心。死生转换是一种幻觉，活在当下才是硬道理。

生命长短，各得其所。人的生死、自然界的新陈代谢，是宇宙永恒的规律，不因人的想法而改变。"松树千年终是朽，槿花一日自为荣。"自然生命，包括人类，有生有死，长短各有其命。不要拿颜渊跟老聃和彭祖比较，不必强求寿命的长短。人们"何须恋世常忧死，亦莫嫌身漫厌生"。因为有生有死才是自然法则，人们不必生活在幻想与担心之中。所谓死生转换都是虚幻的想法。正确的人生态度是：应当多考虑如何在自己的有生之年，为社会做一些有用的事，若果然这样，则虽死犹生，没有遗憾。世人总是看不开这一点，一味地追求生命的长度，殊不知生命还需要有厚度。有作为才有厚度，如此才能增长生命的意义。

事物存在的长与短都是相对的，事物的价值并不在于它存在的时间，而在于它如何被使用和表现。人类也一样，人生的美丽和精彩决定人生的意义。人们可以用积极的态度、有意义的行为，来提升生命的质量和价值，让生命变得厚重和充实。

# 刘禹锡

刘禹锡（772—842年），字梦得。生于吴郡（今江苏苏州）。因裴度力荐，任太子宾客，世称"刘宾客"。存世有《刘梦得文集》。

## 竹枝词①

杨柳青青江水平，闻郎江上踏歌声。
东边日出西边雨，道是无晴却有晴。

【译文】

杨柳枝儿青青，江水静得平平；
远远地传来了情郎踏着拍子唱歌的声音。
看吧，西边正在下雨，东边正出太阳；
好像没有晴天，其实却有晴朗。

【注释】

①竹枝词：系唐代巴渝地区一种民歌曲词，体制形式与古绝句相同。

【哲理解读】

一个初恋少女在杨柳青青、江平如镜的春日里，听到情郎的歌声，产生了复杂的想法。东边阳光明媚，西边细雨丝丝。表面上看起来无晴（无情），实际上却有晴（有情）。

此诗既是一幅美丽的风景画卷，又蕴含深刻的哲理智慧。诗人以"晴"谐"情"，巧妙地表达了爱情的存在与缥缈。它说明某种情况下，感情的既有而无，似无却有，难以割舍的情状。仅就"**东边日出西边雨，道是无晴却有晴**"而言，意味着生活中的不确定性和变化。或许看似处于低谷的人生，突然一次机会，却又前景一片光明；或许期望美好事情发生，却有可能让人失望，而在失望中又能看到希望。这提醒人们既要学会适应变化，又要善于处理不确定性。

这句诗还体现了乐观与悲观并存的人生态度。东边的日出象征着乐观和希望，而西边的雨则象征着悲观和失落。也可以用来说明事物所具有的多样性、复杂性、非统一性，它告诫人们看待事物要全面，分析问题要周全，不能片面而论，即要以整体的眼光看待问题、处理事件。

## 乌衣巷[①]

朱雀桥边野草花[②]，乌衣巷口夕阳斜。
旧时王谢堂前燕[③]，飞入寻常百姓家。

【译文】

朱雀桥边开满了野草花；豪门集聚的乌衣巷口，映照着夕阳晚霞。
从前在豪门王谢堂前筑巢的燕子，现在飞入了普通百姓寒门之家。

【注释】

①乌衣巷：当时金陵（今江苏南京）城中的一条街。三国时吴国曾在此设军营，士兵多穿乌（黑）衣，故称。东晋时豪门士族多居于此。
②朱雀桥：六朝时金陵朱雀门外横跨秦淮河的浮桥。

③王谢：指王导、谢安，二人出自东晋时最有名的两个豪门世族。

【哲理解读】

豪门旧地长满了野草，一片荒芜，王、谢华堂的废墟上，已经建起了平常百姓的住宅，燕子依然飞来飞去，夕阳的昏暗景象，衬托着乌衣巷口的荒凉衰败。

诗人借贵族豪门聚居的一条街巷变化，含蓄地反映了权势难久、富贵易失的道理。当年王导、谢安那样声势显赫的权贵家族，最终也归于衰败，成为历史遗迹，使人产生一种时间残酷的沧桑感。"**旧时王谢堂前燕，飞入寻常百姓家。**"燕子看似原来的燕子，可是房屋变了，主人也变了。旧地易主，王、谢堂非，说明人事盛衰代谢，是不可避免的时代变革。朝代在更迭中变换，历史在盛衰中延续，过去的豪门世族，今日的百姓之家，这就是盛衰，这就是兴废，这就是历史。它暗示了社会阶层的变化和历史的节奏，揭示了社会变迁和历史发展的必然性。

此诗告诉人们，时间是无情的，历史变迁是必然的。曾经的、现在的繁华和富贵，都会成为过眼云烟，只有顺应历史潮流，积极面对生活变迁，才能在这个世界上生存下去。

## 再游玄都观①

百亩庭中半是苔，桃花净尽菜花开。
种桃道士归何处②，前度刘郎今又来③。

【译文】

玄都观百亩大的庭院里，多半长了青苔，
桃花已经落尽，菜花刚刚盛开。

当年的种桃道士，你们到哪里去了啊，
我这被贬的刘郎，如今又回来啦。

**【注释】**

①玄都观：唐代首都长安（今陕西西安）城南的一座道教庙宇。
②种桃道士：比喻打击迫害革新者的朝中守旧派当权者，他们新提拔了大量不中用的人。道士：也暗指反对"永贞革新"而当上宰相的武元衡，他于元和十一年遇刺身亡。
③刘郎：指作者自己。

**【哲理解读】**

玄都观里，百亩之地，一半是青苔。桃花落尽，菜花正开，种桃道士去了什么地方，当年的我如今又来了。

刘禹锡因参加"永贞革新"失败而被贬朗州（今湖南常德），后被召回京。到玄都观里游览时，曾写诗讽刺打击他的人："玄都观里桃千树，尽是刘郎去后栽。"诗人借刘郎去后所栽的"桃千树"，讥讽当时得势的新贵们犹如观里这些轻薄桃花。为此刘再次遭贬逐，一去十四年方被召回，回到长安后又到此观游览，写下了这首诗。以桃花凋谢、菜花初开这一自然现象，来比喻人事的更替。表示了作为革新者顽强不屈、凛然无畏的态度，显示了革新派的高度自信和坚持斗争的精神。

诗中"种桃道士归何处"也预示事物的运动，"前度刘郎今又来"的地方，则是相对静止的体现。种桃道士已经消失在历史的长河中，而玄都观依旧存在，表达了事物都是在绝对运动和相对静止中变化着。如今"前度刘郎"作为成语，常用以表达曾经来过的人、不忘初心的人、坚持斗争的人等意义。

## 酬乐天扬州初逢席上见赠①

巴山楚水凄凉地，二十三年弃置身。
怀旧空吟闻笛赋②，到乡翻似烂柯人③。
沉舟侧畔千帆过，病树前头万木春。
今日听君歌一曲，暂凭杯酒长精神。

【译文】

被贬谪到巴山楚水凄凉之地，度过了二十三年沦落的光阴。
回来物是人非只能吹笛赋诗，虽然空自惆怅像个烂柯之人。
而翻覆的船旁万千帆船经过，枯树前面千万林木葱茏青春。
今天听了你为我吟诵的诗篇，暂借这杯美酒振奋我的精神。

【注释】

①乐天：白居易的字。白在筵席上写了一首诗相赠，即《醉赠刘二十八使君》："为我引杯添酒饮，与君把箸击盘歌。诗称国手徒为尔，命压人头不奈何。举眼风光长寂寞，满朝官职独蹉跎。亦知合被才名折，二十三年折太多。"白居易在诗中对刘禹锡被贬谪的遭遇，表示了同情和不平。于是刘当即写了这首诗回赠。

②闻笛赋：指西晋向秀的《思旧赋》。三国曹魏末年，向秀的朋友嵇康、吕安因不满司马氏篡权而被杀害。后来，向秀经过嵇康、吕安的旧居，听到邻人吹笛，不禁悲从中来，于是作《思旧赋》。序文中说，自己经过嵇康旧居，因写此赋追念他。刘禹锡借用这个典故以怀念死去的王叔文、柳宗元等人。

③翻似：好像是。翻：副词，反而。　烂柯人：指晋人王质。出自

南朝梁任昉（fǎng）《述异记》神话。相传晋人王质上山砍柴，看见两个童子下棋，就停下观看。等棋局终了，手中斧柄（柯）已经朽烂。回到村里，才知道已经过了一百年，同代人都已亡故。

【哲理解读】

被贬谪到巴山楚水二十三年，回来时熟悉的人都已逝去，只能吟着向秀闻笛时写的《思旧赋》来怀念他们，而自己也成了神话中那个烂掉了斧头的人，真是恍如隔世啊。好在沉舟侧畔有千帆竞发，病树前头正万木皆春。今天听到你为我写的诗歌，暂且借这杯水酒重新振作精神吧。

这是席间唱和之作。白居易的赠诗中有"举眼风光长寂寞，满朝官职独蹉跎"两句，意思是说同辈的人都升迁了，只有你在荒凉的地方寂寞地虚度了年华。对此，刘在酬诗中写道：**"沉舟侧畔千帆过，病树前头万木春。"** 刘以沉舟、病树比喻自己的遭遇，表示要从过去的遭遇中跳出来，绝不做一艘"沉舟"或是一棵"病树"。固然感到惆怅，却又相当达观，以此劝慰诗友不必为自己的蹉跎境遇而伤感。对世事的变迁和仕宦的升沉，表现出豁达的襟怀。这两句诗又和白诗"命压人头不奈何""亦知合被才名折"相呼应，但其思想境界要比白诗高，意义也深刻得多。

二十三年的贬谪生活，并没有使刘禹锡消沉颓唐，正像他在另一首诗里所说："莫道桑榆晚，为霞尚满天。"他这棵"病树"仍然要重振精神，迎上春光。因这两句诗形象生动，而被提升为社会发展的比喻，说明新生力量锐不可当，新事物必然取代旧事物。也告诫人们：人生皆有挫折，只要甩掉过去的包袱，就能轻装前进，再迎曙光。

# 崔护

崔护（772—846年），字殷功，唐代博陵（今河北定州）人。《全唐诗》存其诗六首，以《题都城南庄》流传最广。

## 题都城南庄①

去年今日此门中，人面桃花相映红。
人面不知何处去，桃花依旧笑春风。

【译文】

想起去年的今日在这扇门中，姑娘的脸与鲜艳桃花相映而红。
如今，那姑娘不知去了什么地方，桃花依旧迎着春风含笑开放。

【注释】

①都城：指唐朝京城长安。

【哲理解读】

去年的今日不期而遇，伫立桃花前的那位少女，到什么地方去了啊，只剩下桃花依旧开在春风里，独自绽放笑容。
本诗表达了一种物是人非的感慨，同时也揭示了人生际遇的无常和变化。作者从寻春偶遇到再寻不遇，这样一个看似简单的经历，道出了桃花依旧、故人不再的独特体验。诗人寻人不得，只有门前一树桃花仍旧含笑迎风。春色依旧而人面不在，那美好的场景，美好的感觉，只能留在记忆里了。"人面不知何处去，桃花依旧笑春风。"隐含了一种耐人思考的人生况味，那就是在不经意的情况下遇到某种美好的人或事，而当有意去探求时却不可复得。说明生活中有些东西、有些感觉当时错过，以后就再也没有机会了。它告诉人们应该珍惜当下，把握每一个美好的瞬间。同时，要以平常心面对得失和变迁。

从哲学意义来说，诗中"人面已去"，代表着事物的绝对运动，"桃花依旧"则是事物的相对静止，一切事物都统一在绝对运动和相对静止中，固定不变的事物是不存在的。世事易变，珍惜眼前，不要等到失去才后悔。因为时间不可逆。

# 李绅

李绅（772—846年），字公垂，亳州谯县（今安徽亳州）人。唐朝宰相、诗人，《全唐诗》存其诗四卷。

## 悯农二首（其二）

锄禾日当午，汗滴禾下土。
谁知盘中餐，粒粒皆辛苦。

【译文】

锄禾一直到中午，烈日火辣辣晒着，汗水一滴滴落在禾苗下的泥土。可是人们却不知道盘中的食物，每一粒都有农人用汗水浇灌的辛苦。

【哲理解读】

盛夏中午，烈日炎炎，农民还在田里锄草劳作，汗珠一滴滴落入泥土。可世人却不知道餐桌上的粒粒食物，都是农民用辛勤的汗水换来的。

这首诗明白地告诉人们粮食珍贵，应该十分珍惜，切不可浪费一颗一粒。"**谁知盘中餐，粒粒皆辛苦。**"每一个人都应该知道农民劳作的艰辛，从耕种到收割，农民日晒雨淋，十分辛苦。每一粒粮食都来之不易，可是人们却不珍惜粮食，真是不应该呀。本诗既有怜农之心，又有批评之意。对于那些不劳而获，又不珍惜劳动成果的人，进行了善意的规劝。

诗中强调了付出和收获的关系，表达了节俭和感恩的价值观。倡导人们尊重劳动，珍惜来之不易的劳动成果，同时也要感恩那些提供生活所需的人和自然。这种价值观对于今天的生活，仍然具有重要的意义。

## 答章孝标

假金方用真金镀，若是真金不镀金。
十载长安得一第，何须空腹用高心①。

【译文】

假金才会镀上真金来伪装自己，若是真金就不需要再镀金矫饰。
十年苦读赢得长安城金榜题名，既如此何必空着肚子去用心机。

【注释】

①空腹：饿着肚子，比喻没有真才实学。　　用高心：即用心机。不适当的想法。

【哲理解读】

只有假金才镀金充真，真金是不需要装饰的。不要忘了十年苦读的经历，及第只是入仕的起点，今后的发展还不可预知。

章孝标起初屡试进士不第，曾游于时任淮东节度使的李绅幕中。后章于元和十四年（819年）进士及第，旋即给李寄赠了一首诗，流露出得意的心理："及第全胜十政官，金鞍镀了出长安。马头渐入扬州郭，为报时人洗眼看。"李看后写了这首诗赠答，对章在诗中把中进士看成是镀金的思想给予了规劝。李绅认为，一个人如果有了真才实学，就不需要依靠外在的名位去装饰，就如同假金才镀金一样。进士及第只是仕途的开始，今后的路还难以预测，所以要像十年苦读一样不懈努力，而不是把心思用在炫耀上。

诗中通过真金与假金的对比，显现出深厚的哲思。"**假金方用真金镀，若是真金不镀金。**"事物都有其质的规定性，表面的华丽并不代表内在的真实价值。只有假金才需要镀金乱真，而真金就不需要任何矫饰，即使暂时蒙上了灰尘，也终将放射出夺目的光彩。诗人从表面和本质的角度，形象地说明了虚荣与实学，应重于实学；外表与内涵，应重于内涵。虽然考试高中，而人的修养不能须臾放松。因为，这才是读书人应该有的人生追求和价值观。

此诗告诫人们要追求真实、内在的价值，不要被表面的华丽所迷惑，要在注重自我修养和内在品质的提升中，展示自己的才华和贡献。

# 柳宗元

柳宗元（773—819年），字子厚，河东郡（今山西运城）人。唐代文学家、思想家，"唐宋八大家"之一。有《河东先生集》。

## 江 雪

千山鸟飞绝，万径人踪灭。
孤舟蓑笠翁，独钓寒江雪。

【译文】

千山万岭不见飞鸟的踪影，千路万径不见行人的足迹。
一叶孤舟上，身披蓑衣、头戴斗笠的老者，
独自垂钓，迎着满江的风雪。

【哲理解读】

鸟无踪影，人无足迹；山上是雪，路上是雪；江心船篷边，一个渔翁独自垂钓，他的蓑衣上、斗笠上也是雪。

这个孤独的垂钓形象，不仅是困境中的坚韧和执着，也是对自强和自然的向往。这是作者心境的寄托和写照，表现了诗人企望摆脱世俗，超然物外，坚守节操的思想境界。"永贞革新"失败后，柳宗元被贬永州，人生一下子跌入低谷，冷落至极，但他依然以纯粹要求自己，承受着万千孤独。这个独钓老者，就是他在一个寂寞冷峻的世界里，为了理想和志向而坚持，即使雪中独钓，仍然心怀千山万径，在孤独中昂然挺立，在禅静中寻求内心净化。这个形象是在人生最孤独寂寞时，清高脱俗的人格精神，是人与自然融合的自在与自得。它启示人们在面对逆境时，要保持内心的宁静和勇气。

"孤舟蓑笠翁，独钓寒江雪。"生动的钓翁形象蕴含着深刻的人生哲思：追求内心的平静和超然，坚守自己的信仰和追求，在孤独和困境中锤炼自己，让孤独成为修身养性的禅境。

## 渔 翁

渔翁夜傍西岩宿[①]，晓汲清湘燃楚竹[②]。
烟销日出不见人，欸乃一声山水绿[③]。
回看天际下中流，岩上无心云相逐[④]。

【译文】

渔翁夜晚靠近西山歇宿，早上汲取清澈湘江水，以楚竹为柴把米煮熟。

太阳出来了，云雾散尽，不见人影；摇橹的声音从碧绿山水中传出。

回头望去，渔舟已从天边向下漂流，山上白云正随意飘浮，相互追逐。

【注释】

①西岩：指永州境内的西山。
②湘：湘江之水。 楚：西山古属楚地。
③欸乃：象声词。
④无心云相逐：陶渊明《归去来兮辞》："云无心而出岫。"

**【哲理解读】**

　　夜晚来临，渔翁在湘江西岩停宿；清晨起来，取水、燃竹、煮饭。旭日东升，晓雾渐散，四周悄然无声。忽然，渔翁摇橹，欸乃一声，青山绿水映入眼帘。回头一望，江水滚滚，渔舟顺流而下；山上白云，悠然舒卷。

　　诗人将渔翁置身于山水之间，渔翁和自然景象融为一体，共同显示着生活的节奏和内在的生趣，两者按各自的特点发生变幻。这个渔翁虽然看不见，却在山水天地间独来独往，如此超凡脱俗的形象，体现了诗人对潇洒自得生活的认同和向往。

　　"烟销日出不见人，欸乃一声山水绿。"一声桨响，划破静空，举目一望，万象皆绿。平静而奇妙的山水，抵消了诗人内心的抑郁。柳宗元因参与"永贞革新"失败后被贬永州，一腔抱负化为烟云，他寄情于异乡山水，展现了遗世独立、回归自然、自得其乐的生活境地。诗人沉浸在绿色的自然世界，要不是渔翁"欸乃一声"，似乎忘却自身的存在。

　　全诗寄情于景、寓理于景，隐含着诗人随性旷达的人生观和庄子所谓物我两忘的心灵境界。阐释了一种自由和朴素的生活，远离世俗纷扰和名利追逐，在大自然中体验生命的活力和潇洒。

# 元稹

元稹（779—831年），字微之，河南（今河南洛阳）人。唐朝官员、文学家。存世有《元氏长庆集》。

## 菊 花

秋丛绕舍似陶家，遍绕篱边日渐斜。
不是花中偏爱菊，此花开尽更无花。

【译文】

秋天里，菊花丛丛绕房舍，好似到了陶潜家；
围绕篱笆观菊花，不觉太阳已西斜。
并不是花中唯独偏爱菊花，只是深秋的菊花凋谢后，
再也没有更可欣赏的花。

【哲理解读】

时至深秋，百花尽谢，唯有菊花凌霜而娇艳，为人们平添了盎然生机。我之所以如此偏爱菊花，是因为菊花之后就没有更好的花了。

诗人对菊花历经寒霜而最后凋零的秉性赞美有加，并把自己的房舍前后打扮得像陶渊明的东篱菊园。陶令爱植菊，其诗云"我屋南窗下，今年几丛菊"。而作者却是"秋丛绕舍"，终日与菊为伍，寄托了诗人高洁的操守和品格。主人公专心赏菊而至日暮西斜、仍然流连忘返的情状，把爱

菊之情充分表现了出来。而偏爱菊花的理由，则是菊花"发在林凋后，繁当露冷时"，此时百花已凋谢殆尽，唯有菊花迎霜而艳。所以"**不是花中偏爱菊，此花开尽更无花**"。诗中蕴含的哲思就是珍惜最后的时光，或者最后的机会。春夏季节繁花似锦，人们往往不觉得花之可贵，到了深秋，菊花是最后的盛艳，菊花之后便没有什么花可以欣赏了，这最后的芳华当然值得珍惜。

世上有不少美好的事物，存在的时候往往不觉得可贵，一旦失去或将要失去，才会认识到它的价值。常常是太阳要落山了，才发现"**夕阳无限好，只是近黄昏**"，这是不是已经时过境迁呢？

## 离思五首（其四）

曾经沧海难为水①，除却巫山不是云②。
取次花丛懒回顾③，半缘修道半缘君④。

【译文】

经历过波澜壮阔的大海之后，其他水就不值得一提了。
看惯了神女峰上的云霞，其他云就称不上是云霞了。
即使身处万花丛中，也懒得回头一顾，这缘由——
一半是因为修道而清心寡欲，一半是因为曾经拥有你。

【注释】

①难为水：不值一观的水域。化用《孟子·尽心上》中的"观于海者难为水"，意指见过广阔的大海，便难以再将其他水域放在眼里。
②除却巫山：除了巫山。借用宋玉《高唐赋》中"巫山云雨"典故。
③取次：随意。信步经过。

④君：指曾经心仪的爱妻。

【哲理解读】

　　曾经观看过茫茫的大海，对那小小的细流，是不会看在眼里的。除了巫山上奇幻的彩云，其他云彩都不觉得美妙。即使走到盛开的花丛里，也不想回头一顾，因为心中有一个最爱的女人。

　　这是一首表示爱情专一的悼亡诗，大意是说他的亡妻最美、最好，别的女人都比不上。从爱情的角度来说，这是夫妻情深似海，或"情人眼里出西施"，都有一定的道理。诗中"沧海""巫山"的形象为水中之最、云中之尤，各为世间之唯一，凡经历过、观赏过的人，对其他的水与云，确实很难看上眼了。生活中一些深爱的人或事一旦失去，就很难再次找到替代品，这种体验让人们更加珍惜眼前人和眼前所拥有的一切。

　　**"曾经沧海难为水，除却巫山不是云。"** 反映了人们感知事物的一种相对原理。它说明经历丰富的人，由于见多识广，眼界自然高远，因而对寻常的事物就不以为奇了。不仅说明事物的大和小、美和丑是相对的，也说明事物都是辩证的。没有小也就没有大，没有丑也就没有美，反之亦然。但小却是大的基础，大是由小构成的。因此人们在生活实践中，就要正确认识和对待"大事情"和"小事情"，并正确处理二者之间的关系，不能无原则地重大轻小，或置小事不屑一顾。同样地，在对待"美"和"丑"的问题上，也应该用辩证的思维来看待。不要因为见多了高、大、上，就轻视低、小、微。

　　此诗还表达了对于人生经历唯一性和珍贵性的认识。人们都有无法被替代的经历，应该尊重和珍视每个人的每一段经历，尊重和珍视每个人的独特性和不可替代性。

# 贾岛

贾岛（779—843年），字浪仙，幽州范阳（今河北涿州）人。唐代诗人，与孟郊齐名，后以"郊寒岛瘦"喻其诗风格。有《长江集》存世。

## 题李凝幽居

闲居少邻并，草径入荒园。
鸟宿池边树，僧敲月下门。
过桥分野色，移石动云根[1]。
暂去还来此，幽期不负言[2]。

【译文】

幽闲地住在这里很少有人邻近，杂草丛生的小路通向荒芜小园。
鸟儿自由地栖息在池边的树上，皎洁的月光下僧人正敲着柴门。
过了桥就看见原野迷人的景色，云朵飘动时山石也好像在移动。
我虽然暂时离开了但还会再来，按约定的日期和朋友一起山居。

【注释】

①云根：古人认为"云触石而生"，故称石为云根。
②幽期：时间漫长。　不负言：指不食言，要履行诺言。

【哲理解读】

　　从杂草遮掩的路径，走向荒芜的小园，近旁没有人家居住。月光皎洁，万籁俱静，老僧轻轻的敲门声，惊动了池边宿鸟。过了桥就是色彩斑斓的原野，晚风拂动云霭，仿佛山石在移动。我留恋这里的幽静，暂时离去，还会再来，一定不负共同山居的约期。

　　此诗在有声与无声、静止与活动的对照中，凸显了山居的静幽，赞许了与世无争的隐居生活。本诗以**"鸟宿池边树，僧敲月下门"**一联著称，更因"推敲"典故出名。贾岛去长安参加考试，他骑着驴在大街上一边走、一边想着他的诗。突然他想到了上面两句诗，又一想，觉得"推"字改为"敲"字更好一些，他想得正入神时，只听得前面喊了一声："干什么的？"还没弄清楚是怎么回事，便被带到韩愈面前。原来，他冲撞了大文学家韩愈和他的随从。等贾岛把事情说了一遍后，引起了韩愈对诗句的兴趣，韩想了片刻说："还是'敲'字好。静静的夜晚，在月光下，一个僧人叩叩地敲门，这个情景是很美的。"于是"推"字改为"敲"字。后来"推敲"便成为反复思考、反复斟酌、反复比较的意思。

　　此外，**"过桥分野色，移石动云根"**二句，还于优美的景象中蕴含事物都是普遍联系的哲学观点。桥，联系着不同的郊野景色；石，与云霭联系着，移动石头就是移动云根，就是移动天空。自然界和世间万物的美丽及多样性，既相互联系又相互影响。全诗虽是访友的所见所闻，却于一幅寻常幽然的夜景中，道出了宁静的禅意和超然世外的境界。

# 李贺

李贺（790—816年），字长吉。河南府福昌县（今河南宜阳）人。唐代诗人，后世称"李昌谷"。著有《昌谷集》。

## 雁门太守行①

黑云压城城欲摧②，甲光向日金鳞开③。
角声满天秋色里，塞上燕脂凝夜紫④。
半卷红旗临易水⑤，霜重鼓寒声不起。
报君黄金台上意⑥，提携玉龙为君死⑦。

【译文】

黑云压向城头城墙快要坍塌，盔甲映着日光金鳞似的闪亮。
号角声声在秋色里响彻云空，塞上血迹在寒夜里凝为紫色。
红旗半卷援军抵达如临易水，霜气凝重战鼓寒冷声音低沉。
为报答国君招贤重用的诚意，挥舞利剑甘愿为国血战到死。

【注释】

①雁门：郡名。古雁门郡在今山西省西北部，是唐王朝与北方突厥部族的边境地带。
②黑云：战场上烟尘弥漫的样子。　城欲摧：城墙仿佛就要坍塌。
③甲光：铠甲映日闪出的光。　金鳞：铠甲闪光如金色鱼鳞。

④燕脂凝夜紫：将士的血迹在寒夜凝为紫色。燕脂：战场血迹。

⑤易水：河名，源出今河北省易县。易水距塞上尚远，此借荆轲故事以言悲壮之意。

⑥黄金台：故址在今河北省定兴县，战国时燕昭王为招贤所筑。

⑦玉龙：宝剑的代称。

**【哲理解读】**

敌人如黑云压境。云层中一缕日光闪亮甲衣。一片寂寥的秋色，号角低沉地鸣响。晚霞映照战场，那胭脂般鲜红的血迹，透过夜色凝结在地上，呈现出一片片紫色。驰援部队与敌军短兵相接，无奈夜寒霜重，连战鼓也擂不响了，将士们却像渡易水的壮士，以一去不复返的精神与敌人拼死搏斗。

全诗用浓艳斑驳的色彩描绘出悲壮惨烈的战斗场面，生动地表现了将士们勇敢无畏、视死如归的英雄气概；体现了戍边将士视国家利益高于一切，忠心报国、勇往直前的爱国情怀，以及士为知己者死的古代价值观；蕴含着关于勇气制胜、和平向往和团结的重要性。名句"黑云压城城欲摧，甲光向日金鳞开"：以比兴手法烘托出敌军兵临城下的紧张和危急。诗中"黑云"比喻敌军来势汹汹。"城欲摧"则凸显了守城将士面临的严峻形势。即便在这样的压力下，将士们的铠甲在阳光照射下金光闪烁，展现出他们坚定的意志和不屈的精神。诗的本意是表达敌人来势凶猛，力量对比悬殊。而现实生活中，常用来形容黑恶势力一时强大，向黑恶势力的斗争更是不屈不挠。

从哲理角度来看，此诗体现了人生意义的追求和担当精神。将士们为了国家和民族的利益，不惜付出生命的代价，展现了人生的最高价值和生命的崇高意义。同时，他们面对困境时所表现出的勇敢坚定和不屈精神，也启示人们在生活中应该坚定信念，努力追求自己的人生目标和理想。

# 杜秋娘

杜秋娘（约791—约835年），女，《资治通鉴》称杜仲阳，唐代金陵（今江苏南京）人。《唐诗三百首》中有署名为"杜秋娘"的《金缕衣》。

## 金缕衣

劝君莫惜金缕衣①，劝君惜取少年时。
花开堪折直须折②，莫待无花空折枝。

【译文】

劝你不要贪图荣耀的金缕衣裳，劝你一定要珍惜青春少年时光。
花开宜摘的时候就要尽情去摘，不要等花谢了摘取空枝而感伤。

【注释】

①君：或指其夫李锜。　金缕衣：缀有金线的制服，比喻荣华富贵。
②堪：可以，能够。　直须：尽管，直接。　折：通"摘"。

【哲理解读】

这首诗以花来比喻少年时光，以摘花来比喻珍惜大好青春，反复咏叹爱惜时光，莫要错过青春年华。因为青春只有一次，一旦逝去则永不复返，以致最后"无花空折枝"。

这首诗经久流传，似有一种特别的意味，不可思议的魅力。从字面看，是对青春和爱情的坦诚流露，劝人莫负好时光。但若作及时行乐的主旨来理解，似乎有些俗了，作珍惜时光来看，则其味无穷，毕竟"一寸光阴一寸金"，建功立业当在年少时。若结合其夫李锜反叛朝廷的史实来看，应是劝诫其夫不要因为"金缕衣"的珍贵而荒废了人生美好时光。"**劝君莫惜金缕衣**"疑是暗谏其夫放弃政治意图，若真是这样则更意味深长，耐人寻思。本诗亦颇具现实意义，现代生活中的电子游戏、手机视频等，不就是"金缕衣"吗？它浪费了多少人的少年时光。

　　该诗有一种积极向上的人生态度，强调了时间的价值和当下的重要，认为人们应该珍惜眼前的机会，不要被过去的荣光和未来的担忧所困扰。只有重视当下，重视行动和实践，才能实现人生的幸福目标，真正体验到生命的美好。

# 许浑

许浑（约791—约858年），字用晦。润州丹阳（今江苏丹阳）人。唐代诗人，代表作《咸阳城东楼》。存世有《丁卯集》。

## 咸阳城东楼

一上高城万里愁，蒹葭杨柳似汀洲。
溪云初起日沉阁①，山雨欲来风满楼。
鸟下绿芜秦苑夕，蝉鸣黄叶汉宫秋。
行人莫问当年事，故国东来渭水流。

【译文】

登上高楼心中顿时生起万里乡愁，遥望水草杨柳多像江南水中小洲。云霭刚从磻溪升起红日落在寺阁下，山雨快要到来狂风吹满咸阳楼。夕阳冉冉鸟儿飞入绿草丛生的秦苑，蝉在黄叶满枝的汉宫鸣叫深秋。作为过客不要过问从前的事了，从东边来到故都只见那渭水向东流。

【注释】

①溪、阁，作者自注："南近磻（pán）溪，西对慈福寺阁。"

**【哲理解读】**

　　诗人凭栏送目，远想慨叹，一轮西沉的红日已挨近西边的寺阁；云生日落，狂风满楼，一场大雨即将来临。面对气候变化，鸟飞蝉噪。历史遗迹已然不在，作为过客别想太多，只看那渭河水从古至今一直东流。

　　此诗描绘了一个萧条凄凉的意境，表达了诗人对历史和现实的思考。诗人借荒废的秦苑汉宫，抒发了对国家衰败的感慨。昔日故国咸都，现在连遗址都寻不着了。遥望渭水，抚今追昔，感到盛世不再。诗人似乎预感到了唐王朝的风雨飘摇，以其深邃的社会体验，从气候现象起兴，表面上是"风为雨头"的自然现象，实际上是比喻政治斗争的形势紧迫。大唐王朝已经江河日下，日薄西山，虽然回光返照，但已接近黄昏。诗人是在叹息中为大唐的未来担忧。

　　"山雨欲来"与"风满楼"匹配，常被用来形容社会大变革之前的紧张气氛。例如，当一个国家或社会处于重大转型期时，往往会有种种迹象和征兆，如同暴风雨前的"风满楼"。这些迹象和征兆，可以是对社会矛盾的加剧，也可以是人们情绪的波动，都预示着即将到来的变革。它提醒人们做好准备，应对突如其来的挑战。如今也常用来借指突发事件暴发前的先兆，或暗示人生中的波折与变故将至。

　　这首诗，特别是**"溪云初起日沉阁，山雨欲来风满楼"**这句，蕴含的哲理丰富而深刻，它提醒我们要关注事物的发展变化、认识事物之间的内在联系、敬畏并顺应自然力量，以及珍惜当下、把握时机。这些哲理对于我们理解世界，指导生活具有重要意义。

# 杜牧

杜牧（803—852年），字牧之，京兆万年（今陕西西安）人，唐代诗人，与李商隐并称"小李杜"。因居长安南樊川别墅，世称"杜樊川"，著有《樊川文集》。

## 盆 池

凿破苍苔地，偷他一片天。
白云生镜里，明月落阶前。

【译文】

铺满青色苔藓的地上凿一个盆池，映出青天白云是我偷来的一片天。池水中洁白的云仿佛从镜里浮出，天上明月静静落在庭院的台阶前。

【哲理解读】

诗人笔下的盆池，可以"偷"一片天，它洁净如镜，连白云也是从镜里孕育出来，还能映出星星明月，展示一片澄明的天空。

这与诗人所处的浑浊世界，形成鲜明对比。如此澄静的天空，正是诗人所渴求的，也是诗人冰洁心灵的表现。"凿破苍苔地，偷他一片天。"字里行间流露出一种"无为而为"的向往，一种渴望沾溉万物的心境。虽然苍苔满地，也要有所作为，自己开创出一片天来，以自己开创的天地，光照自己，滋润世界。一片天空，"偷"入怀中，不仅是心灵纯净的象征,也是坐禅忘怀,不染尘埃的佛心禅趣。体现了诗人对人生意义和存在价值的思考。

此外,诗中还有一种自然、平静、和谐的视野,强调了人与自然、人与世界的和谐关系。

# 赤 壁

折戟沉沙铁未销①,自将磨洗认前朝。
东风不与周郎便②,铜雀春深锁二乔③。

【译文】

折断的铁戟沉没于江沙,至今没有销蚀掉,
我又磨又洗,才认出是三国赤壁之战的遗物。
假如东风不给周瑜以天时之利,
结局怕是曹操取胜,二乔被关进铜雀台了。

【注释】

①戟:古代一种可刺可砍的兵器。
②东风:周瑜拟火攻曹营,周在东南,曹在西北,故需东南风助攻。
③铜雀:曹操所建铜雀台。　二乔:汉末乔公有二女分别嫁与孙策和周瑜。

【哲理解读】

从沉沙中拾得一柄生锈的断戟,经过打磨清洗,发现是三国赤壁之战的遗物,这让诗人想起赤壁战役中,周瑜以火攻战胜强敌,而周郎能用火攻则是恰好刮起了强劲的东风。假使没有东风给周郎以方便，那么胜败双方就要易位，孙策和周瑜的家眷恐怕就要被曹操锁在铜雀台的深宫里了。

诗人在感叹历史兴亡之时，形象地说明了天时对于战事成功的重要性。孙刘与曹操陈兵赤壁，曹强而孙刘弱，双方力量对比悬殊很大。如何以弱胜强，使形势朝着有利于自己一方转化，并战而胜之，这是需要一定条件的。所以诗人说"**东风不与周郎便，铜雀春深锁二乔**"。在这里"东风"并不是唯一条件，知兵的杜牧借史事以吐胸中不平之气，暗含时无英雄使竖子掌兵之慨叹。而有识之士，虽有雄韬伟略却无法施展。从哲理的角度来说，这句诗揭示了历史的偶然性和必然性。历史的发展往往受到许多因素的影响，其中一些因素可能微不足道，但却能产生深远的意义。在赤壁之战中，东风是一个偶然因素，但却决定了战争的胜败，起到了关键的作用，否则历史就要改写。

这表明历史发展充满了偶然性和变数，但也隐藏着必然性。这个必然性，就是人的主观能动和客观环境的相互关系。周郎之所以能够取得胜利，是认识到了东风的作用并利用之。这说明人的行为只要顺应了客观环境的变化，就能从不利走向有利，进而取得胜利。

# 赠别二首（其二）

多情却似总无情，唯觉樽前笑不成。
蜡烛有心还惜别，替人垂泪到天明。

【译文】

多情人却像是无情一样冰冷，离别酒宴上只觉得笑不出声。
这蜡烛仿佛还有惜别的心情，替离人流泪一直到破晓天明。

【哲理解读】

　　同所爱的人不忍分别，情感万千而难以言说。举杯道别，强颜欢笑，但因伤感太重却挤不出一丝笑容。只能无言相对，像是彼此没有感情一般。案头的蜡烛也为他们的离别伤悲，一直流泪到天亮之时。

　　两人有真挚的感情，在离别之时就更加伤感，面对面竟无以言笑。倒是蜡烛有心，一直落泪。"**蜡烛有心还惜别，替人垂泪到天明。**"蜡烛本是有"芯"的，而在诗人眼里，烛芯成了惜别之心，那彻夜流溢的烛泪，就是在为男女主人公的分别而伤心。不忍离别而别，事与愿违，这种看似矛盾的情态，正说明两人感情深厚，恋意无比。

　　此诗揭示了生活中常见的一种心理现象。诗人假物寄情，与有情人恋恋不舍的客观存在，决定了作者的伤感意识，诗人带着极度伤感的心情去看待周围的世界，眼中的一切也都染上了伤感色彩。这是人的情感面对着客观事物的反映，也让抒情的意境有了哲理的意味。

　　情感是意识的一种形态，人们在生活中常常赋情于物，也常常会把自己的主观色彩涂抹于物，使客观事物体现自己的主观意志，从而造成物体无情性尚解人间惜别情绪之艺术效果。这实际上是意识作用于存在的问题。

# 李忱

李忱（810—859年），即唐宣宗，在位时重科举，国家相对安定，被史家称为"大中之治"。《全唐诗》存其诗六首。

## 瀑布联句[①]

千岩万壑不辞劳，远看方知出处高[②]。
溪涧岂能留得住，终归大海作波涛。

【译文】

条条细流不辞辛劳，穿越千山万谷汇集成瀑布，
远看才知道，它来自云烟缭绕的高峰上。
那些小小的溪涧，怎么可能把它留住？
一心向往大海，一定会成为波涛汹涌的巨浪。

【注释】

①联句：两人或多人一起作诗，各作一句，相连成诗。第二联为李忱所作。此诗一说是唐宣宗游方外与黄檗禅师同观瀑布之联咏；一说是李忱至庐山，与香严闲禅师咏作。
②出处高：暗指李忱身份。

**【哲理解读】**

　　涓涓细流穿越岩壑，成为雄伟壮观的瀑布，之后又谢绝溪涧挽留，继续向前，终究会奔向大海，化作汹涌澎湃的波涛。

　　本诗刻画了主人公高远博大的胸襟抱负，以及不达目的决不罢休的坚韧品格，具有一种超俗不凡的精神力量。文如其人，诗为心声。李忱因母亲地位卑下，侄子唐文宗、唐武宗常把他当成小丑戏耍，他用无言对待各种加诸于他的委屈和打击，在艰难困苦中默默地忍受着，但他并没有消沉。他初封光王时，为唐武宗所忌，故多晦迹于方外，本诗即作于这个时期。禅师深谙李忱心迹，所以上联以千岩万壑暗喻其境遇，"不辞劳""出处高"正合其心志。李忱被深深触动，方有下联**"溪涧岂能留得住，终归大海作波涛"**的内心抒发，反映了唐宣宗潜伏于内心的雄伟抱负，传达了他不受羁绊，勇于改变命运的决心，也预示他登上帝位必将有所作为。

　　诗中的"溪涧"象征着人生旅途中的短暂积累和停留，"大海"则代表人生最终追求的伟大事业或理想。人生中的每一个阶段和经历都是暂时的，不能停留在某个阶段或满足于现状，而应该不断追求更高的目标和更广阔的天地。全诗以穿越万岩千壑、不辞险阻辛劳、汇聚涓涓细流，径直奔向大海的瀑布，比喻艰难曲折的生活道路最能磨炼人的意志、增长人的才干，启迪和勉励人们弃燕雀小志，效鸿鹄高翔。有大志者，决不陶醉于已经取得的成绩，必定要不断努力，不断奋斗，干出一番大事业，为所在的时代和社会做出应有的贡献。

# 黄檗禅师

黄檗（bò）（？—855年），别名黄檗希运，号黄檗禅师。唐代靖州鹫峰（今江西宜丰黄檗山）大乘佛教高僧。

## 上堂开示颂

尘劳迥脱事非常①，紧把绳头做一场②。
不经一番寒彻骨，怎得梅花扑鼻香。

【译文】

摆脱尘念劳心之事并不容易，必须紧紧抓住绳子大做一场。
如果不经历冬天那刺骨严寒，怎会有梅花阵阵扑鼻的芳香。

【注释】

①尘劳：佛教徒称世俗事务的烦恼。 迥（jiǒng）脱：远离超脱。
②紧把绳头做一场：抓紧绳索静下心来做一场佛事。

【哲理解读】

修行参悟以至禅境，并不是一件容易的事，必须彻底摆脱尘念，紧紧抓住绳子静下心来做一场佛事，不付出极大的努力，绝不会到达修行高境界。就像那梅花没有经过冬天漫长的严寒，哪能有扑鼻的芳香。

作者此诗偈，表达了坚定修行并取得成果的决心，也说出了普通人面对困难和挑战，所应该采取的态度。僧人摆脱尘劳纷扰，紧紧把握绳索方向，坚定不移地做持久"佛事"，就会像梅花一样经过严寒冬季，最终发出扑鼻芳香。一般人则应该在逆境和困难中感受生活的美好，在挫折和挑战中寻求成功的快乐。"不经一番寒彻骨，怎得梅花扑鼻香。"梅花是在霜雪中保持了它的芳香本色，人应该像梅花一样，在困境中保持信念和初心，无论多少艰难曲折，都要向着既定的目标寻找前进的动力。这个过程可能会遇到严酷的困难，可能会有挑战、会有刺骨的寒风，但是只有经过这些挑战，经过彻骨寒，才能真正成功，才能获得"扑鼻香"，才能达到自己的目标，实现自己的梦想。

在诗中，彻骨寒是"因"，扑鼻香是"果"。前因后果是本诗偈的深刻内涵，其蕴含的道理是：不管做什么事，都没有什么捷径可走，必须用心钻研，历经磨难，才有希望实现美好的目标，取得满意的结果。也就是说，事物的发展总是前进性和曲折性的统一。

# 温庭筠

温庭筠（约812—866年），本名岐，字飞卿，并州祁县（今山西祁县）人。唐代诗人，花间词鼻祖，存世有《温飞卿集》。

## 商山早行①

晨起动征铎②，客行悲故乡。
鸡声茅店月③，人迹板桥霜。
槲叶落山路④，枳花明驿墙⑤。
因思杜陵梦⑥，凫雁满回塘⑦。

【译文】

清晨起床，牵动车马铃声响；行客踏上征途，悲念着故乡。
雄鸡报晓，茅草店上悬着一轮残月；行人足迹，印在木桥的薄霜上。
飘零的槲叶落满山间小路，洁白的枳花映亮驿站围墙。
回想昨夜梦见的杜陵美景，一群鸭雁嬉戏在岸边曲折的池塘。

【注释】

①商山：又名楚山，在今陕西省商洛市东南。
②征铎（duó）：车行时悬挂在马颈上的铃铛。
③茅店：用茅草覆盖屋顶的简陋客店。
④槲（hú）：落叶乔木。叶子在冬天枯而不落，到春天树枝发芽

才落。

⑤枳：像橘的树木。春天开白花，果实像橘子，可用作中药。　驿墙：驿站墙壁。驿：古时传递公文的人或来往官员暂住处所。

⑥杜陵：地名，在长安城南，因汉宣帝陵墓所在而得名。温庭筠因久居杜陵，视之为故乡。

⑦凫（fú）雁：凫，野鸭；雁，一种候鸟。　回塘：岸边曲折的池塘。

**【哲理解读】**

　　破晓起身，车驾铃声叮当。踏上征途，不禁思念故乡。村野客店，鸡鸣声声，残月欲沉。板桥弥漫清霜，留下前人的足迹一行行。槲树枯叶飘落，铺满静寂的山路；枳树白花绽放，映亮暗淡的店墙。触景生情，不由想起杜陵梦中，野鸭大雁挤满曲岸池塘。

　　这是寒冷凄清的早行景色和感受。诗人抒发了远行在外的思乡情绪，流露出人在旅途的失意和无奈。诗中"鸡声茅店月，人迹板桥霜"是不朽的名句。景中寓情，表达了"莫道君行早，更有早行人"的感慨，使诗人在霜满天中的孤寂得到了一丝安慰。

　　**"槲叶落山路，枳花明驿墙。"**槲叶、枳花是商洛特有的风景，一在初春落叶，一在初春开花，两者放在一起有着特殊的意义。槲树叶冬天干枯却留在枝上，直到第二年早春树枝发嫩芽才脱落，而这时枳树的白花正在开放。作者久困科场，仕途失意，年近五十又为生计所迫，出为一县尉。人生的得失犹如这一枯一荣的自然景象。槲叶凋零，旅途凄冷，却有枳花开放，使驿墙明亮。

　　诗句蕴含了自然界有荣有枯、枯荣并存的辩证思想，含蓄地表现了人世间有得有失，得失不由自己的人生感悟。启示人们在人生旅途或变迁的生活中找到平衡，看到希望。

# 李商隐

李商隐（约813—约858年），字义山，怀州河内（今河南沁阳）人。唐代诗人。作品有《李义山诗集》。

## 登乐游原

向晚意不适，驱车登古原。
夕阳无限好，只是近黄昏。

【译文】

傍晚时分我心里有些不快，驾车登上古老的乐游原。
这夕阳晚景确实非常美好，只不过已经接近了黄昏。

【哲理解读】

入暮之时，心情不好，驱车来到长安乐游原，感觉夕阳之景是如此美好，只可惜已经临近黄昏。

诗人感到人生就像一抹夕阳，虽然绚烂夺目，但是已经到了落幕之时。诗人感叹时光流逝，美好年华不会再有，表达了对晚景的留恋和无奈，反映了时间的无情和不可逆转性。而"夕阳无限好，只是近黄昏"二句，所蕴含的哲思远不止于此，它说明有些事物看似光鲜灿烂，但它毕竟行将衰落，不必留恋，不必惋惜。世界上的事物都有由生而没、由盛而衰的过程。繁荣与荣华犹如太阳之中天，是短暂的；而衰落与退场，如日落与黄昏，是必然的。生命与自然都有其客观规律，是不以人的意志为转移的。

## 无题·相见时难别亦难

相见时难别亦难，东风无力百花残。
春蚕到死丝方尽，蜡炬成灰泪始干。
晓镜但愁云鬓改，夜吟应觉月光寒。
蓬山此去无多路①，青鸟殷勤为探看②。

【译文】

相见不容易离别时更是难舍难分，东风渐渐变得柔弱百花开始凋零。但深情像春蚕吐丝一样至死不变，像蜡烛直到烧成灰烛泪才会流尽。早晨照镜子担忧如云鬓发变颜色，长夜独自吟诗想必感到冷月侵身。蓬莱离这里不算太远却无路可走，希望青鸟使者殷勤为我探看恋人。

【注释】

①蓬山：即蓬莱山，传说中的海上仙山。这里借指相思女子的住处。
②青鸟：神话中为西王母传递音讯的信使。

【哲理解读】

东风无力挽救百花的凋零，春已不在，我的头发也开始变白，但我对你的思念却像春蚕吐丝一样到死才会停止，我痛苦的眼泪也会像蜡烛滴泪一样，燃烧成灰烬才会流干。想必你在寒冷的月光下，常常夜不成寐、吟诗遣怀吧，我无法亲自来照顾你，只希望青鸟替我殷勤地看望你。

李商隐年少时被家人送往玉阳山学道。其间他与玉阳山灵都观女道士宋华阳相识相恋，但两人的恋情却不能为人明知，而诗人的内心又奔涌着无法抑制的爱情狂潮，因此他只能以诗来寄托情感。这首《无题》诗是以女子的口气而写。爱情由于受到某种力量的阻隔，一对情人难以超越世俗而相会，分离的痛苦使她不堪忍受，犹如燃烧的蜡烛，一寸相思一寸灰，既有失望的悲伤和难过，也有缠绵的执着与追求。此诗写的是爱情，但人们也常用"相见时难别亦难"来言说相隔异地的亲人之间或朋友之间，久别重逢后再分手的惜别之情。更常用"**春蚕到死丝方尽，蜡炬成灰泪始干**"二句所包含的利他性哲理，来表达对所追求的目标和事业执着不渝、无私奉献、死而后已的精神。人们生动地把教师比作春蚕，把传授知识比作蜡烛的光，则是对利他性哲理的应用。

"春蚕""蜡炬"所体现的奉献精神、坚持不懈以及生死观等哲学思想，启示人们要坚定执着地追求自己的目标，坚定自己的信念和初心，同时也要珍惜生命，无私奉献，活出自己的意义和价值。

## 无题·昨夜星辰昨夜风

昨夜星辰昨夜风，画楼西畔桂堂东。
身无彩凤双飞翼，心有灵犀一点通①。
隔座送钩春酒暖，分曹射覆蜡灯红②。
嗟余听鼓应官去，走马兰台类转蓬③。

【译文】

昨夜里星光灿烂微风轻轻地吹拂，难忘酒筵设在画楼西面桂堂之东。
虽然身上没有彩凤那样一双翅膀，但内心犹如有灵犀一样情意相通。
隔座对饮时猜钩嬉戏如春酒暖心，分组射覆行酒令烛光在脸上泛红。
可叹听到五更鼓声应该上朝去了，策马赶到兰台像随风飘转的蒿蓬。

【注释】

①灵犀：犀牛角中有白纹如线直通两头。

②"隔座"二句。送钩：即藏钩。把钩互相传送后，藏于一人手中，令人猜。 分曹：即分组。 射覆：在覆器下放着东西令人猜，猜输者喝酒。

③"嗟余"二句。应官：上朝。 兰台：即秘书省，掌管图书典籍。

【哲理解读】

　　昨夜星光灿烂，凉风习习。在豪门盛宴上，只恨自己没有凤凰一样的双翼，不能与你比翼齐飞；幸好你我内心像有灵犀一样息息相通。宴席上人们玩着各种游戏，觥筹交错，其乐融融。可叹我听到更鼓报晓声就要去上朝了，自身好像蓬草随风飘舞，身不由己呀。

　　本诗抒发了相恋而不能如愿的怅惘心情，表达了诗人与意中人席间相遇旋即离开的怀想。李商隐在玉阳山修道时恋上了同为修道的女子宋华阳，但两人的恋情有违礼教而被阻隔。只能通过写诗来传递相见时的美好情缘。隔座对饮，春酒暖心，猜钩嬉戏，心灵相通。可惜如此快乐的情景不能一同到底，也不能长此以往。诗人身不由己，闻鼓必须上朝。虽然身处不同境地，但只要内心相互感应、彼此理解，就能建立起情感纽带。这种心灵相通的状态，不需要言语的解释和表达，只需要一丝一点的默契和感应。它强调了爱情不受物理条件的限制，以及心灵感应的重要性。

　　"身无彩凤双飞翼，心有灵犀一点通。"不仅强调了相爱双方心灵上的契合与通达，还强调了心灵的理解和交流，可以超越外在形式的束缚和限制，也道出了经常相处，则互为感觉对象的哲理，表现了在矛盾情感中积极向上的情愫。"心有灵犀"作为成语，经常用来表达熟悉的人对其举止习惯，仅凭对方一个眼神、一个动作就能心领神会的诸多现象。

# 锦 瑟①

锦瑟无端五十弦，一弦一柱思华年。
庄生晓梦迷蝴蝶②，望帝春心托杜鹃③。
沧海月明珠有泪④，蓝田日暖玉生烟⑤。
此情可待成追忆，只是当时已惘然。

【译文】

精美琴瑟没缘由竟然是五十根弦，一弦一柱地拨弄回想美好华年。
庄周晨晓睡梦中迷迷糊糊化为蝴蝶，望帝把毕生志向托付给了杜鹃。
沧海明月高照，鲛人泣泪成珠；蓝田红日和煦，可致良玉生烟。
如此情景不只留在今后的回忆里，在当时便已感觉怅然失意了。

【注释】

①锦瑟：装饰华美的拨弦琴。瑟：拨弦乐器，通常二十五弦。
②庄生晓梦迷蝴蝶：庄子一天做梦，梦见自己变成了蝴蝶，梦醒之后发现自己还是庄子，于是他感到迷惘，弄不清是自己在梦中变成了蝴蝶，还是蝴蝶在梦中变成了自己。庄子在这里提出了一个哲学问题，人如何认识真实的自己。
③望帝春心托杜鹃：传说蜀国的杜宇帝，因水灾让位于自己的臣子，而自己则隐归山林，死后化为杜鹃，日夜悲鸣直至啼出血来。大致是说望帝那美好的心灵和作为，即他的哀怨和思念，可以感动杜鹃。
④珠有泪：典出《博物志》："南海外有鲛人，水居如鱼，不废绩织，其眼泣则能出珠。"又传说一个受伤的鲛人晕倒在海边被一位渔夫所救，鲛人为感激渔夫，在离开时泪水落下化成一颗颗珍珠，赠送给渔夫，

便回身跃进大海。

⑤蓝田日暖玉生烟：蓝田这地方的玉石，在阳光照射下会升腾烟气。

### 【哲理解读】

　　琴瑟精美，音乐美妙。过去的岁月竟像这不同音调的五十根弦，一弦一柱拨弄着青春年华。让我想到了早年追寻庄周，向往那自由自在的蝴蝶；志向犹如望帝一样执着，希望美好的心灵和作为可以感动杜鹃。曾经以为自己的才华，可以像明月照亮大海；或者像蓝田的良玉，太阳升起就会有生烟的美景，而现实却总让人感到难以如愿。这些美好的愿景，不只留在记忆中了，在当时便已是令人不胜惆怅。

　　音乐跌宕起伏，引起诗人对人生道路曲直的思考。五十弦与诗人五十年华正好吻合。以作者的才华，功名成就不应该是现在这样。诗人质疑这到底是天命还是人事，因为不便明说，只能借用庄生梦蝶的寓言来表达迷惑之情；诗人怀才不遇的悲苦，只能借用望帝化为杜鹃的神话，来表达志向的执着和无可奈何。诗人又以"沧海月明"寄望清明之时到来，以"蓝田日暖"譬喻自己的抱负，以"珠有泪"言沉沦下僚之伤感，以"玉生烟"言自己文章的光彩终不可掩。诗人在优美琴瑟中回顾一生的四种境界，那就是：庄生梦蝶的豁达，杜鹃啼血的执着，鲛人泣珠的悲凉，玉暖生烟的慰藉。

　　**"庄生晓梦迷蝴蝶，望帝春心托杜鹃。"** 诗人认为，美好的愿望，坎坷的人生犹如一场虚渺的梦境。梦醒之时，人已老矣，一生愿景，都在"追忆"当中。过去的岁月已经过去，而当时的自己却无法理解和珍惜，只是失意怅惘。这种思考暗示了作者对自我认知由迷茫到明晰，表达了真实与虚幻、理想与现实之间的矛盾，同时也透露出一种对人生的无奈和对时光的惋惜。

# 曹松

曹松（828—903年），字梦徵。舒州（今安徽潜山）人。唐代诗人，著有《曹梦徵诗集》。

## 己亥岁

泽国江山入战图①，生民何计乐樵苏②。
凭君莫话封侯事，一将功成万骨枯。

【译文】

江南山川如今已被战火笼罩，黎民百姓怎么打柴割草，维持生存。
请你不要说封侯的事了，一个将领的功勋都是万千白骨堆成。

【注释】

①泽国：江南各地因湖泽棋布，故称泽国。
②樵苏：打柴为樵，割草为苏。

【哲理解读】

己亥这一年（879年），大江南北都是战火，万里山川飘满了战争的烟云。黎民百姓不能打柴割草，流离失所，食不果腹。现在就别提建功封侯的事了，哪一个功成名就的将军，不是若干士卒的生命堆出来的。

本诗以冷峻的目光洞穿千百年来战争的实质。己亥年正是黄巢起义军转战大江南北的时间。人们常说时势造英雄，英雄壮时势，天下大乱正是英雄建功立业的时机，可是历次战争中，那些风光的胜利者，他们脚下踩着多少牺牲者的枯骨。"凭君莫话封侯事，一将功成万骨枯。"任何战争只有少数人能够获得荣耀，而大多数人遭受深重的灾难。战争都是残酷的，让无数人失去生命，最后受苦的永远是老百姓，可封侯拜相时，又有多少人想起战争中的无数亡灵遗骨。诗人感伤的语调渗透着战争的残忍与和平的重要，揭示了人类社会一个普遍现象，将军的战功都是千千万万人的生命换来的，在诗人看来，封建社会中最为荣耀的封侯之事，其实是一种毁灭生命的"罪过"。

诗人对于成功之代价和战争残酷性的反思，让人们更加深刻地认识功成名就的真正意义，以及在追求个人或团体目标时，应该如何对待他人权益和生命。战争不仅是对物质和生灵的摧毁，更是对人性和道德底线的挑战。无数士兵的生命在战争中化为乌有，他们的家庭和亲人因此而承受无尽的痛苦。这种对战争残酷性的揭示，提醒人们珍惜和平、反对战争，努力通过和平、合作的方式解决争端和冲突。

# 罗隐

罗隐（833—910年），字昭谏，杭州新城（今浙江杭州富阳）人。唐代文学家、思想家。著有《甲乙集》等。

## 蜂

不论平地与山尖[①]，无限风光尽被占[②]。
采得百花成蜜后[③]，为谁辛苦为谁甜？

【译文】

不管是在平地，还是在山的高峰；
哪里鲜花盛开，哪里就有蜜蜂奔忙。
采集百花酿成甘甜的花蜜；
到底是为谁辛苦，又是谁在享受蜜酿？

【注释】

①山尖：山峰。含有山高路远之意。
②无限：指全部，所有的。　风光：指盛开的花。
③采得：采集回来。　百花：指很多花。

【哲理解读】

平地高山，风光占尽，蜜蜂忙碌一生，可它们并不知道，这样奔忙酿成的蜜，为谁占有？为谁享受？

本诗在早多理解为讽喻那些劳心于利禄的朝野之人，实际上是盲目瞎忙，最终都是为他人作嫁衣裳。现在则将蜜蜂采花酿蜜，比喻劳动人民的辛勤耕耘，对劳者不获，获者不劳的社会现实加以斥责，主旨是歌颂劳动者的无私奉献精神。

蜜蜂采蜜不为自己，专为他人，从而赋予了"**采得百花成蜜后，为谁辛苦为谁甜**"这一诗句新的内涵，提出了一个关于奉献和回报的问题。实际上是在探讨劳动的目的和意义。是为了自己而劳动，还是为了他人、为了社会而劳动？劳动付出是否能得到相应的回报？这些问题，既是个人的困惑，也是人类历史上一直存在的哲学问题。即是要尊重劳动者，重视他们的劳动成果，体现他们的劳动价值，关注社会公正和各阶层的状况，特别是要关注底层劳动者，努力创造和谐的社会环境。

此外，蜜蜂采花酿蜜供人享用，这是一种自然现象的描述，也是一种人生意义的探讨，它启示人们思考生活的本质和目标。人生短暂，应该如何度过？是追求个人的享乐和满足，还是致力于为他人、为社会做出贡献？这首诗启发我们反思，让我们明白，真正的幸福和满足并不在于个人的得失，而在于能否为社会、为他人带来积极的影响。

《蜂》作为一种社会现象的比喻，它所体现的哲学含义是：任何事物都不是孤立的存在，事物之间都是普遍联系的，其对应的联系方面是造成该事物存在、运动和变化的原因。那就是蜂与平地、山尖和百花，蜂与蜜糖和享用蜜糖的人，他们之间是一个普遍联系的现象。它提醒人们要处理好人与自然、人与社会的和谐共生关系。

# 李山甫

李山甫（生卒年不详），晚唐诗人，存诗一卷。

## 风

喜怒寒暄直不匀，终无形状始无因。
能将尘土平欺客，爱把波澜枉陷人。
飘乐递香随日在，绽花开柳逐年新。
深知造化由君力，试为吹嘘借与春①。

【译文】

喜怒冷暖一直没有定准，开始没有原因最终不见形状，无影无踪。
能把漫天尘土无故欺负路上行人，特别爱推波助澜，陷人于危局。
飘逸欢乐传递香气随日子推移，吹拂春花绽放柳枝，使年岁更新。
深知万物盛衰皆有风的力量，试借春光为风吹嘘一番，赞美一场。

【注释】

①吹嘘：口里出气，借指表扬或赞美。

**【哲理解读】**

风忽喜忽怒，捉摸不定，来无踪去无影。要么狂沙弥漫，要么翻江倒海。而在柳枝垂绿、百花开放之际，又能把快乐的春光、扑鼻的芳香四处传送。作者深知风的造化之力，也来为风吹嘘一番。

风从来变化无常，没有固定的形状，也没有确切的起因。然而花开柳绿又离不开风。风对于人类既有有益的一面，又有有害的一面，风和人一样都有两面性。我们既要看到"能将尘土平欺客，爱把波澜枉陷人"的方面；又要看到"飘乐递香随日在，绽花开柳逐年新"的方面。事物的两面性是一切事物的客观存在，不能因之不利而否定之，也不能因之有利而夸大之。同时，风和人一样都是变化的，我们要引导其向好的方面发展，规避其不好的方面。对风，要通过生态平衡工程，趋其利而避其害；对人，要通过奖惩制度，用其所长避其所短。

如果说风代表一种自然的力量，自然形态都与风有关，那么，作为社会现象的《风》，则比喻变化不定的人际关系，比喻借势欺人的官场现象，表达的是自然与社会的复杂性和多面性。

# 落 花

落拓东风不藉春[①]，吹开吹谢两何因。
当时曾见笑筵主，今日自为行路尘。
颜色却还天上女，馨香留与世间人。
明年寒食重相见，零泪无端又满巾。

**【译文】**

放荡不羁的东风不是春天才有，花被吹开又吹谢二者是何原因？
当时曾见花朵笑对宴席的主人，今天却成了路上飞扬的土尘。

花朵仙女样的容颜还给了上苍，芬芳的余香留给了世间的人们。
明年此时会重新见到花朵开放，可是我为什么眼泪打湿了手巾。

【注释】

①落拓：潦倒，放荡。　藉：依靠，凭借。

【哲理解读】

　　花被风吹开又吹落，这是什么原因呢？曾经花开于盛宴，现在花落化成尘埃，美丽花容转眼成空，仿佛仙女回到了天上，只是将馨香留给了世间。就算是明年花再开，也只是记忆的延续，怎不让人想起就泪落湿巾。
　　古时寒食节和清明联系在一起，诗人或以花的生命对照逝去的生命，叹息生命短暂而不可重复；或以花的短暂对照时光的短暂，叹息时不我待的人世光阴。尽管花朵的颜色和馨香是短暂的，但它们的美丽仍然能够留在人们的心中。这表达了诗人对美好的珍视和对生命意义的探索。诗人认为，活着就不要虚度年华而要有所作为，要将美好的记忆留在人世间。诗人志向远大，希望"孤标百尽雪中见，长啸一声风里闻"，却又事与愿违，屡试不第。他在《下第出春明门》一诗中说：落第时的心情像飘荡的落花一样，"曾和秋雨驱愁入，却向春风领恨回"。然而诗人还是认为：花的品格本质上可贵，它用自己的生命点缀春天，无私奉献自己的一片芳心。即使凋零，"颜色却还天上女，馨香留与世间人"。
　　在诗人看来：花是一种有生命的物体，人要像花朵一样，即便化成了尘土，也要给世人留下有益的"馨香"。这充分表现了诗人积极进取的生命观和人生观。

# 章碣

章碣（jié）（836—905年），字丽山，睦州桐庐（今浙江桐庐）人。晚唐诗人，代表作《东都望幸》。著有《章碣集》等。

## 东都望幸①

懒修珠翠上高台②，眉月连娟恨不开③。
纵使东巡也无益，君王自领美人来。

【译文】

无心妆扮去宫院高台顾盼，心有怨恨眉头紧锁不开。
即使幸临东都也毫无益处，料到君王自带美人前来。

【注释】

①东都：指洛阳。　望幸：宫女们盼望皇帝临幸。
②珠翠：宫中美女头上佩饰的珍珠宝物。　高台：宫中高楼。
③眉月：眉毛像初月一样美丽。　连娟：美好的样子。

【哲理解读】

东都的宫女们懒得梳妆、打扮、修饰，也没必要登上高台盼望临幸；她们那月牙一样的眉毛也因怨恨而紧锁。之所以神情黯然、满怀幽恨，原来她们知道，即使君王从长安东巡来到洛阳，也要领着他喜欢的"美人"而来，就是盼望也注定是要落空的。

该诗表面是东都宫女对君王的怨恨，实际上是准备应试的学子对主考官的不满。据《唐摭言》记载：乾符年间（874—879年），侍郎高湘自长沙携邵安石来京，高主持考试，邵及第，章碣赋《东都望幸》诗讽刺之。由此可知，"**君王自领美人来**"是讥刺主考官高湘的。以"宫女"喻应考学子，以"美人"喻走后门的举子，"君王"则是主试官，让学子从无望到绝望，意味深长。

可以说，君王也代表了那个时代的权力结构和科举制度，自领美人意味着科举制度与主考官的私欲、偏见不无关系。学子怨恨主考官把自己的"美人"内定了，使得他们登榜入仕的希望落空，这是对晚唐时期科举制度风气不正的揭露，也是对考试舞弊现象的切肤痛恨和尖锐批判。

诗人这种求而不得，失望与希望交替的情感描述，提醒人们面对现实，不要过分执着于某些没有希望的事情。因为人生中的困境往往是：在某种特定情况下，再怎么努力也无法得到自己想要的结果。

## 焚书坑[①]

竹帛烟销帝业虚[②]，关河空锁祖龙居[③]。
坑灰未冷山东乱[④]，刘项原来不读书。

【译文】

把书籍焚毁了帝业也空虚动摇了，函谷关黄河守不住始皇祖上龙居。
焚书坑灰还没冷山东已揭竿而起，起义军领袖刘邦项羽原来不读书。

【注释】

①焚书坑：今陕西省临潼县东南骊山下有一个坑穴，传说是当年秦始皇焚书的地方。
②竹帛：书籍的代称。竹，竹简；帛，帛布。
③关河：指函谷关和黄河，是秦都咸阳的天然屏障。
④坑灰未冷：指焚书过后不久。灰，灰烬。  山东乱：指刘邦军队攻破函谷关进入咸阳，秦王朝覆亡。"山东"即函谷关以东，山指嵩山或华山。

【哲理解读】

公元前213年，秦始皇采纳丞相李斯奏议，下令在全国范围内上交非秦馆藏书籍并焚烧。虽然竹帛书简化成灰烟消失了，秦始皇的帝业也紧跟着灭亡了，在焚书坑焚烧的好像就是嬴氏天下。

此诗通过反思秦始皇焚书坑儒的历史事件，表达了诗人对于权力与文化、政治与民众、知识与力量等问题的深刻见解。"焚书"是为了阻止读书人作乱，然而从焚书到陈胜、吴广起义仅仅四年时间，最后推翻秦王朝的领袖人物刘邦和项羽，他们都是不读书的人。"**坑灰未冷山东乱，刘项原来不读书。**"诗人嘲讽和批判秦始皇"焚书"是愚民政策。实行严苛政治，禁锢人的思想，反而激化了秦王朝与人民之间的矛盾，很快引起了人民的反抗，不仅没有达到巩固统治的目的，而且秦王朝也就在风起云涌的反抗斗争中迅速覆亡。

这证明了用文化专制压制民众思想并不利于巩固政权，以为压制思想就可以天下太平，结果物极必反，越压制反而天下越动荡。这说明事物间的矛盾在一定条件下会向其相反方向转化，也说明一个国家的长治久安离不开知识和文化的积淀。

# 皮日休

皮日休（约838—约883年），字袭美。复州竟陵（今湖北天门）人，晚唐诗人、文学家。著作有《皮日休集》《皮子文薮》等。

## 汴河怀古二首

万艘龙舸绿丝间，载到扬州尽不还①。
应是天教开汴水②，一千余里地无山。

尽道隋亡为此河，至今千里赖通波。
若无水殿龙舟事，共禹论功不较多。

【译文】

上万只龙船行驶在运河翠柳之间，这船队载到扬州后再也没有回还。
应该是上天教人们开通这汴水河，一千余里地面上竟没有一座山峦。

人们都说修造汴河导致隋朝灭亡，可是至今南北通行还要依赖此河。
如果没有水殿龙舟纵情享乐之事，隋炀帝赫赫功绩比治水大禹还多。

【注释】

①尽不还：隋炀帝巡游扬州后便被部将宇文化及杀死。
②汴水：汴河，即隋代所开通济渠。此河为隋炀帝大业元年（605

年）所开，隋炀帝南巡即乘龙舟由此河出行。

### 【哲理解读】

　　隋炀帝成千上万艘巨型龙舟浩浩荡荡，行驶在运河两岸绿柳连连的汴河中，可是他到了扬州后，却因部将发动兵变，隋炀帝命丧南京，再也没有返还。

　　千里平原依赖大运河，仿佛这是天意，使千里江山不再阻隔。隋炀帝亡国，原因并非一个。在位期间，不仅修筑汴水大运河，还营建东都洛阳，西征吐谷浑，三征高句丽，因滥用民力，过度奢欲，导致农民起义，江山覆灭。皮日休生活的晚唐，已走上隋朝灭亡的老路，作者以诗文方式重提历史借鉴，在批判杨广开凿大运河的主观动机之时，并不抹杀他在客观上所起的积极作用，并将其和治水的大禹相提并论，在唐朝实属不易。这种观点，和千年之后的当代对隋炀帝的评价是一致的。尽管隋朝的灭亡与开凿大运河有关，但大运河对后世的交通、经济和文化交流产生了深远的影响。

　　这组诗用对比的方法，将历史"反面"人物和历史正面人物进行比较，突出了历史人物的功绩和贡献。"**若无水殿龙舟事，共禹论功不较多。**"启示人们在评价历史人物时要全面、客观。看待历史事件和历史人物，应该有历史唯物主义的观点，不能只看到其过错的一面，也要看到其贡献的一面。并暗示：有些众口一词的定论未必就是定论，有些历史事件和历史人物的全面评价，应该在相当长的历史时期之后。只有全面客观地看待历史人物，才能更好地认识历史、认识世界，更好地指导现实生活。

# 杜荀鹤

杜荀鹤（约846—约904年），字彦之，池州石埭（今安徽石台）人，晚唐诗人，有《唐风集》传世。

## 小 松

自小刺头深草里①，而今渐觉出蓬蒿②。
时人不识凌云木，直待凌云始道高。

【译文】

松树细小的时候埋没在野草里，而今才发觉它已高出深草蓬蒿。
那时世人不认得它是凌云之木，待到它直入云霄才称赞多么高。

【注释】

①刺头：指长满松针的小松树。
②蓬蒿：蓬与蒿都是野草。

【哲理解读】

一棵小松长在野草中，世人看不出它的凌云品质，常常不屑一顾。但它虽小却并不弱，在深草丛中，满是松针的头，一个劲地向上生长，直到高耸入云，人们才称赞说它高。

松树的"小"是暂时的、相对的，它必然由小变大，高出蓬蒿，进而直上云霄。可是松树从埋没于野草到高出蓬蒿，再到成为凌云木有一个过程。而现实社会中人们往往缺乏识"木"之慧眼，不能从"小刺头"看到"凌云木"。它们在世俗的眼睛里被混为"蓬蒿"。当松大凌云成为既定事实，才仰望它、称赞它。如果在小松幼稚得和小草一样、貌不惊人时就能识别出它将是凌云之木，而加以爱护、培养，那才是慧眼识"材"，非同一般。然而，世俗之人所缺少的正是这个"识"，所以诗人感叹目光短浅的"时人"，没有看到小松的凌云之志，有多少小松由于"时人不识"而被埋没。

正因为"时人不识凌云木，直待凌云始道高"，所以我们在成长过程中不要顾盼别人的赏识，寄希望于贵人的帮助，只有自己不懈努力，成为"凌云木"，才会得到别人的称道。因为，人们在认识事物的过程中总是存在着盲区和误区，即不可避免的局限性或功利性，对人才的使用大多比较现实。特别是对待"新人"的态度，人们往往囿于经验判断，很难做出正确评价。对新人新事物的发展趋势，大都缺乏正确的预见，甚至有人将个性鲜明的"刺头"视为异端。

现实中对小松的摧残，实际上也代表了对有识之士的践踏。他们忽略了"凌云木"由小到大、由弱到强的渐进过程，忽略了事物发展必经"量"的积累，才会有质的飞跃这一必然过程。

# 泾 溪

泾溪石险人兢慎[①]，终岁不闻倾覆人。
却是平流无石处，时时闻说有沉沦。

【译文】

泾溪石险浪急人们都非常小心，整年都没有听说过有船倾覆。

而在水流缓慢没有礁石的地方，却常常听到有船翻人沉的消息。

【注释】

①泾（jīng）溪：在今安徽省泾县。上游多怪石暗礁，水流湍急。　兢慎：因害怕而小心警惕。

【哲理解读】

泾溪水流湍急，水里有许多暗礁，因为明知危险，人们渡过时都小心谨慎，所以整年都没有听到船舟倾覆的消息。而在那些水流平缓，没有险石的地方，却常常听说有船翻人亡的情况。

"**泾溪石险人兢慎，终岁不闻倾覆人。却是平流无石处，时时闻说有沉沦。**"这说明，当人们谨慎从事的时候，"石险"可以化为"平流"；反之"平流"如同"石险"。诗中反映的是具体渡河事项，但个性中包含了共性，即矛盾的特殊性包含着矛盾的普遍性。愈是危险的地方，人们愈会倍加小心，也就较少发生事故；相反，平坦安稳的地方，人们往往松懈大意，反而容易出问题。这是启发人们凡事都要谨慎，谨慎了就能防患于未然。生活中从来没有"平流"，到处都是"石险"，只要处处谨慎，便不易"倾覆""沉沦"。

在艰难险阻之中要保持警惕，在平安顺利之时不可懈怠，在成功得意之时不可忘乎所以。人生与事业都应小处着眼，居安思危，才能在变故之中追求自己的美好人生，使自己立于不败之地。这就是本诗所蕴含的生命辩证和人生哲理。

# 吴融

吴融（850—903年），字子华，越州山阴（今浙江绍兴）人。晚唐诗人，《全唐诗》存其诗四卷。

## 杨 花

不斗秾华不占红①，自飞晴野雪濛濛②。
百花长恨风吹落，唯有杨花独爱风。

【译文】

不与百花争秾斗艳也不占有色彩，独自漫飞在晴野上空一派白蒙蒙。
百花常常怨恨被风吹得零零落落，唯独杨花喜爱这飘飘荡荡的春风。

【注释】

①秾（nóng）华：繁盛艳丽的花朵。华，同"花"。
②濛（méng）濛：雪花弥漫状，模糊不清的样子。

【哲理解读】

杨花不与别的花争艳斗丽，只凭洁白颜色如雪花一样漫天飞舞。百花常常怨恨被风吹零落，只有杨花在风中彰显它的卓尔不群。

杨花自信地飘洒在晴空碧野之上，不斗不占，平凡自守，坚持走自己的路，颇有"好风凭借力，送我上青云"之志，与百花在春风中纷纷飘落形成鲜明对比。杨花不以己之弱比他之强，不自卑，不羞惭，自主乘风而进，随机缘而搏击四方，充分体现了独立自信的特点。"**百花长恨风吹落，唯有杨花独爱风。**"百花秾华但未必经得住风暴。相反，杨花没有鲜艳的外表，没有惹人喜爱的颜色，但却经得住风暴侵袭。这就是杨花的与众不同，诗人通过"唯""独"表现杨花的自主追求和自由不羁的品格，进而表达对杨花独立性和坚韧性的赞美。

诗人以百花怕风、杨花爱风来寄情言志，在自我情怀的表露中，也蕴含了一个深邃的哲思：百花和杨花对"风"或"长恨"或"独爱"，各有不同的认识，这说明对同一事物因各自立场不同，就会产生不同的看法，得出不同的观点，对其所持的喜爱或取舍也就不同。它鼓励人们要像杨花一样，勇敢地追求自己的梦想和生活方式，不受世俗的束缚和限制。同时也应该欣赏和尊重他人的独特性，理解和包容不同的观点与选择。

总之，这首诗通过描绘杨花的形象和品质，体现了追求自我、自信独特、崇尚自由的哲学思想。这些思想对于世人的人生追求和道德修养有着重要的启示作用。

# 王驾

王驾(851—?),字大用。河东(今山西永济)人。大顺元年(890年)进士。晚唐诗人,《全唐诗》存其诗六首。

## 雨 晴

雨前初见花间蕊①,雨后全无叶底花。
蜂蝶纷纷过墙去②,却疑春色在邻家。

【译文】

下雨之前鲜花初开可以看到花蕊,下雨后花瓣零落绿叶里不见一花。蜜蜂蝴蝶纷纷飞过墙壁到邻院去,令人怀疑春色到了隔壁的邻居家。

【注释】

①蕊:花朵开放后中间露出的柱头花丝等,分雌蕊、雄蕊。
②纷纷:接连不断。

【哲理解读】

下雨前花儿刚刚开放,不料雨后一朵花也见不到了,全在雨打中凋谢了。雨后来的蜜蜂和蝴蝶大失所望,纷纷飞过墙去,似乎春色去了邻居家。

一场雨把初春的景象判若两样，雨前花才吐蕊，正欲繁开；雨后落红满径，花事已了。好端端的百花景象，被一场雨给抹杀了。"**蜂蝶纷纷过墙去，却疑春色在邻家。**"诗人看着花落小园，看到蜜蜂和蝴蝶飞过墙去，怀疑春天到了邻居家。蜂蝶本是追逐春色的生灵，或许院墙那边有更美的春色，它们才会纷纷而去。一场雨改变了现实，消失了美好，它说明事物和环境是不断变化的。但这种变化只是局部的、暂时的，并不会影响整个世界和未来趋势。

一墙之隔的邻居，自然不会得天独厚，独享春色。雨打落了花，只是事物的个别现象，而且对于春天来说，不过是个假象，如果不加以分别，没有透过现象把握事物的本质，就会以为春天短暂、春色已逝，空自悲伤和失落。所以看问题切忌只看局部或表面，以主观想象代替事物的整体判断。人们只要纵观全局，顺应局部变化，保持乐观心态，就能更好地面对现实和未来。

这种哲学思想启示我们，局部的变化和短暂的无常，不会影响未来的整体趋势，遇到生活中的独特性和差异性，应该保持足够的信心，坦然接受并积极应对可能出现的挑战和机遇。

# 高蟾

高蟾（生卒年不详），876年进士，896年官御史中丞，河朔间（今山西河北北部一带）人。晚唐诗人，《全唐诗》存其诗一卷。

## 下第后上永崇高侍郎[①]

天上碧桃和露种[②]，日边红杏倚云栽。
芙蓉生在秋江上，不向东风怨未开。

【译文】

天上的碧桃和着那甘露种植，日边的红杏靠着那祥云栽培。
芙蓉花只生长在秋天的江畔，哪会抱怨春风不让及时开放。

【注释】

①下第：指应进士举未中。 永崇：长安永崇坊。 高侍郎：指当时礼部侍郎高湜。
②碧桃：一种重瓣的桃花。传说仙界有碧桃。 和：带着。

【哲理解读】

碧桃有天上的甘露滋润，红杏有日边的祥云照拂。芙蓉花本是在秋天绽放，当然不能埋怨春风没有吹拂它开花。

诗人是说自己中进士的条件还不具备，不能怨恨他人。其实该诗在自责自慰中，也委婉地表达了朝廷选才只重视身边的人，而未注意到京城以外的寒门学子。诗人以"和露种""倚云栽"比喻依附权势，得到举荐者容易及第；反之不得"天恩雨露"的寒士，则屡试不第。"**芙蓉生在秋江上，不向东风怨未开。**"芙蓉虽然生在秋江之上，但它的意义不在于东风是否让它开放，而在于它内在的价值。一般来说，一个人的成功应具备天时、地利、人和诸条件。多少才子应试不第，应聘不就，他们多从主观上找原因，也许自己的学识未到火候，也许时机尚未到来，并不怨天尤人。然而，选才用人制度的公开、公平、公正也是非常重要的，一个公允的竞争环境，有利于人才脱颖而出。这句诗表达了一种坚韧自立、积极面对现实、追求内在价值的人生哲学。

诗人对于人生境遇和自我价值的反省反思，涉及个体的命运与环境的关系，以及自信和进取的态度、自然法则和社会规则，其实也包含了对平等的追求。意在提醒人们理性看待环境对个体命运的影响，坚守自己的信念，勇敢面对生活中的挑战和挫折。只要自己足够优秀，什么环境都不能阻止其芬芳。

## 金陵晚望

曾伴浮云归晚翠，犹陪落日泛秋声。
世间无限丹青手[①]，一片伤心画不成。

### 【译文】

金陵啊，六朝古都！曾经伴随浮云消失在日暮翠色中，
如今又在秋声里陪着落日一起下沉。
我为你悲哀啊，金陵！世上有无数超常的绘画大师，
请问：有谁能画出我此刻的一片伤心？

【注释】

①丹青手：指画家。丹青：绘画用的丹色和青色颜料。

【哲理解读】

诗人登上金陵（今江苏南京）城头，见浮云落日映照古城，感叹六朝古都风云变幻，忧虑晚唐王朝江河日下，一种沧桑之感涌上心头。

诗人似乎从浮云、晚翠、落日等自然景象中，看到了故都的衰败。追昔抚今，百感交集，预感到唐王朝的危机无可挽回。诗人为此苦恼却又无能为力，只能将这种潜在于心的哀叹归结为"一片伤心"。"**世间无限丹青手，一片伤心画不成。**"此时此刻无论多么非凡的画家，也画不出诗人这份对天下安危的忧愁苦闷，画不出这份对世事命运的凄凉心境。因为内心的感受是无法通过外界的描绘来表达的。这就是唯物主义精神和物质的关系。在物质和精神之间，物化事物可以描绘出来，精神世界却难以表达；物质上的东西可以用物质衡量，精神上的东西只能靠心灵感应；时代衰落对于心灵的创伤，只能靠时代的兴盛才能加以抚慰。可是当时的唐王朝正如西下的落日，诗人忧伤的内心如何能打起精神？

诗人试图表达一种深沉的情感，但发现无法通过描绘这种形式完全呈现出来。这反映了理想与现实之间的冲突和矛盾，那就是有时候人们想要实现某种理想或表达某种情感，却发现现实中存在着无法逾越的障碍。

# 秦韬玉

秦韬玉（881—885年），882年赐进士出身。字中明，京兆长安（今陕西西安）人。晚唐诗人，《全唐诗》存其诗30多首，代表作《贫女》。

## 贫 女

蓬门未识绮罗香①，拟托良媒益自伤。
谁爱风流高格调，共怜时世俭梳妆②。
敢将十指夸针巧，不把双眉斗画长。
苦恨年年压金线，为他人作嫁衣裳。

【译文】

我一个贫家女不识绮罗的芳香，想托一个良媒说亲更感到忧伤。
谁爱我风骚雅逸的品格和情调，都喜欢时下世间流行的俭梳妆。
只敢夸十指灵巧针线做得精美，决不凭借描眉毛与人争短比长。
深恨我年年手里压着金线刺绣，都是替富贵家小姐做的嫁衣裳。

【注释】

①蓬门：用蓬茅编扎的门。　绮罗：华贵丝绸制品。
②怜：喜欢。珍爱。　俭梳妆：当时妇女的一种装扮。

**【哲理解读】**

蓬门荜户的寒门女子，从来不识绫罗绸缎的香味，想找一个好婆家又念及家贫暗自悲伤。虽然格调高雅而穿着并不时尚，手工精巧却不画眉比娇。可怜每日辛勤刺绣，都是为富家女做的嫁衣裳。

诗人以贫女自比，寄托出身贫贱、举荐无人的苦闷和哀怨，流露出怀才不遇、知己难逢的感伤。贫家的女子凭着良好的针线活，一年一年给有钱人家的姑娘做嫁衣，自己却没有媒人上门求嫁。诗人把贫女放在社会环境的矛盾冲突中，通过独白揭示内心深处的苦痛，从家庭境况到自身的亲事，从社会风气到个人的志趣，把抑郁惆怅的心情委婉道来，隐喻寒士内在修为超凡脱俗，却得不到应有赏识的凄凉处境。最后呼出**"苦恨年年压金线，为他人作嫁衣裳"**的慨叹，表明辛辛苦苦的劳作成果，却只是在为他人卖力，自己一无所得。诗人深刻地反映了封建社会贫寒士子不为世所用的愤懑和不平，具有深厚而广泛的社会意义和生活哲理。

生活中，人们都需要不断地努力和奋斗，才能够获得自己想要的东西。但是有时候会发现，人生中的很多事情并不是自己能够掌控的，努力和付出并不能得到应有的回报，反而为他人做了嫁衣裳。所以，我们应该正确认识社会的不可控因素，既要坚持自己的信念和价值观，不断地追寻人生的意义和理想，又要客观地看待努力过程中的无效因素，少一些无奈的苦闷和自艾，多一些有效的努力和自信。

# 唐备

唐备(生卒年不详),唐昭宗龙纪元年(889年)登进士第,约唐昭宗天复初年(901年)去世。工古诗,《全唐诗》存其诗3首。

## 道傍木

狂风拔倒树,树倒根已露。
上有数枝藤,青青犹未悟。

【译文】

狂风把大树连根拔起,树倒在地上露出根须。
树上几枝藤随之而倒,可还不明白树将枯萎。

【哲理解读】

藤葛依傍树木,借以寄生。树木已被狂风吹倒,可它还缠在树上,不明白自己将随树而枯死的后果。

"**上有数枝藤,青青犹未悟。**"大树的根露了出来,它上面的藤蔓还没有意识到自己的命运。这喻示唐王朝大变将至,朝中大臣却不识时务、不认趋势、不辨潮流,还以摇摇欲坠的朝廷为依托,借势凌人。各方势力之"狂风"已经将唐政权这棵"大树"刮倒,虽然唐皇室还在,却如同缠树青藤也将随之而去。作者试图提醒当时的人们,认清形势变化的主流,顺应时代发展的趋势。

抛开写作背景而言，该诗也让人明白一个道理：依傍他人终是不可取的。古人认为处世贵在自立，不要依赖于人，更不可倚仗权势，压制别人。如果"托根附树身，开花寄树梢"，那么一旦树摧倒，独立则飘摇，终究是不会久长的。为人立世就是要靠自己，依傍他人，则人僵己亦倒。诗虽寥寥数语，却警人深省。

生活中，有些依附确实会给人带来一种优势和安全感，但也可能成为生活的负担和束缚，甚至限制人的成长和发展。这种对生活变迁的思考，启示人们，当一个时段结束后，新的力量和希望会趁机形成，人们要不断地去追寻新的梦想，实现新的生活意义，而不是沉湎于过去的依赖。

## 失题二首

天若无雪霜，青松不如草。
地若无山川，何人重平道。

一日天无风，四溟波尽息。
人心风不吹，波浪高百尺。

【译文】

天空如果不降霜和雪，青松可能会不如小草。
地面若没有高山河谷，就没人看重平坦大道。

天空大地一天不吹风，四海波浪会全部平息。
人的内心本没有风吹，仍然会有波浪高百尺。

**【哲理解读】**

这组诗通过描绘自然现象和人类心理，传达了一种独特观点，即尊重自然界的规律性，认识人心的复杂性，理性看待人类社会的特殊性。

组诗一通过"天"与"地"对举，基于"无霜雪"与"无山川"的假设，得出**"青松不如草"**及**"何人重平道"**的推论。青松和野草，只有在有霜雪的条件下，才能辨别它们之间的不同。在没有霜雪的时候，松青草绿，甚至草比松长得快，可是霜雪一来草即枯萎，而青松依然青翠如常。在对比之中，人们发现了青松常青的特质，也发现了草经不起霜雪的本性。这里霜雪是二者的鉴别因素，如果没有霜雪，青松的特质就无法与普通的草相区别。同样道理，如果地面没有山川的崎岖起伏，那么还有什么人会珍惜平坦的道路？世间一切事物都是有比较才有鉴别，有比较才有特色，说明通过比较才能认识和发现事物的本质特征。

组诗二通过"四溟"与"人心"对比，假设一日天风不吹，四海之内就会波澜不惊，浪涛停止；但即使没有风吹，人的内心也会波涛汹涌，想入非非。诗人在此描述了客观世界与主观世界的不同。对于客观世界，如果没有疾风劲吹，波浪不会变得高涌；作为主观世界的人心，即使没有任何外界因素干扰，也会心潮起伏，异想天开。人的内心世界极为丰富，任何时候，任何事情都会造成人的喜怒哀乐和欲望追求。诗人通过**"人心风不吹，波浪高百尺"**来表达人心的不平静性，以唤起人们对于客观世界和主观世界的不同思考，引发人们对于生命和人性的深层次探赜。揭示了对于天地有序而人心不安的认知，强调了自然界的神秘和恢宏，以及人心的奇妙和不可捉摸。

总之，这组诗体现了古代中国的自然哲学和人性论，强调了人与自然的共生关系，以及人性的复杂性和善变性。

# 契此

契此（？—917年），人称"布袋和尚"，五代后梁时期明州奉化（今浙江宁波）僧人。

## 插秧诗

手执秧苗插野田，低头便见水中天。
六根清净方成稻①，退步原来是向前。

【译文】

双手拨弄秧苗将它插进田里，一低头就能看见水中的天空。
秧苗六根清净才能长成稻谷，插秧感觉是后退其实是前进。

【注释】

①六根：双关词。既指约六根一撮的秧苗，又指眼、耳、鼻、舌、身、意六根。 稻："稻"与"道"谐音。

【哲理解读】

手掰着秧苗插满水田，水里的天空面对着人，只有人的心地与天空一样清净，才能与稻（道）路契合，插秧时表面上是边插边后退，但稻（道）路却是一直在向前。

这首诗以插秧时净化秧根有利于秧苗成长，比喻六根清净方可学佛修道。作者从退步插秧的情境来阐述修禅悟道的境界，告诉人们在特定的时候退步就是向前。这也是一个普遍的道理，在日常生活中，有时候表面上的退步实际上是为了更好地前进。这与"退一步海阔天空"有异曲同工之妙。这种智慧启迪人们，在面对困境时，要有策略地选择退让，以便积蓄力量、调整方略或等待更好的时机。在大功告成之际退后一步往往更胜一筹。历史上范蠡功成身退，泛舟五湖，得以成为商界的陶朱公。张良助汉成功，投身江湖得以善终。《三国演义》里，蜀主刘备率兵七十万出川伐吴报仇，所到之处势如破竹；陆逊掌军以后，一退再退，退无可退，然后火烧连营七百里，最终取得决定性胜利。

　　常言说"以退为进"，在名利或诱惑面前退让一步安然自在；在个人利益面前"退步原来是向前"。是谓不争，实乃大义之争。退与进是辩证的，进中有退，退中有进。不管是为人还是做事，有时候退后一步，可以更好地向前，更容易实现目标。特别是在待人处世方面，若非大是大非的原则问题，没有必要针尖对麦芒，不妨退后一步自然宽，率先礼让，或许可以收到更好的效果。

# 李煜

李煜（937—978年），字重光，彭城（今江苏徐州）人。五代十国时期南唐国君。被称为"千古词帝"。与其父有《李璟李煜词》等。

## 虞美人·春花秋月何时了

春花秋月何时了？往事知多少。
小楼昨夜又东风，故国不堪回首月明中①。

雕栏玉砌应犹在②，只是朱颜改③。
问君能有几多愁？恰似一江春水向东流。

【译文】

春天花开秋天月明，这日子什么时候才能终了？
以前的事情还记得多少？
昨夜小楼上又吹来了东风，
皓月当空，怎堪忍受回想故国的一阵阵伤痛。

精雕细琢的栏杆、玉石砌成的台阶应该都还完好，
只是她们的红颜已经衰老。
要问我心中有多少哀愁，
就像那滚滚东流的春江之水，永远没有尽头。

【注释】

①故国：指南唐故都金陵（今江苏南京）。开宝八年（975年），宋军破南唐都城，李煜降宋被俘至汴京。后因作此词感怀故国而被毒死。
②雕栏玉砌：指金陵的南唐故宫。
③朱颜：红颜。指南唐旧日的宫女。

【哲理解读】

三春花开，中秋月圆，岁月更替。回想起来，故国宫殿应该还在，只是宫女容颜已改。感慨天下沧桑，忧愁犹如滔滔江水，我这苦难日子什么时候才能结束？

李煜身居囚屋，听东风，望明月，触景生情，愁绪万千，夜不能寐。"**雕栏玉砌应犹在，只是朱颜改。**""回首"故都金陵，华丽的宫殿大概还在，只是那些旧时的宫女红颜已变。面对国土更姓，山河变色，红锦地衣的美好时光，"恰似一江春水"一去不复返了。失去的东西，不堪回首，过去的时光永远无法挽回，让人感到无奈和惋惜。"**小楼昨夜又东风，故国不堪回首月明中。**"东风没有给词人带来新的生机和希望。东风依旧而故国不在。夜阑人静，明月清风，幽囚在小楼中的不眠之人，不由凭栏远望，对着故国家园的方向，一江愁苦之水涌上心头，又有谁能感觉这其中的滋味？自然界的春天去了又来，为什么人生的春天却一去不返呢？

李煜通过对江流永恒而人生无常的矛盾心理，抒发了亡国人懊悔的情愁和生命失落的悲哀。一个处于别人刀俎上的亡国之君，抒发亡国之恨，这可谓是最后的勇气。真挚的情感，纯粹的眼泪，成就了他的生命之歌，让人读来无不感叹盛衰荣辱、世事沧桑、物是人非。

# 魏野

魏野（960—1020年），字仲先，原为蜀地人，后迁居陕州（今河南陕县）。北宋诗人。有《东观集》《草堂集》存世。

## 盆池萍

乍认庭前青藓合①，深疑鉴里翠钿稠②。
莫嫌生处波澜小，免得漂然逐众流③。

【译文】

乍一看庭前青藓茵茵合在一起，疑是镜子里翡翠珠钿密布其上。
不要嫌生活在池塘中波浪微小，免得随众流水像浪花一样漂泊。

【注释】

①青藓：即青苔。唐代姚鹄《野寺寓居即事》诗云："伴僧青藓榻，对雨白云窗。"
②翠钿：用翠玉制成的首饰。南朝梁武帝《西洲曲》："树下即门前，门中露翠钿。"
③漂然：漂泊，流离。

**【哲理解读】**

　　初看让人感到疑惑，盆池中的青苔合拢，仿佛是镜子里翠钿密集。仔细看来浮萍在池水中漂浮，虽然波澜不惊，却能在平凡中生存，避免了随波逐流，漂泊不定。

　　诗人看到盆池中浮萍汇集的景象，色彩鲜美，形态自如，恰似镜子里面的翡翠珠钿，从而想到了人生，感悟到平淡的处境虽然掀不起大浪，但也是最稳定、最平安的所在。青藓虽然不起眼，平凡得甚至可能被忽视其存在，但它们也有闪亮的时候，它们也能像镜子里的翠钿一样美丽。"**莫嫌生处波澜小，免得漂然逐众流。**"池塘小得像盆子，浮萍却能在平凡中安稳地生存，并不嫌弃自己的起点低或者环境平凡。其实，这正是避免大波大浪的安乐窝，可能正是适合它们生存的地方。这种"虽小却好"的生活态度，寄托了诗人关于生存选择的思考。诗人告诫人们不要嫌弃生活中的平淡和安稳，也不要追逐外界的浮华和虚名，更不要盲目从众，而是要保持内心的宁静与平和。因为平凡和安稳的日子，更具有持久意义，也更让人安然自得。这是一种淡泊明志、宁静自持的处世态度。

　　全诗通过自然景象的描绘，传达了自我认知及识别现状的智慧，鼓励人们珍视自我、发掘自身的闪光点和内在价值，并在面对众多选择时，以适合自己为原则，保持独立思考和判断。

# 苏麟

苏麟（969—约1052年），北宋诗人，仅有"近水楼台先得月，向阳花木易为春"两句传世。

## 断 句①

近水楼台先得月，向阳花木易为春。

【译文】

靠近水边的楼台，总是能先得到月亮光；
向着阳光的花木，容易形成春天的景象。

【注释】

①因只两句传世，故称断句。据俞文豹《清夜录》记载："范文正公（仲淹）镇钱塘，兵官皆被荐，独巡检苏麟不录，乃献诗云：'近水楼台先得月，向阳花木易为春。'"

【哲理解读】

水边的楼台，因为没有树木遮挡，所以能先得到月亮投影；向阳的花木，光照自然要好得多，所以发芽就早，枝繁叶茂，容易形成早春景象。

相传范仲淹任杭州知府时，城中官员大多得到过他的推荐帮助，唯有苏麟因在外县担任巡检未得关照。乃献诗于范,诗中云:"**近水楼台先得月,向阳花木易为春。**"看似咏楼台亭榭、花草树木,实则暗示:别人都沾了你的好处,而"我"却得不到恩泽。范会其意,便暗中考察推荐,予以帮助。

该诗仅存一句,并被修改为"近水楼台先得月,向阳花木早逢春"。一是比喻接近权益中心的人都容易有好处,而远离权益中心的人却得不到关照。既说明因靠近某种事物而获得优先的机会,也说明客观条件对于事业成功的重要性。二是比喻那些天生条件优越和机遇较好的人,会比别人得到更多的机会,从而先人一步,取得成功。这是用自然现象来说明某种社会现象,认为先天机遇符合自然和社会的发展规律。

这个断句诗提醒人们,既要正视人生的不均等性,同时也要积极面对生活中的机遇和环境条件。此诗后形成成语"近水楼台",不仅用来形容地处优势者,容易获得机会利益;也用来讽刺那些利用某种方便而获得照顾,率先牟利的不良现象。

# 柳永

柳永（约987—约1053年），原名三变，福建崇安（今福建武夷山）人。北宋婉约派词代表人物。存世有《乐章集》。

## 凤栖梧·伫倚危楼风细细

伫倚危楼风细细①，望极春愁，黯黯生天际。
草色烟光残照里，无言谁会凭阑意。

拟把疏狂图一醉②，对酒当歌，强乐还无味。
衣带渐宽终不悔，为伊消得人憔悴③。

【译文】

我长时间靠在高楼栏杆上，细细春风迎面而去；
望不尽的春日离愁从黯然的天际升起。
碧绿的草色，迷蒙的烟光，掩映在落日余晖里，
我沉默无言，谁会理解我靠在栏杆上的心意。

本想放纵心情，喝个酩酊一醉，
与人对酒高歌才感到，勉强求乐反而毫无兴味。
我日渐消瘦下去，衣带宽松了也不后悔，
对她的无尽思念，把人煎熬得一身憔悴。

【注释】

①伫倚：久久依靠。　危楼：高楼。
②拟把：打算。　疏狂：狂放不羁。
③伊：称第三者，相当于"他"或"她"。　消得：值得，忍受得了。

【哲理解读】

久久靠着高楼的栏杆，感受细细的春风，一种愁绪从天际而来，夕阳下的烟光草色，哪里知道我沉默的心情。我本想借酒取乐，可怎么也乐不起来。身体一天天消瘦下去，连衣带都宽松了，只是为了她我一点也不后悔。

本词把漂泊异乡的落魄感受同怀念意中人的情思融为一体，表现了主人公坚毅的性格与执着的态度。主人公为了消释离愁决意痛饮狂歌，但强颜为欢终觉无味，甘愿为了"她"日渐消瘦。即使熬坏了身体也是值得的，始终不会感到后悔。词中"衣带渐宽终不悔，为伊消得人憔悴"二句，现今除了用来表达恋爱情感，亦常用来表达对事业目标的追求，表达执着不懈、锲而不舍的奋斗精神。换句话说，对于认定了的目标，应有一种呕心沥血、孜孜不倦的坚持和追求。人生目标都是需要付出代价的，而这种代价往往伴随着痛苦和困扰。但是，只有当人们明确自己的目标，并愿意为之付出时，才能实现自己的人生价值。近代学者王国维在《人间词话》中谈到"古今之成大事业、大学问者，必经过三种之境界"时，用来形容"第二境界"的便是这两句词。

这首词还告诉我们，在人生过程中要找到一种平衡，即使面对痛苦和困扰也要积极寻找解决办法，并且坚定地追求自己的信仰和目标。不因外在的困境而失去内心的坚强和意志。这既是追求理想的坚定精神，又是乐此不疲的处世态度。

## 少年游·长安古道马迟迟

长安古道马迟迟,高柳乱蝉嘶。
夕阳鸟外,秋风原上①,目断四天垂②。

归云一去无踪迹,何处是前期③?
狎兴生疏④,酒徒萧索,不似少年时。

【译文】

在长安古道上,骑着马行走得很迟缓,
高大的柳树上有杂乱的秋蝉嘶鸣。
夕阳之下的飞鸟尽处,秋风在原野上劲吹,
我举目一望,天幕从四方垂下。

逝去的云看不到一点踪迹,往日的期待在哪里呢?
游冶宴饮的兴致已经衰减,过去的酒友也寥落无几,
现在的我再也不像年轻的时候了。

【注释】

①原上:指乐游原上,在长安南。
②四天垂:天的四周如幕下垂。
③前期:以前的约期。既指往日的内心期望,又指旧日的欢乐约期。
④狎兴:游乐的兴致。狎(xiá),亲昵而轻佻。

**【哲理解读】**

　　长安古道上有多少追逐功名利禄的人，可是我的马总是落后于人。高柳上乱蝉嘶鸣，让人惆怅不安。往事如烟，从前寻欢作乐的兴致渐渐淡去了，曾经在一起喝酒的朋友也没几个了。时光荏苒，如今只剩下少年不再的人生兴叹。

　　这是深秋时节在长安路上的所见所思，表现了作者一生希望落空的惆怅。柳永早年落第尚借着"浅斟低唱"来加以排遣，而在他年华老去，寄望落空之后，对于冶游之事也失去了当年的意兴。**"归云一去无踪迹，何处是前期？"** 曾经许下过的愿望，曾经憧憬过的期望，该如何去寻找呢？空有一腔才华，却又没地方展示，直到"夕阳鸟外"，韶光已逝，最终只能自封为白衣卿相。柳永以其浪漫之天性而生活在当时的社会环境，注定是一个充满矛盾、不被接纳的人物，而他自身所养成的处世态度与他所禀赋的才华和浪漫性格也自相冲突。其结局只能是"长安古道马迟迟"，最终"不似少年时"，老来问"前期"。

　　此词展现了人生中的无常和变迁，它启示我们，对于过去的时光和理想要学会放下，不要过于留恋和执着。同时，对于未来的方向和目标要明确和坚定，要学会从生活中寻找新的乐趣和兴致。

# 范仲淹

范仲淹（989—1052年）字希文。苏州吴县（今江苏苏州）人。北宋政治家、文学家。传世有《范文正公集》。

## 渔家傲·秋思

塞下秋来风景异，衡阳雁去无留意①。
四面边声连角起，千嶂里，长烟落日孤城闭。

浊酒一杯家万里，燕然未勒归无计②。
羌管悠悠霜满地，人不寐，将军白发征夫泪。

【译文】

秋天到了，西北边塞的风景和江南风光大不一样。
大雁正在飞回南方衡阳，一点也没有停留的意思。
黄昏时分，军中号角吹响，周围的风声、马啸声也随之响起。
层峦叠嶂里，暮霭沉沉，落日入山，一座孤城紧闭着城门。

饮一杯浊酒想起万里外的家人，刻石之功未建怎能归家呢。
远处传来羌笛的悠悠声，军营已是寒霜满地。
夜深了我还不能安眠，为了边关之计我的头发都白了。
戍边的将士也难以入睡，想起家人就默默地流泪。

【注释】

①衡阳雁去：传说秋天北雁南飞，至湖南衡阳回雁峰而止。
②燕然未勒：指战事未平、功名未建。"燕然"即燕然山，在今蒙古国境内。据《后汉书·窦宪传》记载，东汉窦宪率兵追击匈奴单于三千余里，登燕然山刻石勒功而还。

【哲理解读】

边塞秋季寒冷，风景和内地大不相同，雁群毫不犹豫地飞向南方。崇岭之中一座孤城闭上了城门。夕阳西下，暮烟沉沉，风鸣马啸，号角声声。夜里霜起，羌笛吹着思乡曲，将军和战士都不能安眠。为了边塞，发白泪落，感慨万千。

宋康定元年（1040年）至庆历三年（1043年）间，范仲淹任陕西经略副使兼延州知州，镇守西北边疆。这首词通过"霜满地""征夫泪""边声""羌管"等见闻，反映了边塞的艰苦生活和渴望建立功勋的复杂心情。虽然是"**将军白发征夫泪**"，然而"**燕然未勒归无计**"。边防战争没有取得胜利，还乡之计无从谈起。将军与征夫心情是一致的，都希望取得胜利，而战局长期没有进展，又难免思念家乡。戍边的激情，浓重的乡思，构成了将士矛盾的情绪。但都有"不破楼兰终不还"的坚强意志，在思乡与报国的矛盾中，他们以戍边为重，忠于职守，忠于使命，都有先国后家的壮志雄心和爱国情怀。

这首诗提醒我们，个人与家庭、个人与国家之间存在着密切的联系和影响，要正确处理这些关系，为自己的奋斗目标，为国家长治久安贡献力量。同时也强调了使命的重要性，引发人们对人生意义与价值的思考。

# 张先

张先（990—1078年），字子野，湖州乌程（今浙江湖州）人。因任过安陆县知县，人称"张安陆"。北宋婉约派词代表人物。著有《张安陆集》。

## 千秋岁·数声鶗鴂

数声鶗鴂[①]，又报芳菲歇。
惜春更把残红折。
雨轻风色暴，梅子青时节。
永丰柳，无人尽日花飞雪。

莫把幺弦拨，怨极弦能说。
天不老，情难绝。
心似双丝网，中有千千结。
夜过也，东窗未白凝残月。

【译文】

几声杜鹃，又报春天的芬芳即将逝去。
惜春的人更是折下残花，挽留最后的春意。
梅子正青时，便遭到狂风疏雨。
永丰的柳树，在无人的园中整日飘起如雪飞絮。

切莫把琵琶弦拨动，哀怨到了极致琴弦也会诉说。
天不会老去，那情也永远不会断绝。
缠绵的心就像双丝网，中间织有千千个结。
夜已经过去，从东窗望，天未全白尚留一弯残月。

【注释】

①鹈鴂（tí jué）：即子规、杜鹃鸟。

【哲理解读】

杜鹃声声，春光又将逝去，折枝残花留住春光吧。细雨轻轻，可风色暴厉，摧落青梅花，剩下青梅子。柳园空空，只有花飘如雪。不要拨弄幺弦，如此怨恨琴弦一定会诉说。苍天永恒，真情不绝。多情的心就像双丝网，网里有千万个结，把彼此牢牢系住。情思未了，春晓将至，残月犹明。

从字面上看，似乎以女子口气表达爱情横遭阻挠的幽怨情绪，字里行间渗透了情感的持久性、时光的流逝性。其实更多的是某种离别的愁思在岁月中的纠结。从洛阳永丰柳园分别之后，到"东窗未白凝残月"的思念，年复一年，思绪绵绵。叹惋暮春景色，惆怅离情别意，都是表达不可割舍的哀怨和坚贞。虽写透春之落寞、柳无人赏，心之寒冷，却以东窗残月耿耿孤明，衬托出最后一线希望。**"天不老，情难绝。心似双丝网，中有千千结。"** 有情的心经受了无尽的坎坷、深重的磨难，中间有如打结的丝网一样，那千千万万个结，始终能够经受住岁月的考验。

词中以"丝"谐思，强调了情感的力量和人性的坚韧。时光流逝，情丝不断，表达的是什么障碍也阻止不了的一种坚定信念。这个"结"，这个"丝"，更是对自己的追求和信念的认定与思考。无论多少打击，仍然死"结"难解，体现了作者对某种追求矢志不移、之死靡它的情怀。

# 晏殊

晏殊（991—1055年），字同叔，抚州临川（今江西进贤）人，北宋政治家、文学家。在词坛上与其子晏几道被称为"大晏""小晏"。存世有《珠玉词》等。

## 浣溪沙·一曲新词酒一杯

一曲新词酒一杯，去年天气旧亭台①。夕阳西下几时回？
无可奈何花落去，似曾相识燕归来②。小园香径独徘徊。

【译文】

吟唱一曲新词，品尝一杯美酒，
还是去年的天气旧日的亭榭，
那西落的夕阳什么时候回来呢？

花总是要凋落得让人无可奈何，
好像曾经见过的燕子又归来了，
我独自留恋徘徊在芳香的小径里。

【注释】

①去年天气旧亭台：是说天气、亭台都和去年一样。
②似曾相识：好像曾经认识。形容见过的事物再度出现。

**【哲理解读】**

一边唱词一边饮酒，还是去年的地方，天气和去年一样。可是夕阳落去几时可以返回？春去秋来，残花满地，我又能奈之何？燕子飞来，仿佛相识，但却不是原来的燕子，我独自一人在小园里徘徊着、思考着。

本词虽含伤春之意，却实为感慨时光之作，表达了时间的不可逆性。既感伤年华飞逝，又暗含怀人之念。夕阳西下，这是无法阻止的，只能寄希望于它的东升再现，而时光的流逝，人事的变更，却再也无法重复。当然，生命中会有许多失去和结束，也会有许多新的开始和变化。作者似乎无意间从这些司空见惯的现象中，感悟到时间永恒而人生有限，把人与自然的循环往复关系，表达得如此简单，启迪读者从更高层次思考宇宙人生。

"无可奈何花落去，似曾相识燕归来。"词人意识到，一切必然要消逝的美好事物都无法阻止其消逝，但消逝的同时仍然有美好事物再现，生活不会因消逝而变得一片虚无。只是这种再现不等于原生不变的重现，它或许"似曾相识"罢了。这是对生命、时间和自然规律的深刻认识，它提醒人们要珍惜当下，积极面对生活中的无常和变化。

## 清平乐·春来秋去

春来秋去，往事知何处？
燕子归飞兰泣露①，光景千留不住。

酒阑人散忡忡②，闲阶独倚梧桐。
记得去年今日，依前黄叶西风。

**【译文】**

春天来了，秋天去了，往事到哪里去了？

燕子向南归飞，兰草上沾满了悲泣的露珠。
时光美景啊，千留万留也留不住。

酒席过后，客人散去，我忧心忡忡，
无聊地来到空阶前，独自靠着梧桐。
回想去年今日，同样是黄叶飘零瑟瑟西风。

【注释】

①兰泣露：兰花上露水滴下来像哭泣的泪水。
②酒阑：饮酒结束。阑：阑珊，将尽。　忡忡（chōng）：忧愁的样子。

【哲理解读】

　　时序循环，好景消逝，前事难寻。眼看燕子南飞，幽兰带露像是悲秋哭泣，主人公也黯然神伤。虽然无数次地挽留光景，但毫无用处。即使喝酒消释哀伤，可是酒散人走更感到空虚和惆怅。黄叶西风，年年如是。

　　日月不居，岁时晼晚。自然界代谢是必然的规律，面对无法挽回的时光，无法挽回的事物，作者更体会到人生的无常。"**燕子归飞兰泣露，光景千留不住。**"好的时光都是一晃而过，世界上没有永恒的年华，也没有永恒的荣华。谁也无法阻止时间的流逝，一切美好的东西都会随着时间的流逝而消失。晏殊曾经担任北宋的宰相，观察事物的境界和普通人不一样，作为曾经的和平宰相心态，这实际上是一个时代的"迟暮黄昏"。他感慨世事变化无常，感慨出逃不掉的时代命运，只能无可奈何地闲倚梧桐，面对秋风中飘零的枯叶，默默地追寻往事。然而"草木在人间，去来有时节。枯叶恋高枝，自觉无颜色"。时代兴废，人生际遇都不可逆转。

　　此词意涵了对生命和时间的思考，提醒人们不要让美好时光白白流逝，应该坦然面对生活中的离别和失去，不要过于纠结和悲凉；人们应该活在当下，让生命充满活力和意义。

# 浣溪沙·一向年光有限身

一向年光有限身①，等闲离别易销魂②。酒筵歌席莫辞频。
满目山河空念远，落花风雨更伤春。不如怜取眼前人。

【译文】

片刻的年华匆匆而过，有限的生命容易消逝，
即使平常的离别，也会让人感到难过悲伤。
还是尽情地欢歌宴饮吧，不要嫌弃场合频繁而推辞。

面对满目河山，空有怀人念远之心，
看到落花在风雨中飘零，更容易伤春生愁。
不如在生活中好好珍惜眼前的人。

【注释】

①一向：一晌，片刻。　年光：时光。
②等闲：无端，平常。　销魂：极度悲伤，极度快乐。

【哲理解读】

　　时光如此短暂，人的生命是有限的。离别最容易令人伤感。不要因为酒宴频繁而推辞，应当对酒当歌，开怀畅饮。眷念远方和伤春只会增加忧愁，不如多多珍惜眼前的人。
　　此词将抽象的人生感悟落实在具体的场景中，是对时空不可逾越，消逝的事物不可复得的感慨。时间无限，生命短暂，那是无法抗拒的客观

现象和自然规律；时间的流逝是人们无法控制的，每个人都只有有限的时间在世界上。空间广阔，个人渺小，不要为离别伤神，不要沉浸在痛苦之中，不要让悲苦占据生命，而应好好把握现有时空；人生有限，相见不易，面对筵席，不要推辞，还是陪眼前的人多喝一杯酒吧。"**满目山河空念远，不如怜取眼前人。**"人生活在时空中要立足现实，紧紧抓住眼前的一切。与其空想远方，苦恋过去，不如珍惜眼前，善待身边的人，不要辜负了"一向年光有限身"。这从一个侧面反映了作者现实主义的生活态度，表达了一种积极、务实的人生哲学。

　　这首词通过表达生命有限、情感珍贵，积极生活、珍惜当下等哲思，引导人们反思人生的意义和价值，鼓励我们超越情感局限，更加珍惜眼前人和当前生活。

# 包拯

包拯（999—1062年），字希仁。庐州合肥（今安徽合肥）人。北宋名臣。知开封府时有"包青天"之名。传世有《包拯集》。

## 书端州郡斋壁①

清心为治本，直道是身谋②。
秀干终成栋，精钢不作钩。
仓充鼠雀喜，草尽兔狐愁。
史册有遗训，毋贻来者羞③。

【译文】

清心廉洁是为官治政的根本，刚直无私是立身于世的宗旨。
优质的树干终究成栋梁之材，精炼的好钢坚决不能作钓钩。
粮仓满满时雀鼠当然会喜欢，寸草不生时兔子狐狸也犯愁。
史书上有先贤们留下的教训，决不能做出让后人耻笑的事！

【注释】

①端州：治所在今广东省肇庆市。包拯曾任端州知州。　郡斋：郡守的府第。
②直道：正直之道。
③毋（wú）：不要。　贻（yí）：留给。

**【哲理解读】**

　　治理世事以清廉无私为本，为人处世以刚直不阿为准。笔直挺拔的树干，最终用作栋梁；纯正的精钢宁折不弯，决不做诱财的鱼钩。治理贪腐，除暴安良，都要从廉政制度入手，从根本上消除贪官敛财的温床。绝不能让鼠"喜"，绝不能让兔"愁"。更不能让自己给后人留下耻笑的把柄。

　　这是包拯流传下来的唯一诗作，强调了修身立世的具体要旨。该诗写于作者在端州任职之时，当时端州以产端砚著名，有地方官趁用端砚进贡之机，向砚工额外加码中饱私囊，包拯到任后，严格规定只按朝廷需要数额缴纳，自己则"不持一砚"。他以本诗抒发了对待贪官刚直无私、疾恶如仇的决心，提出了仓充防鼠，草尽赈兔，从根本上消除腐败的观点。"秀干终成栋，精钢不作钩。"包拯认为，只有正直挺拔的树干才能成为栋梁之材；是精钢就要不折不弯，决不被外力折服，也不能用来谋私钩财。作者以"秀干""精钢"自比，是自勉自励，也是自信。

　　诗中充满堂堂正气，光明磊落，他告诫为官者：只有一心为民，清廉无私，不做"来者羞"的丑事，才会为民众所尊敬，才不会被后世唾骂和耻笑。全诗所表达的哲理，涵盖了人性、道德、修身等方面。它鼓励人们廉洁自律，自我超越，为后人也为家人留下好名声。

# 梅尧臣

梅尧臣（1002—1060年），字圣俞，宣州宣城（今安徽宣城）人。北宋官员，诗人。因宣城古称宛陵，世称宛陵先生。存世有《宛陵集》等。

## 鲁山山行[①]

适与野情惬[②]，千山高复低。
好峰随处改，幽径独行迷。
霜落熊升树，林空鹿饮溪。
人家在何许？云外一声鸡。

【译文】

正好和了爱好山野风光的情趣，千山高高低低叠翠竞秀。
雄壮的山峰变化多端步移景改，在幽静的小路独自赏景令人入迷。
霜降时，熊爬到树上；林空处，鹿在溪边歇息饮水。
深山的人家在什么地方？云外忽然传来一声鸡鸣。

【注释】

①鲁山：在河南鲁山县东北，接近襄城县境。
②适：恰好。　野情：喜爱山野之情。　惬（qiè）：心头满足。

【哲理解读】

　　非常喜爱山野风景，群山起伏，层峦叠嶂，千峰竞秀。步移而峰异，幽深的小路给人一种迷幻的感觉。霜叶飘落，熊在树上；空旷地带，鹿在饮溪。隐约间，云外传来的一声鸡叫，看来山中人家离得不远。

　　深秋时节，诗人在鲁山之中游览。山路上没有其他人，诗人兴致勃勃，一边走一边欣赏风景，享受独自漫步于幽静小径的乐趣，感知大自然中生命的自然行为。山野之中，是否也有人家？那些人家究竟在何处？诗人思想之间，忽然答案从云端传来。"人家在何许，云外一声鸡。"不远的云外，有一声鸡鸣响起，而诗人却不知道它来自何处，出现了一个充满悬念而神秘的地方。这正是引发思考的问题。生活中，常常会遇到一些未知的事项，需要寻找答案，人们在迷茫之时，是否也像这句诗所描述的一样，其实答案就在不远之处，就在我们的身边。

　　自古以来，人类不断地探索未知领域，不断地寻找答案。在这个过程中，有时会遇到困难、挫折和迷茫，就像在这云外寻找那声鸡鸣一样，虽然困难，但只要坚持下去，就一定会有所发现。它提醒人们在寻找生活的答案时，应该锲而不舍，坚持不懈，仔细观察和聆听身边的一切，毕竟答案就在不远的地方。

# 古　意[①]

月缺不改光，剑折不改刚。
月缺魄易满，剑折铸复良。
势利压山岳，难屈志士肠。
男儿自有守，可杀不可苟。

【译文】

月亮不会因为缺损而改变光辉，宝剑不会因为折断而改变刚性。
月亮缺了它的体魄很容易盈满，宝剑断了经过重铸会再次复原。
世俗势力可以压倒三山五岳，却难以折服志士的雄壮之心。
是男儿自有坚定的品质操守，可以被杀却不可以苟且偷生。

【注释】

①古意：即"怀古"之意。

【哲理解读】

　　月亮缺了，一样有光照；宝剑断了，并不改变其刚硬的本质。月亮可以复圆，断剑可以重铸。权势可以把山压倒，却不会让志士的意志屈服。好男儿自有节操，宁可死也不愿苟活。

　　该诗写于宋仁宗景祐四年（1037年）。这一年之前，北宋朝廷发生的一次大的政治斗争中，范仲淹等四位重臣被贬。诗人认为范等四人虽然遭贬，但他们的品德如皎皎月光，偶尔或缺，依然清辉明亮；他们的意志如百锻而成的宝剑，虽遭挫折而刚性依旧。犹如月缺再圆，剑折再铸，范仲淹等人一定能坚持操守，不为权势所屈服。在诗人看来，事物"质"的规定性，才是事物的本质属性，月可缺，剑可折，坚定的意志不可灭。诗人以此激励"志士"，同时亦是自励，表达了一种自我坚守和重新振作的思想。

　　除了诗中本意外，"**月缺不改光，剑折不改刚**"也多用来比喻人生虽不完美，却并不影响其作用发挥。人生难免没有挫折，虽然有挫折，只要以坚毅的态度乐观面对，就能够坚持下去，最终走出低谷，迎来新的前途和希望。

# 欧阳修

欧阳修（1007—1072年），字永叔，号醉翁，吉州永丰（今江西永丰）人，出生于绵州（今四川绵阳）。北宋政治家、文学家，诗文革新运动代表。著有《欧阳文忠集》等。

## 画眉鸟

百啭千声随意移，山花红紫树高低。
始知锁向金笼听，不及林间自在啼。

**【译文】**

在山野它的歌喉千声百啭，随意鸣唱，婉转自然，
清脆的歌声悠扬在姹紫嫣红的山花里、高低错落的树林间。
由此方知，把画眉鸟锁在金笼里听其鸣叫，
其声音远不如在丛林中自由自在啼唱得那么美妙。

**【哲理解读】**

画眉鸟在山野自由地飞舞，穿越红红紫紫的花丛，跳跃高高低低的树枝，它的歌声都是那么美妙。可是关在笼子里，哪怕条件优越，画眉鸟鸣叫的声音比起在林间就差远了。

本诗表现了鸟儿在自然与限制中的不同情状。鸟儿从"随意移"到"锁向金笼"，生存环境改变对其造成了极大影响。诗人通过对比画眉鸟

在山林中和笼子里不同的叫声，抒发了摆脱名利枷锁、回归自然的深意。自由是生活愉快的先决条件，"始知锁向金笼听，不及林间自在啼"。金笼固然安闲舒适，但是一旦被锁入其中，生活状态发生了变化，就不能顺乎天性"自在啼"了。中国古代的仁人志士，当他们身处江湖之时，往往能够自由展现思想光辉，一旦将他们豢养在朝堂之上，被某种方式所规矩，也就失去了原本的形态，最终成为朝堂的吹鼓手。

该诗以物喻人，阐明了约束与自由的关系，表达了自由的可贵和向往自由的意愿。每个人都有追求自由的权利，就像画眉鸟追求自由飞翔一样。人们应该尽力摆脱束缚和限制，追求自己的梦想和目标。诗人认为，只有当人们像画眉鸟一样，在自然和自由的环境中生活，才能真正体验到生活的美好和快乐。

## 戏答元珍[①]

春风疑不到天涯，二月山城未见花[②]。
残雪压枝犹有橘，冻雷惊笋欲抽芽。
夜闻归雁生乡思，病入新年感物华[③]。
曾是洛阳花下客，野芳虽晚不须嗟。

【译文】

我怀疑春风吹不到这边远的山城，已是仲春二月还见不到一朵春花。
残雪压弯树枝可树枝上还挂着橘，寒冷春雷响起像是催促竹笋抽芽。
夜里听到归雁声引起对家的思念，病中迎来新年景象让我感叹物华。
曾在洛阳见惯千姿百态的牡丹花，这里野花开得晚也没啥可以惊讶。

【注释】

①元珍：北宋官员丁宝臣，字元珍，时为峡州判官。欧阳修因支持范仲淹改革举措，被贬为峡州夷陵县令。丁写《花时久雨》一诗给欧阳修，欧以本诗作答。

②山城：这里指夷陵。今湖北省宜昌市夷陵区。

③物华：美好的景物。自然景物。

【哲理解读】

到了农历二月还见不到一朵花开，山城好像没有春风。有的只是残雪压枝，柑橘在压弯的树枝上生长；竹笋正积蓄力量，在冻雷初响的时候，快要冒出新芽。夜里听到归雁引起乡思，旧年已去，物华更新，不免感慨病体。见惯了洛阳牡丹花开，这晚开的野花也就不值一叹了。

作者因谪居山城心里有话，故借山城"未见花"的自然现象，发出人生乃至政治上的感慨。诗中流露出迷惘和寂寞，但对朝廷仍然充满希望。"**春风疑不到天涯，二月山城未见花。**"诗人借"春风"与"花"的关系暗喻君臣、君民关系，深信春风虽然迟到但终究会到。寓意了人生中的公平，也预示着诗人的期待和寄望。"**残雪压枝犹有橘，冻雷惊笋欲抽芽。**"雪压在枝头上，雪中的橘仍然挺立；在寒雷声声中，竹笋正在抽芽。"冻雷惊笋"表现出生命在逆境中觉醒，"欲抽芽"则表现了顽强地生存，诗人遭遇困境，仍然豁达而坚韧，在希望和信念中坚持。他认为，尽管外在环境严酷，但生命总能找到适合自己的生存方式。这种对于不同状态和经历的理解与接受，反映了内在与外在的逐渐和谐性。诗人曾经欣赏过洛阳的繁华，现在虽然身处山野，也能欣赏到别样的美丽。

全诗既有蛰居山野的自我宽慰，又有愿作"野芳"的决心和信心，显示出一种积极进取的人生态度。不仅揭示了诗人个人的内心世界和人生观，也体现了一种普遍的人生哲理：在面对困境时要顺应自然，乐观向上，不要放弃希望，要以积极的心态寻求改变，而不是抱怨社会乃至时代。

## 浪淘沙·把酒祝东风

把酒祝东风,且共从容。
垂杨紫陌洛城东①。
总是当时携手处,游遍芳丛。

聚散苦匆匆,此恨无穷。
今年花胜去年红。
可惜明年花更好,知与谁同?

【译文】

端起酒杯祈愿东风不要去匆匆,且与我们一共从容。
想起洛阳城东垂柳婆娑的紫色小道,
那是去年携手同游的地方,我们一起游遍了红艳花丛。

欢聚和离散都是这样仓促,心中遗恨却无尽无穷。
今年的花虽然比去年鲜红,
可明年花将更加美好,不知那时又是谁能一同相从?

【注释】

①紫陌:紫路。洛阳曾是东周都城,据说当时曾用紫色土铺路,故名。

【哲理解读】

东风啊,陪伴我和友人多一些时日吧。洛阳城东,是我和友人曾经同游的地方。聚散这样匆匆，我心中留下多少遗憾。虽然今年花比去年鲜艳，可是明年花比今年更好，又能与谁同游呢？

欧阳修与梅尧臣是知交好友，这一年二人同游洛阳，想到友人不久就要离去，诗人十分伤感。好友之间因聚散不定而惆怅乃人之常情，古今如此。因为有好友相伴，所以"今年花胜去年红"，这体现了友人之间相聚时的欢娱心情；然而人生无常，今年一别又将天各一方，到明年不知同谁共赏花开。作者虽然内心有着未来再相见的期盼，可是将三年的花季加以比较，在去年—今年—明年的时间轴上，触动了聚散不定的思绪，有一种人事多变时间不改的感叹和人生苦短再见何易的况味。作者对于人生中短暂的相聚和分别，有一种发自内心的感慨，这是在面对离别和失去时的痛苦与无奈。

人生中的相聚和分别，如同四季更替、花开花落，是一种不可避免的现象。"可惜明年花更好，知与谁同？"这不仅是对未来不确定性的感叹，也是对生命意义的追问，强调了生存的重要和人生的无常。

## 玉楼春·樽前拟把归期说

樽前拟把归期说①，未语春容先惨咽。
人生自是有情痴，此恨不关风与月。

离歌且莫翻新阕②，一曲能教肠寸结。
直须看尽洛城花③，始共春风容易别。

【译文】

举起酒杯打算说归期，可还没开口，就见她春容凄婉地哽咽起来。
人生本来就有情怀，情到痴绝的别恨，其实与清风和明月无关。

送别曲暂且不翻填新词了，只一曲离歌就使人愁肠寸结。

相携同游洛阳城吧，一起看遍城中牡丹花，才好与春风共作告别。

## 【注释】

①樽（zūn）前：指在饯行的酒席前。
②离歌：饯别宴上所唱的送别曲。　翻新阕：按旧曲填写新词。
③洛城花：洛阳盛产牡丹，故泛指洛阳的牡丹花。

## 【哲理解读】

饯行的时候举起酒杯，本来想说予归期，可是佳人妩媚的娇容先自凄婉低咽，让我如何说得出口。是啊，人生天然有情，原本不关风月。在告别酒席前，就不要再填写离别新词了，离歌一曲已经使人愁肠欲断。让我们一起把洛阳的牡丹看个够吧，那时再与春风告别，也就不会遗憾了。

主人公从宴前伤别，佳人芳容惨咽，再到对痴情人的怜惜，继而转入要珍享美好恋情和美好时光。词中离别情态层层递进，虽然"离歌一曲，愁肠寸结"，然而诗人认为**"直须看尽洛城花，始共春风容易别"**。由离别的悲伤与春归的惆怅，激荡出一种豪迈的情怀。一同看尽洛阳美丽鲜花，才容易送别春风归去。作者以珍惜眼前时光、饱享爱恋之欢娱，来减少分别时的遗憾。表达了作者对美好事物的珍爱和对人世无常的慨叹。也说明了一个深层的哲理，那便是人们的别恨离愁，都是人的情感天性使然，与自然界的某种因素没有关系。因为人的多愁善感是与生俱来的，这和风花雪月无关。

**"人生自是有情痴，此恨不关风与月。"** 简短的话，道出了人类情感的普遍性和必然性。并奉劝大家不要辜负韶华春光，要好好共享世间一切美好事物，不要因为离合而留下遗憾。总之，此词表达了对情感力量的深刻认识，以及对个体内心世界的关注和探索。它提醒人们要正视真挚的情感，并从中汲取力量和智慧。

## 蝶恋花·庭院深深深几许

庭院深深深几许？杨柳堆烟，帘幕无重数。
玉勒雕鞍游冶处①，楼高不见章台路②。

雨横风狂三月暮。门掩黄昏，无计留春住。
泪眼问花花不语，乱红飞过秋千去。

【译文】

整天待在这深深的庭院里，却不知这庭院究竟深几许？
一排排杨柳堆起绿色云烟，一重重帘幕多得难计其数。
那骏马华车在繁华的街道游荡，从高楼望去看不到通往章台的路。

雨骤风狂已经是三月暮春，时近黄昏掩起门户，也没有办法把春留住。
泪眼汪汪地问庭中花朵，它们没有回应，花儿默默不语，
乱纷纷的花瓣，随风飘散，飞过我的秋千处。

【注释】

①玉勒雕鞍：言车马的豪华。玉勒，玉制的马衔。雕鞍，精雕的马鞍。游冶处：指歌楼妓院。
②章台路：汉长安街名。《汉书·张敞传》有"走马章台街"语。唐许尧佐《章台柳传》，记妓女柳氏事。后因以章台为歌妓聚居之地。

**【哲理解读】**

　　整日待在深深的庭院，一重重帘幕，不知有多少层。而他骑着好车好马游冶在寻欢作乐的地方。我站在高楼上，望不见通往章台的路。又到了三月暮春，风雨中的花朵已经凋零，我独自面对黄昏，无法留住即将逝去的春天，只有流着眼泪，面对散落的花瓣纷纷飞过秋千去。

　　此词写一个少妇深居闺中的孤寂与悲伤。她的丈夫或许在外寻欢作乐，而她自己则被幽闭在深深的大院中，一任青春流逝，却又无可奈何。在古代社会，女子通常只能待在家中，大门不出，二门不迈。又到了春暮之际，无情的风雨使春光消逝，少妇的青春也在这冷酷的现实中逝去。多么希望春光永驻啊，可是"无计留春住"。"泪眼问花花不语，乱红飞过秋千去"，她痴情问花，花却无言，乱红飘飞，意味着"落花流水春去也"。春秋更迭，时序流转，不因人的主观意志而转移。如何抓住时机，尽情与自己的一生伴侣领略大好春色，享受春华秋实呢？在那个时代，在那个社会，少妇真不敢想象。

　　词中传达了时光匆匆、青春短暂却孤守空房的感慨。这种对生命流逝的哀叹与孤寂，不仅是女子个人的情感宣泄，也反映了古代社会女性与男性生活方式的巨大差异。女子无法通过自己的努力去改变命运，只能接受现实的安排，如同这无声落下的花瓣。这种对人与自然、人与命运、人与时代关系的思考，正是此词的哲理所在。

# 苏舜钦

苏舜钦（1008—1048年），字子美，梓州铜山（今四川中江）人。北宋大臣。诗与梅尧臣齐名，有《苏舜钦集》等。

## 淮中晚泊犊头[①]

春阴垂野草青青，时有幽花一树明[②]。
晚泊孤舟古祠下[③]，满川风雨看潮生。

【译文】

春天阴云垂落的旷野小草青青，偶尔有一树幽静鲜花格外明亮。
黄昏时一叶孤舟停靠在古祠边，悠闲地凝望满河风雨潮流上涨。

【注释】

①犊头：指犊头镇，淮河边一个地名。在今江苏省淮阴县境内。
②幽花：幽静偏暗处的花。
③古祠：古老的祠堂。

【哲理解读】

春阴之下，芳草萋萋，遥望岸上，幽花独明；而当风雨起、潮水生时，诗人已经提前泊好了孤舟，静观其变。

宋仁宗庆历四年（1044年）秋冬之际，诗人被陷削职为民，逐出京都。他由水路南行，于次年四月抵达苏州，泊舟淮河犊头镇。他日间行船在淮河上观景，人在运动中，岸边的野草幽花是静止的；夜里船泊犊头镇，人是静止的，风雨潮水却动荡不息。诗人动中观静、静中观动，面对风雨，泰然处之，与外界景物始终保持着距离。这是预示官场动静无常、阴晴难测，表现出镇定平静、处之夷然的心态。诗中"一树""孤舟"都是移情于物的自我心境，当春阴垂野之际，诗人的心如一树幽花独明；在风雨乍起的时候，诗人已经泊舟靠岸，安闲地静观春潮涌动。"**晚泊孤舟古祠下，满川风雨看潮生。**"诗人在这动与静的变换中，显示了一种从容自在、超然物外的心境和风度；在超脱中感受自然的美妙，在闲静中观望事态的变化，传达了置身事外、融入自然的快意。

诗中寓意可以看作是对存在论的肯定，即自然与人都充满了生机和活力；也可以看作是对人的生存状态的反思，作者远离政治旋涡，反而有一种超越世态、融入自然的畅快。

## 秋晓闻鹤唳一声

落月衔栖露乍零，竹间孤唳入青冥①。
未知蟋蟀缘何事，床下微吟不暂停。

【译文】

落月衔着栖鸟之枝，秋露开始零落。竹林间一声鹤唳直达青云。
令人不解的是此时的蟋蟀，也在床下莫名地低声吟唱不停。

【注释】

①青冥：青天，天空。

【哲理解读】

　　高亢的鹤唳与微吟的蟋蟀，点缀着深秋黎明的幽远和清静。青竹衬托之鹤鸣，那是翱翔天宇的声音。可蟋蟀一直浅吟低唱，不知缘何。

　　诗人在与自然生命相处中有所感触，发现自然界的一切莫不有其天性，自然物各自有其存在方式，这是作者对生命和存在的感悟。在寂静的秋晓里，一声鹤鸣响彻天宇，表现出鹤的凌云之志；蟋蟀的微吟成为唯一与鹤鸣呼应的生命之声，虽然微弱，却不停歇。"**未知蟋蟀缘何事，床下微吟不暂停。**"床下微吟的蟋蟀也是诗人孤寂惆怅的反衬，失眠的寂寞使诗人似乎有了顿悟，虽然这蟋蟀隐藏着一种高翔天宇，不甘蛰居床下的心志，可它毕竟只是一只蟋蟀，哪能与鹤唳相比。鹰击长空，鼠窜冥穴，生物有其各自的生态和生存规则，作者正是认识到了这种生态规则，才以鹤与蟋蟀的不同情状，代表各自的社会角色。诗人有与鹤齐鸣的壮志雄心，但也许自己的角色就是一只蟋蟀，只能浅吟低唱，这或许就是正确定位自己，提醒自己不要盲目攀比。也许这样，才能更好地理解自己和世界，找到内心的平静与和谐。

　　当然，诗中蟋蟀的象征意义是多层次的，它既可以是作者自喻，也代表了生命的坚韧和顽强，象征着一种不懈的追求和坚持。这象征意义与诗中的其他元素相互呼应，共同构成了一幅充满哲理意味的深秋黎明画卷。

# 赵抃

赵抃（biàn）（1008—1084年），字阅道，衢州西安（今浙江衢州）人。北宋名臣，诗人、书法家。谥号"清献"。著有《赵清献公集》。

## 赏春亭

滂葩浩艳满亭隈[1]，当席芳樽醉看来。
始信春恩不私物，乱山穷处亦花开。

【译文】

滂湃的花朵浩浩艳色靠近亭角，花海前一席酒香更加让人陶醉。
从此相信春天的恩泽不会私给，即使荒山野岭一样花开满芳菲。

【注释】

①滂（pāng）与浩：都是水盛大貌。　亭隈：亭子的弯曲处。

【哲理解读】

繁花似海，滟滟于亭，布满到山水各个角落。席前一樽酒伴随着花海的芳香，让人陶醉于山水之间。原来春的恩惠不会私留给某些地方，哪怕是穷山僻壤也会有花朵的美艳。

诗人赏春，从地域上的花开盛景，想到了春天的美遍布于天下。春风浩荡，广被大地，大自然对一切都是平等的，不对任何一方偏袒。不管是繁华盛地，还是"乱山穷处"，同样有花团锦簇的盛况。说明处于同样的气候条件下，地位偏僻也能出现如画的景色。自然界普惠于天下，作为朝廷官员对各地的关照更应该都要一样。诗人意识到，要让地位低下的人也看到希望和机会，让他们也能出成就。因为在诗人看来"惟有春风不世情"，能让"闲门要地一时生"。

诗中"**始信春恩不私物，乱山穷处亦花开**"，蕴含着关于生命公平的理念。那就是春天是生命繁生季节，它给予万物生长的机会和力量，即使在最艰难偏僻的环境中，生命依然能够绽放出美丽的花朵。这是一种积极向上的人生态度，可以让人们从大自然中感受魅力，学会如何正确认识自然和公正处理世事。

## 题御爱山

岷峨西列华排东，余纵峥嵘敢竞雄①。
不是当年经御爱，此山还与众山同。

【译文】

西部的岷山、峨眉山以及靠东的华山，
和其余山一样，纵然峥嵘又岂敢与之争雄。
要不是因为当年得到了帝王的宠爱，
这座御爱山，也和其他诸山一样普通。

【注释】

①峥嵘：形容高峻，也比喻突出、不平凡。

**【哲理解读】**

　　陕西凤县的御爱山，因曾有帝王巡游而独享盛名。而西部岷山、峨眉山及居东的华山等，纵然挺拔雄伟又怎敢与之一比峥嵘。

　　其实论其峥嵘，是可以相比的，但因它受到"御爱"，也就不敢比了。即使山不雄伟，一经"御爱"，就不同于普通山，可是受到"御爱"的山并非有雄伟于他山之处。对山来说是如此，对人来说又何尝不是。跻身于朝廷者，与众人并没有多少不同，然而声名显赫，权重势大。这就使在朝之人平庸受尊，无才亦重；在野之人虽贤而不被尊，虽有才而不为重。

　　"御爱"者，君恩"私予人"也，君王偏爱于谁，谁就得势，得势的并非都是贤才，因此"上者未必贤"。可是社会上却往往误认为上者一定贤，而实际上他们和常人一样普通。要相信"岷峨西列华排东"的其他山，虽然没有得到"御爱"，依然雄伟挺拔。它们无为而成，不争而争，以自然之美赢得人们的喜爱。

　　"不是当年经御爱，此山还与众山同。"此诗告诫人们，要自强不息、做好自己，不要盲目追求外在认可，同时提醒人们要独立思考、批判地看待既定事物。

# 邵雍

邵雍（1012—1077年），字尧夫，出生于相州林县（今河南林州），北宋理学家。著作有《观物篇》《梅花诗》等。

## 心安吟

心安身自安，身安室自宽。
心与身俱安，何事能相干。
谁谓一身小，其安若泰山。
谁谓一室小，宽如天地间。

【译文】

内心安宁身体自然安好，身体安好居室自然宽敞。
内心和身体同时都安好，任何事情都无法相干扰。
谁说一个人身体很渺小，他的安宁比泰山还重要。
谁以为居一屋中很狭小，心地宽广犹如天地宽广。

【哲理解读】

内心安宁了身体自然安宁，心和身都安宁了，自然会感到居室宽敞。这种安宁与宽敞，可以超脱各种纷扰，不管遇到什么情况，都会稳如泰山。内心辽阔虽然居室狭小，也像处于天地之间一样宽广。

该诗表达了人的身心与环境的关系。内心和身体的安宁，即是相互依存的又是相互影响的。当人的内心如泰山一样安稳，那么无论外界怎样变化或干扰，都能平静如常，泰然自若，心如止水。当一个人"读万卷书，行万里路"，存天地万物于内心、用心灵感知世界时，那么物即是心、心即是物，那么就如孟子所云"万事皆备于我"。即使幽居于一室之中，也会觉得天地广阔。**"心安身自安，身安室自宽。"**

诗人认为"万化万事皆生乎心也"，人应该在心与身的安宁中追求内外和谐。这体现了邵雍人文与自然的哲学思想，强调了内在平静、环境适应、空间感知以及人与自然和谐的重要性。

## 安乐窝中吟[①]

安乐窝中三月期，老来才会惜芳菲。
自知一赏有分付，谁让黄金无子遗[②]。
美酒饮教微醉后，好花看到半开时。
这般意思难名状，只恐人间都未知。

### 【译文】

在安乐窝里待了三个月，还期望再待三个月，
只有老了才会有珍惜芳菲、感叹时光的心境。
自己知道这份欣赏是他们赐予我的，
谁让我竟然没有留下一点点黄金。
现在好了，美酒饮到微醉的时候，感觉最好，
好花看到半开的时候，非常惬意。
这种意思很难用语言表述出来，
恐怕世间也没有多少人能够体会到个中滋味。

【注释】

①安乐窝：邵雍晚年定居洛阳，司马光等集资为其盖一别墅，邵遂命名曰：安乐窝。

②孑遗（jié yí）：遗留；残存。

【哲理解读】

在安乐的环境里总想一直待下去，因为老了才珍惜这个芳菲之地。自己知道这个赏心悦目的住处是朋友筹建的，谁让我一点残存的黄金也没有留下呢。现在可以酒到微醉之时，花看半开之间。这其中的意味如果没有亲身体验，那是很难描述的，恐怕知道这种感觉的人也不多。

邵雍是宋代理学家，执着于学问，视金钱如粪土，以致"安乐窝"也是朋友集资所建。所以"自知一赏有分付，谁让黄金无孑遗"。身在安乐窝，自然可以"**美酒饮教微醉后，好花看到半开时**"。在安逸的环境享受美好事物，也应该适可而止。这体现了作者对人生和社会的理性思考，即一个人对于自身的欲望应该合理控制，不可纵欲任性。美酒喝到感觉微醺时最好，好花观赏它开到一半时最佳。在享受物质资源时应该适度，以保持平衡和恰到好处，其要义是见好就收，留有余地，关键是把握好最佳节点。任何事情如果过度，则会向它的对立面转化，正如酒大醉则势必伤身失态，花开到顶点也就意味着凋谢来临。当"量"超过了"度"，则不能保持事物原有性质。

从审美角度讲，好的东西一览无余固然酣畅淋漓，但容易意尽味乏；如果适可而止，半藏半露，更有含蓄朦胧的情致。在享受生活中的美好时，应当找到那个最适宜、最舒适的平衡点，既不过度追求也不轻易放弃，以达到内心的和谐与满足。

# 曾巩

曾巩（1019—1083年），字子固，建昌南丰（今江西南丰）人。北宋政治家，"唐宋八大家"之一。有《曾巩集》等存世。

## 咏 柳

乱条犹未变初黄①，倚得东风势便狂。
解把飞花蒙日月②，不知天地有清霜。

【译文】

初春时节，柳条杂乱交错尚未变成鹅黄，
便倚仗东风的力量，开始借势猖狂。
自以为撒一把柳絮，就可以遮蔽日月，
却不知道秋冬之际，天地间会有寒冷的清霜。

【注释】

①初黄：柳枝刚抽芽时的颜色。
②解把：知道用，懂得用。 飞花：指柳絮。

【哲理解读】

柳枝未黄便借助东风，狂飞乱舞，尔后又白花成团，遮天蔽日，疯狂至极。柳树哪里知道秋天清霜降临之日，便是它叶萎枯落之时。

　　四季更替，万物枯荣，本来是正常的自然现象。然而诗人面对倚风狂舞的春柳，看着漫空飞撒的柳絮，别有感悟：春柳飞舞，乱絮遮天，只是一时猖狂，终究会被夏景所取代，被秋霜所败落。在大自然面前，任何事物都无法对抗客观规律。人事亦是如此，在权力舞台上，小人"**倚得东风势便狂**"，虽然能得志于一时，张牙舞爪，忘乎所以，连日月之明都被其遮盖，但他们"**不知天地有清霜**"，时序运转，春去秋来，最终会受到时代潮流的惩罚，逃脱不了覆亡的下场。该诗主要是讽刺那些倚仗某种势力肆虐妄为的小人，告诫他们不能只看重权势和利益，而失去了做人的原则。也说明无论在自然界还是人类社会，一切都有其规则和制约；一切虚伪和狂妄都是短暂的，最终会被真理和正义所击败。

　　这首诗通过描述自然景象，揭示了自然规律的不可抗拒性，表达了作者对于现实世界的批判态度，引发人们对事物本质、时间变化，以及权力取向的深入思考。

# 城　南

雨过横塘水满堤①，乱山高下路东西。
一番桃李花开尽，惟有青青草色齐。

## 【译文】

大雨过后，横塘的水迅速涨满岸堤，
乱山高低参差，山路有的向东有的向西。
鲜艳一时的桃花、李花已经凋谢零落，
只有那小草青青葱葱，绵远而又整齐。

【注释】

①横塘：古塘名，在今南京市城南秦淮河南岸。

【哲理解读】

　　遥望城南，春雨迅猛，池塘水满；群山高低不齐，山路东西参差。曾经鲜艳的桃花、李花已经凋零，只见春草萋萋，碧绿一片。

　　桃李向人邀宠，美艳一时，但一番风雨过后，便香消色褪，花落枝残。而生命力旺盛的小草，却能以其朴实无华而又充满活力的绿茵，长驻人间，装点河山。那些华而不实、昙花一现的人物，不正是这美艳一时的桃李之花；那些朝气蓬勃、勤劳顽强，为人们带来美好愿景的创造者，不正是这青青一色的小草。艳桃秾李容易凋谢，小草则青春长久，两相对比，蕴含了一个哲思：桃李花朵虽然美丽鲜艳，但是它们的生命力却相对较弱，容易凋谢。而青草虽然朴素无华，却有着强大的生命力，能够在各种环境下顽强生长。比起妖娆一时的桃李，小草更具有持久力。诗人从自然界的表面现象，看到了自然界中不同元素之间的独特位置和作用。

　　"一番桃李花开尽，惟有青青草色齐。"生命中的美好和繁华往往是短暂的，而平凡和朴素常常是长久的。人们应该珍惜眼前的美好，学会在平凡中寻找生命的意义和价值。

# 王安石

王安石（1021—1086年），字介甫。抚州临川（今江西抚州）人。任宰相期间推行新法，因保守派反对成效未著。"唐宋八大家"之一。有《临川先生集》。

## 元 日

爆竹声中一岁除，春风送暖入屠苏①。
千门万户曈曈日②，总把新桃换旧符③。

【译文】

轰轰隆隆的爆竹声，把旧的一岁消除，
和煦的春风吹拂大地，老百姓畅饮着新酿的屠苏。
初升的太阳照耀着千家万户，
他们都忙着用新桃符替换旧桃符。

【注释】

①屠苏：指草庵，屠苏草盖的庵，借指老百姓的茅屋；也指屠苏酒，屠苏草浸泡的酒。
②曈曈：日出时光亮而温暖的样子。
③桃：桃符，古代一种习俗，正月初一时用桃木板写上神荼（shū）、郁垒（lǜ）两位神灵的名字，悬挂在门旁。

【哲理解读】

在爆竹声中送走了旧的一年，在和煦的春风中迎来了新的年光，人们阖家欢饮屠苏美酒。初升的太阳照耀千家万户，家家户户门上的桃符都在去旧换新。

该诗抒发了作者锐意革新的思想感情，充满了积极向上的奋发精神。王安石当时任宰相推行新法，革除旧政，施行新政，正如人们用新的桃符代替旧的一样，诗人对新政充满了信心。诗中赞美新事物的诞生，如同"春风送暖"一派生机，如同"曈曈日"照耀"千门万户"，人们欢喜地开门迎接初升日，因为这不是平常的太阳，而是新生活的开始，变法带给老百姓的是旭日东升的景象。诗人对新法新气象感到由衷欣慰。告诉人们新生事物取代陈旧事物是必然趋势，也说明社会革除旧弊，迎新前进是必然规律。"千门万户曈曈日，总把新桃换旧符。"就现实意义而言，新年的到来意味着新的开始和新的机会。人们应该放下过去，迎接未来，以积极的心态迎接新的机遇和挑战。

此诗蕴含了关于变革和希望的哲理，反映了人们对于新事物代替旧事物的喜悦，以及对于新气象和未来的憧憬，表达了人类对于进步和发展的追求。同时也提醒人们保持乐观和希望，相信未来更美好。

# 登飞来峰[①]

飞来峰上千寻塔[②]，闻说鸡鸣见日升。
不畏浮云遮望眼，自缘身在最高层。

【译文】

飞来峰顶上有一座高耸入云的千寻塔，
听说鸡鸣时分，可以见到旭日冉冉上升。

我不惧怕浮云遮挡我远望的视线，
因为此时的我，站在飞来峰的最高层。

【注释】

①飞来峰：指宋代越州（今浙江绍兴）城外宝林山的一峰。
②千寻塔：指应天寺中的应天塔。寻：古代长度单位，八尺为一寻。

【哲理解读】

　　高耸的山峰上立着高耸的塔，听说站在塔顶上，能在鸡鸣时见到太阳从地面升起。这自然是因为站在最高处，可以透过云层看得很远。
　　此诗通过描绘飞来峰上古塔高耸和鸡鸣日升的景象，表达了诗人高瞻远瞩、拨云见日的政治憧憬，也象征着新的开始和新的希望。诗人把反对变革的保守势力比作"浮云"，把"最高层"比作自己身居相位不怕保守势力阻挠，有信心有能力把改革进行到底。这是诗人作为一个政治变革家胸怀改革大志、不畏奸邪的思想境界和豪迈气概。**"不畏浮云遮望眼，自缘身在最高层。"** 诗人通过这样的描绘，传达了人不能只为眼前利益和得失而行动，而应该放眼大局和长远。这是一种超越个人利益，关注整体和未来的视角。人在高处，眼界达到了一定的层次，就能透过现象洞察实质，就不会被事物的假象所迷惑，就能有足够的视野和境界去穿透各种阻碍，实现自己的目标和理想。
　　在日常生活中，一些人之所以常常为琐事所羁绊，其根源就在于目光短浅、学识肤浅，被事物的假象所迷惑。如果提高了眼界，能够正确地观察事物，认识事物，也就能透过"浮云"，一望千里，信心满满地把事业推向前进。

# 鱼 儿

绕岸车鸣水欲干,鱼儿相逐尚相欢。
无人挈入沧江去①,汝死那知世界宽。

【译文】

沿岸的水车吱吱鸣响,水都快要抽干了,
鱼儿还在互相追逐,游得那么欢畅。
只可惜呀,没有人把你们带到大江大河去,
你们到死,也不知道世界有多么宽广。

【注释】

①挈:携带,引领。 沧江:暗绿的江流。

【哲理解读】

　　水车在抽水、池水即将干涸,鱼儿尚且不知,还在那里欢乐追逐。鱼儿身在小池,即将面临困境,可是无人引入沧江,哪里知道江河的宽广。

　　对于池水中的鱼儿,如果没有人引领,就没有机会去到大江大河,它们当然至死也不会知道世界的宽广。诗人感叹鱼儿无法了解外界的广阔与自由,悲悯鱼儿任人摆布的命运。作为政治家的王安石,意在暗示当时的社会危机有如即将抽干的池水,各种社会弊端犹如"绕岸车",让黎民百姓难以生存。痛心无人引领他们走出困境,表达了对苦难民众生存环境和生存状况的关注。呼吁人们认识到天地间一切生命都有其价值和尊严,不应被狭隘的视野和自私的行为所限制。

"无人挈入沧江去,汝死那知世界宽。"这是一种对生命的思考和感悟,可以启迪人们认识自己的无知性和自身的局限性。就现实意义而言,它告诉人们三个道理:一是一个人的成长、成才、成功需要有人提携,对于提携的人要有感恩之心。二是要扩大自己的活动范围,争取有人赏识,有人帮助,否则将终老小池,一事无成。三是不要作井底之蛙,要到广阔的天地去开阔眼界,扩大视野,获得更多的知识和能力,使自己的生活更上一层楼,更加有意义。

## 孤 桐

天质自森森,孤高几百寻①。
凌霄不屈己,得地本虚心。
岁老根弥壮,阳骄叶更阴。
明时思解愠,愿斫五弦琴②。

【译文】

我有天生的品质身材高大枝叶茂盛,独立向上拔地几百寻。
高插云霄冲天贯日身体从来不弯曲,因为擅于虚心汲取大地的养分。
年岁越老我的根干越是强壮,太阳越烈我的枝叶越是繁盛。
太平之时我愿被制成五弦琴,为大众弹奏优美乐曲解除生活烦闷。

【注释】

①寻:古代长度单位,八尺为一寻。
②五弦琴:传说舜帝曾制五弦琴,以歌《南风》,其诗曰:"南风之薰兮,可以解吾民之愠兮;南风之时兮,可以阜吾民之财兮。"

【哲理解读】

孤独的梧桐天生就长得茂密挺直，高到云霄也不屈折。这是由于它深扎大地的缘故。岁月越久根越坚实，太阳越烈叶越浓密。只要有需要，甘愿被砍伐制成五弦琴，让贤者抚琴，为民众演唱解闷的歌。

作者以孤桐为喻，借孤桐挺拔直立，"可以解吾民之愠兮"的内在气质，表现了一位老臣坚强不屈，甘于奉献之意志，蕴含了贤者离不开民众，民众拥戴贤者的思想。诗中名句**"凌霄不屈己，得地本虚心"**是说：梧桐干高凌云，是因为它擅于从大地吸取养分和力量。表明自己推行变法是为普通民众着想，得到了大多数人的拥护，是为百姓谋福祉的富民之法，绝不会因为受到挫折而屈服。诗人还表示：因为"岁老根壮"，只要"得地虚心"，就能在"阳骄"之下而保持"叶阴"，就能经受各种各样的曲折考验，就能在清明盛世为解决民间疾苦，发出五弦琴的悦耳之声。

此诗通过描述孤桐的生长特点和坚韧精神，体现了逆境中的顽强意志，表达了对和谐社会的向往，强调了个人愿望和社会责任的统一性。并希望斫琴以解决社会愠怒，寄托了诗人兼济天下的崇高理想。

# 即 事

日月随天旋，疾迟与天谋。
寒暑自有常，不顾万物求。
蜉蝣蔽朝夕[①]，蟪蛄疑春秋[②]。
眇眇上古历[③]，回环今几周。

【译文】

太阳和月亮在天空旋转，快慢遵循天道规律而无出入。
寒冷暑热按照固有的顺序交替，不管万物对它有什么要求。

蜉蝣朝生暮死只知有朝夕，蟪蛄春生夏死不懂有秋冬。
自从茫茫万古以来，人类能知道天地有多少回环与往复？

【注释】

①蜉蝣：昆虫名，成虫寿命短至几小时。
②蟪蛄（huì gū）：蝉的一种，寿命一般四五周。
③眇眇：看不清，引申为久远。

【哲理解读】

　　人们每天面对日月轮转，年年寒暑交替，经常见到蜉蝣、蟪蛄短暂的生命起止，这些都是大自然本身的规律，万古以来，就是如此循环往复。
　　本诗具有朴素的唯物主义思想，是对宇宙真理的探讨，对生命情调的歌咏。"寒暑自有常，不顾万物求。"天体都是运动的，天体运行有其固有的规律，或快或慢取决于自然界本身，而不是人的意志。"蜉蝣蔽朝夕，蟪蛄疑春秋。"生命循环，各有特点，各有长短。在宇宙之中，任何生命都是瞬间过客。诗人感慨人生有涯，应该在短暂的生命中，造福于世。体现了宇宙宏大、人类渺小的认识，表达了人生有限，宇宙无穷的世界观，暗示了历史的循环性和周期性，突显出时间和自然法则的客观性。他反对天能赏善罚恶的天神论和天能定命的天命观，倡导天变不足畏的唯物主义思想，批驳了当时社会一些不恰当的论点，对后世产生了深远的影响。
　　王安石奉行唯物自然观，继承了先秦法家荀况等人的"天人相分"的思想，与老子的宇宙"独立而不改，周行而不殆"的思想相吻合，而与儒家"天人感应"的思想有对立。

# 王令

王令（1032—1059年），字逢原。广陵（今江苏扬州）人。北宋诗人，有《广陵先生文集》。《暑旱苦热》是其代表作。

## 春 晚

三月残花落更开，小檐日日燕飞来。
子规夜半犹啼血①，不信东风唤不回。

【译文】

晚春三月，花儿谢了又重新开放，
小小屋檐下，燕子天天飞去又飞来。
夜半三更，那只杜鹃鸟仍在泣血悲啼，
它就是不相信，东风一去唤不回。

【注释】

①子规：杜鹃鸟。 啼血：传说杜鹃昼夜悲鸣，啼至血出乃止。

【哲理解读】

花落了还会重开，燕子飞走了还会飞回来。春光已经逝去，杜鹃鸟还希望唤回来，半夜里啼叫出了血，春天总会被它的悲鸣所感动，或许东风终将被唤回。

在诗人看来，虽然到了晚春，春天的生机犹存，花败花开依然如常，东风去了还会被杜鹃鸟呼唤回来。展示了生命力的顽强和自然界循环不息的力量。"子规夜半犹啼血，不信东风唤不回。"杜鹃鸟经常在暮春啼叫，子规啼血与东风的关系，寓意着时间的推移和事物的变化。即使到了夏季，绿叶成荫，果实满枝，就算不似春光，也胜似春光。这一个春光结束了，下一个春光还会到来。诗人借用其挽留春光的寓意，虽然有一点惜春之感，却有一种执着追求的精神。只要努力去做了，不相信还有做不到的事情，强调了即使在逆境中也要坚持到底的决心。

此诗展现了时间与生命的复杂交织，表现了诗人对于美好时光、美好生活的追求。既有坚持的勇气和自信的态度，也有顺应自然，始终向前看的乐观主义世界观。

## 暑旱苦热

清风无力屠得热，落日着翅飞上山。
人固已惧江海竭，天岂不惜河汉干？
昆仑之高有积雪①，蓬莱之远常遗寒②。
不能手提天下往，何忍身去游其间？

【译文】

清爽的风没有力量斩除酷暑天的炎热，
落日像长了翅膀飞旋在山头上不肯下降。
人们都害怕长久干旱江河湖海也会枯竭，
难道老天就不担心银河星空被烤烊？
高耸入云的昆仑山有终年不化的积雪，
遥远的蓬莱仙境也有永不消失的凉爽。

既然不能带领天下人规避暑热，
又怎忍心独自一人去仙境享受清凉？

【注释】

①昆仑：中国西部高山。传说是神仙东王公、西王母居住地方。
②蓬莱：传说海中三仙岛之一，为神仙居住的地方。

【哲理解读】

　　夏日炎炎，烈日当空，老天久旱不雨。诗人担心暑旱酷热造成江海枯竭，不免关切天下苍生的命运。悠悠天地，虽然有昆仑之雪、蓬莱之凉，可是不能为天下人解决暑旱，又有什么用呢？

　　本诗以风不能屠热，表达了对风的失望；以人担心江海干竭，责问苍天无情。又以浪漫情怀应对赤日炎炎的酷暑，对热想冷，由暑思雪，想到神山仙岛的清凉世界，可以避暑消夏。可是**"不能手提天下往，何忍身去游其间"**。如果不能拯救天下人共同脱离暑热煎熬，自己怎么能独享清凉世界。"手提天下往"展现了诗人的壮志豪情，是全诗之眼。流露出诗人忧时济世的博大情怀，表现出诗人誓与天下人共苦难的崇高愿望。这样的思想和他《暑热思风》里的"坐将赤热忧天下"一脉相承，类似于范仲淹"先天下之忧而忧"的思想境界。

　　这也是中国古代儒士"穷则独善其身，达则兼济天下"的道德情操和处世之道。该诗启示人们，人生应该有所担当，有所作为，要与天下人共苦乐，共同追求美好的未来。

# 魏夫人

魏夫人〔生卒年不详，其夫曾布（1036—1107年）〕，女，名玩，字玉汝，襄州襄阳（今湖北襄阳）人。北宋女词人，著有《魏夫人词》。

## 定风波·不是无心惜落花

不是无心惜落花，落花无意恋春华。
昨日盈盈枝上笑，谁道，今朝吹去落谁家。

把酒临风千种恨，难问，梦回云散见无涯。
妙舞清歌谁是主，回顾，高城不见夕阳斜。

【译文】

并不是没有心情珍惜落花，
可是落花自己无意留恋春天的芳华。
昨天还笑盈盈地立在枝头上，
谁能说，今天被风吹落到什么地方。

握住酒杯面对春风，心头涌起千万种恨。
难以置信啊，梦醒时总是云雾散尽，仿佛人在天涯。
即便是妙舞清歌，那又唱给谁人听，
回头一看，多少高城如今消失，只剩夕阳西下。

**【哲理解读】**

　　谁不想珍惜落花？落花随风吹去，无端飘零，无可奈何。落花无法把握自己的命运。花在绚丽绽放之后倏然飘零，而更悲哀的是，飘零时完全不知道自己的方向。这意味着落花并没有自主权，它的命运被外界因素所左右，而且个人的力量无法改变。

　　这正是一个命运难测、无所适从的女子形象。古往今来，多少女子"红颜薄命"，不正像这落花一样身世飘零。在女子一生只能依附于人，却又不知向谁托付终身的时代，是多么的悲忧和无奈。即使"花落"有主，也只能在"三从四德"的礼教下"梦回云散见无涯"。这是当时社会女性角色的普遍现象，也是**"高城不见夕阳斜"**所蕴含的——一个贯穿历史的哲学问题，难怪词人感叹**"妙舞清歌谁是主"**，对世间"主""客"关系产生了疑问，质疑不平等的男权社会：女子处于从属地位的根源所在？然而"高城已不见，况复城中人"。个人在时代面前是那么渺小，尽管一个朝代代替另一个朝代，又有谁能够改变这样的命运呢？

　　在作者看来，自然界、个人命运、人类社会都充满了变化和不确定性。时间是无情的，生命的终点也是无法抵挡的。而人生中的苦闷和忧愁显得如此无力。女子无法选择自己的方向和命运，是否可以选择如何面对和应付？词中没有给出答案。

# 程颢

程颢（1032—1085年），字伯淳。河南府洛阳（今河南洛阳）人。与其弟程颐同为宋代理学奠基人，提出"天理"之说。著作收入《二程全书》。

## 秋日偶成

闲来无事不从容，睡觉东窗日已红。
万物静观皆自得，四时佳兴与人同。
道通天地有形外①，思入风云变态中。
富贵不淫贫贱乐，男儿到此是豪雄。

【译文】

闲散时无论做什么事都自然从容，一觉醒来东窗已被日头照得通红。
静观万物各有形状各有生态意趣，面对四季光景兴致也和他人相同。
道理通达天地一切有形无形事物，思想渗透在风云变幻的世态之中。
富贵而不淫逸贫贱能够保持乐观，大丈夫修炼成这样才是豪杰英雄。

【注释】

①道：此指一切存在与变化的规律。与下句的思，互文见义，道在思中，思而见道。

**【哲理解读】**

　　心境闲适，做什么都不慌不忙；清晨醒来，红日高挂东窗。静观万物，各有其生存法则，春荣秋败，夏繁冬枯，人们对此的感觉大致相同。宇宙之道通天达地，它是有形之外支配万物的规律；人们通过深入思考，可以洞察世态变化和规律。只有当修养达到富贵不淫，贫贱而乐，才是真正的男子汉，才可以称得上豪杰英雄。

　　此诗是作者被贬后再回洛阳所作。赋闲居家，事事从容，就连睡觉也是一种享受。作为道德修养极高的理学家，他的从容来自对天道至理的把握。这种境界既是贬官后的轻松，又是仕途受挫后内心深处的平静。诗人在平静中沉思宇宙奥妙和人生价值，感觉有形的天地不足以穷尽"道"的神奇，认为"道"是形而上的非物质的东西，没有时间和空间的限制。"道通天地有形外，思入风云变态中。""道"充斥在天地万物之中，却又超越具体事物而存在，大道无影无踪，却又有迹可循。而人的心境则离不开形而下的那些有形事物，只有当人的心性悠然于万物，在风起云涌时以平静的心态去观察世界，则万事万物无一不具特色，各有其存在的道理。这与庄子"齐物论"思想相似，即认为万物都是平等的，都有其存在的道理。当人们深刻理解了"道"的真谛，对物质世界有了自我超越的境界，才能心境悠然，宠辱不惊。这样才算得上是人间豪杰、时代英雄。

　　总的来说，这首诗体现了中国古代哲学中"无为而治""天人合一""万物平等"的思想，反映了道家哲学中超越物质追求的精神世界。体现了中国古代道家和儒家哲学思想的融合。鼓励人们超越感官局限，追求对宇宙和人生的深刻理解，以达到与"道"合一的境界。

# 苏轼

苏轼（1037—1101年），字子瞻，号东坡。眉州眉山（今四川眉山）人。与辛弃疾同是豪放派词代表，并称"苏辛"；被誉为"唐宋八大家"之一。著有《东坡七集》等。

## 题西林壁

横看成岭侧成峰，远近高低各不同。
不识庐山真面目，只缘身在此山中。

【译文】

横向看是一脉山岭侧向看则是一座山峰，远近高低形态各不相同。
不能清楚地看到庐山本来面目，是因为自身处在庐山的峻岭当中。

【哲理解读】

身在山岭之中，横看、纵看、远近高低看，都只能看见其中一个侧面，看不到山的全貌，所以，不能认识庐山的真面目。

"横看成岭侧成峰，远近高低各不同。"体现了观察事物的相对性和局限性。对于同一座山，从不同角度看，它的形象会发生变化。这表明，人们所看到的世界很大程度上取决于观察的角度和立场。站在事物本身的立场上，容易陷入自身的局限和事物的盲点，当然不能全面地观察事物。

"不识庐山真面目，只缘身在此山中。"只有超越事物，身处事外，不受事物本身所羁绊，才能避免片面性。看人、看事，分析形势、对待工作、总结经验，都是这样。抛开自身的利害关系，超越自我局限，才能客观地分析问题，才能正确地认识人、正确地认识作为观察主体的自己。

作为一首"抽象"诗，所包含的道理也是抽象的。它告诉我们，人们因为受到自身视角和经验的限制，所以对世界和自己的认知，很难脱离观察主体的有限性和客观世界无限性的矛盾。如果人们能够跳出自我，以旁观者的眼光，从整体或系统的角度来看待事物，就能不断地接近事物的"真面目"。

# 惠崇春江晚景[①]

竹外桃花三两枝，春江水暖鸭先知。
蒌蒿满地芦芽短[②]，正是河豚欲上时[③]。

【译文】

竹林外两三枝桃花刚刚开放，鸭子就在水中自在游荡，
它们似乎最先察觉到初春的江水开始温暖脚掌。
蒌蒿已经长满河滩，芦苇也开始抽芽冒出短短的叶片，
河豚此时正要逆流而上，准备追逐春暖的时光。

【注释】

①惠崇春江晚景：惠崇，宋初"九僧"之一。春江晚景，是其有名的"鸭戏图"。
②蒌蒿（lóu hāo）：草本植物，有青蒿、白蒿等多种。
③河豚：鲀科鱼类。每年春天逆江而上，在淡水中产卵。

【哲理解读】

从江边的翠竹望去，几枝桃花摇曳多姿。江上春水荡漾，鸭子在水中嬉戏游玩，似乎从水的温度最先感知到了春的气息。那满满的蒌蒿、短短的芦芽，呈现一派春意盎然、欣欣向荣的景象。

这是画上题诗，再现了原画中的江南初春景色，又融入了诗人独到的想象。诗人以"**春江水暖鸭先知**"描述水与鸭的关系，实际上是实践和认识的关系。鸭贴近于水，水承载着鸭，既有渗透又有包容，比喻相互贴切的事物之间，最能了解其细微的变化。这体现了唯物主义实践论的观点，强调了实践在认识过程中的作用。实践是认识的来源和认识发展的动力，春江水暖是鸭通过自身体验得出的结论。

此诗启示人们：只有深入实际，从切身体会中获得感知，才能准确认识和把握事物变化的方向；只有对事物有敏锐的观察，有先于他人的体验和发现，才能抓住先机，处于主动，走在事态和形势发展的前面。

# 琴　诗

若言琴上有琴声，放在匣中何不鸣？
若言声在指头上，何不于君指上听？

【译文】

如果说琴音来自琴，那么放在匣子里为何不发声？
如果说琴音发自指头，那么为什么人们不在指上听？

【哲理解读】

此诗化用佛家《楞严经》"虽有妙音若无妙指，终不能发"之意。讲了手指和琴的关系，一支乐曲的产生单靠琴不行，单靠手指也不行，而要靠手指和琴的艺术结合，还要靠人的思想感情渗透到琴弦中。

诗中提出了产生艺术美的主、客观关系。代表客观的"琴"和代表主观的"指"既对立又统一，相依相成，缺一不可。再好的琴没有手指拨弄，也没有声音；再好的琴师没有琴，也就没有美妙的音乐，**"匣中不鸣，指上无声"**，这实际上是告诉人们：心灵是客观事物的驱动器。看待事物，要重视主观与客观两个因素；处理问题，要考虑主观与客观两者关系。

此诗也体现了辩证法思想。琴与指头发生关系，能够产生琴声，体现了事物或现象诸要素之间的相互依存和相互作用。实际上世间一切事物都不是孤立存在的，都是相互联系而共生的。人不能离开物，物更不能离开人。人和物的有机结合，才能创造生活，创造世界。

## 和董传留别

粗缯大布裹生涯[①]，腹有诗书气自华。
厌伴老儒烹瓠叶[②]，强随举子踏槐花[③]。
囊空不办寻春马，眼乱行看择婿车[④]。
得意犹堪夸世俗，诏黄新湿字如鸦[⑤]。

【译文】

生活中即使身上包裹着劣布粗衣，因腹中有学问气质仍然光鲜亮丽。
不愿陪老学究一起过烹瓠叶日子，一心要跟从举子们参加科举考试。
兜里没钱就算不置踏春观花大马，也将被那选婿车包围得眼花一时。
等到得意时犹可向世人夸耀展示，那诏书如鸦黑字新写着你的名字。

【注释】

①缯（zēng）：丝织品的总称。
②老儒：旧谓年老的学人。　瓠（hù）叶：出自《诗经·瓠叶》"幡幡瓠叶，采之亨（pēng）之"。瓠：葫芦科植物的总称。
③踏槐花：指参加科举考试。从唐时起有"槐花黄，举子忙"俗语。
④择婿车：唐代科举风俗，发榜日新科进士要在曲江宴会，公卿门阀之家常常装饰车马，前来选婿。
⑤诏黄：即诏书，诏书用黄纸书写。　字如鸦：诏书写的黑字。

【哲理解读】

苏轼在凤翔府任职时，董传曾与苏轼相从，当时董生活贫困，衣着朴素，但饱读诗书，满腹经纶，气宇不凡。苏轼在诗中不仅称道董的志向、预祝黄榜高中，而且赞美他的精神气质与常人不同。

"**粗缯大布裹生涯，腹有诗书气自华。**"一个贫穷的人虽然衣着粗糙，却因为有良好的文化修养，平凡的衣衫掩盖不住他高雅的精神风貌。苏轼在此强调了读书与人品修养、读书与精神气质的关系，强调了人的内在品质和文化素养的重要性，表明一个人的气质和风度并不仅仅取决于他的外在条件，更在于他的内在修养，而修养的主要途径就是读书，因为读书与高雅气质有着必然联系。换言之，读书的作用不仅在于拥有知识，还在于提升人的思想境界。尤其是常读书、多读书，日积月累就会使人脱离低级趣味，养成高雅脱俗的思想和作风，形成不同一般的言谈举止。

试想：一个熟读诗词、会写文章和研究学问的人，他的血管里必然流动着人文素质、人类社会和宇宙自然，他的内心和脸上也会充盈着宽广和自信，这意味着他的气质会在自然而然中光鲜照人，也必然使他在人际交往中更有魅力和风采，从而更好地实现其人生价值和生活目标。

# 和子由渑池怀旧①

人生到处知何似，应似飞鸿踏雪泥。
泥上偶然留指爪，鸿飞那复计东西。
老僧已死成新塔②，坏壁无由见旧题③。
往日崎岖还记否，路长人困蹇驴嘶④。

【译文】

人一生到处奔走像是什么样子呢？应该像是飞鸿偶尔踏在雪地上吧。
雪泥上留下几个爪印又远飞而去，哪里记得是东是西到过什么地方。
老僧已离世骨灰放在新造的塔里，题诗的墙已坏不能再见旧时字迹。
是否记得当年赶考路途崎岖遥远，人困马乏连那跛脚驴都受不了了。

【注释】

①子由：苏轼弟苏辙，字子由。　渑（miǎn）池：今河南省渑池县。嘉祐六年（1061年）冬，苏辙送苏轼至郑州后分手回京，作诗寄苏轼，这是苏轼的和作。苏轼与子由赴京应试途经渑池，如今苏轼赴陕西凤翔任职，又经过渑池。
②老僧：即奉闲。苏辙原唱"旧宿僧房壁共题"自注："昔与子瞻应举，过宿县中寺舍，题其老僧奉闲之壁。"古代僧人死后，以塔葬其骨灰。
③坏壁：指奉闲僧舍。嘉祐三年（1058年），苏轼与苏辙赴京应举途中曾寄宿奉贤僧舍并题诗僧壁。
④蹇（jiǎn）驴：腿脚不灵便的驴子。蹇：跛脚。苏轼自注："往岁，马死于二陵（按：即崤山，在渑池西），骑驴至渑池。"

**【哲理解读】**

人的一生就像鸿雁，在飞行过程中偶尔驻足，雪地留下印迹，而鸿飞雪化，一切又都不复存在。当飞鸿远去之后，除了在雪泥上留下几处爪痕，又有谁会管它是飞东还是飞西呢。

该诗于怀旧中展望未来，过去—现在，分离—漂泊，既有对人生来去无定的怅惘，又有对前尘往事的眷念。诗中"**人生到处知何似，应似飞鸿踏雪泥**"，用飞鸿踏雪作为比喻，暗示了人生的无常和偶然性。飞鸿在雪地上留下的爪印是短暂而偶然的，如同人生中的经历和痕迹，瞬息即逝，难以永恒。接下来"**泥上偶然留指爪，鸿飞那复计东西**"，鸿爪留印属偶然，鸿飞东西乃自然。把人生看作漫长的征途，所到之处，诸如曾在渑池住宿、僧壁题诗之类，就像千里飞鸿偶然在雪泥上留下爪痕，接着又飞走了。苏轼形象地阐明了人生的不可预测性。鸿飞留印，雪消印无，正是由于人生的这种随机难久，所以不能过于执着于过去，而应该顺应自然，勇敢地面对未来。

这首诗反映了人生的无常和不确定性。诗中意境"雪泥鸿爪"已作为成语，常用来比喻人生痕迹的暂时性和流动性，或表达人生漂泊不定、匆匆无常等意义。启示人们学会放下，以实现内心的平和与超脱。

## 蝶恋花·春景

花褪残红青杏小。燕子飞时，绿水人家绕。
枝上柳绵吹又少，天涯何处无芳草。

墙里秋千墙外道。墙外行人，墙里佳人笑。
笑渐不闻声渐悄，多情却被无情恼。

【译文】

花儿残红褪尽，树上长出了小小的青杏。
燕子在天空飞舞得潇洒，清绿流水绕着村落人家。
柳枝上的柳絮，被风吹得越来越少。
可天涯茫茫，哪里会没有芳草。

围墙里有位美女正在荡秋千，快乐传到墙外的路道，
行人经过，能听到墙里佳人温婉地笑。
声音越来越小，笑声渐渐就听不到了，
行人多情，而美女不知，让人感到一种烦恼。

【哲理解读】

残花凋谢，枝头挂着青杏。燕子飞来飞去，绿水环绕人家。春天即将过去，树上的柳絮被风吹减少，但天地间有无穷无尽的芳草。行人在路上能听见墙里女子荡秋千的咯咯笑声，行人多有感触，而女子全然不知，似显无情，让人烦恼。

本词表面上是对春光流逝的叹息，实际上是抒发不为人知的苦闷，以及多情却遭无情对待的悲凉心绪。"墙里秋千墙外道""多情却被无情恼"。这里"墙内"暗喻朝廷，"墙外"暗喻被贬后的处境；"多情"应有感怀身世之情，报国之情。那"无情"之人，或许是对君臣关系的类比和联想，或许是知音难逢的感慨。而从词的字面意义来看，感叹柳絮减少，感慨天涯路远，感慨芳草茫茫，似乎都只与春色有关。然而这些景象之中，暗含着被贬的辛酸和自我宽慰。显然，作者并没有沉浸在悲伤之中，而是以乐观的心态看待生活的变迁。这是"乌台诗案"后苏词更加内敛的反映。

诗中"芳草"可以喻指美女，当人们情场失意，便以"天涯何处无芳草"来安慰自己。然而**枝上柳绵吹又少，天涯何处无芳草**蕴含着更深刻的哲思：春天逝去了，芳草依然繁生。生命不断循环，旧的景象消逝，

新的景象出现。人生总是会有失望,也总是会有希望,挫败之时应该放宽视野,眼界宽阔,则"芳草"无限。

## 水调歌头·明月几时有

丙辰中秋,欢饮达旦,大醉,作此篇,兼怀子由。

明月几时有?把酒问青天。
不知天上宫阙,今夕是何年。
我欲乘风归去,又恐琼楼玉宇,高处不胜寒。
起舞弄清影,何似在人间。

转朱阁,低绮户,照无眠。
不应有恨,何事长向别时圆?
人有悲欢离合,月有阴晴圆缺,此事古难全。
但愿人长久,千里共婵娟。

### 【译文】

明月什么时候有的?我端起酒杯遥问苍天。
也不知道天上的宫殿,今晚是哪一年。
想驾驭清风到天上去,又怕在月宫玉砌的楼宇,受不了九天严寒。
我翩翩起舞玩弄着月下的清影,又想,天上哪里比得上在人间。

月光转入朱红楼阁,低挂在雕花窗帘上,照耀着人久久不能入眠。
月亮应该不会有怨恨吧,为何偏偏在人们离别时才这么圆?
人有悲欢离合的变迁,月有阴晴圆缺的转换,此事自古就难以周全。
只愿亲人们长久平安,千里之间,一起共享美好的月婵娟。

**【哲理解读】**

　　端起酒杯问苍天，月亮是什么时候开始有的，月宫今晚又是什么日子？我想凭借风力到天上去看一看，又怕经受不住高处的寒冷。看着月光下的影子，还不如留在人间。月光在朱阁绮户间转动，照我不能入眠。今晚的月亮这么圆，不会是有什么怨恨吧，我正和亲人相分离咧，原来人的悲欢离合与月的阴晴圆缺如此相似。只希望亲人们平安长久，共享月色。

　　这是苏轼被贬山东诸城时所作，但作者并没有沉陷在消极悲观的情绪中，而是以超然洒脱的思想排除忧郁的情绪。词中只是含蓄地表达了既向往上层，又留恋自由的矛盾心理，在人生的低谷，没有一点怨恨之心。全词在月的阴晴圆缺中，渗进浓厚的人生况味，契合自然和社会的哲思，描绘出一种皓月当空、孤高旷远的境界氛围。"人有悲欢离合，月有阴晴圆缺，此事古难全。"无论是人的情感状态，还是自然现象，都是不断变化的。这种变化是普遍存在的，不可避免的。这是人类社会和宇宙天体本来的状态，自古以来就难以十全十美，既然如此，又何必为暂时的离别而伤感呢？"但愿人长久，千里共婵娟。"就让共同的月光把分离的亲人联系在一起吧，健在同乐才是最重要的。

　　此词由望月怀人联想到人间别离，抒发了作者对人生聚散离合的感慨，同时也表达了旷达的人生态度和乐观的处世精神。其深刻的哲理启示我们：聚散离合都是人生常态，不完美本来就是自然法则，接受不完美是一种智慧，而自我平衡则是达到内心和谐的人生秘诀。

# 晏几道

晏几道（1038—1110年），字叔原，号小山。抚州临川（今南昌进贤）人，北宋词人，与其父晏殊合称"二晏"。有《小山词》传世。代表作《临江仙》《鹧鸪天》等。

## 与郑介夫[①]

小白长红又满枝，筑球场外独支颐[②]。
春风自是人间客，主张繁华得几时[③]。

【译文】

看那李白桃红笑满枝头，看那筑球场上一番争斗。
独自闲坐，独自思忖：春风来了，草木竞秀；
可是春风只是人间过客，
春风带来的繁华能有几多时候？

【注释】

①郑介夫：名侠。因绘《流民图》具疏新法之恶上奏于神宗，神宗遂命废止新法之部分条项。然郑终遭迫害，并株连其平日交往厚善者晏几道等。此诗便是晏之罪证。不料神宗很欣赏这首诗，便把晏释放了，郑则被免职监管。
②筑球：宋代一种球类竞赛活动。 支颐：用手托下巴沉思的样子。

③主张：即主管之意。张，古音读去声。

【哲理解读】

　　春风宜人之际，球场上你争我斗，而球场外只有我在思忖局势。桃花、李花借着春风争奇斗艳，可是春风终究是过客，桃李繁华又能有几时。

　　诗人借筑球比赛的两队相争，比喻朝堂上争斗不已的新旧两党，表达了对当时朝政改革的不满。诗人以自然时令之短暂，喻指新法实施不会长久。春风的到来，带来了生机和活力，使万物复苏，但它也如同过客一般，终将离去。"**春风自是人间客，主张繁华得几时。**"诗人认为"春风想常留，无奈夏不从"，新的政策法令像春风一样到来，而这些主张新政的权臣们，相互吹捧，热闹非凡，不过是季节性的"繁华"，最终要被其他时令所取代。诗人将政治观点隐匿诗中，以致被害入狱，幸被释放。

　　抛开写作背景，作者将春风比作人间的过客，认为春天的美好、繁荣都是短暂的，会变化的。留给人启示是：外在的繁华、风云或处境，只能主宰一时，不能主宰一世，只有自己心态好，得势不骄，遇辱不惊，才是一生的正道。

# 临江仙·梦后楼台高锁

梦后楼台高锁，酒醒帘幕低垂。
去年春恨却来时。
落花人独立，微雨燕双飞①。

记得小苹初见，两重心字罗衣。
琵琶弦上说相思。
当时明月在，曾照彩云归②。

【译文】

梦醒后见到楼台高耸、阁门紧锁，酒醒后又见到帷帘层层低垂。
去年春日的怨恨再一次涌上眉丝。
此时的我在纷扬落花中孑然独立，燕子在和风微雨中翩然双飞。

记得与小苹初次相见，她穿着绣有两重心字的小绸衣。
弹着琵琶委婉地诉说着她的相思。
当时的明月如今还在，曾经照着那彩云般的身影而归。

【注释】

①出自五代诗人翁宏的《春残》诗。
②彩云：比喻美人行走貌。

【哲理解读】

梦醒酒退之后，只看到寂静的楼台和低垂的帘幕。又是落花时节，看着燕子双双飞舞，让诗人想起往日时光，那是第一次看到小苹时，她身着绣有两重心字的衣衫，在琵琶弦上弹奏相思曲。当时的明月至今还挂在高楼上，曾经照耀她美丽的背影离去。

从字面上看，这首词是抒发对歌女小苹的怀念之情。而"落花人独立，微雨燕双飞"的景况，正是晏几道中年留落异境的孤寂写照。因诗入狱被赦后，他在词里寄托了复杂的情怀，可以说本词是怀旧与追求的结合，使人无穷探究而不乏味。香草美人，自屈原之后，就是身世的隐喻，词人只能把深厚的情致与忧伤深藏在婉约的词语中。"**当时明月在，曾照彩云归。**"彩云和明月都只是自然界中的短暂现象，它们的存在虽然短暂，却各自展现了极度的美丽和光彩。作者一度留恋往日的温馨时刻，可是美好的时光犹如明月照彩云，一去不复返。他梦中陶醉在音乐和酒里，但现实却是诸多羁绊，如此孤寂。这样隐晦地感叹身世和人生，是作者对美好经历的暗自惋惜，是对明月依旧、人事全非的无奈心境。这里有理想和现实的矛盾，也有对时光流逝和人生意义的思考。

全词传达出对人生无常、岁月无情、时光短暂的深刻认识。它警示人们要珍惜当下、感恩过去。面对人生的变迁和孤独，要尽量保持平和的心态，努力让自己的存在变得积极而有意义。

## 鹧鸪天·醉拍春衫惜旧香

醉拍春衫惜旧香①，天将离恨恼疏狂。
年年陌上生秋草，日日楼中到夕阳。

云渺渺，水茫茫。征人归路许多长。
相思本是无凭语②，莫向花笺费泪行。

【译文】

醉了之时拍着春衫惋惜旧日的芳香。
老天用离愁别恨折磨我的疏狂。
路上年年长秋草，楼中天天来夕阳。

登楼望去：天高水远，一派茫茫。
出征的人归路漫漫，你在哪一个方向。
相思的话语既然无处诉说，
又何必在纸笺上留下泪水一行行。

【注释】

①旧香：指过去遗留在衣衫上的香泽。

②无凭语：没有根据的话。

【哲理解读】

　　酒醉之后，拍拍衣衫，看到与出征人欢乐的旧迹，想起往日的美好时光，甚觉堪惜。年年秋草，日日夕阳，日子就这样过去了。登楼遥望，云水渺茫，征人归路难寻。真是"长情短恨难凭寄，枉费红笺"，又何必空自流泪呢。

　　作者以女子口吻，睹物思人，回忆往日时光。那美好的追求，犹如征人一去不回返，流露出落拓一生的感慨和悲伤。"**年年陌上生秋草，日日楼中到夕阳。**"秋草每年在路上生长，夕阳每日落下。由于曾经的疏狂受到老天惩罚，对美好未来的憧憬，只有托付给无尽的时光。"**相思本是无凭语，莫向花笺费泪行。**"心中的积郁，一生的纤悲微痛，注定难以诉说，就算在花笺上写出满满的血泪句子，依旧写不出心中无名的怅惘，就是写出来也是"无凭语"，只有自食其果，自咽其泪。在作者心中，理想和追求已如征人一样远去，无论怎样念想，都是徒劳无获的，又何必念念不忘，枉费愁肠呢。

　　本词以抒发相思之情为寄托，告诉人们理性看待情感和追求，不要让理想和情感完全控制自己的行为和思想。同时意涵了作者对时光流逝、人生愿望和美好追求的哲理思考。虽是写别情离意，但又超越一般"离情"，字里行间带着悲凉的岁月感慨。

# 道潜

道潜（1043—1106年），本姓何，字参寥，杭州於潜（今浙江临安）人。北宋诗僧，有《参寥子诗集》。

## 口占绝句

寄语东山窈窕娘①，好将幽梦恼襄王②。
禅心已作沾泥絮，不逐春风上下狂。

【译文】

寄语东山这位妖冶美貌姑娘，最好用幽梦去烦恼痴情襄王。
我禅心早已化作沾泥的柳絮，不再追逐春风上上下下癫狂。

【注释】

①窈窕：美好貌。妖冶貌。
②幽梦：隐秘的梦幻。　襄王：战国时楚国的国君。典出战国辞赋家宋玉《神女赋》：襄王在梦中与神女相遇，但神女对他保持距离。

【哲理解读】

道潜由杭州前往徐州探访苏轼，苏设宴为之接风。宴席上，一个年轻貌美的艺妓向道潜献媚求诗。道潜化用楚襄王梦会巫山神女的典故，随口吟出这首诗，告诉这位东山姑娘，不要来烦我了，我修行之心已经入"定"，绝不会因春风而放荡。

在诗者看来，柳絮随风飘舞，如人之浮于尘世；柳絮之沾泥沉于地，如人之出于尘世。这是佛家的禅心，也是普遍的禅意，它表达了一种平静和淡泊的心态。就道潜而言，禅心已经代替了凡心，已经如同沾泥的柳絮沉静下来，不再随着春风癫狂。这种心态是对尘世纷扰和浮躁的超越，因为这种超越，已不再被外在环境所左右，而是坚守内心的宁静和淡泊。广义地看，坚守初心，不受干扰，那是一种禅定的境界，需要极高修为。凡大志者，自当坚定信念，面对美色或诱惑，心如止水；初心不改，这是一个心怀远大、信念坚定者应有的操守。

"禅心已作沾泥絮，不逐春风上下狂。"这是诗者对禅定境界的理解和追求，他认为心灵的平静和超脱是人生的最高境界。保持内心淡定，不受外界干扰和诱惑，并且坚持自己的原则和价值观，才能更好地生存和应对各种变数。

# 黄庭坚

黄庭坚（1045—1105年），字鲁直，号山谷道人，洪州分宁（今江西修水）人。北宋文学家、书法家。著有《山谷集》等。

## 杂　诗

此身天地一蘧庐①，世事消磨绿鬓疏。
毕竟几人真得鹿②，不知终日梦为鱼③。

【译文】

天地犹如一间驿站屋子，自己身在其中，
世间琐事把乌黑的头发，已消磨得稀疏了。
人生一世，能有几人逐鹿成功，
不过终日梦里为鱼，以为这就是自己的生活。

【注释】

①蘧（qú）庐：古代驿站中供人休息的房子。
②得鹿：指建功立业，如逐鹿天下。
③梦为鱼：典出《庄子·大宗师》，梦到是鸟便可在天空飞翔，梦到是鱼便会在水中潜游。

**【哲理解读】**

　　天地就像是一间旅馆房子，人只是暂住其中。人世间的各种事务把头发都消磨得稀少了，劳碌一生又有几人能够成就一番事业。怎么就不明白其实自己也和大多数人一样，梦幻般地过着平常人的生活。

　　诗人华发渐生，绿鬓渐少，却壮志未酬。面对蹉跎岁月而有所顿悟：人只是天地间的过客，生来就短暂，所处的时代也是历史长河中的瞬间。一生追求卓越，但"毕竟几人真得鹿，不知终日梦为鱼"。在梦里梦见自己是鱼，所以游；在梦里梦见自己是鸟，所以飞。人们常常沉浸在幻想中，不知道自己在现实中真正的生活状态。就像鱼在水中游动，却不知道自己只是水中的一个生物，更不知非水的世界。人们在自己的幻想中生活，以为那些幻想就是真实的世界，而忽略了自己在现实生活中的存在。这诗表达了作者对自我认知的质疑和对人生虚幻的感慨。纵观天下，逐鹿者无数，成功者毕竟是少数，大多数人都活在虚幻的理想中。一世艰辛，转眼就老了，人生如寄，世事如梦，作者告诫自己，"鱼梦"中的自我并不是真我，"真我"是从虚幻中解脱出来的"我"。

　　在诗人看来，人生短暂，得失无常，在理想和现实之间，人们应该珍惜现实生活，不要沉迷于虚幻的梦想之中。尽管生活中的许多事情都是虚幻的，但可以通过内心的宁静与淡泊，达到一种超越世俗的境界。

## 水调歌头·游览

　　瑶草一何碧，春入武陵溪①。
　　溪上桃花无数，花上有黄鹂。
　　我欲穿花寻路，直入白云深处，浩气展虹霓。
　　只恐花深里，红露湿人衣。

　　坐玉石，倚玉枕，拂金徽②。

谪仙何处③，无人伴我白螺杯④。
我为灵芝仙草⑤，不为朱唇丹脸⑥，长啸亦何为。
醉舞下山去，明月逐人归。

## 【译文】

仙草一下如此碧绿，春天来到了武陵溪。
溪水岸有无数桃花，花枝上面飞着黄鹂。
我想穿过花丛寻找出路，却直接到了白云深处，在彩虹间展现浩气。
只怕在花的纵深，红润的露水打湿了身上衣。

坐在玉石上，靠着玉枕，轻轻一抚琴弦，琴声响微微。
被贬谪的仙人在哪里，没有人陪我喝酒如何用这白螺杯。
我只为寻找灵芝仙草，不为成仙成佛，长啸一声又有何为。
喝醉了手舞足蹈下山去，明月仿佛也驱使我返回。

## 【注释】

①武陵溪：陶渊明《桃花源记》称晋太元年间，武陵郡渔人入桃花源，所见洞中居民，生活恬静而安逸，俨然另一世界。故常以"武陵溪"或"桃花源"指代幽美清净、远离尘嚣的地方。武陵：郡名，大致相当于今湖南省常德市。
②金徽：金饰的琴徽，琴弦或琴音高低之节位。这里代指琴。
③谪仙：谪居人间的仙人。此处指李白。
④白螺杯：用白色螺壳雕制而成的酒杯。
⑤灵芝：菌类植物。此指仙地。
⑥朱唇丹脸：指佛神之脸。

**【哲理解读】**

　　碧玉一样的仙草连绵不绝。春天的"桃花源"溪水淙淙，桃花盛开，花中黄鹂唱着悦耳的歌。真想穿过花丛走向白云飘浮的山顶，面向虹霓一吐浩然之气，可又怕久留会被花露打湿衣裳。在这仙景里抚弹瑶琴，可是谁是知音呢？见不到太白谪仙，谁来陪我喝一杯？我追求不一样的人生却不能如愿，只能一声长啸，一醉方休，跟随月亮一起回家算了。

　　此词大约写于诗人被贬时期，作者以对自然景色的欣赏和感慨，来表达对人生的思考和追求。"**我欲穿花寻路，直入白云深处，浩气展虹霓。**"主人公幻想能找到一个可以施展才华的理想世界，并以此与充满权势的现实社会相抗争，以宣泄才华难展、理想难酬、知音难遇的逃世情绪；抑或企望重拾美好，实现七彩梦想。然而"**只恐花深里，红露湿人衣**"。主人公在幻境中又向古人寻找知音，但最后还是要从理想回到现实，"**醉舞下山去，明月逐人归**"，哪怕孤月相伴，也要生存下去。"入仙"不得，"脱尘"不遂，只好洁身自好，保持心灵的净土。词中充满了出仕、入仕交相冲撞的矛盾心理和处世态度。曲折含蓄地表现了对现实的不满，以及不愿媚世求荣、与世俗同流的品质。

　　作者以浪漫主义的情调，展现了心灵的自由和对未来的期许。追求的是一种不受世俗束缚、不被名利所累的人生观。表达了对理想世界的向往和对现实世界的认识，同时也揭示了人生道路上的挑战和困难。体现了一种超越世俗、淡泊名利的人生哲学。它鼓励人们摆脱世俗、摆脱束缚、摆脱虚荣，追求内心的宁静与纯净。

# 秦观

秦观(1049—1100年),字少游,号淮海居士,高邮(今江苏高邮)人。北宋文学家,婉约派词人。著作有《淮海词》等。

## 三月晦日偶题①

节物相催各自新,痴心儿女挽留春。
芳菲歇去何须恨,夏木阴阴正可人。

【译文】

季节物象不断变化日新月异,痴情的男女总是想留住春天。
百花凋零时节何必感到遗憾,夏天树木绿荫一样令人舒坦。

【注释】

①晦日:农历每月最后的一天。

【哲理解读】

四季风物各有特色,自然风景随季节转换不断更新。春天芳菲艳丽固然可爱,夏日葱茏绿意同样可人。人们不必为春天的逝去而伤感怨恨,夏季到来草木茵茵,照样可以使人舒心。

在诗人看来,人们应该欣赏和享受不同季节带来的美好,而不是试图抗拒和挽留。春天有令人留恋的地方，夏天有使人合意的所在。"**芳菲歇去何须恨，夏木阴阴正可人。**"人们顺应"节物"，感知自然，适应变化，才是豁达乐观的态度。因为"节物相催"是不变的自然规律，失去似锦繁花，可以收获浓阴树木。人生和自然一样，处在不断转换之中，一段美好的时光逝去了，另一段新的时光又来了；当失去什么的时候，则意味着将会得到什么，不要对失去的过分遗憾。而要正视现实，顺应变化，迎接新的开始。这是诗人对自然界变化发展规律性的认同，以及对生活乐观积极的态度。

诗人不仅表达了对春天逝去的不同看法，而且抒发了人随物变的豁达情怀。诗中一个"新"字，既体现了自然界的周期性变化，又体现了更替与再生的力量，同时也传达了变化与接受的哲学思想。

## 鹊桥仙·纤云弄巧

纤云弄巧，飞星传恨，银汉迢迢暗渡。
金风玉露一相逢，便胜却人间无数。

柔情似水，佳期如梦，忍顾鹊桥归路[①]！
两情若是久长时，又岂在朝朝暮暮。

【译文】

纤纤薄云巧妙变幻，流星传递着相思的怨恨，
无垠的银河，就在今夜悄悄渡过。
秋风白露的七夕相见一次，胜过了人世间无数的平淡厮守。

柔情像流水一般缠绵，重逢如梦幻一般缥缈。
分别时不忍再看那喜鹊搭成的归路。

只要两情始终不变,又何必贪求那朝朝暮暮的欢乐。

【注释】

①鹊桥:传说鸟神受牛郎织女真挚情感感动而派喜鹊搭成的桥。

【哲理解读】

纤纤云彩,弄巧而动,流星飞传离别的愁怨,牛郎织女通过鹊桥相会。这一年一度的相会,胜过多少世俗的厮守。绵绵情意,相逢犹如梦中,临别了,不忍再看鹊桥路。多么想天天在一起啊,然而只要两情坚定,又岂在朝夕相伴。

这首词用牛郎织女的传统故事,以超人间的方式表现人间的悲欢离合。作者显然不赞同朝欢暮乐的露水感情,极力赞美天长地久的忠贞爱情。"**金风玉露一相逢,便胜却人间无数。**"作者将七夕的美好时刻与金风玉露相比,巧妙地揭示了爱情的真谛在于心灵相通。爱情要经得起长久分离的考验,只要彼此真诚相爱,即使天各一方,也比天天厮守可贵得多。词人认为,如果两个人的感情足够深厚,那么他们就不需要每天黏在一起,因为他们之间的信任和默契早已超越时空,穿越心灵。

这是一种纯粹的爱情观,真正的爱情应该超越时间和空间的限制。千百年来,人们在离别悲伤之中,只要吟咏"**两情若是久长时,又岂在朝朝暮暮**"的词句,便会得到安慰和鼓舞,并从中汲取力量和信心,包括情侣之间、亲人之间、朋友之间。因此,该词不仅是对爱情的颂扬,也是对坚贞情义的追求,更是对分离与团聚的哲理思考。

# 贺铸

贺铸（1052—1125年），字方回，卫州（今河南卫辉）人。北宋词人。著有《东山词》《贺方回诗集》等。

## 踏莎行·杨柳回塘

杨柳回塘，鸳鸯别浦[①]。绿萍涨断莲舟路。
断无蜂蝶慕幽香，红衣脱尽芳心苦[②]。

返照迎潮[③]，行云带雨。依依似与骚人语。
当年不肯嫁春风，无端却被秋风误。

【译文】

杨柳围绕曲折的池塘，江流分水口游弋着鸳鸯。
又厚又密的浮萍堆积在一起，挡住了采莲的小舫。
没有蜜蜂、没有蝴蝶倾慕幽然的清香，
荷花片片枯萎凋落，留下朵朵莲心独自芬芳。

夕阳的回光映着潮水，行云夹着雨点飘荡，
随风摇曳的荷花呀，相互依靠，像是向诗人诉说衷肠——
只因当年不肯在春风里绽放，
如今却无端在秋风里受尽凄凉。

【注释】

①浦：水流的汊（chà）口。江河与支流的汇合处。
②红衣：指红荷花瓣。　芳心：莲心。
③返照：夕阳的回光。

【哲理解读】

　　荷花在偏僻的池塘汊口自开自落，空自凋零。绿萍猛涨阻隔了采莲的路，从来没有蜂蝶倾慕，终究留下一片苦心，随风摇曳在夕照里。仿佛诉说：即使没有在春天里开放，也绝不愿意被秋风随意摆弄。

　　词中将荷花比作幽洁贞静、身世飘零的女子，道出了人生中许多错过的遗憾与坚持。作者志行高洁，不依附权贵，虽才兼文武，却错过了许多机会。因为"绿萍涨断莲舟路"，环境如此闭塞，阻碍了采莲的舟船，结果"红衣脱尽芳心苦"，空有一腔经天纬地的宏愿，这是早年过于孤高所致。"当年不肯嫁春风，无端却被秋风误。"词人以美女之择夫过严而耽误青春，比喻贤士之择主过分而耽误了建立功业的时机。就像莲花没有迎春开放，过了季节，秋风兴起，芳华迅速消逝。即使后悔，时光也不允许，只能在下一个季节苦苦坚持。这种坚守，是对自我价值的肯定，也是对人生意义的探索和追求。

　　人们在追求梦想时，面对时间的流逝和环境的遭遇，是应该放弃自己的信念，还是坚持自己的初心？这是对人生道路选择与时光无情流逝的哲学思考。面对机会和选择，面对困境和无常，当然是要珍视和坚守自己的信仰和原则，决不因错过时机而随波逐流。

# 翁卷

翁卷（1153—约1223年），字续古。温州乐清（今浙江温州）人。南宋诗人。著有《四岩集》《苇碧轩集》。

## 观落花

才看艳蕾破春晴，又见飞花点点轻。
纵是闲花自开落，东风毕竟亦无情。

【译文】

刚看到鲜艳花蕾，在春天的晴空挣破约束，
转瞬间，飞花就在空中轻轻飘落。
即使花开花落是自然时令形成，
可东风无情变化，毕竟也是凋谢的原因。

【哲理解读】

花未开之时有着勃勃生机，无限活力，一旦开放就会面临风雨，很快凋谢，直至残红满地。花开花落虽然是自然现象，这与东风无情而去、随性而来毕竟也是有关的。

作者通过满树繁花与一地落红的对比，抒写了春天景象从生机旺盛到凋零萧索的转变。鲜花开得悠然闲适，可是转眼之间花瓣纷扬，随风飞舞。花开花落二者所处的时令不同，所呈现的姿态也迥然有异。"纵是闲花自开落，东风毕竟亦无情。"诗人用"东风"来象征自然界的力量，而"无情"则表达了诗人对这种力量的感受。即使花朵是按照自然生长的法则开放和败落，却与无情的东风随性而为有关。东风作为一种自然力量，不会因为花而改变其吹拂的速度与方向。其实"东风"也是一种时令现象，不会因为人的情感而改变，春天再好，而季节终究是要更替的。天地之间季候的力量难以抗拒，因此怨恨东风是没有用的。

时令变化也有其自身的规律性，自然规律不可逆转，要认识到任何事物都有兴盛和衰败的过程，都是按照其自身规律而运行，顺应自然，顺应规律才能更好地生存，才有勇气面对生活中的变化和挑战。

# 山 雨

一夜满林星月白①，且无云气亦无雷。
平明忽见溪流急，知是他山落雨来。

【译文】

这一夜，山林里满是银白的星星和月亮的辉光，
天空没有一点云气，也没有听到雷声响。
天明时，忽然见到溪水流得分外湍急，
知道是其他山下过雨了，才会使溪水快速上涨。

【注释】

①星月白：指星星与月亮的光照得很明亮。

【哲理解读】

　　整个夜晚，山林里星月皎洁，天空无云无雷。天刚放亮，忽然见到溪水上涨，而且流动加速，仔细一想，一定是别的山下过雨了。

　　夜间满天星斗，月亮高挂，天空中没有云，也没有听到雷声，使作者形成了整夜无雨的主观认识。而平明时分见到湍急溪流，诗人随即意识到"溪流急"的原因只有一个，那就是别的山下雨了。这两种结论，都是作者根据亲眼所见得出的，都有其合理的一面。但是从实际情况来看，似乎后一种结论更符合现实。"平明忽见溪流急，知是他山落雨来。"这反映了认识发展的阶段性，作者夜间看到的景象是感性认识，它是认识的初级阶段。作者天明根据"溪流急"得出"他山落雨"的结论，这是认识的第二阶段，属于理性认识。即通过观察和分析特定现象来推断事物的本质和原因。这里，强调了理性认识在理解世界中的重要性。无论是"星月""无云""无雷"，还是"溪流急"，都属于感性认识，是对事物表象的感知；感性认识有待于发展到理性认识，即"他山落雨"。假如我们只停留在认识的初级阶段，那就无法得出正确的结论：整体晴朗，局部有雨。这就是认识的辩证法。

　　此外，诗中通过描绘夜晚和清晨环境的变化，表达了生活的变幻无常。人生充满了未知和变化，人们需要适应和接受这种变化，在变化中认识世界、认识自我。

# 张耒

张耒（1054—1114年），字文潜，号柯山，亳州谯县（今安徽亳州）人。北宋文学家，著有《柯山集》《柯山诗余》等。

## 减字木兰花·个人风味

个人风味，只有江梅些子似①。
每到开时，满眼清愁只自知。

霞裾仙珮②，姑射神人风露态③。
蜂蝶休忙，不与春风一点香。

【译文】

个人的风格品位，只有江梅与我有那么一点儿相像。
每到严冬绽放，花朵里满满的清愁，只有自己知道经历的风霜。
江梅穿着仙人般的衣裳，看起来跟姑射山的神仙站在风露中一样。
奉劝蜂蝶不要瞎忙，即使春风吹拂，江梅也不会飘散一点芬芳。

【注释】

①些子：一点儿。
②霞裾（jū）仙珮（pèi）：指仙人的衣裾与配饰，泛指仙人服饰。
③姑射：即姑射山，指神人所居之地。

【哲理解读】

　　个人秉性，只有江梅可以相比。经历多少风霜雪雨，只有江梅自己知道。江梅迎寒开放，神采像姑射山的仙人，立于山野水滨，尽显神人风貌。而在春天，艳丽自敛，蜂蝶不要有非分之想，江梅绝不会留给一点清香。

　　北宋神宗与哲宗时期，新旧法激烈对抗，权力频繁争斗，张耒一次又一次被贬黜，六七年间接连三次谪迁。而他在职时不谋私利，落魄时精神坚贞。在这首词中，张耒把人生坎坷的苦闷和天性清高，寄寓在江梅的品质中，表现的是不献媚、不落俗的道德情操。

　　作者以江梅自喻，江梅天生丽质，霞裾仙珮，仙人一般，却不招蜂惹蝶，坚守节操，无论采花者怎样忙乎，也不给任何机会。作者选择了不与春风共飘香，就是要保持自己的独立性和独特性。这表明了一种不为外界所左右，坚持自我价值和追求的决心。

　　如果把蜂蝶比喻为讨好行贿的人，把江梅比喻为廉洁奉公的人，那么奉劝"蜂蝶休忙"，自洁的江梅"不与春风一点香"。追求美好的品德，坚守自己的道德底线，自然拥有心灵的高尚和超然物外的仙人姿态。

　　总而言之，这首诗赞美了个体的独特性，强调了自我认知和自我实现的重要性，并倡导个体坚守自己的特色和价值，不要盲目迎合他人，不必借助外部的肯定来证明自己的价值。这是一种深刻的哲学思考，也是对个体尊严的自我肯定。

# 周邦彦

周邦彦（1056—1121年），字美成，号清真居士，杭州钱塘（今浙江杭州）人。北宋文学家、音乐家，"婉约派"代表词人之一。《全宋词》收其词180余首，世存《清真集》。

## 鹤冲天·溧水长寿乡作

梅雨霁①，暑风和。高柳乱蝉多。
小园台榭远池波，鱼戏动新荷。

薄纱厨，轻羽扇。枕冷簟凉深院②。
此时情绪此时天，无事小神仙。

【译文】

绵绵梅雨过去，暑天风和日丽，柳树上蝉鸣乱嗞嗞。
窗外台榭处，远远的池塘被微风带起圈圈涟漪，
鱼儿在水下嬉戏，摇动新荷衣。

支起薄纱帐，轻摇羽毛扇，躺在深院竹席上，感受清凉的夏天。
此时的情绪犹如此时的天空纯净而悠闲，
心情快活得像没事的小神仙。

【注释】

①霁（jì）：雨停后，天气晴朗。
②簟（diàn）：指蕲（qí）竹所制凉席。

【哲理解读】

梅雨过后，日朗风和，柳絮纷飞。池塘里清秀的波纹，在风的撩拨下荡漾飘散。纷繁嘈杂的蝉噪，稍微有点影响安宁。鱼儿隐没于碧萼红花之间，鱼儿一动，荷叶便会轻轻摇动。闲来无事，支起薄薄纱帐，躺在竹席上，手摇羽扇，靠着凉枕，真是自在逍遥，犹如神仙。

远离尘世喧嚣，感受天清气朗，静观万物，浮躁的心情也渐行渐远。作者将自己的消遣心情与夏景交融，构成空明悠远的闲暇世界。这种淡然闲情，相比词人所经历的宦海沉浮，确实多了一分泰然自若、处变不惊的逸趣。此时一枕凉席，一把羽扇，没有繁杂公务，没有案头文牍，这是多么轻松惬意的时刻。"此时情绪此时天，无事小神仙。"很多时候活着就是一种心态，心态好，利欲少，心头无烦事，便是好时节。反之则随风飘荡，自我沉沦，郁郁寡欢。一个好的心态可以使人豁达、开朗、乐观。当一个人的情绪和自然环境相融合，就可以不受生活琐事和烦恼的困扰，从而更好地感受生活的美好和天地的广阔，获得内心的宁静和自由。愿天下人遇事控制好自己的情绪，多一些小神仙的日子，少一些繁杂的心情。

词中清凉幽静的环境和悠闲自得的心境，体现了物我本无间、香风却送暖的哲学思想。它告诉人们，在生活中要追求内心的平静和自然，无为而为，不受名利地位等外界因素的干扰和影响，使之达到一种超脱和自由的状态。

# 唐庚

唐庚（1070—1120年），字子西，眉州丹棱（今四川丹棱）人，北宋诗人，著作有《唐子西集》等。

## 风树吟

树欲静兮风不止，子欲养兮亲不待。
归飞反哺八九子①，我曾不如毕逋尾②。
树欲静兮风不休，子欲养兮亲不留。
旦自梅兮暮至棘，当年饲我如鸤鸠③。

【译文】

树枝想要静下来，风却一直刮动它；
子女想要赡养父母，父母却已等不到他。
八九只乌鸦急着飞回巢，哺喂它们的老妈；
尾巴那样殷勤地摆动，我曾自愧还不如乌鸦。
树枝要静下来，风却一直不停息；
子女想要赡养父母，父母却已不在人世。
从早晨梅树开始，到傍晚酸枣林觅食喂食；
当年父母抚养我，就像这杜鹃鸟一样的无私。

【注释】

①反哺：指乌雏长成，衔食喂养其母。
②毕逋（bū）：鸟尾摆动貌。也是乌鸦的别称。
③鸤鸠（shī jiū）：即布谷鸟。又称杜鹃。

【哲理解读】

　　树想安静的时候，风却不停地刮动它的枝叶；子女想赡养父母的时候，父母却已离开人世。乌鸦尚知反哺其母，母亲曾像杜鹃鸟那样，从早到晚，从梅树到酸枣树，寻觅食物哺喂我。

　　生活中总是充满了无奈和遗憾，人们往往无法按照自己的愿望和期待去行事；当子女希望孝敬父母时，父母却已逝去。诗中"**树欲静兮风不止，子欲养兮亲不待**"：这种"欲"与"不待"之间的矛盾，突显了时间的无情和人生的无奈，包含着深刻的自然和社会哲理。就自然而言，"树欲静"代表主观意志，"风不止"代表事物运动，客观事物运动是人所不能改变的。后来用"树欲静而风不止"比喻不以人的主观意志为转移的客观现象。就社会而言，就像树无法把控风一样，人在许多时候也无法把控外在事物。"风"是流逝的时间，时间的流逝不因个人意愿而停止。此诗提醒人们：父母在一天天衰老，想尽孝，要趁早，要从现在做起，否则将来后悔也不管用。

　　父母辛勤把我们养大，我们要抓住现有时光，好好尽孝，不要怠慢，不要让迟来的孝敬成为终身的遗憾。万事万物都有其发生发展的客观规律性，这种规律性是人无法改变的。很多时候我们无法改变客观世界来适应自己，却可以调整自己去适应客观世界。

# 晁冲之

晁冲之（1073—1126年），字叔用，号具茨。济州巨野（今山东巨野）人。宋代诗人。有《晁具茨集》《晁叔用词》。

## 春日二首

男儿更老气如虹，短鬓何嫌似断蓬①。
欲问桃花借颜色，未甘着笑向春风。

阴阴溪曲绿交加②，小雨翻萍上浅沙。
鹅鸭不知春去尽，争随流水趁桃花③。

【译文】

男儿越老越应该气势如虹，而不要在意鬓毛稀少发如断蓬。
想要向桃花借用一点颜色美容，却不甘心赔着笑脸向春风鞠躬。

弯曲溪流掩映在碧绿的草木中，小雨翻在浮萍上像撒了一层细沙。
不知道春天已经过去的鹅鸭，争相追逐那漂浮在水上的桃花。

【注释】

①断蓬：断梗飞蓬，形容头发散乱不整。
②阴阴：因枝叶交加造成的幽暗。 溪曲：小溪曲折弯转。

③趁：追逐。

**【哲理解读】**

　　男人老之将至，更应该精神焕发，虽然现在鬓毛疏短，一副老态，也想向桃花借一点颜色，只是不甘心向春风赔笑脸而已。

　　看到溪流蜿蜒，绿荫交加，小雨像沙粒一样翻滚在浮萍上，心情格外愉快。特别是春已去而鹅鸭不知，还在欢叫声中追逐落花，让人倍感生趣、倍感活力。

　　诗人已经年老，人生的春天已经过去，但却遇上桃李春风的春日美景，诗人以人生的秋天面对自然的春光，不禁有了向桃花借色的想法，表现出老了也要有点精神的姿态。"男儿更老气如虹"便是一位老者向世界发出的宣言：不向岁月低头，不向命运妥协。**"欲问桃花借颜色，未甘着笑向春风。"** 却又反映了老年人的复杂心理，老人希望容光焕发，但又不愿向春风低头，只有把沧桑进行到底。说到这里，年轻人是不是应该主动关心照顾老年人呢？

　　春天固然美好，桃花含笑，鹅鸭戏水，然而桃花纷落漂流，鹅鸭全然不知其意。诗中**"鹅鸭不知春去尽，争随流水趁桃花"**，表明诗人对春天逝去的不舍，也是对时光易逝的叹息。春天已去，鹅鸭还沉浸在春光之中，诗人以这样的自然生趣，对比自己的衰老，蕴含落花虽然可追、而光阴不可倒流的哲思。鹅鸭不知，人则有知，人应该珍惜时光，珍惜当下，趁年轻，多奋斗。老人虽然可以像鹅鸭一样，忘记衰老，可是年轻人更应该知道年老时光渐短渐少，更要把握住眼前机会，待老年时尽情享受生活的美好，莫等老去空惋惜、后悔也无益。

# 朱敦儒

朱敦儒（1081—1159年），字希真，洛阳（今河南洛阳）人。宋代词人，有"词俊"之名，存有词集《太平樵歌》。

## 鹧鸪天·西都作

我是清都山水郎①，天教分付与疏狂。
曾批给雨支风券②，累上留云借月章。

诗万首，酒千觞。几曾着眼看侯王？
玉楼金阙慵归去，且插梅花醉洛阳。

【译文】

我是天宫里掌管山水的郎官，上天赋予我放荡不羁的狂妄。
曾经批签过支配风雨的手令，多次上呈留住云朵借走月亮的奏章。

吟诗万首何为奇，喝酒不妨来千觞。不曾正眼看过王侯将相。
就算到玉阙天宫里做官，我也懒得一望；
只想头插梅花，在醉眼蒙眬中看那花都洛阳。

【注释】

①清都：即天庭。传说上帝居住的地方。

②给雨支风券：支配风雨的手令。

### 【哲理解读】

热爱山水是我的天性，因为上苍赋予我懒散和狂放的性格。我只愿给雨支风，留云借月，纵诗饮酒。我几时正眼看过王侯，即使朝廷召我做官，我也不屑一顾。就让我插上梅花，醉倒在洛阳城吧。

此词以诙谐幽默浪漫的口吻，表现出作者神仙般的淡泊胸怀，和不与世俗同流的情操和志趣。词人年轻时清高自诩，恃才傲物。据《宋史·文苑传》记载，靖康年间（1126—1127年），宋钦宗召朱敦儒到京师欲授以学官，朱以"麋鹿之性，自乐闲旷，爵禄非所愿也"固辞。他蔑视权贵，傲视王侯，热爱自然山水，潇洒狂放，体现出名士的风流和文人的傲骨。"玉楼金阙慵归去，且插梅花醉洛阳。"作者以诗酒为伴，以梅花为友，表现出他对自我心境的追求和内在精神的满足。他通过诗歌来表达自己的情感和思想，通过饮酒来释放自己的压力和情绪。这种追求自我实现的精神，体现了作者对个体价值和精神生活的重视。

这是一种超越权势、超越名利，追求自由和独立的人生境界；是一种既高洁又疏狂，对权势和富贵持有淡漠态度的文人气质；也是一种我自由、我快乐，脱离尘世、融入自然的人生哲学。

## 西江月·世事短如春梦

世事短如春梦，人情薄似秋云。
不须计较苦劳心，万事原来有命。

幸遇三杯酒好，况逢一朵花新。
片时欢笑且相亲，明日阴晴未定。

【译文】

世事转眼即逝如春梦一般，人情淡薄如秋天晴空上的云。
不要计较内心的劳苦艰辛，万事万物本来已有命运注定。

今天幸好遇到三杯好酒，还有一朵新开的鲜花带来好心情。
短暂的欢乐相会是如此的亲切，明日是阴是晴谁也说不清。

【哲理解读】

　　回首平生，早年的志向已成为遥远的过去，世态炎凉，仕途多舛，一切都是命运安排。幸好有美酒鲜花，得欢且乐，得聚且惜，明天怎么样，谁也说不定。

　　本词表达了作者暮年对世情的一种感悟，流露出闲适旷远的情致。作者反思早年"苦劳心"，感觉人情淡薄，世事如梦，心情不免黯淡；随即又从宿命的解释中得到解脱，转入及时行乐的旷达之中。虽有"片时欢笑且相亲"的自我安慰，然而"明日阴晴未定"，则又是天道无常，陷入更深的嗟叹，叹世事的翻覆无定，叹政治的朝云暮雨。**"世事短如春梦，人情薄似秋云。"** 这是对人情冷暖的一种疑虑，也是对人生无常的一种感慨，并暗示人的命运是由多因素决定的，每个人都不能完全主宰自己；也启示人们看开人生的短暂和人际关系的多变，不要过于追求永恒。应该学会放下过去，把握当前，享受已有的生活，同时以包容和开放的心态面对人生的变化和挑战。

　　全词强调了生命的短暂和不可预测性，提倡超然面对世态，珍惜现实的美好，并保持对未来不测的平常心。

# 李纲

李纲（1083—1140年），字伯纪，号梁溪先生。常州无锡（今江苏无锡）人。北宋末抗战派将领，诗人。存有《梁溪全集》。

## 病 牛

耕犁千亩实千箱，力尽筋疲谁复伤？
但得众生皆得饱，不辞羸病卧残阳①。

【译文】

耕种千亩良田粮食装满千仓，筋疲力尽有谁同情有谁怜悯。
只要能使天下人都吃得饱饭，即便劳累病卧残阳不枉一生。

【注释】

①羸（léi）病：瘦弱多病，指劳累生病。

【哲理解读】

这牛耕耘千亩土地，劳作装满千座粮仓，一身力气耗尽病倒，又有谁为之伤感呢？但它为了众生都能吃饱肚子，即使身体累垮，病倒在残阳里，也在所不辞。

李纲因力主抗金，受到主和派排挤，当了七十七天宰相就被罢免流放。在这首诗中，作者借诗抒怀，以牛喻人，认为人生在世应以天下众生为念，竭尽全力为大众谋取利益，即使心力交瘁，甚至献出生命也是值得的。正如《宋史·李纲列传》云："纲负天下之望，以一身用舍为社稷生民安危。"这种无私奉献的情怀，就是为天下之"饱"而"累"，忧天下之忧，累得其所的情怀。诗中"耕犁千亩"与"实千箱"是因果关系，"众生饱"与"卧残阳"是对比关系。**"但得众生皆得饱，不辞羸病卧残阳"**，表达了作者甘愿奉献自己直到精力耗尽之时，虽展现了人生价值的多重性，但其重心主要表现在关注众生福祉方面。

这种为了大众福祉而不惜自我牺牲的精神，体现了一种利他主义和民生主义的哲学思想。提醒人们要以甘愿付出和帮助他人的慈善之心，尊重天下每一个生命。也启迪后世要着意关注民生，努力创造一个公平而富足的社会保障体系。

# 李清照

李清照（1084—1155年），女，号易安居士。齐州济南（今山东济南）人。著有《李易安集》《漱玉词》等。

## 乌 江①

生当做人杰，死亦为鬼雄。
至今思项羽②，不肯过江东。

【译文】

活着就应当做人中的豪杰，死去也要成为鬼中的英雄。
至今人们还在思念着项羽，宁愿身死也不肯苟活江东。

【注释】

①乌江：在今安徽省和县境内。
②项羽：项羽起兵反秦，他在江东所带八千子弟都是中坚核心力量。被刘邦最后击败时，八千子弟丧失殆尽，遂觉无脸回到江东见家乡父老，即在乌江边自刎身死。

【哲理解读】

诗中借用项羽失败后不肯苟且偷生、乌江自刎的历史故事，来讽刺南宋小朝廷的逃跑主义，表达了希望抗战恢复故土的思想感情。

李清照作这首诗时，正值"靖康之变"，王公大臣争相南渡，整个王室毫无斗志。年时丈夫赵明诚为京城建康知府，一天深夜城里发生叛乱，身为知府的赵不顾百姓和妻儿，独自用绳子缒城逃离而去。叛乱被平定后，赵被朝廷革职，鱼水情深的夫妻从此有了裂隙。南宋建炎二年（1128年），他们向江西方向逃亡，行至乌江，站在楚霸王项羽兵败自刎的地方，诗人面对浩荡江水，随口吟就这首诗。"生当作人杰，死亦为鬼雄。"尤其铿锵有力，手起笔落，力透人心脊骨。赵闻之愧悔难当，从此便郁郁寡欢，一蹶不振，不久病逝。这首诗是一种精神的力量，是一种气魄的承载，是一种所向无惧的人生姿态。

诗人通过强调生命的意义、死亡的尊严和对英雄的崇拜，向人们提供了人生道路上的宝贵启示，它鼓励人们坚守信仰、勇敢面对困难，并在逆境中保持坚韧和自重。

## 鹧鸪天·桂花

暗淡轻黄体性柔，情疏迹远只香留。
何须浅碧深红色，自是花中第一流。

梅定妒，菊应羞，画阑开处冠中秋。
骚人可煞无情思①，何事当年不见收。

【译文】

花色浅黄而清幽，形貌温和而娇柔，
疏淡的情愫远离俗世，只有浓香久久存留。
无须浅绿和大红炫耀，自然是花中第一流。

梅花肯定妒忌，菊花应该害羞，
在画一样的花园里，独冠中秋。
屈原啊！你可真是无情意，《离骚》中为何桂花不见收？

【注释】

①骚人：指屈原。　可煞：疑问词，犹可是。

【哲理解读】

　　桂花貌不出众，色不诱人，远离尘世。不以炫目的颜色取悦于人，但却馥香幽远，让梅妒菊羞，无花可及。虽然屈原的《离骚》没有收进，但她犹如深山的隐君子，高雅而脱俗。
　　诗中所描述的桂花，其色彩并不鲜艳夺目，体态也不张扬显著，但它以其独特的芬芳赢得人们的喜爱。作者以梅花作比，菊花作衬，通过赞美桂花淡雅品质，表达了词人与众不同的审美意识，强调了人或事物内在品质的重要性。内在决定外表，内在优于外表。这也是一种人生态度，注重修养身心的人，在生活中应该自然、朴素而不张扬，这样的品质才是真正的高尚。"何须浅碧深红色，自是花中第一流。"诗人认为，有修养的人天生丽质，犹如西子无须"浅碧深红"，一笑一颦都是美。强调一个人应该注重修养，品质好，学问多，无论身处何地，只要行为端庄，举止有度，就自然出众，自然会赢得别人的好感和尊重。
　　美，不在于外在的表现和展示，而在于内在的品质和价值。换言之，真正的美不在于表面，真正的美德不在于随波逐流，而在于内心，在于独树一帜。这体现了词人崇尚高洁、淡泊名利的价值取向和追求，也是对自我价值的肯定和认同。

# 陈与义

陈与义（1090—1139年），字去非，号简斋，洛阳（今河南洛阳）人。北宋末南宋初诗人，著作有《陈与义集》。

## 襄邑道中①

飞花两岸照船红，百里榆堤半日风。
卧看满天云不动，不知云与我俱东。

【译文】

两岸落花纷飞染红了船帆，行驶在满是榆树的长堤中，
才半日就到了百里以外的地方，一路都是顺风。
躺在船上望着天上的云朵，好像纹丝不动，
却不知道云朵和我一起同行，都在向东。

【哲理解读】

诗人乘船行进于襄邑水路间，由汴河通往开封。两岸繁花缤纷，把船都映红了；在明丽的景色中，小船一路顺风，只半日就把百里榆堤抛在了后面。诗人静卧船上，仰望蓝天白云，发现云朵似乎一动不动，但实际上云朵和船只都在向东行进。

本诗反映了事物运动的相对关系，不同的参照物则有不同的运动关系。在诗人看来，这是相向运动与逆向运动的不同。因为天上的云和自己

朝着相同的方向前进，船行百里，云也同向而行；其实白云一直在上空，处于相对静止状态，而船动云静，动中见静，似静实动，这又是绝对运动和相对静止的关系。从相对静止的角度来看，诗人与云似乎都保持不动，但实际上他们都在随着地球自转而东行。船上观景，看天上云彩是一种感觉，看两岸花木又是一种感觉，感觉不同，反映了主体与客体的距离不同；花木在近处，看上去是快速运动，白云离得太远，观看者感觉没有动，这实际上又是线速运动与角速运动的关系。

"卧看满天云不动，不知云与我俱东。"诗人意识到，看似静止的事物其实也在不断地运动和变化，而这种变化往往是悄无声息的，需要人们细心地观察和体悟，在动态中把握事物的运动和变化。

## 临江仙·夜登小阁忆洛中旧游

忆昔午桥桥上饮，坐中多是豪英。
长沟流月去无声。
杏花疏影里，吹笛到天明。

二十余年如一梦，此身虽在堪惊。
闲登小阁看新晴。
古今多少事，渔唱起三更。

【译文】

回忆当年在午桥桥上畅饮，在座的多是豪杰英才。
河面上的月光随着流水静静地逝去。
在杏林稀疏的花影里，吹起竹笛一直到天色明朗。

二十多年的岁月仿佛一场梦，我身虽在，想起变乱仍是心惊胆寒。

而今悠闲地登上小阁楼观看夜雨新晴。

古往今来多少历史事迹，都在三更夜渔人的歌声中。

【哲理解读】

回想当年，桥上饮酒的伙伴，大多是英雄豪杰。月光在河面流动，杏花影疏，竹笛声声，一直到天色晓亮。回忆二十多年前的往事，今昔巨变，如梦一般。闲散时登上阁楼，观看雨后新晴，才发现古今许多故事，都让打鱼人在深夜里当歌来唱。

作者追忆的洛阳旧游，那是徽宗政和年间（1111—1118年10月），当时天下太平无事，可以有游赏之乐。其后金兵南下，北宋灭亡，国人流离逃难，备尝艰苦，而南宋朝廷在南迁之后，仅能苟且偷安。曾经怀着高远理想的英豪们，曾经狂欢的长夜，都在无情的现实中流水般地消逝了。南宋朝廷忘记国恨家仇，不图收复国土。坐中英豪只有空自悲切，岁月无声流过，磨去所有棱角。当年**"杏花疏影里，吹笛到天明"**；而今**"古今多少事，渔唱起三更"**。作者把人生际遇放在历史长河中，使之超越了自身的经历和友情范畴。国家兴亡，托之渔唱，在豁达之中隐约地表达了个人与时代的关系。这种对过往的沉思和对现实的超脱，使人能够以更加开阔的视野来看待生活中的得失和荣辱。

全词通过对比过去与现在，表达了作者对个人与社会的关系，以及时间流逝、世态无常的反思和感悟。反映了作者对现实的清醒认识和对未来的忧郁情绪。表现出个人命运和国家命运息息相关的深切感慨。

# 岳飞

　　岳飞（1103—1142年），字鹏举，相州汤阴（今河南汤阴）人。南宋民族英雄。著有《岳忠武王文集》。《满江红》是其名篇。

## 满江红·怒发冲冠

怒发冲冠，凭栏处、潇潇雨歇。
抬望眼、仰天长啸，壮怀激烈。
三十功名尘与土，八千里路云和月。
莫等闲，白了少年头，空悲切。

靖康耻①，犹未雪。臣子恨，何时灭。
驾长车，踏破贺兰山缺②。
壮志饥餐胡虏肉，笑谈渴饮匈奴血。
待从头收拾旧山河，朝天阙。

【译文】

我气得头发直竖把帽子冲起，凭靠栏杆望去，潇潇骤雨停歇。
抬头瞭望，仰天长声一啸，报国之志在心中激烈。
三十年来功名如同尘土微不足道，转战八千里经历了多少风云霜月。
不要虚度年华白了少年黑发，空自悲叹，后悔莫及。

靖康年的奇耻尚未洗雪，臣子愤恨何时才能泯灭。

要驾战车长驱直进,把贺兰山口也要踏缺。

要有饿了以胡虏肉充饥的壮志,在战斗中渴了笑饮敌人的血。

等重新收复昔日的山河,带着捷报去朝拜天子京阙。

【注释】

①靖康耻:宋钦宗靖康二年,金兵攻陷汴京,掳走徽、钦二帝。
②贺兰山:贺兰山脉位于宁夏回族自治区与内蒙古自治区交界处。缺:山口处。

【哲理解读】

愤怒的头发根根竖起,直冲帽冠,骤雨刚刚停歇,我凭靠在栏杆旁。抬头远望壮阔山河,禁不住仰天长啸,报国之心充满心怀。三十多年的功名如同尘土,转战八千里,多少风云人生,好男儿要趁年轻保家卫国。只有雪了靖康之耻,我的恨才会消解。我恨不得驾战车冲破贺兰山口,吃掉敌人的肉,喝了敌人的血。带着收复旧山河的喜悦,向朝廷报捷。

这是岳飞在面对国家危亡时的决绝态度,表现出对国家和民族的坚定信仰。正值南宋风雨飘摇、民族饱受屈辱之际,国破家亡,百姓流离失所,每一个忠义之士都力图重整河山,恢复中原。词中"**壮志饥餐胡虏肉,笑谈渴饮匈奴血**"宣誓了作者报国立功的信心和大义凛然的精神,这种浩然正气和无所畏惧的英雄气概,激励着历代英雄人物,为保卫祖国疆土勇往直前,浴血奋战。"莫等闲,白了少年头,空悲切"。表达了作者对江山重归统一的强烈愿望和紧迫心情。"待从头,收拾旧山河,朝天阙"这句,更是将豪情壮志推向了高潮。他立志要重新收复被侵占的国土,恢复国家的尊严和荣耀。

岳飞强调了维护国家和民族尊严的重要,认识到历史进程是复杂的、多变的,仍然对未来充满希望和信心,无比坚定地表示了民族大恨和收复国土的殷切愿望,彰显了中华民族面对强敌,永不屈服、奋力图强的坚定意志和爱国主义豪情。

# 林升

林升（约1106—1170年），字云友，又名梦屏，温州横阳（今温州平阳）人。南宋诗人。《题临安邸》为其代表作。

## 题临安邸①

山外青山楼外楼，西湖歌舞几时休。
暖风熏得游人醉，直把杭州作汴州②。

【译文】

青山连着青山，阁楼连着阁楼，
西湖上的歌舞什么时候才能罢休？
暖洋洋的风，把游人熏得昏昏欲醉，
他们简直把杭州当成了故都汴州。

【注释】

①临安邸：临安，即今杭州市，南宋时为京城。邸，指旅舍。
②汴（biàn）州：今河南省开封市，北宋首都，南宋时沦为金人之地。

【哲理解读】

重重叠叠的青山，鳞次栉比的楼台，无休无止的轻歌曼舞，伴随着一股"暖风"把人们吹得像醉了酒似的。他们真把苟安的杭州当作享乐的汴州了。

本诗直斥南宋统治者忘了国恨家仇，只求苟且偷安；达官显贵大肆歌舞享乐，不思抗金收复疆土。他们歌舞筵席连绵不断，犹如**"山外青山楼外楼"**，醉生梦死，无休无止，复国的大业什么时候才能实现。诗人从国家"繁荣"的一面看到了危机的一面，表现出对现实的不满和对国家未来的忧虑。诗人认为，如果人们只追求眼前的偏安享乐，忘记了自己的历史责任，那么国家未来将是非常堪忧的。此诗不仅是对南宋社会现实的批判，也是对人性的一种反思和警醒。不仅体现了对社会的观察，也体现了对人生的态度。

从哲理的角度来说，"山外青山楼外楼"这句诗，蕴含了对生活的理想追求和现实满足之间的矛盾关系。人们总是想要更多的东西，但即使得到也总是会有新的欲望和追求，就像山外还有山，楼外还有楼，这种矛盾关系是人生中一个永恒的主题。换言之，是人们对于世界的无限可能性和个人的局限性之间的矛盾。这个世界有无穷无尽的美好和可能性，但是每个人、每个生命都有自己的局限性和社会限制性，无法完全去体验和感知所有的美好。

如今这句诗在引用中被赋予了新的意义，除了表达天外有天、强中有强等意义外，还常用来说明业无止境、艺无止境，也告诫人们应该谦虚谨慎，切勿自视过高、目中无人。

# 陆游

陆游（1125—1210年），字务观，号放翁。越州山阴（今浙江绍兴）人。"南宋四大家"之一。著有《剑南诗稿》《放翁词》等。

## 文 章

文章本天成，妙手偶得之。粹然无疵瑕①，岂复须人为。
君看古彝器②，巧拙两无施③。汉最近先秦，固已殊淳漓④。
胡部何为者⑤，豪竹杂哀丝⑥。后夔不复作⑦，千载谁与期⑧？

【译文】

文章本来该天然而成，是文辞高超的人在偶然间所得到。
像纯粹的玉没有瑕疵，并不需要人为地去刻意琢雕。
你看古代的青铜祭器，或精巧或笨拙都是天然形成未加修饰。
汉代离先秦最近了，文章的深厚浅薄已经有了很大差异。
胡人的音乐怎么样？竹管和丝弦就能演奏悲哀的曲调。
后夔不再做音乐了，千百年来又有谁人能够跟他相比较？

【注释】

①粹然：纯粹的样子。　疵瑕：本谓玉病，这里指文章的毛病。
②彝器：古代青铜器中礼器的通称。
③无施：没有施加人力的影响。

④固：原先，本来。　淳：质朴敦厚。　漓：浅薄，浇薄。

⑤胡部：掌管胡乐的机构。亦指胡乐。胡乐从西凉一带传入中原。时称"胡部新声"。

⑥豪竹：竹制的乐器。哀丝：用于演奏的弦丝。

⑦后夔（kuí）：人名，相传为舜的乐官。

⑧期：约会。与其比肩。

【哲理解读】

　　成熟的文章原本就不应该有人为的痕迹。那是有才华的人触动灵感自然写成的。一篇文章要像一块玉一样纯粹而没有瑕疵，不需要人为的雕饰。古代那些精巧的或者笨拙的青铜祭器，都是天然铸成的，没有人为的改变。秦汉文章和胡部音乐都能做到巧拙无施，可惜像后夔那样天然的音乐，千百年来已经很少见了。

　　此诗如同一篇议论文，论点是"文章本天成，妙手偶得之"，后面的句子都是从不同的方面加以论证。文章贵在言之有物，字里行间饱含真情实感，这样的文章不是靠搜肠刮肚、东拼西凑而成，而是靠长期观察、亲身体验，偶然顿悟、妙手得之。陆游所说的"天成"，不是老天的恩赐，而是作者基于长期积累的感性认识和深入研究的理性思考，在偶然之间闪现思想火花，在创作灵感的支配下写成。所谓创作灵感，就是长时间的积累而在瞬间爆发出来的写作动机和思路。文章不可强为，写出的文章仿佛天然就存在，毫无斧凿痕迹。换句话说，写文章要注重从生活中汲取源泉，让写作自然流淌，而非刻意雕琢。

　　诗中表达了文章创作的一种理念，主张在深思熟虑基础上让文章自然地展现出来，而不是刻意追求表面的华丽和技巧。这种思想在文学、艺术和日常生活中都有广泛的应用。也可以引申到人生这篇大文章，包括荣誉、仕途、升迁，都要"巧拙无施"，要在天时地利人和中自然获得，而不可矫揉造作，生硬为之。

# 游山西村

莫笑农家腊酒浑,丰年留客足鸡豚①。
山重水复疑无路,柳暗花明又一村。
箫鼓追随春社近②,衣冠简朴古风存。
从今若许闲乘月,拄杖无时夜叩门。

【译文】

不要笑话农家腊月里的酒又浊又浑,
在丰收年景待客,菜肴中的鸡肉猪肉都很丰盛。
山峦重叠水流曲折,疑是无路可走让人担心,
柳树暗绿花枝亮艳,忽然眼前又是一个山村。
吹着箫,打起鼓,春社的日子已经接近,
村民们都是衣冠简朴,传统风气仍然保存。
如果今后还能趁着月色消磨闲情,
我拄着拐杖,在夜里也要随时敲你的家门。

【注释】

①足鸡豚:鸡肉猪肉丰足。豚(tún),小猪。代指猪肉。
②春社:古代以立春后第五个戊日为春社日,拜祭社神,祈求丰收。

【哲理解读】

农家热情好客,好酒好菜,非常丰盛。春社欢快,民风淳朴可爱。山西村山环水绕,花团锦簇,春光无限,让诗人留恋不舍,希望再来。

这是丰收年景山村祥和景象，表达了诗人对山乡的热爱和对淳朴民风的赞美。"山重水复疑无路，柳暗花明又一村。"描写的是诗人置身山水之中，信步而行，直至迷路的感觉；抒发了移步换形，迭见新景，豁然开朗的喜悦。从重重山峦和曲折水流到柳暗花明的转变，诗人虽然感觉前路看似无望，却不放弃希望，直到出现转机，看到一个又一个新村。

诗人认为：在面对困难和挑战时，应该保持乐观和积极的态度，相信前方总会有新的机会和新的可能。这种乐观豁达的态度，可以帮助人们更好地面对生活中的挫折和困难。数百年来，人们从这句诗中受到陶冶，并在诗句的艺术美感中，体味到了人生变化发展的某种规律性，在希望中坚持，在坚持中一步步走向成功。

换言之，这句诗道出了世间事物消长变化的哲理。即在逆境中往往蕴含着希望，无论前面的路多么曲折艰难，只要坚定信念，勇于向前，人生就会"绝处逢生"，出现一个充满光明与希望的新境界。

## 卜算子·咏梅

驿外断桥边①，寂寞开无主②。
已是黄昏独自愁，更着风和雨。

无意苦争春，一任群芳妒。
零落成泥碾作尘③，只有香如故。

【译文】

郊野驿站外的断桥旁边，梅花寂寞地开放没有人关注。
到了黄昏已经够凄凉孤苦，又遭遇无情的冷风冷雨。

无心同百花争夺春光，却招来众多花草的嫉妒。

宋代

即使花瓣飘落被碾作尘土，依然和往常一样清香如故。

【注释】

①驿：驿站，供驿马休息的地方。
②无主：无人照管，无人赏识。
③零落：凋谢。　碾作尘：轧碎化作灰尘。

【哲理解读】

　　梅花独自开在荒郊，寂寞凄凉，到了黄昏更遭风雨打击。无人怜惜，无人同情，可它仍然顽强地生存。从来不与百花争夺春色，也无意炫耀自己。即使花朵零落，化成泥土，碾成尘埃，仍然芳香如故。

　　作者通过对梅花处境的描写，映射出自己内心的孤寂和悲凉，表现出对个人命运的苦思和对社会现实的反感。陆游抱定抗金复国的主张不放，对上"力说用兵"抗敌，因而被罢职回家，深感孤独寂寞，缺少知音。他借咏梅花的凄苦以泄胸中抑郁，感叹人生的失意和坎坷；也通过赞颂梅花精神来表达无悔的信念和高尚的情操。

　　"已是黄昏独自愁，更着风和雨。"恶劣的自然环境给梅花造成巨大的压力，实际上这是写人世的压力，即"群芳"对他的嫉妒排挤以及政治上的排斥。但是"零落成泥碾作尘，只有香如故"。诗人身处逆境而矢志不渝，只要能为世上留香，即使被现实碾压也在所不惜。正如陆游在《落梅》诗中所说："雪虐风饕愈凛然，花中气节最高坚。"诗人要和梅花一样，无论怎样的结局，都要长留芬芳在人间。

　　全词通过梅花独立风雨的象征意义，表达了诗人坚贞自守的内在品质，展示了生命的顽强与坚定。梅花在严寒中绽放，不求吸引众人的目光，不与世俗同流合污，这应该是陆游作为一个爱国诗人的生命观和价值观。

# 范成大

范成大（1126—1193年），字致能，号石湖居士。吴郡（今江苏苏州）人。"南宋四大家"之一。有《石湖诗集》《石湖词》等。

## 晚步西园

料峭轻寒结晚阴①，飞花院落怨春深。
吹开红紫还吹落，一样东风两样心。

【译文】

峭悬的微寒凝结成傍晚的阴云，院落里片片飞花怨恨春将过去。
吹得百花盛开又吹得满地落红，一样的东风却表现两样的心意。

【注释】

①料峭：摇摆于空中的微寒，多指春寒。

【哲理解读】

天气乍暖还寒，阴云团团，院子里的花朵因春深而飘落。东风吹开了百花，东风又吹得落花满地，都是一样的东风，为什么会有花开花落不同的结果呢？

这首诗蕴含着丰富的哲学思想。其一，东风吹开花朵又吹落花朵，说明东风既不偏爱盛开，也不惋惜枯萎，一切都在自然规则中进行。东风作为自然界的力量，对于万物的生长和凋零起着决定性的作用。它不受人的情感和意愿所影响，只是按照自己的规律运行。尽管东风对花的态度看似无情，但正是这种"无情"推动了自然循环和生命更迭。其二，同样是东风，却因不同的吹法带来不同的结果。这里既有条件问题，也有内因问题。条件是东风，内因是花木对气候的需要和应变。初春时节，气候温和，万物生机勃发，所以东风吹得百花姹紫嫣红。但随着季节的推移，百花已完成了开花的任务，进入生物的结果阶段，所以同样是东风吹来，却是落红遍地，绿叶成荫，子满枝头。其三，强调了事物对人的相对性和主观性。尽管东风对万物有同样的影响力，但由于人的情感和认知差异，人们对它的感受和理解可能会有所不同。不同的个体有不同理解，同一个人不同心情也有不同的理解。这种相对性和主观性表明，事物的价值并不在于事物本身，而在于人们如何看待和理解它。其四，是说事物具有多样性或多变性，不可能是一个模式，一成不变。开也东风，落也东风；正如成也萧何，败也萧何。同一个人或同一件事，可能成为事业的成就者，也可能成为事业的毁坏者。尽管条件相同，由于事物内在根据发生变化，在不同时期或不同阶段，所产生的结果就不会相同。

总之，"吹开红紫还吹落，一样东风两样心。"揭示了自然法则的客观性、内因对外因的适应性、客观世界对人的相对性和主观性、事物的多样性或多变性等哲学思考。

## 风　止

收尽狂飙卷尽云，一竿晴日晓光新。
柳魂花魄都无恙，依旧商量作好春。

【译文】

狂风停止了，把乌云也吹干净了，太阳出来一竿子高，特别地耀眼。杨柳和花草都未被狂风吓散魂魄，仍然一起商量着，装点美好春天。

【哲理解读】

狂飚过后，天蓝日丽，原来随风摇曳的柳枝，随风飘舞的花朵，它们和从前一样伸展着坚韧的筋骨，互相商量着：我们一定要重新创造一个更好的春天。

娇花弱柳遇到凄厉狂风，在摇曳中坚信"风"只是一个过客。自然的力量必将带来新的希望。狂飙之后，"一竿晴日"带来了"晓光新"，这象征着新的开始，自然界具有强大的再生能力和自我修复能力，即使面临挑战和变化，也能保持生机和活力。"柳魂花魄都无恙，依旧商量作好春。"不管春天里风有多狂，春天的斑斓永远是生命的色彩。如果说"作好春"是要让春天比原来更好，这代表着一定的肯定，那么狂暴的风可以看作是对"作好春"的否定，而柳枝、花朵在狂风逝去时"都无恙"，大自然的恢复力无疑又是对狂风的否定。"否定之否定"是事物运动的规律，风魂云魄与柳魂花魄的矛盾运动，便展现了这样一个规律。

该诗深刻的生命意识和宇宙观照，强调了生命的坚韧和活力，启示人们面对生活中的困难和挑战，应该像柳树和花朵一样经受考验，在狂飚之后屹立不倒，依然保持勃勃生机，始终相信未来会更好。这是一种乐观向上的生命观和自然观，也是一种积极进取的人生态度。

# 杨万里

杨万里（1127—1206年），字廷秀，号诚斋。江西吉州（今江西吉水）人。"南宋四大家"之一。著作有《诚斋集》等。

## 道旁小憩观物化

蝴蝶初生未解飞，须拳粉湿睡花枝。
后来借得东风力，不记如痴似醉时。

【译文】

蝴蝶刚刚出生还不懂得飞翔，触须弯曲，粉翅未干，睡在花枝上。
后来凭借东风展开了飞舞的翅膀，就再也记不起幼小困惑的窘相。

【哲理解读】

蝴蝶由卵成为幼虫，在花枝上蜷缩着身体，露水把花粉粘在小蝴蝶身上，它看起来如痴如醉，然而它的身体在发育成长，最终凭借东风之力，张开翅膀飞舞在花丛中，可它哪里记得当初困卧花枝的窘相。

一只蝴蝶已然长大，刚迎着太阳飞舞就忘记了过去，不记得由蛹成虫到蝶的变化过程，不记得幼小时的"如痴似醉"状态。会飞的蝴蝶印证了一个生物的共同特征：即蝉不知其若虫阶段，人不知其幼稚时期。一个人长大了不要像蝴蝶一样忘了"东风力"，不要忘了自己成长的根本。人从幼到壮不只是自身发育，同时还有外力因素。它告诉我们，每个人都需要经历从无知到有知、从依赖到独立的过程。蝴蝶需要借助风力才能飞翔，人也需要借助外部资源来推动自己成长。正如郑燮《画竹》所说："新竹高于旧竹枝，全凭老干为扶持。"

该诗还可比喻人情世态的变化。例如，一些人初入社会或进入某个新领域时，还没有适应和掌握其中的规则与技巧，表现出一副谦逊的样子；而经过一段时间学习和实践后，逐渐掌握了某种技能或适应了某个环境，就开始骄傲自大，瞧不起人。一些人在未发迹之时，小心翼翼，一副老实今今的样子；可是一旦有了机会，凭借外力得志以后，就变得趾高气扬、得意忘形，这正是："后来借得东风力，不记如痴似醉时。"

总之，这首诗表达了人生变迁和遗忘的主题。它告诉我们，成长和成功需要不断努力和借助外力，但同时不要忘了每个阶段的经历和感受，不要忘了自己的初心和本质。

# 小 池

泉眼无声惜细流，树荫照水爱晴柔。
小荷才露尖尖角，早有蜻蜓立上头。

【译文】

泉眼悄然无声是珍惜细细的水流，树荫倒映水中是爱惜阳光的轻柔。
小小荷花才刚刚露出尖尖的一角，早早就有一只蜻蜓立在它的上头。

【哲理解读】

泉眼无声地珍惜着细小流水，池塘中的树影与水相映成趣，刚露出的荷花尖尖角上，早就立着一只机智的蜻蜓。
泉眼虽然无声，但它的存在却给周围的生命带来了无限生机和活力。

荷尖初露，风采未显，蜻蜓却先知先觉，一下子发现了它。这不仅体现了生命之间的依存和互动关系，也体现了对新生事物的敏感性。在此，"尖尖角"可以看作是新生事物，更可以看作是初展才华的人，而"蜻蜓"就是赏识他们的角色。"小荷才露尖尖角，早有蜻蜓立上头。"此诗启发人们：对待新生现象、新生力量，诸如初露头角的新人，刚刚起步的发展趋势，应该有蜻蜓一样的敏感性，给予他们热情的关注、积极的培养和真心的呵护。因为新生事物具有强大的生命力和远大的前景。

此外，小荷与蜻蜓之间的微妙关系，体现了生物之间的和谐共处。自然界中的万物相互依存、相互映衬，形成了一个和谐的整体，显示着大自然的生机。它启示人们珍爱自然，让自然之美永不破坏，永远延续。

# 桂源铺

万山不许一溪奔，拦得溪声日夜喧。
到得前头山脚尽，堂堂溪水出前村。

【译文】

重重叠叠的山峦阻拦溪水向前奔流，
拦得溪水发出日夜不停的喧嚣声。
溪水排除万山阻碍，到了前边的山脚尽处，
汇聚成更大的溪流，流出前方的山村。

【哲理解读】

溪水在万山之间奔流，却被群山阻拦，溪水无法顺畅前行，日夜喧闹不停。然而，一溪尚在，就奔流不止，山峦重重阻隔，也无济于事，最终浩浩荡荡走出前村。

溪水与万山之间的较量，最终胜出。这里的"**万山不许一溪奔**"和"**拦得溪声日夜喧**"，形象地描绘了溪水与山峦之间的对立和冲突，而"**到得前头山脚尽**"象征着斗争的结束，"**堂堂溪水出前村**"则寓意着成功的到来。溪水从艰难的对决中挣脱出来，最终获得胜利和自由。

溪水前行遇到了曲折，但最终还是走出了曲折。这说明事物发展是前进性和曲折性的统一。前进是必然的，阻止只能是暂时的。经受得住暂时的困难，就会有光明的未来。在人生的道路上，就像溪水遇到万山阻拦一样，我们也会遇到各种各样的挑战。但是，只要我们坚持不懈，勇往直前，就一定能够突破困难，取得成功。

此诗还告诉我们：无论面对多大的困难和阻碍，都不能放弃自己的目标和理想，要像溪水一样，始终保持向前的动力和决心。

## 过沙头

过了沙头渐有村，地平江阔气清温。
暗潮已到无人会，只有篙师识水痕。

【译文】

过了沙头渐渐看到村庄，地势低平，江水广阔，气候温爽。
一股暗潮到来，没人发觉，只有蒿师顿时警觉，小心划篙。

【哲理解读】

诗人乘船过江，从一片荒芜的沙洲地带，驶入逐渐出现村落的江面。这里辽阔而宁静，并且气候宜人，大家都有一个好心情。突然，平静的江面暗潮来临，船上的人都没有察觉，只有篙师在警觉中小心翼翼，手握长篙，应对自如，让大家无惊无险。

本诗明白如话而富有深意。暗潮已然到来，而乘船的人却不知道，因为他们不懂水性没有经验，对潮水涨落的特征并不知晓；而篙师长年累月在江上撑船，水的深浅，流速的快慢，浪花的变化，都一清二楚，水面一些微小的变化都能觉察。这里揭示了"实践出真知"的深刻哲理，形象生动地告诉人们：真理是在反复实践中摸索出来的。

生活中常常存在的潜在变化，同样不易被人察觉，但却悄然无息地影响着人们的生活。无论面对怎样的变化和隐蔽的未知，人们都需要具备像篙师一样的洞察力，准确地把握事物的本质和规律，做出正确的判断。而敏锐洞察力是在反复实践中积累起来的，这就提醒人们实践的重要性。只有认真探索，反复实践，才能在变化中保持稳健的步伐，顺利前行。

总的来说，这首诗以江村景色为载体，表达了人生旅途中的变化和挑战，以及如何应对的哲思。它启示我们，要珍惜生活中的每一个阶段，不断积累经验，以便更好地应对未来的挑战。

## 晓行望云山

霁天欲晓未明间①，满目奇峰总可观。
却有一峰忽然长，方知不动是真山。

【译文】

天气放晴东方欲晓已到黎明时，奇丽秀峻的山峰隐约可以看见。
忽然一座山峰快速地高大起来，才知道屹然不动才是真的山峰。

【注释】

①霁天：晴朗的天空。霁，雨停了。

**【哲理解读】**

　　天气转晴，东方尚未破晓，晨光熹微，连绵起伏的群山奇异呈现。在朦朦胧胧之中，忽然发现一峰快速增长、破天而上，原来那不动的才是真正的山峰。

　　诗人在动与不动的对比中，写出了山静云动的奇妙意境，并揭示了一个道理：世界上有许多东西往往是相对的存在，即使亲眼所见的"满目奇峰"也是有条件的存在。这就告诉我们，要透过事物的表象看到事物的实质，从事物的相对存在看到事物的绝对存在。诗中**"却有一峰忽然长，方知不动是真山"**非常形象地描述了绝对真理和相对真理的关系。"不动"的是永恒的山峰，它象征着绝对真理，代表了真实和永恒的存在，不受时间和条件的限制，是客观存在的真实反映。黎明前在云端"忽然长"的奇峰，则体现了相对真理的特性，它随着光照、云霭和时间的变化而呈现出不同的形态，这样的奇幻景象是暂时的、有条件的。那永恒的山峰虽然静止不动，但它却是通过云端增长的山峰得以凸显和定义的，这就是真理的绝对性和相对性的统一。在人生的道路上，我们既要追求绝对真理的目标，跨越"一山放过一山拦"的障碍，又要承认相对真理的存在和它存在的条件。这不仅有助于我们全面地认识事物，还能引导我们在不断变化的环境中保持清醒的头脑和坚定的信念。

　　综上所述，此诗通过自然景象，巧妙地展示了绝对真理和相对真理的辩证关系及其在人生中的重要意义。它提醒我们在追求绝对真理的过程中，要努力探索相对真理并认识到它的有条件性，以利于更全面、更深入地认识世界和自己。

# 朱熹

朱熹（1130—1200年），字元晦，徽州婺源（今江西婺源）人。南宋理学家，程朱理学集大成者。总结了宋代理学思想，被后世尊称为朱子。存有《朱子大全》等。

## 春 日

胜日寻芳泗水滨①，无边光景一时新。
等闲识得东风面②，万紫千红总是春。

【译文】

天气晴朗之日在泗水滨寻花访草，远近景色令人耳目一新美妙四方。这样不经意地认得了东风的面貌，百花开放处处红紫都是艳丽春光。

【注释】

①泗水：河名，在今山东省泗水县。
②东风面：以东风代表春天，指春天的面貌。

【哲理解读】

晴朗的天来到泗水河边，繁花盛开，草木芬芳，一派新景象。在无意之中似乎看到了东风的真面容，那就是万紫千红的明媚春光。

显然，这不仅是一首优美的写景诗，更是一首借景寓理的哲理诗，它引导我们深入思考生命、自然和世界。诗中"泗水"暗指孔门，因春秋时孔子曾在洙水和泗水之间弦歌讲学、教授弟子。所谓"寻芳"或是寻求圣人之道，"万紫千红"应是比喻孔学的丰富多彩。诗人将圣人之道比作点染万物的春风，即以"东风"比拟孔学，表达出对孔子和儒学的崇敬。说明读书明理之后，心情极为愉快，眼前一片美好。"**等闲识得东风面，万紫千红总是春。**"朱熹认为要认识事物的本质，必须穷究事物的道理，即要从"格物"入手，物格而后知至，从"寻芳泗水滨"到识得"东风面"，就是从"格"到"至"的艺术化体现，说明人一旦接触并领受了崇高思想，掌握了认识事物内理的方法，就能使精神面貌发生深刻变化，就能让思想迈向一个新境界。这是结合写作背景来说的。

　　仅就字面而言：该诗通过春天的景象和美的感受，表达了对自然和生活的热爱。东风是春天的象征，它带来了温暖的气息和生机勃勃的力量。万紫千红的花朵在东风的吹拂下盛开，形成了绚烂多彩的春天画卷，它反映了世界的多样性和丰富性。同时，也告诉人们，尽管世界复杂多变，但生命的本质和规律是恒久不变的，就像春天总会带来生机和希望一样。春天是一切美好的象征，人们应该珍惜和感谢春天的恩赐。而在实际生活中，人们常用"万紫千红总是春"赞美时代风貌，形容形势大好，比喻新生事物犹如百花开放、一派繁荣等。

## 观书有感二首

半亩方塘一鉴开[1]，天光云影共徘徊。
问渠那得清如许[2]，为有源头活水来。

昨夜江边春水生，艨艟巨舰一毛轻[3]。
向来枉费推移力，此日中流自在行[4]。

【译文】

半亩大的方塘像一面镜子打开；云影天光在镜子里悠闲地徘徊。
要问池塘水为何这般清澈明亮，因为有源头新鲜活水不断流来。

昨夜里江水骤然上涨春波浩荡，巨型大船顿时一片羽毛般的轻。
从前行船费尽力气仍然走得慢，而今却能在江水中流自由前行。

【注释】

①方塘：又称半亩塘，在今福建省尤溪县城南溪书院内。
②渠：指代词，相当于它，此指方塘之水。
③艨艟（méng chōng）：亦作"艨冲"或"蒙冲"，古代的一种战舰。　一毛轻：像一片羽毛般的轻。形容驾驶大船毫不费力。
④中流：河流的中心。

【哲理解读】

第一首。半亩方塘像镜子一样清澈明亮，天光云影被它反映出来，这池塘里的水为什么会如此清澈，因为有源头不断地为它送来活水。

诗人用暗喻的手法，将书中的思想内容比喻为清澈的池水。其表象的美好和清澈往往是内在持续努力和更新的结果。水之清澈是因为有源头活水不断注入，人要心灵澄明，就得认真读书。读书有感悟时，就会进入一种新境界：灵气流动、思路明畅、想象自由。"源头活水"的成语由此产生，它形象生动地说明，人只有处于不断学习中，才会知识常新，与时俱进，否则人的脑子就会停滞不前，甚至僵化。

"问渠那得清如许，为有源头活水来。"在今天，人们对这两句诗又赋予了新的含义：事物只有处于不断运动中才会有活力，这也是流水不腐的道理。生活中需要持续的自我更新和改变，以适应不断变化的环境。此外，人们也常用这两句诗来赞美一个人的学问或艺术成就，有其深厚的渊源和强劲的动力。

总之，这首诗是对阅读生活的哲学思考，提醒人们清澈表象是由内在活水决定的，所以要保持思想的清晰和活力，就要不断学习、不断探索，以积极的态度应对生活的变化，并从中寻找人生意义和价值。

第二首。昨夜下了大雨，江边春水上涨，溪流汇入大江，往日里难以推动的大船，一下子如羽毛一般的轻，可以自由自在地漂行于激流之中。

这首诗以江水上涨前、后行舟用力不同作为比喻，形象地说明了知识积累和悟性的关系。读书需要积累，未读书或读书不多、书未读懂时，明白的道理少，做事很费力气，甚至是枉费力气，当读书达到一定程度，对书中道理融会贯通，掌握了一定程度的知识和技能，就容易把握做事的技巧和规律，做起事来就能轻松自如、得心应手。

诗中还蕴含了一个因果关系，因为"江边春水生"，所以艨艟"一毛轻"，能够"中流自在行"。这里突出了春水的重要性，强调了读书有助于悟性和灵感的触发，当读书达到一定水平时，不仅读书流畅自如，容易理解书中内容，领会书中道理，而且还足以使读书者产生新思想、新观点，从而触发创造性思维，进而驾驭所学知识或学科，就像驾驭艨艟巨舰一样，轻如鸿毛，不费力气。

诗句**"昨夜江边春水生，艨艟巨舰一毛轻"**还传达了一种对知识的珍视和超越的态度。通过知识的积累和理解的深入，可以更好地把握生活，提升自己，从而达到自由应用知识、自在驾驭生活的境界。

# 朱淑真

朱淑真（约1135—约1180年），女，号幽栖居士，宋代女诗人。《四库全书》确定其为浙中海宁人。魏仲恭《断肠集·序》说，现存《断肠诗集》《断肠词》为劫后余篇。

## 黄 花

土花能白又能红，晚节犹能爱此工①。
宁可抱香枝上老②，不随黄叶舞秋风。

【译文】

菊花绽放既能白色又能红色，晚岁时节更是喜爱如此品性。
它宁可抱着芳香枯老在枝头，也不随落叶在秋风飞舞飘零。

【注释】

①工：此指菊花的性态。
②抱香：怀抱着清香。比喻坚守抱负。 老：指凋谢。

【哲理解读】

菊花可以开放白色，也可以开放红色，到了晚岁特别喜爱这样的品性。因为它始终抱香自守，宁可老死在枝头上，也不跟黄叶随风飘散。

诗人通过对黄花品质的赞赏，抒发了自己坚贞不渝的秉性和情怀。表达了诗人对世俗的抗争精神和对独立人格的不屈追求。"**宁可抱香枝上老，不随黄叶舞秋风。**"堪称是诗人生命与人格的写照，结合其身世，诗人始终无法做到与不爱的人苟且一生。这是对所处时代包办婚姻的不满，更是对三从四德抗争性的质疑。这种异类，这种觉醒，这种超越，在那个特定的社会背景下注定是要失败的。而朱淑真似乎已经做好了失败的准备，人活一种志气、一种精神，即使为此而牺牲性命，也绝不苟随流俗，绝不放弃自己的理想和初衷。她要坚定自己所信守的人生原则与价值取向，宁可做一个失败的理想主义者，也决不做随波逐流的世俗人。

此诗传达了一种坚韧不屈、独立自守的人生态度。它启示人们要保持自己的信念和价值观不受外界干扰；要勇敢面对困境和挑战，乐观自信，矢志不移，自己尊重自己的人格和志向。

# 自 责

女子弄文诚可罪，那堪咏月更吟风。
磨穿铁砚非吾事[①]，绣折金针却有功[②]。

【译文】

身为女子舞文弄墨原本就是罪，还要吟风咏月简直是滔天大罪。
写诗有啥用，即使把铁砚磨穿又能怎样，这不是一个女人该做的事。
那些把绣花金针用折了的女子，才会受人喜爱，才值得赞美。

【注释】

①铁砚：用铁制的砚台。
②金针：用金制的绣花针。

**【哲理解读】**

　　女子弄文确实应当受到谴责，何况又是写诗作词吟咏风月。把铁砚磨穿了又有什么用呢？那是女子该干的事吗？只有把金针用折了，才是值得称赞的好妇道。

　　"女子弄文诚可罪，那堪咏月更吟风。"这是女诗人内心的幽怨和忧愤。在封建礼教统治下，女子舞文弄墨、吟风咏月就是不守妇道，得不到社会的赞许。这反映了当时社会对女性角色的限制和偏见，认为女性应该专注于家庭和家务，而不是参与社会交往和创作。而朱淑真却不甘愿融入世俗，面对这样的时代，这样的社会状况，只能自我叹息。这是女性在当时社会背景下的困境和面对自身命运的无奈，这是对传统的性别定位的深刻批判，也是一位才女对"女子无才便是德"的痛恨和谴责。可是谴责又有什么用，连她自己的父母都容不得风月之作，生前得不到认可，死后一把火烧掉她一生的心血；在重视礼葬的时代，因为"不守妇道"，竟连她的尸骨也随之灰飞烟灭。

　　"磨穿铁砚非吾事，绣折金针却有功。"这是女诗人希望超越传统的角色限制、追求个性和自由的一种反抗精神。这种"反抗"往往会受到传统势力的压迫和抑制。当时社会对女性角色的传统期望和约束，犹如泰山压顶，任何个人都是无能为力的。诗中通过对比女子学文和绣折金针，揭示了对女性在文学艺术和社会角色之间的痛苦挣扎，以及女性对自我价值的认同和追求。女诗人多么希望社会改变对女性角色的期望和价值判断的标准，建立一个平等、包容的社会环境，让女性能有机会发挥智慧和才华。可是这样的思想似乎过于超越时代，这是当时社会所不能容忍的。

　　总而言之，该诗揭示了封建社会对女性角色的歧视和压抑，表达了女诗人对传统观念的抗拒和挑战。女诗人沉重呼吁重新审视女性在社会中的地位和角色，重新认识女性的作用和价值，而不是将其限制在或停留在传统的三从四德及无才是德的"牢笼"中。

## 秋 夜

夜久无眠秋气清，烛花频剪欲三更①。
铺床凉满梧桐月，月在梧桐缺处明。

【译文】

秋夜漫长，凉气清爽，难以入眠；剪了几次烛花，才到三更天光。
窗外梧桐的月影，斑斑驳驳地铺洒在冷凉的床席上，
从梧桐缝看上去的月亮，依然是那么明朗。

【注释】

①烛花频剪：反复剪蜡烛灯花。

【哲理解读】

秋夜里天气清凉，难以入睡。三更时分，红烛暗焰，只好剪烛花以消遣寂寞。窗外梧桐筛下的婆娑月影，铺满空寂的床席。床上的月光很美，从树缝看去，天上的皓月更加明亮美丽。

这是一幅高远、疏朗的秋夜月色景象。梧桐树下斑斑点点的朦胧月光，折射诗人在孤独的生活中，望月沉思的寂寞心境。诗人频繁剪烛，暗示着时间的流逝。每一剪都是对过去的一种告别，对未来的一种期待。无人共剪西窗烛，此间才女独自愁。诗人满腹才华，却没有知己。自己的所爱所好、所作所为，更与时代对女性的要求格格不入。但梧桐毕竟遮不住诗人对美好生活的向往。"铺床凉满梧桐月，月在梧桐缺处明。"抬头向窗外望去，月华如水，圆圆的月亮正在梧桐的枝丫中散发出光明，暗喻诗

人夹缝求生，将在被遮蔽的缝隙发出一道光亮。

朱淑真漫漫人生，多少个难眠长夜，多少回烛花和月亮孤独相伴。月亮在梧桐缺处明亮，人生总有不完美和遗憾，女诗人正是在不完美的生活中显现自己的光华，为后人留下如此优美的诗章。

## 生查子·元夕

去年元夜时，花市灯如昼①。
月上柳梢头，人约黄昏后。

今年元夜时，月与灯依旧。
不见去年人，泪湿春衫袖②。

【译文】

去年正月十五元宵节，花市灯光像白天一样明亮。
月儿升起在柳树梢头，他约我黄昏以后共叙衷肠。

今年正月十五元宵节，月色和灯光同去年一个样。
再也看不到去年的人，泪珠儿不觉湿透青春衣裳。

【注释】

①花市：春时卖花赏花的集市。
②春衫：青少年时穿的衣服。

**【哲理解读】**

去年元宵夜，花市的灯亮得像白昼。柳树下，月光里，灯火阑珊处，正是幽会的好地方。今年元宵夜跟去年一样，月光依旧，却不见去年人。旧人不见，旧情难续，让人伤感落泪，泪水打湿了青春靓丽的衣衫。

该词忆旧伤今，表现了女主人公旧日恋情破灭后的失落与孤独；展现了相同的节日不同的景况、不同的情思。去年"**月上柳梢头，人约黄昏后**"；今年"**不见去年人，泪湿春衫袖**"。词中花、灯、月、柳既是去年甜蜜的见证，又是今年失望的承载。两情相悦的美好和当时相见的甜蜜，如今只有化作日复一日的相思泪。这既是对过去美好时光的怀念，又是对未来变化的忧虑。全词表达了物是人非的怅惘，今昔对比的凄凉，美好之景化为伤心之景的感叹，以及无可奈何的心境。由于社会观念的巨轮强烈地阻挡个人的脚步，虽然对过去的相约如此珍视，可是现实就是这样无常。

顺便说明一下，《生查子·元夕》一说为欧阳修所作，主要证据是清代纪晓岚主编的《四库全书》，认为该词非良家妇所宜，为了保全朱淑真名节，被认为是欧词。宋淳熙九年（1182年）魏仲恭搜编的朱淑真《断肠集》列有此词，《断肠集》系这位民间女诗人离世约两年辑成，与士大夫文豪欧阳修离世（1072年）相去一百多年。明代学者杨慎等人确认为朱词，清代况周颐等人认为应是欧阳修怀妾之作。《词品》《词综》皆认定为朱词。本书按照时间逻辑，认为清朝时期的质疑不应成立，因为宋代魏仲恭所编《断肠集》不可能误入一百多年前的名家作品。

时代不同了，女子约会不再被看作是"不贞"，那些"非良家妇所宜"的著作权质疑，最终大白于天下。此词的美学价值和社会意义也得到进一步发掘和认可。

宋代

# 辛弃疾

辛弃疾（1140—1207年），字幼安，号稼轩，济南府历城（今山东济南）人。南宋将领，豪放派词人。有《稼轩长短句》等。

## 菩萨蛮·书江西造口壁①

郁孤台下清江水②，中间多少行人泪。
西北望长安③，可怜无数山。

青山遮不住，毕竟东流去。
江晚正愁余，山深闻鹧鸪④。

【译文】

郁孤台下这赣江的水啊，中间多少过往行人的眼泪。
举头眺望西北的长安啊，可怜只看到无数的青山。

青山怎能把江水挡住？必然浩浩荡荡向东流去。
江边日晚愁绪满怀的我，不忍听深山那鹧鸪的哀歌。

【注释】

①造口：据《万安县志》在江西省万安县西南六十里。
②郁孤台：今江西省赣州市西北贺兰山顶。　清江：赣江与袁江合流

处，旧称清江。

③长安：今陕西省西安市，曾为汉唐故都，此处代指宋都汴京。

④鹧鸪（zhè gū）：鸟名。其叫声如说"行不得也哥哥"。

**【哲理解读】**

清澈的江水，不知有多少逃难人的眼泪。举头遥望，视线被青山遮断；浩荡的江水冲破重重阻碍奔腾向前。但一想到南归后的遭遇，又愁上心头，而那"行不得也哥哥"的鹧鸪哀啼声，更使人愁上心来。

作者登郁孤台远望，借助山水，抒发了国家兴衰的感慨。反映了四十年来国家南北分裂，人民流离失所的痛苦心情，也反映了作者坚持抗战，收复中原的强烈愿望。**"青山遮不住，毕竟东流去。"**江水虽然被青山所阻，但终究会绕过山峦，继续向东流去。青山可以遮住长安，遮住京城，但遮不住东去的历史洪流。辛弃疾的毕生志愿就是要北伐中原，恢复大宋江山的统一。从望不见长安到视线被无数青山遮住，隐含了壮志受到上层阻碍的深沉慨叹。但作者坚信，青山可以阻挡水流于一时，但无法阻挡历史进程，历史的车轮不会因为一时的阻碍而停止。即便在失望中也看到有希望，**"江晚正愁余，山深闻鹧鸪。"**作者收复故土的愿望，似乎得到了鹧鸪的回应，辛弃疾认为，统一山河的主张是顺应天意的。

辛弃疾对国家兴亡的忧虑和对山河变迁的反思，同时也反映对现实的无奈和对未来的迷茫，透露出自己的信念和理想，即使在困境中也要保持内心的坚强和希望，相信历史趋势不可阻挡。

## 青玉案·元夕

东风夜放花千树，更吹落，星如雨。
宝马雕车香满路，
　　凤箫声动，玉壶光转①，一夜鱼龙舞。

蛾儿雪柳黄金缕②，笑语盈盈暗香去。
众里寻他千百度③，
蓦然回首，那人却在，灯火阑珊处④。

## 【译文】

东风在夜里释放繁花千树，又吹落乱星如雨。
华丽的宝马车芳香溢满道路。
凤箫声声，四处回荡，玉壶般的明月渐渐西斜，一夜鱼龙灯飞舞。

美人头上佩戴各种亮丽的饰物，笑语盈盈地带着香气走过。
我在人群中寻找她千回百度。
猛然回头，不经意间发现，那人正在灯火暗淡之处。

## 【注释】

①玉壶：比喻明月，亦可指灯。
②蛾儿、雪柳、黄金缕：都是头上佩戴的饰品。这里指盛装的妇女。
③他：泛指第三人称，古时包括"她"。　千百度：千百遍。
④阑珊：零落稀疏暗淡的样子。

## 【哲理解读】

元宵之夜，阵阵礼花飞向天空，又像星雨一样散落下来。月华照亮宝马香车，人们载歌载舞，通宵达旦，笙箫飞动。美女们盛装走过，一路留香，笑声不断。我在人群中反复寻找她都没有见到，偶一回头，才发现她正站在灯火幽暗的地方。

这首词塑造了一位甘于寂寞的美人，这个美人也许就是作者理想人格的化身。站在灯火阑珊处的那个人，或许就是作者自己的写照。根据历史背景，辛弃疾当时不受重用，文韬武略施展不出去，心中有一种惆怅之感，就像站在热闹氛围之外的那个人一样，体现了自甘冷落而不肯同流的高士之风，也体现了决不放弃，终有所获的决心。

"众里寻她千百度，蓦然回首，那人却在，灯火阑珊处。"在众多的人中寻找一个特定的人，这个人可以是恋人、亲人、朋友，也可以是自己追求的目标或理想。寻找过程可能艰辛而漫长，需要不断探索和尝试，但最终会发现目标离自己越来越近。清代学者王国维把这种境界称之为：成大事者的第三种境界，即对理想追求不懈努力，最后一定会有如意的结果。

总之，该词表现了对繁华表象的反思和对理想的追求。通过元宵夜的热闹和局外人形象，展现了人生的多样性和复杂性。同时也暗示了人生的意义和目标需要不断地追寻与探索。

## 破阵子·为陈同甫赋壮词以寄之

醉里挑灯看剑，梦回吹角连营。
八百里分麾下炙[①]，五十弦翻塞外声[②]。
沙场秋点兵。

马作的卢飞快[③]，弓如霹雳弦惊。
了却君王天下事，赢得生前身后名。
可怜白发生！

【译文】

酒醉后挑亮油灯观看宝剑，睡梦中回到号角吹响的军营。
把牛肉分给部下烤吃，军乐队正演奏塞外歌声。
这是秋天在征战场上阅兵。

战马像的卢一样跑得飞快，箭弦像迅雷一般震耳惊心。
一心想替君王收复中原失地，博得世代相传的美名。
只可怜已经成了一个白发老人！

【注释】

①八百里：指牛。《世说新语·汰侈》记载：晋王恺有良牛，名"八百里驳"。
②五十弦：这里泛指乐器。　翻：演奏。　塞外声：指边塞军歌。
③的卢：一种额部有白色斑点的性烈快马。

【哲理解读】

酒醉之后反复看剑，忽然梦中回到军营，号角响起，与部下烤吃牛肉，然后排着整齐的队伍，军歌嘹亮。这是秋天在塞外阅兵。之后骑上的卢马在战场奔驰，弓箭之声像惊雷一样，还想就此为君王一统山河，自己赢得一世美名。只可怜白发丛生，理想成为泡影。

辛弃疾追忆早年沙场生涯，表达了杀敌报国、收复北疆的理想，抒发了有志难展、英雄迟暮的悲愤心情。词人的愿望是"**了却君王天下事，赢得生前身后名**"。可是在苟安一隅的南宋王朝统治下，报国无门，岁月虚度。一句"**可怜白发生**"，包含了多少难以诉说的郁闷和痛苦，也展现了词人内心世界的矛盾与挣扎。从全词看，壮烈和悲凉、理想和现实，形成了强烈的对比。词人只能在醉里挑灯看剑，在梦中驰骋杀敌，在醒时发出悲叹。这是个人的悲剧，更是民族的悲哀，也是时代的遗憾。

作者深沉的爱国情怀，忧虑着国家安危；建功立业的渴望以及壮志难酬的悲愤，展现了词人内心世界的矛盾和纠结。这不仅是对个人情感的抒发，更是对时代、对社会和历史的深刻反思。

## 木兰花慢·可怜今夕月

中秋饮酒将旦，客谓前人诗词有赋待月，无送月者，因用《天问》体赋。

可怜今夕月，向何处，去悠悠？
是别有人间，那边才见，光影东头？
是天外，空汗漫①，但长风浩浩送中秋？
飞镜无根谁系？姮娥不嫁谁留②？

谓经海底问无由，恍惚使人愁。
怕万里长鲸，纵横触破，玉殿琼楼。
虾蟆故堪浴水③，问云何玉兔解沉浮？
若道都齐无恙，云何渐渐如钩？

### 【译文】

今夜可爱的月亮，你向什么地方走去，悠悠漫漫？
是不是天外还有一个人间，那里的人刚刚看见月亮升起在东边？
茫茫宇宙空阔无限，是浩浩长风将那中秋的明月吹远？
是谁用绳索系住它在天空高悬？是谁留住嫦娥不让她嫁到人间？

据说月亮是经海底运转，这其中的奥秘无处寻探让人心生愁烦。
又怕那长鲸在海中横冲直撞，撞坏了美玉般的月中宫殿。
蛤蟆本来就懂得水性，试问为何玉兔也能在海中游潜？
假如说这一切都很平安，为何圆月会渐渐变得钩一样弯？

【注释】

①汗漫：广阔无边。
②姮娥（héng é）：传说月宫仙女嫦娥。
③虾蟆：蛤蟆。传说月宫有蟾蜍。

【哲理解读】

月亮悠悠向西走，是要到另外的人间吗？那边会看到月亮升起在东方吗？还是天外空无所有，只有这长风独送中秋月？它像一面悬在天空的宝镜，难道有一根无形的绳子把它系住？月宫里的嫦娥如今没有出嫁，是谁把她留住？听说月亮从海底升起，可又无从查问根由。我真怕大海中长鲸游荡触破广寒宫，会水的蛤蟆不用担心，而那玉兔何曾学过游泳？如果这一切都安然无恙，那么月亮又为何变成弯钩模样？

这些问题，问得异想天开而又神奇深沉。作者这一连串的发问，把读者带入了浪漫的神话世界。想象新奇而深邃，展现出人类对世界的认识和对真理的探索精神。作者对有关月亮的神话传说提出了自己的想法和怀疑，对月亮东升西落、盈亏变化的原因进行了猜测性解释。显然词人不是驰骋艺术才思，而是对自然现象深入观察后的大胆猜想。**"是别有人间，那边才见，光影东头？"** 月亮绕地球旋转这个科学发现，曾引起天文学界的革命。而在哥白尼前三四百年，中国宋代辛弃疾在观察月升月落的天象时，对月亮起源和归宿的探寻，已经隐约猜想到了这种地月关系。

有人说，这首词还隐藏着另一层含义，即作者对国家命运的忧思，作者以圆月象征大宋江山，**"怕万里长鲸，纵横触破，玉殿琼楼。"** 透露出他对南宋朝廷命运和前途的忧虑，也许不无道理。但就全词而言，应该是作者对自然天体的观察和想象，是屈原《天问》的延续，是对时空、存在的思考和探颐。这种对自然现象的思索，也是对宇宙奥秘的探索，体现了大胆的求索精神和朴素的唯物主义思想。

# 刘过

刘过（1154—1206年），字改之。吉州太和（今江西泰和）人。南宋文学家，著有《龙洲集》《龙洲词》等。

## 多景楼醉歌

君不见七十二子从夫子，儒雅强半鲁国士。
二十八将佐中兴，英雄多是棘阳人①。
丈夫生有四方志，东欲入海西入秦。
安能龌龊守一隅②，白头章句浙与闽。
醉游太白呼峨岷③，奇材剑客结楚荆④。
不随举子纸上学六韬⑤，不学腐儒穿凿注五经⑥。
天长路远何时到，侧身望兮涕沾巾。

【译文】

你没看见七十二弟子跟随孔子先生，儒雅之士大半都是鲁国人。
二十八个将领辅佐刘秀中兴，这些英雄多是棘阳人。
好男儿生来就应该有四方之志，东方欲到海上西方愿进秦域。
岂能心胸狭窄固守在一方小地，一辈子在闽浙一带吟弄文章诗句？
要像李太白醉游四方，呼峨山唤岷江，要广交楚天一带的英雄豪杰。
不能读死书在纸上学习韬略，不能学迂腐儒生穿凿地注解"五经"。
可是天长路远什么时候才能达到，侧身一望啊涕泪已沾巾。

【注释】

①棘阳：西汉县名。故址在今河南省南阳市南。
②龌龊（wò chuò）：狭隘，此作拘谨解。　隅：角落，指小地方。
③峨岷（é mín）：峨眉山与岷山的并称。
④楚荆（chǔ jīng）：指江陵。因江陵旧为楚都，后又为荆州治所，故称。
⑤六韬：古代兵书名。相传为西周吕望作，实为战国时人著，今存六卷。
⑥穿凿：牵强地解释。　五经：即《诗经》《尚书》《周易》《礼记》《春秋》。

【哲理解读】

　　谁都知道，跟随孔子传播儒学的七十二弟子，一半多是与孔子志同道合的鲁国人。辅佐东汉光武帝成就中兴大业的二十八将领中，转战南北的大英雄多是刘秀同乡南阳郡人。反观南宋，朝廷上下都是偏安一隅的庸碌之辈，他们不图恢复北方半壁江山，让国势日益衰弱。

　　这是刘过在多景楼（今属江苏）醉酒时写下的诗。作者认为：大丈夫"**安能龌龊守一隅，白头章句渐与闻**"。好男儿应该志在四方，为国家建立功业，不能过那种拘谨斗室、老死书斋、寻章玩句的生活，应该有东入大海西入秦地的气概，像诗仙李白一样醉游四方、呼山唤水，要结交楚地英雄豪杰，勇于保卫大宋江山。不要跟从腐朽儒生空谈韬略、穿凿解经，那只是纸上谈兵。然而淮河以北不见收复，何以能入秦地？国势如此衰微，中兴之志如何实现。诗人深感"书生如鱼蠹书册，辛苦雕篆真徒劳"。他认为真正的学问应该与实践相结合，而不是纸上谈兵或一味地注释远古经典。只有摆脱书斋，与楚荆豪杰一道另寻报国途径。虽然"天长路远"，也要弃一隅之安，勇敢地走出去，追求广阔的人生视野。

　　全诗充满了文人雅士的豪情壮志和对国家前途的忧虑，表达了积极进取的人生态度和对未来的期望与追求。在现代社会，"**丈夫生有四方志，**

东欲入海西入秦"，仍然具有重要意义。这种思想强调了人的主观能动精神，它启示我们要有开阔的视野和胸怀，投身到社会实践中去，向着未知领域不断超越自我，追求更加美好的未来。

## 唐多令·芦叶满汀洲

芦叶满汀洲①，寒沙带浅流。
二十年重过南楼。
柳下系船犹未稳，能几日，又中秋。

黄鹤断矶头②，故人今在否？
旧江山浑是新愁。
欲买桂花同载酒，终不似，少年游。

【译文】

芦苇的枯叶落满江汀小洲，浅浅的寒水在沙滩上漫流。
二十年过去了，如今我重新登上这南楼。
柳下的小舟尚未系稳，就匆匆赶来故地，过不了几日又是中秋。

早已破败的黄鹤矶头，让我想起旧时同游，如今还在吗曾经的朋友？
眼前的江山依然如故，不能一改旧貌怎不平添新愁。
想买上桂花带着美酒，一同去水上泛舟，但终究没有了少年时的兴头。

【注释】

①汀洲：水中小洲。
②黄鹤：指黄鹤山。在长江南岸，武昌城西北蛇山上有黄鹤矶。黄鹤

楼在其上。　矶（jī）头：堤坝和滩地靠岸建筑物。矶：三面环水一面接岸谓矶。

**【哲理解读】**

　　一泓寒水，满目荒芦，气象萧瑟。二十年过去了，如今重过武昌南楼。中秋又到了，时序催人啊。早已破败的黄鹤矶头没有一点改变。我的老朋友呢？想邀你们一同泛舟、赏花饮酒，但已没有少年时的豪情逸趣了。

　　刘过二十年前曾在安远楼与朋友名士聚会，二十年后重游旧地，国家动乱依然，昔是今非的感触油然而生。"**旧江山浑是新愁。欲买桂花同载酒，终不似，少年游。**"垂暮之身，逢此乱局，忧心忡忡。国家江河日下，寒士也悲秋。但作者岂止是悲秋，还有叹老、怀人、病酒，一腔热血变凉，抒的是怀才不遇、报国无路的苦闷。正如他的《忆鄂渚》诗云："书生岂无一策奇，叩阍击鼓天不知。"时代不给机会，能奈之何？这是理想与现实两相悖离的矛盾。

　　作者在流动的时间与静止的空间中，感到年华易老，梦想难成，感时恨别的悲伤情绪难以排遣。江山依旧，人事已非，新愁替代旧愁，传递出岁月的无情和人生的苦涩。尽管想要通过某种方式来驱散和排解，但这些方式有时并不是想象的那样有效。

　　作者通过旧时山河与现今心情的对比，表达了对历史变迁和时间无情的感慨。它启示人们，人生充满了变数和无奈，既无法回到过去，也无法预知未来，只能珍惜当下，勇敢面对生活的挑战。

# 卢钺

卢钺（生卒年不详，与刘过是朋友），号"梅坡"。宋末诗人，《全宋词》录其词《鹊桥仙》等四首。其诗《雪梅》流传甚广。

## 雪 梅

梅雪争春未肯降，骚人搁笔费评章①。
梅须逊雪三分白，雪却输梅一段香。

【译文】

梅与雪在春天争美谁也不肯服输，骚客文人难评高下只得搁笔思量。实际上，梅花应当逊让雪花三分洁白，雪花却该输给梅花一脉幽香。

【注释】

①骚人：诗人，文人。 评章：评议文章。此指评议梅与雪的高下。

【哲理解读】

梅花与雪花相互争美，都认为自己最具早春特色，互不认输。而观雪赏梅的文人们也难以评判它们的高下，常常搁笔思量。就洁白而言，梅比雪要逊色一些，但是雪却没有梅的清香。

这说明世间一切事物都各有特点，各有所长，各有所短。而观察者的角度是评判优劣的关键，角度不同，则结论不同。只有从多角度观察事物，才能得出正确的结论。"梅须逊雪三分白，雪却输梅一段香。"雪与梅在不同角度，各擅胜场。梅花当然很漂亮，也很高贵，但是比起雪花来，它没有雪花洁白；对于雪花来说，洁白如玉，美如梨花，它又没有梅花的香气。简言之，就视觉而言，梅花没有雪纯净洁白；就嗅觉而言，雪却没有梅花清香。人也各有特点，各有长处和短处，因此不能以己之长，比人之短；也不能只看别人的缺点，看不到别人的优点；更不能以为自己什么都了不起，而应该互相学习，取长补短。

事物之间既有共性又有个性，既相互联系又相互影响，以比较方式来观察事物的特点，就可以看到事物之间的关系和差异。该诗启示人们要善于发现和欣赏事物的不同之处，注意事物之间的联系和影响，以更加开放和包容的心态来面对世界、面对个体。

此外，梅花与雪花虽然存在竞争，但它们却共同构成了春天美丽的风景。这种竞争并不是相互排斥的，而是相互促进的，正是因为它们和谐共存，使得春天有色有香，更加丰富多彩。

# 游九功

游九功（1163—1243年），字勉之，建阳（今福建南平）人，宋末理学家，诗人。存诗六首。

## 松

烟翠松林碧玉湾，卷帘波影动清寒。
住山未必知山好，却是行人得细看①。

【译文】

碧玉湾绿色的烟霭笼罩着松林，卷帘一样的波影微微摇动清寒。
住在山里未必就知道山的美好，倒是路过的行人能够细细品玩。

【注释】

①却是：倒是。 得：能够，愿意。

【哲理解读】

诗人旅行中小憩于山间，举目远眺：茂密的青松翠烟缭绕，碧玉般纯净的水湾上微波荡漾，透出一股清冽之气。原来长居于山间，不一定能体会到山的好处；无意路过，反而能仔细地观赏山林胜景，感受个中趣味。
这是因为过于熟悉，反而忽略了山的独特之处。而过路的行人因为新奇才发现其中的美好。这就是生活中熟悉和陌生的关系。对于身边熟悉的事物，见惯了的东西，因为太了解而习以为常，显得平淡无奇，失去了审美参照中的新奇感，进而失去了事物固有的美感。相反一个初来乍到的人，见到什么都新鲜、都好奇，倒能发现令人心动的地方。生活中"距离"产生美，人生也需要有个距离，当跳出某种事物，往往更能见其真趣。

"住山未必知山好，却是行人得细看。"这说明生活在美好的环境中，未必能真正体验和欣赏它的美好；或者说在美好的生活中，却往往忽略了生活的美好。如果能够换一种视觉去观察和欣赏，也可能会发现新的价值。当人们以观察者视觉体验之，总是能清晰地看到它美好的一面，进而还能理解事物内在的本质和特征。比如通过旅游，在陌生中思考，在陌生中体验，总能丰富自己的阅历和知识。

熟悉和陌生的对比，揭示了人们观察事物的不同心态和视角。它提醒人们，即使是生活中常见的现象，如果能够换一种角度去看待，也可能会发现新的美好和价值。

# 叶绍翁

叶绍翁（1194—1269年），字嗣宗，号靖逸，龙泉（今浙江龙泉）人。南宋江湖派诗人，著有《靖逸小集》等。

## 游园不值

应怜屐齿印苍苔①，小扣柴扉久不开。
春色满园关不住，一枝红杏出墙来。

【译文】

我的木屐印出了深深的苔痕，实在令人惋惜——
轻轻地叩击柴扉，可是没有主人出来开门。
庭园里繁花盛开，春色已经关不住了，
瞧，一枝鲜艳的红杏花，从围墙上探出头来。

【注释】

①屐（jī）齿：木底鞋下面两头的木齿。屐，一种防滑的木底鞋。

【哲理解读】

诗人访友不遇，园门紧闭。敲门站得久了，以致穿的木屐把门前小径上的青苔都踩凹了。庭园里鲜花绽放，姹紫嫣红，一枝红杏从墙上伸出来，看来春色是关不住的。

诗人原本是要欣赏花园的美景，却遇到了"柴扉久不开"。然而，就在即将失望的时候，他看到了"一枝红杏出墙来"。这枝红杏的出现是出乎意料的，它的美丽超越了诗人的期待。有时候，生活中的美好并不是预先想象的那样，而是在意想不到的时候突然出现，给人带来惊喜。诗人从红杏出墙看到了满园春色，看到了春天的勃勃生机。美好的事物具有强大的生命力，新生力量尽管一时受到禁抑，但终究是禁抑不住的，它终能冲破藩篱，突破束缚。事实上，一切有生命力的新生事物都是无法阻拦的，他们最终都会突破人为的限制，向人们展示其全新的美和力量，表现其生命的顽强和不可遏制性。"春色满园关不住，一枝红杏出墙来"这句诗也寓含着一种乐观的生活态度。即使生活中遇到困难和挑战，亦应该像红杏一样，充满生机和活力，积极向上，努力突破困境。它启示人们无论遇到什么困难和阻碍，都要努力绽放自己的美丽，实现自己的价值。

顺便说一下，在唐代就有红杏出墙的诗句，如吴融《途中见杏花》："一枝红杏出墙头，墙外行人正独愁。"南宋诗人陆游《马上作》直接引用吴融诗句，写了"杨柳不遮春色断，一枝红杏出墙头"的哲理名句。而叶诗的"关不住"配"出墙来"使诗的意境和哲理更加完美、更加丰富，因而流传甚广。

## 秋日游龙井

引道烦双鹤，携囊倩一童。
竹光杯影里，人语水声中。
不雨云常湿，无霜叶自红。
我来何所事，端为听松风。

【译文】

凭借一对仙鹤引导游逸之路,携带的背囊烦请书童背着。
杯中的茶水映着竹叶的光影,隐约的人语透过水声传来。
即使没雨,云也是湿漉漉的;不用霜打,树叶已经红了。
我来这里到底是为什么事呢,其实就是为听那松树的风。

【哲理解读】

秋日游览龙井,沿着双鹤飞行的方向走,并由书童背着行囊。到了竹林的静美之处,歇足品茶,听那人语声和溪水声交织在一起。这里没有下雨能够感觉到云的湿润,没有霜冻树叶自然变红。我特意来倾听松风,特意来感受郊野的静谧和闲适。

作者通过自然界的细微处,表达了对悠闲清静生活的向往。诗中"双鹤引道"和"听松风",象征着远离尘嚣,回归自然,强调了人与自然的紧密关系和超越世俗的愿望。诗句"竹光杯影里,人语水声中",描绘了一个静谧、和谐的画面,表现出诗人对内心宁静的追求,意境包含人文精神,给人以温馨的感觉。"**不雨云常湿,无霜叶自红**"则于景象之中寄寓了理趣:云本由水汽聚集而成,这是"湿"的本质。云霭—水汽—雨水,是特定事物自身循环产生的不同形态;"叶自红"是因为"物各有理",人们往往认为秋天起霜,枫叶才会变红,其实枫叶变红是枫树自身生长规律的一个特征,霜只是起加速或延缓的作用。

云雨变化而空气湿润;落叶类的树木即使没有霜,到了秋的季候也会变色零落,这是自然规律的必然性和常态性。这些都说明,事物变化与发展具有自身的内在规律,世间一切事物无不受其自身规律的支配。

# 林稹

林稹（zhěn）〔生卒年不详〕神宗熙宁九年（1076年）进士，号丹山，长洲人（今江苏苏州）人，宋朝才郎，著有《宫词》百首。

## 冷泉亭①

一泓清可沁诗脾②，冷暖年来只自知。
流出西湖载歌舞，回头不似在山时。

【译文】

一汪清澈泉水沁人心脾引起诗思，冷与暖这年头只有泉水自己知道。可是流入西湖后承载了歌舞画舫，回头来就不是在山里那样明净了。

【注释】

①冷泉亭：在今杭州西湖灵隐寺飞来峰下，亭前有冷泉，故名。
②泓：原意是形容水深，此引申为量词，一道。 诗脾：诗的情思。

【哲理解读】

冷泉亭下深幽清澈的泉水可以浸润诗肠，年复一年，冷暖变化，又有谁能知道？可它流入西湖承载了歌舞娱乐的游船后，回头看就再也不像在山里那样纯净了。

本诗抓住泉水出山前、后的清浊变化，赋予它趋附繁华、同流合污的象征意义，用来形容当时"暖风熏得游人醉，直把杭州作汴州"的苟安现象，以表示对时局的不满和担忧。诗的本意是讥讽南宋朝廷偏安杭州，不图收复失地、不思进取的状况。也表达了环境对人的塑造作用。一旦离开原本的环境，人的行为和态度往往会受到新环境的影响而发生变化，即使再回到原点，也不是原来的自己。"**流出西湖载歌舞，回头不似在山时。**"原本纯朴美好的东西，经过一定社会风气濡染后，性质就发生了变化，就再也没有原来那么纯朴了。从"冷暖自知"看，原本独善其身，不与世俗为伍，可最后还是无法抵挡诱惑，流入香尘。这种现象提醒人们，要洁身自好，就要慎始慎终，不能像冷泉那样，一旦与不清澈的湖水合流，便丧失了本来面目。

这首诗告诫人们，不要凭借一时快乐就去追求不适当的东西，有可能追求到了又会后悔；也告诫人们在诱惑面前多想想利弊，不要脑袋一热就行动，虽然"不碍源头彻底清"，也要三思而后行。

# 夏元鼎

夏元鼎（约1201年前后在世），字宗禹，永嘉（今浙江永嘉）人。南宋诗人。著有《南岳遇师本末》。

## 绝句·崆峒访道至湘湖[①]

崆峒访道至湘湖，万卷诗书看转愚。
踏破铁鞋无觅处，得来全不费工夫。

【译文】

到崆峒山访问道士又去了湘湖边，过去读了很多诗书却越读越愚钝。踏破铁鞋也没有找到做人的道理，而在访道时得来竟全然不费工夫。

【注释】

①崆峒（kōng tóng）：山名。一般指位于甘肃省平凉市的崆峒山。 湘湖：一般指浙江省杭州市萧山区境内湖泊。

【哲理解读】

读了许多道家典籍不得其悟，以为自己太愚笨。而从崆峒山访道问师开始，直到湘湖高人指点，不经意间豁然明白了曾经读过的"道"理。

诗人年届五十弃官学道，游历各大名山寻访道师。据《南岳遇师本末》记载：夏元鼎听闻西部有仙迹灵洞，心生向往，便动身前往游历，只可惜游历许久，一路走来，并未得见。不料在湘湖一带遇到周道人，夏周二人相互问道，切磋求教。周授以夏孔孟、庄老、丹道、阴阳等学问。夏受益颇多，便在山壁题写此诗，写出了突然所得、如释重负的心情。并以悟道为例，揭示了认识事物本质的一个普遍规律，那就是只有经过艰苦求索、锲而不舍，才会水到渠成，彻底通悟。

"踏破铁鞋无觅处，得来全不费工夫"体现了深刻的哲学思想。一方面，它揭示了个体主观能动性和客观因素之间的碰撞关系。人们通过主动探寻和寻找，体现了主观能动性，但事情的结果并不总是如人所愿，因为个体的决定和行动受到客观因素的制约。这意味着，尽管人们可以积极地追求目标，但成功实现并不完全取决于个人的努力，还受到许多不可控因素的影响。另一方面，也揭示了必然性和偶然性的关系，即在努力追寻的过程中，有时会遇到困难和挫折，甚至迷茫，但偶然间可能会发现目标，这反映了生活中必然和偶然的交织。它告诉人们，在面对目标时，除了要有毅力和恒心外，还要有开放的心态，接受可能出现的偶然性机会。此外，还提醒人们对待失败应有的态度。尽管付出了大量的努力，但有时可能仍然无法达到目标。在这种情况下，不应该过分自责或陷入消极情绪，而应该理性地看待失败，从失败中吸取教训，并继续前行。也就是对待失败要有积极进取的态度和坚韧不拔的精神。

这句诗具体应用大概有三：一是有心去做某件事或寻找某个人，历尽千难万险都办不了、找不到，而在无心之时，却很容易就达到了目的。二是急需要的东西费了很大的劲都得不到，却在无意中得到了。三是比喻做事或治学，开始的时候往往很艰难，直至功夫到家了，就会豁然开朗，一通百通，最终获得成功。

# 元好问

元好问（1190—1257年），字裕之，号遗山。太原秀容（今山西忻州）人。宋金对峙时期北方文学主要代表，金元之际在文学上承前启后，被尊为"北方文雄"。有《元遗山全集》等。

## 山居杂诗①

瘦竹藤斜挂，丛花草乱生。
林高风有态，苔滑水无声。

【译文】

瘦削的竹枝上，斜挂着长长藤蔓；荒芜的乱草中，一团团鲜花丛生。高大的树梢摆动，使风有了形态；溪水流过，青苔柔滑得没有声音。

【注释】

①山居：元好问在1218年至1227年居登封嵩山(今属河南)。

【哲理解读】

竹为藤所绕，藤依竹而生，青草映衬丛花，青苔润滑溪水。竹枝风过有形，苔藓水流无声，皆因自然、从容、淡定。

这是一副明丽而富有动感的自然景象，也是一种深居山间、面对清逸山水的情感表达。诗人经历了家国变迁，很珍惜这种闲适恬淡的环境和山野情调。"林高风有态，苔滑水无声。"由于树高，山风吹来，摇曳多姿；由于苔滑，溪水流过，杳无声响。这自然清幽的画面，展现了自然界的和谐与平衡，以及不同事物之间的相互影响和相互作用。也暗示了自然对人心灵的滋养和启迪。诗中似乎有一种因果逻辑："林高"与"苔滑"，说明一个人只要具备高尚的情操和深厚的修养，就能处变不惊，做到风来"有态"，水荡"无声"；就能在静默之中不计荣辱，无意名声，达到人生的禅境。

此诗强调了自然界中的多样性和活力，这是生命在自然生长过程中，呈现出的一种生态健康的美，表达了一种人与自然和谐共生的理念，也暗喻了作者的修养境界。

# 论　诗

眼处心生句自神，暗中摸索总非真。
画图临出秦川景[①]，亲到长安有几人。

【译文】

眼睛观察实境，心里产生激情，写出的诗句自然入神，
暗中虚拟而无实际生活体验，写出的诗绝不会有真感情。
虽然依照北宋范宽画的图，可以临摹出秦川景象，
然而亲自到长安身临其境，画出真情实感的又有几个人。

【注释】

[①]画图：指北宋范宽代表画作之一《秦川图》。　秦川：今陕西省秦岭以北的关中平原。

【哲理解读】

亲眼所见的景象，激发了内心的情感，就能写出神奇的诗句，暗中摸索、闭门制造的东西总会失却真实。对着图画可以临摹出八百里秦川景色，但是亲自去长安实景创作的人却没有几个。

这是元好问《论诗三十首》之一。作者认为，诗歌创作中的景物描写，是将眼中所见之景化作心中意境，只有主观审美意识与实际眼观感受相结合，才能产生出优秀的诗句。如果只是凭借想象，闭门造车，而没有亲身经历和实景体验，就不能准确地把握描写对象的特点，写出来的东西就不会生动感人。正如清代诗论家袁枚所说："目之所未瞻，身之所未到，勉强为文，有如茅檐曝背，高话金銮。"虽然艺术创作中，主观意识有很强的能动作用，但没有真正去过长安，没有亲身游历秦川，怎么能创作出惟妙惟肖的秦川盛景图呢？

诗歌或艺术创作和作家的实践有密切关系。唯物主义实践论认为，作为观念形态的文艺作品，是客观世界在作家头脑中的认识或反映。因此诗人要想写出好诗来，就必须深入实际，在生活中耳闻目睹，在实践中广泛接触和细心观察，有了真实的感受和体验，下笔时才能"眼处心生句自神"。"暗中摸索"式的闭门觅句，决然写不出真正的好诗。

## 同儿辈赋未开海棠

枝间新绿一重重，小蕾深藏数点红。
爱惜芳心莫轻吐，且教桃李闹春风。

【译文】

海棠枝间新长出的绿叶，层层叠叠，
小花蕾隐匿其间，微微泛出几点淡红。

没有轻易地绽放，是因为爱惜自己的芳心，
就让桃花、李花在春风里闹腾去吧。

**【哲理解读】**

　　海棠新叶层层茂密，花蕾藏在枝叶深处，不露芳容，它是要爱惜自己的芳心不愿轻易地绽放，暂且让桃花李花闹腾在春风中，尽情地盛开吧。

　　此诗创作于嘉熙四年（1240年）前后。金朝已经灭亡，诗人回到故乡，采取了一种与世无争的态度，过着遗民的生活。他认为自己已经没有能力周济天下，只能独自保持自己坚贞的品质。诗中海棠新绿楚楚、藏红点点，却不屑与桃李争春斗艳。反映了诗人坚守节操，不与世争的人生态度。暗含了诗人的心志和对儿辈的希望。

　　桃李等花朵迎着春风竞相开放，热闹非凡。而海棠却坚守自我，不为所动。海棠是要等待适当的时机，而不是盲目跟随其他花朵。"**爱惜芳心莫轻吐，且教桃李闹春风。**"诗人认为："芳心"是不应该轻易吐露的，像桃李那样在春风中嬉闹，只是一种肤浅的表现。诗人宁愿红蕾深藏，谦虚地躲在一旁，在静幽中观看时代风云，并告诫儿辈学习未开之海棠，不要轻易吐露花心芳意。这在多变的时代、复杂的世事当中，不失为自重之举。人生应该保持内敛、矜持，珍惜自己的内心世界，心思不要轻易展示于人，也不必与他人争奇斗妍。

　　诗中所体现的哲学思想是中庸之道，即在社会交往中要保持平衡和独立，不要过于偏向某一方，不要轻易表露自己的情感和想法。这种思想启示人们理性看待周围的事物，保持内心的平静和稳定。如今"爱惜芳心莫轻吐"也成为慎重对待爱情的一句格言。

# 岐　阳[①]

百二关河草不横[②]，十年戎马暗秦京。

岐阳西望无来信，陇水东流闻哭声。
野蔓有情萦战骨，残阳何意照空城。
从谁细向苍苍问③，争遣蚩尤作五兵④？

## 【译文】

二万人可抵百万兵的三秦如今杂草不生，十年战火暗淡了旧时秦京。
西望岐阳已经没有同胞的音讯，东流陇水能听到惨痛的哭声。
荒野蔓草脉脉含情地萦绕战士尸骨，残阳为什么照射着死寂的空城。
究竟跟谁向这苍天细细地责问，为何让蚩尤发明了杀人的五兵？

## 【注释】

①岐阳：即凤翔（今属陕西）。金哀宗正大八年（1231年）正月，蒙古兵围凤翔（时为金占），四月破城。元好问时任南阳令。
②百二关河：古秦国占地形之利，二万人可当诸侯百万兵用。
③苍苍：天的颜色，即苍天。
④争：怎么让。　蚩尤：上古部落首领，曾与炎黄族作战。　五兵：即五种兵器，一般指矛、戟、弓、剑、戈。

## 【哲理解读】

"百二关河"的三秦，如今已不见杂草纵横，旧时的秦都也失去往日的繁华。向西望去岐阳已没有同胞的讯息，东流的陇水仿佛有呜咽的哭声。战士的遗骨在荒野被藤蔓缠绕，夕阳空照着已经毁坏的城池。这该如何向苍天质问，为什么让蚩尤创造了各种兵器，从此战争无休无止。

此诗表述了战争与和平的关系。对战争的破坏性进行了实际描述，有一种对黎民百姓的同情和对战争惨烈的憎恨。作者经历战乱，对战争的破坏性刻骨铭心。野草缠绕尸骨的凄凉，呈现了战争对生命的无情剥夺和对人性的摧残。残阳照空城的荒凉，反映了战争的破坏力。在作者看来，任何时候任何理由的战争，都是对人类生存的挑战。有挑战就有反战，就有抗战，战争连连不断，黎民生活如何安宁。争夺关中地区的战争打了十年，三秦大地已经寸草不生。"从谁细向苍苍问，争遣蚩尤作五兵？"战争的发动者挑起战争究竟是为了什么？难道是发明了兵器的原因？有什么有效途径，能够从根本上消除战争，让老百姓踏踏实实过太平日子？

诗人向苍天发问，质问为何会有这样的战争。这里的"苍苍"可以理解为自然界、天道或者更高层次的力量。这样的质问，表现出诗人对战争的愤慨与对和平的渴望，也是对人类行为的反思和对社会规则的探讨。体现了中国古代哲学中的"天道"思想，即人类的行为应该顺应天道，与自然环境和谐共存，而不是破坏环境、残害生命。

这首诗提醒人们反思战争、追求和平，同时也表达了以人为本，珍视生命的理念。这些哲思不仅具有深刻的历史意义，对现代社会依然具有重要的启示作用。

# 许衡

许衡（1209—1281年），字仲平，号鲁斋。怀州河内（今河南沁阳）人。宋末元初理学家、教育家、政治家。代表著作有《鲁斋遗书》。

## 风雨图

南山已见雾昏昏，便合潜身不出门。
直到半途风雨横，仓皇何处觅前村[①]。

【译文】

当见到南山已经云雾昏沉，就应该躲起身来不出门了。
到了半路上突然雨横风狂，慌忙寻找避雨场所就晚了。

【注释】

①仓皇：匆促慌忙的样子。

【哲理解读】

南山天色昏暗、雾气沉沉，这是大雨将至的征兆。此时就应当待在家中不要往外走了。贸然外出，哪知走到半途便狂风骤起，大雨倾盆，前不挨村后不着店，不知何处有避雨的村庄。

此诗题在一幅画上，画面内容是雨横风狂之中，一个人正在仓皇四顾地寻找避雨场所。这其实是塑造了一个官场潦倒、悔不当初的人物形象。许衡在其仕途生活中,多次被诏入朝为官,又多次辞归故里。该诗旨在说明他做官辞官的心态,明明看到朝中"雾昏昏",势必"风雨横",却依然怀着期望,回到朝中。换句话说,一个已见"风雨"征兆的人,盲目入仕,每每"遇雨",怎不悔恨交加?这幅画、这首诗反映了作者的一种矛盾心态和无奈。它试图告诉人们:凡事要未雨绸缪,防患于未然,要考虑当前与长远的关系;看问题不能眼光短视,只顾眼前,生活中发现不利预兆,就应该见微知著,及早采取应对措施。如果冒昧行事,一定会弄得进退失据,不知所措。"直到半途风雨横,仓皇何处觅前村。"

这首诗启示人们,在做出决定之前,就应该充分考虑各种可能出现的风险和后果,并提前制定应对策略。凡事预则立,不预则废。人有远虑,则无近忧。生活中充满了变数和不确定性,人们应该保持警觉和谨慎,要有足够的耐心和准备去应对各种挑战与变化。不要过于冒险或鲁莽,避免陷入无法自拔的困境之中。

# 释文珦

释文珦（1210—1290年），字叔向，号潜山老叟，于潜（今浙江临安）人。宋末元初诗人，存世有《潜山集》。

## 过苕溪①

苕溪发源自天目，一溪东之漾寒渌。
岸山续续相照映，原田每每资渗漉②。
祇看后浪催前浪，当悟新人换旧人。
来往舟航谩如识，到头若个曾知津③。

【译文】

发源于天目山的苕溪有两支，向东的一溪荡漾着寒澈清波。
两岸山峦连绵不绝相互映照，原野田地每每因渗漉而肥沃。
不要只看到溪水后浪推前浪，应该明白新人必然取代旧人。
来往船只看似明白这个道理，到头来有几个曾知上岸津门。

【注释】

①苕溪：浙江水名。出天目山之南者为东苕，之北者为西苕。两溪合流，注入太湖。
②渗漉（shèn lù）：水下流貌。
③知津：认识渡口。犹言认识归途。

**【哲理解读】**

苕溪源头在天目山，向东的一溪波澜起伏，水流寒澈。两岸景色与水面相映反射，形成一幅幅连续的画卷。溪水渗透至原野，使大地得以润泽。流水后浪推前浪，世间新人换旧人。可是人在旅途奔波，又有几人懂得问津上岸。

全诗将自然景观与人生旅途相结合，从流动的河流中看到了流动的时光，也看到了流动的人世，表达了对人生的思考和探颐。"**祇看后浪催前浪，当悟新人换旧人。**"后浪总是推动前浪，新人不断取代旧人，因此要认识到新一代的崛起和进步是不可避免的。当新一代人在各行各业中逐渐崭露头角，成为社会的新生力量时，许多老一辈人仍然沉浸在自己的成就和经验中，对于新人不以为然。这正是"**来往舟航谩如织，到头若个曾知津**"。每一个人都只是时间的过客，而人类社会是不断更迭延续的。所以在人生旅途中奔波，既要懂得珍惜时光，又要正确认识自我，懂得如何适时上岸。诗人以行舟为喻，警示人们在人生旅途中要懂得自己的口岸和归途，不要怕"后浪催前浪"，应该放手给新人，因为新人年轻有活力、有新思维，能够更好地适应快速变化的社会环境，他们和曾经年轻的老一辈一样能够推动社会发展。

时代在进步，社会在发展，新的力量不断地取代旧的力量。即使老一辈有一定的知识和经验，但随着活力衰减最终仍会过时落后，因为世界是不断变化的，老一辈无法永远走在世界前面，作为先辈应该接受和适应这种变化，对后生保持开放支持的心态。

# 文天祥

文天祥（1236—1283年），字履善，号文山，吉州庐陵（今江西吉安）人，宋末元初民族英雄，文学家。著作有《文山诗集》等。

## 过零丁洋

辛苦遭逢起一经①，干戈寥落四周星②。
山河破碎风飘絮，身世浮沉雨打萍。
惶恐滩头说惶恐③，零丁洋里叹零丁④。
人生自古谁无死？留取丹心照汗青⑤。

【译文】

早年由科举入仕后历尽千辛万苦，如今战事渺茫已到第四个年度。
山河破碎恰如狂风中的柳絮飘零，个人浮沉更似骤雨猛打的浮萍。
惶恐滩的惨败让我至今依然惶恐，零丁洋身陷元虏可叹我孤苦伶仃。
人活一世有谁能够不死？只愿留取一片丹心映照青史。

【注释】

①遭逢：遭遇。　起一经：因为精通一门经书，通过科举考试而被朝廷起用。文天祥二十岁考中状元。
②寥（liáo）落：荒凉冷落。　四周星：四周年。文天祥从1275年起兵抗元，到1278年被俘，一共四年。

③惶恐滩：在今江西省万安县，是赣江中的险滩。1277年，文天祥在江西被元军打败，所率军队死伤惨重，妻子儿女也被元军俘虏。他经惶恐滩撤到福建。

④零丁洋：现在广东省珠江口外。1278年底，文天祥率军在广东五坡岭与元军激战，兵败被俘，囚禁于船上曾经过零丁洋。

⑤丹心：红心，比喻忠心。　汗青：同汗竹，指史册。古代用竹简写字，先用火烤干竹的水分，称为汗青。

【哲理解读】

科举入仕后历经各种辛苦，四年的干戈奋战，国家危在旦夕，亡国之臣，身世如雨中的浮萍。经历惶恐滩的惶恐，遭遇零丁洋的伶仃，我早已把生死置之度外，回想人生，只愿留下赤胆忠心，照亮青史。

宋祥兴元年（1278年）冬，文天祥兵败被俘。翌年正月，元军都元帅张弘范将其囚禁于船上，继续追击逃往崖山的南宋最后一个皇帝。张再三威逼文天祥致书劝降宋军统帅张世杰，文严词拒绝。他面对浩瀚沧海，感慨国家命运，写下本诗，以明志向。

此诗沉郁悲壮，满腔大义，气贯长虹。作者的个人遭遇和国家命运紧密相连，在国家民族危亡之际，只有忠心为国，死而后已，诗人唱出了"人生自古谁无死？留取丹心照汗青"的壮歌，以磅礴的气势，高亢的情调，表现出诗人以身殉国、慷慨赴死的爱国情怀，体现了诗人坚贞不屈的民族气节和舍生取义的国家情怀。

这是诗人用生命写就的理想之歌。它告诉人们，每个人的生命都是有限的，在有限的生命中应该追求内心的忠诚和正义，让自己的赤诚之心照耀千秋。这是一种难能可贵、积极向上的人生观和价值观，是诗人留给后世的精神瑰宝。

# 郑思肖

郑思肖（1241—1318年），字忆翁，号所南，福州连江（今福建连江）人。宋末元初诗人、画家。有诗集《心史》《所南翁一百二十图诗集》等。

## 送友人归

年高雪满簪①，唤渡浙江浔②。
花落一杯酒，月明千里心。
凤凰身宇宙，麋鹿性山林。
别后空回首，冥冥烟树深③。

【译文】

您年事已高，头上雪满发簪；我为您呼唤渡船，在浙江之滨。
正值落花时节，我们举杯惜别；别后共看明月，仍然千里同心。
您像凤凰，志在腾身苍穹；我似麋鹿，生性喜爱山林。
您走后我枉然回头，只见昏暗的树林飘动着惆怅的烟云。

【注释】

①簪（zān）：古人用以绾结长发的物件。
②浙江：水名，此指钱塘江。　浔（xún）：水边。
③冥冥：昏暗、模糊的样子。

**【哲理解读】**

正是落花时节，您白发苍苍，迎风而行。我杯酒相送，略表心意；此去相距千里，明月会把我们的心连在一起。您是凤凰以宇宙苍穹为身，我是麋鹿以山林旷野为性。您走之后我每每回望，只有缥缈幽深的烟树，让我思念无垠。

诗人将送别友人之情，赋予山水、花月、动物等意象，同时也折射出对老者的敬佩与祝愿。诗句"凤凰身宇宙，麋鹿性山林"，结合作者在宋亡后背北向南，并改名"所南""忆翁"的坚贞姿态，常被解读为离世高蹈，不向新朝俯首的气节。这或许不无道理，但总觉得有些牵强。从全诗意境看，此诗写得空灵而洒脱，应该是作者以自谦来赞美友人。即您像凤凰，志在腾飞浩渺的太空；我似麋鹿，生性喜爱幽静的山林。不同种属，各奔东西，此乃本性使然。这里蕴含了一个事理：事物质的规定性决定事物的个性特征。说明人各有志，不必强求道合。与其让凤凰和麋鹿志同道合，不如让它们各自去追寻自己的梦想。自己走自己的路，让别人也去走他自己的路，即使方向不同，又有何妨。

这句诗描绘了两种完全不同的生命特征和环境，表达了一种对立和差异的概念。传达的哲理是关于对自由、本性和归属的尊重，每个个体都有自己独特的个性和生活方式。它启示人们要接纳个体的独特性，即应该让个体追求和实现自己认定的目标和价值，让他体现生命的内在本性。

# 蒋捷

蒋捷（约1245—1305年），字胜欲，号竹山。常州府阳羡（今江苏宜兴）人。宋末元初词人，著作有《竹山词》。

## 虞美人·听雨

少年听雨歌楼上，红烛昏罗帐①。
壮年听雨客舟中，江阔云低断雁叫西风。

而今听雨僧庐下②，鬓已星星也。
悲欢离合总无情，一任阶前点滴到天明。

【译文】

年少时在歌楼上听雨，红烛盏盏，帐幔昏昏。
壮年时在客船上听雨，雨声沥沥，宽阔的江面低沉的云，
一只失群雁在西风中哀鸣。

而今独自在僧庐下听雨，两鬓已经是白发星星。
人生悲欢离合总是那么无情，
还是让阶前雨，点点滴滴一直到天明。

【注释】

①红烛昏罗帐：红烛明暗摇曳，照得罗帐也显得昏暗。
②僧庐：僧寺中的宿舍。

【哲理解读】

少年时，歌楼雨萧萧，几盏红烛，罗帐轻盈。中年时，在异乡的客船上，迎着蒙蒙细雨，面对江水滔滔，望见那风中悲鸣的孤雁，心中一阵哀叹。而今到了暮年，一个白发老人独自在僧庐之下，倾听绵绵夜雨滴滴答答，直到天色放明。

全词以"听雨"为线索，描述主人公忧患一生，概括出人生三个阶段、三种感受：少年只知寻欢逐乐，那时春风得意，良宵苦短；壮年漂泊他乡，船上细雨阴沉，西风伴随游子孤身；老年寂寞无奈，独自在僧人的屋檐下回想往事。一生悲欢离合，尽在雨中体现。到了人生的后期，谁都会有所感慨。"悲欢离合总无情，一任阶前点滴到天明。"不仅直击个人命运苦乐，反映人生漂泊流离、物是人非的心境，也透视了一个时代的兴衰存亡。江山已经易主，壮年愁恨与少年欢乐，如雨打风吹一般，心境之凄凉，也只有这阶前的雨知道。

三幅人生的画卷，是作者一生经历的缩影，说明同一事物在进展的不同过程或阶段会有不同的矛盾冲突。人生会经历不同的阶段，每个阶段因为遇到的人或经历的事不同，所以对人生的感悟和体会也不同。不管处在少年、中年还是老年，都会有不如意的时候，但都应该对生活抱有信心和希望。全词启示人们要珍惜时间，理解和感悟自然、社会与人生的关系，用心体验生命的过程和滋味。

# 刘立雪

刘立雪（生卒年及生平不详）。宋末元初"江湖诗派"诗人。《皇元风雅》存其诗11首。

## 月 岩

世事从来满则亏，十分何似八分时。
青山作计常千古①，只露岩前月半规。

【译文】

世间的事情总是遇满则亏，做到十分却不如八分之间。
青山出于千秋万古的考虑，只将半轮月展现在世人前。

【注释】

①作计：设计，谋划，考虑。

【哲理解读】

青山显灵，洞悉千古，有意用岩石遮挡月亮的光华，让半轮之月看上去格外明朗。这向人们传递一个道理："世事从来满则亏，十分何似八分时。"

青山不变，月亮移动，诗人让静山驾驭动月，使月与山保持恰当的距离，结果是一钩弯月，光华显达，让赏月之人心存期待，收到花赏半开的效果。自古以来月满则亏，事物发展到极致，往往会向相反的方向转化。就是说一切事物都有一个度，超过了度就会走向反面，以致过犹不及。因此适"度"非常重要，无论是对人还是对事，八分就已经足够了。生活中留一点余地给别人也给自己，这才是最明智的做法。正如诗云：美酒饮得微醉后，赏花恰到半开时。在现实生活中，我们常常可以看到，过度的追求和过度的贪婪往往会导致事物的衰败和亏损。而适度的追求和满足，则能够更好地保持平衡和稳定。

事物的"十分"与"八分"是不一样的，农谚说："八成熟，十成收。"反之则："十成熟，八成收。"这个道理同样适用于人生，当我们追求完美的时候，往往会因此而失去更多。如果做事不留余地，求全责备，那么一定会招致他人反感，甚至"八分"不得。从另一角度说，人际之间不为他人留余地，自高自大，咄咄逼人，也会带来不好的结果。做事应该保持适度的态度，不过分追求完美，才能在不断变化的世界中，保持内心的平静和智慧；做人则应中庸一些，不要过分张扬，应该有谦虚谨慎、不骄不躁的态度，因为"满招损，谦受益"。

总的来说，这首诗告诫人们：世间的一切事物从来都是圆满至极就会走向亏损，与其追求十分的完美，不如保持八分的适中。也就是在做人做事过程中保持适"度"的状态，避免物极必反和过分强求，为自己的生活增添一分从容和淡定，为他人留下一分宽容和宽松。

# 刘因

刘因（1249—1293年），字梦吉，号静修，容城（今河北徐水）人。元朝大儒，理学家、诗人。著作有《静修文集》。

## 下 山

峻岭崇冈凭意登，要收景致入高明①。
下山却向山头望，始觉从前险处行。

【译文】

高耸陡峭的山岭任意攀登，要看最好风景就要到高峰明亮处。
从高处下来回望山峰时，方才发觉，原来走过这么险峻的路。

【注释】

①高明：指高山明亮地带。

【哲理解读】

高峻的山岭，起伏的冈峦，难以挡住"要收景致入高明"的决心。而下山后回头一望，才感觉到自己走过的路是多么的惊险。

诗人上山之时，望到山势之险峻，那时为了看到好的景致，总是努力攀登，直到站在高峰明朗之处。而今终于下山了，"下山却向山头望，始觉从前险处行"。上山不易下山难，上山要付出艰辛，下山也要付出努力，因为下山的时候"一山放出一出拦"。上了山才知道山的险峻，下了山回头一望，才知道山路多么崎岖曲折。

诗人以山势之路，比喻人生之路，想到自己的人生之路多像这险峻的山路。往事不堪回首：曾经坚定地向着山高处攀登，要想获得成功，就必然要努力"登山"；要想平安一生，就要从"山上"下来。诗中的"峻岭崇冈"代表着前进的困难和挑战，而"凭意登"则表示需要积极面对并用行动克服之。而从山上下来则代表着善始善终，经历过"上山"又能顺利"下山"，才能真正体验到成功的喜悦和人生的价值。

此诗体现了一种自我认知的哲学思想。通过"下山"回头一望，对过去的奋斗过程进行自我审视，那些险峻之处都是人生旅途中的重要经历，从而感悟到一个完美的"登山"过程。诗中强调了对人生的反省和自知，只有通过观察、体验和反思，才能更好地认识自己和世界，从而更好地理解和应对世界。

# 山　家

马蹄踏水乱明霞，醉袖迎风受落花[①]。
怪见溪童出门望，鹊声先我到山家。

【译文】

策马踏溪乱了映在水中的霞影，陶醉地挥洒衣袖迎接风中落花。
惊奇地看到孩童站在溪旁伫望，原来是他听到喜鹊声出门迎迓。

【注释】

①醉袖：衣袖舞动，令人陶醉。

【哲理解读】

　　骑马过溪，踏乱了水中的霞彩，迎风向前，落花飘落在衣袖上。来到山居人家门前，看见儿童已在门口探望，原来山鹊早就鸣喜，儿童闻声出门迎望。

　　诗人通过描述马蹄踏水、明霞乱移、醉袖迎风、落花恋人等妙趣横生的景象，展现了山间优美的景致和诗人潇洒的神态，体现了人与自然之间的和谐关系。诗人骑马走访隐居山中的友人，不料行踪被山鹊发现，报给了山居主人。喜鹊的叫声成了一种信号，连接了人与自然、人与人之间的关系。"怪见溪童出门望，鹊声先我到山家。"山里难得有人前来，喜鹊自然不常见人，所以这个场面有一种"人在做、天在看"的戏剧性趣味，巧妙地表现了山野的寂静和安宁。溪童的纯真和自然，更让简单而平凡的山野充满了神奇，这是自然而然、返璞归真的神奇。只有通过感知和观察，才能更好地认识和理解这种天人合一的神奇。

　　全诗以"动"衬"静"，句句是动，却处处是静。通过先"果"后"因"的手法，凸显山中静逸之趣，体现了刘因"道之体本静"的理学禅观，给人以世外桃源之美感，也体现了感知和认知在认识世界中的重要性。

# 张养浩

张养浩（1269—1329年），字希孟，号云庄，济南（今山东济南）人。元代政治家、文学家。著有《归田类稿》《云庄集》等。

## 登泰山

风云一举到天关，快意生平有此观。
万古齐州烟九点①，五更沧海日三竿。
向来井处方知隘，今后巢居亦觉宽。
笑拍洪崖咏新作②，满空笙鹤下高寒。

【译文】

伴着和风柔云一口气登上南天门，平生能有此畅快游览真令人高兴。
济南万古美景齐烟九点终于看到，五更沧海日出影达三竿好不壮观。
以前如井底之蛙见识短浅而狭隘，今后住到鸟巢也会觉得海阔天宽。
笑颜拍着洪崖仙人肩膀咏唱新歌，天空仙人飘然而下吹着笙乘着鹤。

【注释】

①齐州：即济南。　烟九点：形容泰山烟云缭绕中群峰罗峙。
②洪崖：仙人名，传说上古仙人洪崖得道于此，故崖以仙名。

【哲理解读】

面对高耸入云的泰山，一举登峰，感到平生未有的快意。看到齐烟九点的古老奇观，目睹泰山日出三竿的壮丽，忽然发觉自己以前所居，犹如井底；以后就算住进鸟巢也会觉得天地宽阔。

本诗通过描绘攀登泰山的壮丽景象和诗人的内心感受，表达了勇于攀登、挑战自我、开阔胸怀等方面的思考和感悟。主旨是关于人生的反省和成长。因为泰山的高大，反观到自己的渺小，诗人认为要宽广胸怀，就要站到山峰高处体现崭新的自我。"向来井处方知隘，今后巢居亦觉宽。"长期身在低窄之处，则见识狭隘，无法越达；而一旦走出井底，拓宽了视野，再退一步时，仿佛鱼跃大海，鸟翔蓝天。经历了大世面，在同样的环境中，诗人的眼界从狭窄变得开阔。这说明其主观认识发生了根本变化，超越了个人的狭小视野，就能理解和感受更广大的世界，即使闭门不出，也对纷纭的世事了如指掌，观一斑而知全豹，居一室而知天下。

诗人通过对比过去和现在、局限与广阔，启迪人们实现自我超越。诗中"小"与"大"、"窄"与"宽"的辩证思想，告诉人们，人的认知和视野是随着经历和阅历而不断扩大的，只有不断挑战自我、超越自我，才能领略到更宽广的人生境界。

# 山坡羊·潼关怀古

峰峦如聚，波涛如怒，山河表里潼关路。
望西都，意踌躇。

伤心秦汉经行处，宫阙万间都做了土。
兴，百姓苦；亡，百姓苦。

【译文】

山峰从西聚集而来，波涛汹涌犹如发怒，
内接华山，外连黄河，这就是潼关古路。
遥望古都长安，怎不心潮起伏。

从秦汉宫遗址经过，见到多少伤心处，
昔日万间宫殿，如今化作一片黄土。
一朝兴盛，百姓受苦；一朝灭亡，百姓受苦。

【哲理解读】

潼关在重峦包围之中，华山飞聚而来，黄河奔腾而去。如此险要之地，难怪兵家必争。遥望六朝古都，万千滋味涌上心头。遥想当年秦之阿房汉之未央，昔日长安宫阙，如今只剩一片尘土。朝代更迭总是让百姓受苦。

此曲表达了一种对历史、社会和人生的深刻思考，揭示了封建社会的本质和局限。据《元史·张养浩传》："天历二年（1329年），关中大旱，饥民相食，特拜张养浩为陕西行台中丞。张登车就道，遇饥者则赈之，死者则葬之。"张目睹了人民的深重灾难，愤愤不平，遂散尽家财，尽心尽力去救灾，最终因过分操劳而殉职。张在往关中的途中写下这首散曲，具有很强的时代和历史意义。该曲抚今追昔，由历代王朝的兴衰联想到黎民百姓的苦难，深刻地指出了封建统治与人民的对立，表现出对现实的反思和对人民的同情，以及对国家未来的忧虑和关注。

作者借古人古事述说盛衰无常、人世多难，以难得的沉重心情，从对王朝更替和历史循环的认知中，看到了无论是朝代的兴盛还是衰亡，最终受苦的都是百姓，从而揭示了封建社会一条不变的定律："兴，百姓苦；亡，百姓苦。"

# 吴师道

吴师道（1283—1344年），字正传，婺州兰溪县（今属浙江）人。元代文学家。著有《兰阴山房类稿》《诗杂说》等。

## 莲藕花叶图

玉雪窍玲珑①，纷披绿映红②。
生生无限意，只在苦心中③。

**【译文】**

雪白玉润的莲藕，中间的窍孔那么精巧。
绿叶和红花在水面铺开，相映生辉。
莲藕生生不息，岁岁繁荣，显示无限生机和意趣。
生命的奥秘都在莲子的"苦心"当中。

**【注释】**

①玲珑：形容莲藕精巧空明。
②纷披：莲叶莲花交错散铺在水面的样子。
③苦心：莲子中间的绿心有苦味。

【哲理解读】

莲藕白润如玉，通灵的孔窍玲珑可爱，绿叶陪衬红花铺在水面上。莲花顽强，冬菱春生，欣欣向荣，之所以能够如此，全部奥秘都在莲子的"苦心"里。

这是诗人在莲藕花叶画上题的诗。诗中借咏莲花，写出了作者对生活的体验，有着诗人对人生的思考和生命的感悟。诗人认为：苦才是人生。人的一生要面对各种艰难困苦，只有承受它，才能战胜它、超越它。所以要让"苦"成为成长、成熟、成功的一种内在力量。每一个人，每一项事业，都无不在痛苦与苦难的历练中成长。梅花香自苦寒来，所以，不要回避痛苦，痛苦可以磨炼人、成长人。不经历风雨，怎么见彩虹。**生生无限意，只在苦心中。**只有经历磨砺和锻炼、努力和付出，才能体会到生命的真谛和价值。"苦心"也可以理解为刻苦用心，只有刻苦学习，用心工作的人，才会取得应有的成就。

这首诗的启示意义，不在于它描绘了莲藕的形象和生长过程，而在于它强调了生生不息的生命力和苦中作乐的人生哲学，表达了一种视"苦"为乐的价值观和人生观。

# 王冕

王冕（1287—1359年），字元章，绍兴诸暨枫桥（今浙江诸暨）人。元末画家、诗人。诗作有《竹斋集》。

## 墨 梅

吾家洗砚池头树①，朵朵花开淡墨痕②。
不要人夸好颜色，只留清气满乾坤。

【译文】

我家洗砚池旁边有一棵梅树，朵朵开放的花都是淡墨涂染。
不要别人夸奖颜色多么好看，只要能将清香气留给天地间。

【注释】

①吾家：因王冕与王羲之同姓，王冕认为王姓一家。洗砚池：写字、画画后洗笔洗砚的池子。东晋王羲之有"临池学书，池水尽黑"的传说。这里化用这个典故。

②淡墨：水墨画中将墨色分为四种，如清墨、淡墨、浓墨、焦墨。这里是说那朵朵盛开的梅花，是用淡淡的墨迹点化成的。

【哲理解读】

我画了一树梅花，就在本家的洗砚池边，都是用淡墨点染而成。这树梅花不需要鲜艳的色彩赢得夸奖，它自有幽远的清香充盈天地之间。

诗人通过吟咏自己画的墨梅，借用王羲之"临池学书，池水尽黑"的典故，表明其超凡脱俗、淡泊名利的品格操守。《元史·王冕传》记载：王冕自幼家贫，白天放牛，晚上到佛寺长明灯下苦读，终于学得满腹经纶，能诗善画，但屡试不第，又不愿巴结权贵，于是归隐浙东九里山，作画易米为生。"不要人夸好颜色，只留清气满乾坤。"墨梅傲霜独放，不需要取悦于人，只愿给人间留下清气。这里的"清气"既是诗人修身养性、品位高尚的人格，也是不慕虚名、兼济天下的品质。"不要人夸""只留清气"，体现了作者的人生态度，以及不向世俗献媚的高标品质。

从哲理角度来看，诗中墨梅不求人夸、只留清香的美德，传达了一种不畏世俗、保持内心纯洁、追求内在品质的人生观和价值观，它不仅是对墨梅的赞美，更是对人生意义的探索和追求。

# 白 梅

冰雪林中著此身①，不同桃李混芳尘。
忽然一夜清香发，散作乾坤万里春。

【译文】

白梅生长在严冬的冰雪林里，并不与桃花李花混同在一起。
忽然一夜花儿开放清香四溢，竟然散作天地之间万里春绿。

【注释】

①著：置入，参与。

【哲理解读】

冰雪林中的白梅，远远比不上万花丛中的桃李。可是一夜之间，齐齐绽放，清香散发，为整个大地带来了春天的气息，给人以生命的活力和美好的向往。

诗人赞美白梅着身冰雪，不事张扬、甘愿寂寞的品质，借以表达自己的人生态度。王冕出身贫寒，家境拮据，靠自学成为诗人和画家。他鄙薄污浊的上层社会，不求仕进，布衣终老。以雪中的白梅自喻，表现他高洁的品格和坚韧的意志。所画白梅，虽没有夭桃的艳丽，也没有秾李的芳香，但它绝不与桃李和光同尘。"忽然一夜清香发，散作乾坤万里春。"白梅绽放的清香，为人们传来春的讯息，那就是为了人间万紫千红、春意暖人。表明白梅必将给大地带来生机和希望。

从哲理角度来说，诗人描述白梅冰清玉洁，既远离尘世而又心怀天下，这种矛盾而统一的画面形象，正是诗人人格的写照。绝俗脱尘，潜心修养，在自然法则中把握变化的机遇，最终是要为天下苍生留下万里春光，实现个人价值和社会价值的统一。

# 钱宰

钱宰（1299—1394年），字子予，会稽（今浙江绍兴）人。元末明初诗人、学者。撰有《临安集》。

## 拟古·长江东流去

长江东流去，来者方不息。
白日没西山，晨光还奕奕①。
春花瘁复荣②，秋草黄已碧。
造化无停机③，循环岂终极？
人生天壤间，少壮须努力。

【译文】

长江之水浩浩荡荡向东流去，浪推着浪滚滚而来从不停息。
太阳由红而白傍晚沉入西山，到了清晨朝晖依然光彩奕奕。
春天的花凋谢了又复苏开放，秋天的草枯黄了还发芽变绿。
大自然化育万物不停地运动，循环往复生机不断没有穷已。
人生活在天地之间时光有限，少壮时期就必须要奋进不止。

【注释】

①奕奕：光芒闪动的样子。
②瘁：本谓人的面色黄瘦，此指植物花叶枯败。

③造化：古人认为天地化育万物，故称天地为造化。

【哲理解读】

　　江水滔滔不绝，流入大海，后来者生生不息。太阳西落朝出，春花秋草枯荣往复，天地万物循环变化。而人的一生却很短暂，应该珍惜少年时光，努力学习，不断进取，有所作为。

　　宇宙间一切事物都在运动着、变化着、发展着。事物运动有一种相对关系，绝对流动的长江和相对不动的大地，表现出运动的相对性。"**长江东流去，来者方不息。**"就事物的本质而言，运动是绝对的、持续不断的，相对不动的大地也随地球自转和公转运动。世界上没有永恒不变的事物，一切都在不断地发展和变化。"**白日没西山，晨光还奕奕。春花瘁复荣，秋草黄已碧。**"事物的运动遵循着否定之否定规律，白天与黑夜，春季与秋季，阴阳之间，枯荣之间，都是在肯定又否定、否定再否定的循环中进行。阴阳对立又统一，枯荣否定之否定，自然界春去秋来，除旧布新，生机勃勃，永远没有终了。这就是自然运动的规律性。规律是可以认识的，遵循自然规律，克服主观意志，方能保持人类社会健康发展。

　　自然界是这样，作为生命的个体又何尝不是这样，有新陈代谢，也有衰老。人生活在天地之间，也应该像宇宙万物一样，充满活力，珍惜时光，紧紧跟上时代，努力奋进，追求自己的梦想和价值。

# 刘基

刘基（1311—1375年），字伯温，浙江青田（今浙江文成）人。元末明初军事家、政治家、文学家，明朝开国元勋。著作有《诚意伯文集》。

## 五月十九日大雨

风驱急雨洒高城，云压轻雷殷地声[①]。
雨过不知龙去处，一池草色万蛙鸣。

【译文】

疾风倏然驱使骤雨，瞬间洒落高城；
大地仿佛震动，乌云滚动雷声。
兴云作雨的龙，最终带着雷电乌云离去了，
整个池塘依然青草滴翠，万蛙齐鸣。

【注释】

①殷（yǐn）：震动，形容雷声大。

【哲理解读】

诗人在城楼上眼见着乌云压城，电闪雷鸣，风疾雨骤；而雷雨过后，草色更加青秀，池塘里蛙声阵阵，依然一派生气。

　　雷雨交加之后的一片悦耳蛙声，触动了作者情怀，作者感悟到大风大雨虽然猛烈，但终究时间不会长久。大自然自我修复和重生的力量如此强大，是任何人力不可抗拒的。作者以政治家的眼光观赏自然景象，试图告诉人们，当"云压雷殷"之时，不要因为暂时的雷雨而歇气，一旦雨过天晴，风光会更加喜人。"**雨过不知龙去处，一池草色万蛙鸣。**"这里的"龙去处"可以理解为挫折和困境的离去，人们在生活中总会遇到一些困难和挫折，但只要勇敢面对，就能迎来人生的美好。而"一池草色"和"万蛙鸣"则象征着新的生机和希望。走过曲折，经过风雨，前途最终会是美好的。雨过之后，草色更青，蛙声更响，这就是生活的真谛。

　　就哲理而言，这是一种积极向上的人生态度。人生难免遇到挫折和困难，但前途是光明的，曲折是暂时的，风雨之后必有彩虹。珍惜每一个雨过天晴的时刻吧，生命总是在克服困难后重新焕发生机。

# 戴良

戴良（1317—1383年），字叔能。浦江建溪（今浙江诸暨）人。元末明初诗人。著作有《和陶诗》《九灵山房集》等。

## 插秧妇

青袱蒙头作野妆①，轻移莲步水云乡②。
裙翻蛱蝶随风舞，手学蜻蜓点水忙。
紧束暖烟青满地③，细分春雨绿成行。
村歌欲和声难调，羞煞扬鞭马上郎④。

【译文】

青色头巾裹住头发一副乡野人的装扮，轻轻移动莲花步在水云中央。
裙摆随风翻动，犹如蝴蝶飞舞；像蜻蜓点水一样，两手飞快插秧。
一把把暖烟翠玉撒满田间，精心分栽，如春雨一般，绿满一行行。
想跟她和唱村歌，却跟不上调；扬鞭走马的公子郎，感到羞愧难当。

【注释】

①青袱（fú）：青色头巾。　野妆：乡野劳作时的装扮。
②莲步：旧指女人的脚步。　水云乡：水田里。
③紧束：指扎束的秧把。　暖烟：玉的代称。此指柔嫩秧苗翠绿如玉。

④马上郎：骑在马上的富家公子。

**【哲理解读】**

　　一个乡村少妇裹着青色头巾，一边插秧一边唱歌，少妇穿着裙子，插秧时裙摆就像蝴蝶一样随风摆动。而少妇插秧的动作更像蜻蜓点水，十分轻快。熟练的动作，优美的歌声，使策鞭而行的马上公子自愧弗如。

　　该诗以浪漫的笔调描绘了一个乡村少妇，一边插秧一边唱歌的动人情景。田园之中，自由自在，"**裙翻蛱蝶随风舞，手学蜻蜓点水忙**"，她娴熟的劳作使马上郎显得相形见绌。马上郎之所以被"**羞煞**"，不仅是歌声难和，更重要的是仰慕妇女插秧劳动的丰姿。少见的女劳动者风韵，婉转的女声歌喉，那么自然清新、无拘无束，这是"野妆"妇女才有的美感和活力，游手好闲的公子哥儿哪能不自感惭愧。"**村歌欲和声难调，羞杀扬鞭马上郎。**"诗人通过"插秧妇"的劳作和"马上郎"的闲散作对比，突出了劳动妇女的可贵。在古代社会，女性处于从属地位，其劳动和贡献往往被忽视。在这样的背景下，歌颂劳动妇女非常不容易。

　　此诗表现出尊重妇女、赞美劳动、积极进步的思想倾向。用文学作品展现女性的社会形象和社会作用，这种少有的进步倾向反映了社会一定层面的复杂性和多样性，这不仅是对女性社会价值的肯定，也是对男权社会观念的一种反思。

# 朱元璋

朱元璋（1328—1398年），字重八，濠州钟离（今安徽凤阳）人。明朝开国皇帝。诗词有《御制文集》。

## 雪 竹

雪压竹枝低，低下欲沾泥①。
一朝红日起，依旧与天齐。

【译文】

严酷的冬天大雪沉重，将竹子都压弯了腰，
竹枝被压得眼看就要沾着地上的泥土了；
可是一旦天空晴朗，红日升起，积雪融化，
那竹枝依然昂首挺胸，直与天齐。

【注释】

①低：下垂，低垂。 欲：将要。

【哲理解读】

大雪纷飞，重压竹枝，将它压弯，甚至低垂至与泥土相接。但一旦红日东升，雪消去后，竹子又会重新挺立，与天齐高。

雪中竹枝先弯后直，面临严寒和困境，仍然保持自己的高度。雪压竹枝只是暂时的，竹枝坚韧不折，是因为有着顽强的生命力。它不屈服于环境压力，象征着胜利永远属于抗争者、奋斗者。朱元璋一生备受磨难而心怀进取之志，最终挺住生活重压，在艰苦奋斗中蓄势高扬，实现了"**一朝红日出，依旧与天齐**"的宏伟大志，展现了"一代天骄"的神韵。竹子暂时低头，但并没有被打倒，它依旧与天空齐平。这启示人们，身处逆境时要经受得起艰难曲折的考验，不怕失败和困难，一旦时机成熟，立刻振奋起来，就能为国为民干出一番事业。

此诗表达了一种不屈不挠、积极向上的精神，告诉人们面对困难和挫折不要轻易放弃，要坚持自己的信念和理想，相信生命的力量终究会迎来光辉的时刻。同时，也暗示了生命的本质不会因为环境的变化而改变，无论遭遇多少困难，内在的信念和真理依然存在。

# 杨基

杨基（1326—1378年），字孟载，号眉庵。嘉州（今四川乐山）人，居吴中（今江苏苏州）。元末明初诗人。主要著作有《眉庵集》等。

## 花 开

花开醉不休，花谢莫深愁。
纵使花长在，东风也白头①。

【译文】

花开时赏花饮酒陶醉不已，花凋谢了也别太忧伤。
即使花一直开着，吹开百花的东风也会白发苍苍。

【注释】

①白头：犹白发，形容老。

【哲理解读】

花开陶醉不休，花谢伤感不已。花是不可能长开的，如果花长开的话，那么东风也会变老。

该诗表达了对生命和时间的深刻认识，表现了作者对生命流转和自然规律的独到见解。无论花开还是花谢，都是生命中的常态，即使花朵常开不败，时光也会催人老去。新陈代谢是大自然的普遍规律，花儿开了，花儿谢了，春天来了，春天去了，都是自然现象。"**纵使花长在，东风也白头。**"花的鲜艳和人的美貌都不会长久不衰，否则天也会变老。面对花开花谢，要顺其自然，处之泰然。不以物喜，不以己悲，以平常心面对自然，心态年青，物我常青。

此诗启示人们，盛开与凋谢、年轻与衰老，都是随时间而变化的，是不以人的意志为转移的。对时光流逝要有正确的认识，对兴盛衰败要有历史唯物的观点。让我们以更加平和的心态面对生命的起伏和变迁，善待生命中的美丽与失落。

## 浣溪沙·上巳①

软翠冠儿簇海棠②，砑罗衫子绣丁香③。闲来水上踏青阳。
风暖有人能作伴，日长无事可思量。水流花落任匆忙。

【译文】

绿草编成的头饰插有许多海棠，光滑的丝绸衫子绣着鲜活的丁香。
悠闲的时候就到水上来享受春天的阳光。
春风送暖，正好能有人陪伴；
经历的岁月多了，就没有什么事可以扰乱心肠。
现在就任随流水匆匆而去，任随落花在风中纷纷飘扬。

【注释】

①上巳：农历三月三日为古上巳节，是时倾城于郊外水边洗濯（zhuó）以求吉祥。
②软翠冠儿：指用花草编成的头饰。

③砑（yà）罗：一种砑光的丝织品。

【哲理解读】

　　春暖踏青之际，人们兴高采烈，姑娘们头上戴着草编的花，身上穿着光滑的丝绸，悠闲地享受着水上的阳光。且喜风和日丽的时候能有人陪着，没有世俗的纷扰和烦恼，无拘无束地面对春光，观看流水落花匆忙而去。

　　晋时曲水流觞，唐时赐宴曲江。古代上巳节习俗，人们清晨于郊外水边洗濯，以祓除不祥。此词所述，正是这一古老习俗沿袭至明代的情景。诗人以服饰之花表示春天之花，使人们的风貌、春游的欢乐跃然纸上。隐含着对自由恬静生活的向往和顺应自然的心境。"**风暖有人能作伴，日长无事可思量。**"在美好的春天，有心仪的人陪着，欢乐与共，悠闲自得，让它"水流花落"，让它去忙吧。只要心无旁骛，不怀杂念，就能优哉游哉地尽享自然春光，而不受"大气候"的影响。这真是无事小神仙的日子，给人一种悠然世外，冷眼向"流"看世界，任它风雨洒江天的感觉。

　　全词表达了一种顺应自然、与世无争的人生哲学。在自然界的美好景象中，人们应该放下世俗的烦恼和纷扰，追求内心的平静和友好的人际关系，实现人与自然的和谐共生。这一理念对于当今社会具有重要的现实意义，有助于引导人们走向更加美好和可持续的未来。

# 高启

高启（1336—1374年），字季迪，长洲（今江苏苏州）人。元末明初诗人、文学家。有诗集《高太史大全集》、词集《扣舷集》等。

## 瓜 圃①

伤瓜莫伤蔓，伤蔓子生稀。
留待惊霜露，盈筐采得归。

【译文】

培植瓜时切莫伤了瓜蔓；如果伤了瓜蔓，瓜就生得少了。
留着瓜蔓到了惊觉霜露时，再去采瓜，就可以满筐而归。

【注释】

①瓜圃：种瓜的园子。种果木的园子称园，种蔬菜的园子称圃。

【哲理解读】

瓜与藤之间，宁肯伤到瓜本身，也不要伤到藤，因为藤要为果实输送养分，瓜蔓通过瓜根从泥土吸取水分和养料，输送给果实。如果瓜蔓受到伤害，输送养料的通道受阻，就会影响果实的成长，还有碍于其他嫩瓜的生长。这是瓜类植物生长的规律，如果依照规律来培育作物的话，人们会惊讶地发现：瓜经过风霜雨露洗礼之后，自然就会获得满满的收获。

"伤瓜莫伤蔓，伤蔓子生稀。"这里伤瓜和伤蔓形成了一种对比，强调了保护瓜蔓的重要性，也就是说处理事物应该抓住主要矛盾或矛盾的主要方面。对于瓜类来说，输送养料的藤蔓是"本"，是主要矛盾或矛盾的主要方面；而单个的瓜则是"表"，是次要矛盾或矛盾的次要方面。无论做什么事情都要抓住问题的关键，即抓住事物的"本"而不是"表"，这样才能获得好的结果。就种瓜而言，才会"留待惊霜露，盈筐采得归"。

此外，这首诗还提醒人们，要珍惜和保护生命中的每一个环节，因为它们相互关联、相互依存。伤害其中任何一个环节，都会影响整体的生长和发展。这也是诗中关于平衡与和谐的思想，人们在追求成功的目标时，不能忽视那些有益的因素或重要的条件。同时，也暗喻了在面对生活中的某些事物时，应当持有长远和谨慎的态度，不可因短视或急躁而破坏事物的自然发展。

# 方孝孺

方孝孺（1357—1402年），浙江宁海人，字希直。明代大臣、思想家、文学家。存世有《逊志斋集》。

## 鹦鹉

幽禽兀自啭佳音①，玉立雕笼万里心。
只为从前解言语，半生不得在山林。

【译文】

鹦鹉玉一样立在笼子里，仍然发出悦耳的声音，心里想着万里长空。
只因为从前懂得一点人类的语言，所以后半生不能再回到山林之中。

【注释】

①幽禽：鸣声幽雅的鸟，此指鹦鹉。 兀（wù）自：仍旧，还是。

【哲理解读】

可怜这鹦鹉，只因为从前能够说点人话，所以现在一直被关在雕笼中，再也不能自由地飞翔在山林。
方孝孺以鹦鹉自比，感慨自己为才所累。这鹦鹉的境遇，就是作者的遭遇。他早年才气显达，被仇人嫉妒借故举发，以致陷入牢狱，幸被释放。之后又陷入一场政治斗争中：燕王朱棣（明成祖）发动"靖难之役"，当时讨伐燕王的诏书檄文多出自方之手。建文四年（1402年）燕王兵入京都应天（今江苏南京），方因不肯为他起草登位诏书被杀。作者因为才华而受重用，也因为才华而遭厄运。

鹦鹉动人的歌声引来了人类的捕捉，使它失去了自由。"只为从前解言语，半生不得在山林。""解言语"成了鹦鹉被束缚的原因。鹦鹉能够理解人类语言，有这样的灵性本来是好事，却给它带来了麻烦。作者也因为才华出众引来不幸遭遇。福兮祸所伏，才华和智慧让他出色，但也给他带来了厄运。因为有时候人们不愿意迎合他人而放弃自己的尊严。

这只鹦鹉在笼中依然发出美妙的鸣叫，表现出它对自由的渴望和追求，这种追求是生命的本质所在。在历史上，知识或才智有时也会成为一种负担和限制。一方面，人们渴望表达自己的思想和追求，希望能够实现自我价值；另一方面，现实中的各种规则和制度却束缚了自由发挥，使得个体无法真正地实现自己的愿望。这种矛盾和冲突在人类社会中普遍存在，这也是个人成长和发展过程中必须面对的问题。

宋代欧阳修在《画眉鸟》中写道："始知锁向金笼听，不及山林自在啼。"无论是"金笼"还是"雕笼"，都不及"山林"的自由可贵。也就是说，无论身处何种环境都要珍惜自由；更重要的是此诗告诉人们，祸福相依，好事坏事可以相互转化，人们应该有一个全面的视角去面对之。

# 丘云霄

丘云霄（1368—1644年），崇安（今福建崇安）人，字凌汉，号止山。明代诗人，有《止山文集》等存世。

## 残　花

昨日看花花满枝，今朝烂熳点青池①。
无情莫抱东风恨，作意开时是谢时②。

【译文】

昨天赏花还看见花朵缀满树枝，今天花瓣却零零落落漂在水池。
不要含恨抱怨东风的冷酷无情，着意开花时也就是将要凋谢时。

【注释】

①烂熳：即烂漫，这里作散乱讲。
②作意：着意，起意。　谢：凋零。

【哲理解读】

昨天看花还繁花似锦，今天再看，那烂漫的花朵已坠落池水中了。不要怨恨东风无情，其实当花朵绽开之时就决定了它的零落之时。

花开的时候尽情地绽放，花谢的时候也照例一地缤纷。尽管花朵会凋谢,但毕竟曾经美丽过,曾经给人们带来了美好的感受。诗人以辩证的眼光看待事物,从花之凋零,看到了产生与消亡之间的关系。事物有发生,也就有消亡,有生必有灭,花是如此,世间万事万物莫不如此。"**无情莫抱东风恨,作意开时是谢时。**"诗人从花开看到花谢,不仅说了"开"即意味着"谢",而且言外之意"谢"也包含着"开"。今年花谢了,明年还会再开。这是一种否定之否定的自然观,也是一种进步的社会观、积极的人生观。花开花落,春去春来,本是自然规律,不必怨恨东风无情。鲜花凋谢,有人抱怨是因为东风吹刮,其实即使没有东风,花也是要凋谢的。虽然凋谢了,却把芳香留世人。如果懂得这个道理,那便是对世事万物都能豁达看待了。

总的来说,这首诗通过花朵的生命过程和生命循环,表达了对生命和时间的深刻思考,也启示人们,生命的价值和意义不在于长短,而在于如何去度过。人们不能改变生命的长度,但可以增加生命的厚度,让生命变得灿烂和有意义。

# 于谦

于谦（1398—1457年），字廷益。钱塘（今浙江杭州）人。明代大臣，军事家、政治家。卒谥忠肃。有《于忠肃集》传世。

## 石灰吟

千锤万凿出深山，烈火焚烧若等闲。
粉骨碎身浑不怕，要留清白在人间。

【译文】

千万次锤打从深山里出来，把烈火焚烧看得平常等闲。
即使粉身碎骨也毫不惧怕，要把一身清白留在人世间。

【哲理解读】

石灰石从深山里锤打出来，经历了熊熊烈火的焚烧，哪里害怕粉身碎骨，只要能把清白留在人间，做什么都无所畏惧。

这是于谦年少时的作品，竟然成了他一生为人的写照。在"土木之变"中，于谦挽狂澜于既倒，扶大厦于将倾，为明朝续命195年，成为与岳飞齐名的民族英雄。纵然最后在宫廷斗争中被害致死，然死后抄家，家徒四壁，真正做到了"**粉骨碎身浑不怕，要留清白在人间**"。为了国家，为了人民，即使粉身碎骨也全然不在意下，一心要把高尚气节留在人世间。作者以石灰作比喻抒发自己坚贞不屈、洁身自好的品质和不同流合污的情怀，表达了不惧艰难困苦、勇于献身的精神和清白为人、矢志不渝的坦荡胸怀，对后来的仁人志士产生了深远的影响，成为他们的终极追求和信念。该诗也成了后人自勉自励的座右铭。

从哲理的角度来看，全诗表达了对真理与正义的坚持和追求，即使面对艰难险阻、甚至粉身碎骨的危险也毫不退缩，一定要把一生清白留给后世。它启示人们要有坚定的信念和决心，努力自洁，勇于面对生活中的困难和挑战。

## 咏煤炭

凿开混沌得乌金[1]，藏蓄阳和意最深[2]。
爝火燃回春浩浩[3]，洪炉照破夜沉沉[4]。
鼎彝元赖生成力[5]，铁石犹存死后心[6]。
但愿苍生俱饱暖，不辞辛苦出山林。

【译文】

凿开层层土石挖掘出了煤炭，它所蕴藏的光和热最有深意。
炬火发热使人感到春意浩荡，洪炉火光照亮了沉沉的黑夜。
宝鼎彝器原是靠它熔铸而成，铸成铁器还想到为人间出力。
只要天下苍生都能吃饱穿暖，不辞辛苦也要走出连绵深山。

【注释】

①混沌（dùn）：指未开发的煤矿。　乌金：煤炭黑而有光泽。
②阳和：煤炭蓄藏的热力。
③爝（jué）火：小火，炬火。
④洪炉：大火炉。

⑤鼎彝（yí）：原是古代的烹煮器具，后专指帝王宗庙祭器，引申为社稷。 元：通"原"。
⑥铁石：指铸造前的铁矿石。

**【哲理解读】**

　　凿开地层而获得的煤炭，蕴藏着无尽的热力。洪炉里煤炭燃起的熊熊烈火，能冲破沉沉黑夜。鼎彝一类的器具，原来就是靠煤炭冶制而成，成器后仍然保存着煤炭的奉献精神。煤炭为了给人们以饱暖，不辞辛劳，甘愿出山。

　　诗人借物咏志，以煤炭为载体，表达了要像煤炭一样为天下带来如春的温暖，并以所铸之鼎彝比喻掌握国之重器的人，应该依靠民心、着意于天下苍生。"鼎彝元赖生成力，铁石犹存死后心。"由煤炭炼成的铁器和煤炭一样，依然存有为民造福之心。这正是诗人坚定的志向，即使历尽千辛万苦，不论以什么方式存在，也要痴心不改，舍身为国。诗人不仅说到，而且在关乎国家存亡之际，坚定不移地做到了。在"土木之变"后，京都北京处于生死危难时刻，于谦挺身而出，力主抗战，果断决策，英明指挥，使北京保卫战最终获得了胜利。充分展现了诗人治国安民的"阳和"布泽之力和忠贞为国的"铁石"之心。

　　此诗通过描写煤炭开掘过程及其蕴藏热力的本性，传达了深刻的哲思：任何事物都有其独特的价值和意义，人们应该像煤炭一样，有一种奉献民众和造福天下的理想，即为天下苍生乐于奉献，为国家大义甘愿牺牲。这是一种纯粹的自我牺牲精神和利他主义思想。

# 钱福

钱福（1461—1504年），字与谦，号鹤滩。南直隶松江府华亭（今上海松江）人。明代诗人。著有《鹤滩集》。《明日歌》流传甚广。

## 明日歌

明日复明日，明日何其多。
我生待明日，万事成蹉跎。
世人若被明日累，春去秋来老将至。
朝看水东流，暮看日西坠①。
百年明日能几何？请君听我明日歌。

【译文】

明天过了又是明天，明天是何等的多！
每一天都把该做的事情推到明天，就会一事无成，时光虚度。
世上的人因苦等明天害了自己，明天无穷无尽，人却一天天老矣。
早晨看滚滚河水东流去，傍晚看悠悠太阳向西坠。
一百年能有多少个明天，请你听我一曲明日歌。

【注释】

①此句被与其稍晚的文嘉修改为：晨昏滚滚水东流，今古悠悠日西坠。并作《昨日歌》《今日歌》与之匹配。

【哲理解读】

　　这首诗从"明日"无限多开始,到最后对"明日"无限多进行否定,充满了对人生意义的思考,即对眼前和未来、一天和一生的思考。

　　诗中反复提到"明日",反复告诫人们要珍惜时间,不要把事情总是推到明天,而浪费了现有的"今天"。因为人本身存在惰性,"等待明天"是人们为自己的懒惰寻找的借口。人生有限,光阴易逝,为人在世,千万不要虚掷年华,不要把今天该做的事推到明天,因为明天还有明天的事。**"明日复明日,明日何其多"**,如此推下去,本来在今天可以完成的事情,也不知要拖到何日才能完成。结果日复一日,月复一月,年复一年,虚度时日,最终必然一事无成,悔恨终身。所以,生命的价值不在于拥有多少明天,而在于如何利用好每一个今天。

　　此诗告诉我们:要用发展的观点看待时间流动,从辩证的角度看待"明日"和"今日"。"唯有今日之日为我有",不要为自己的不作为找借口。否则,时光荏苒,人生短暂,一切都将成为空谈。

# 唐寅

唐寅（1470—1523年），字伯虎，号六如居士。苏州府吴县（今江苏苏州）人。明代画家、文学家。存世有《六如居士全集》。

## 画 鸡

头上红冠不用裁，满身雪白走将来①。
平生不敢轻言语，一叫千门万户开。

【译文】

头上红冠是天生的，不需要剪裁，
身披雪白羽毛，雄赳赳地走过来。
平生从来不敢轻易说话，只要一声鸣叫，
千家万户都要为迎接新的一天去开门。

【注释】

①走将：走过。将：助词。

【哲理解读】

一只羽毛雪白、冠顶通红的公鸡，平常轻易不鸣，一鸣则唤醒天下人，去开门迎接新的一天。

诗人托物言志，以画上雄鸡表达自己的心志和抱负。雄鸡的美是自然形成的，雄鸡的内心更是有时间分寸，它的一声鸣叫便意味着黎明到来。雄鸡平时不多说话，但一说话大家都会响应。画上雄鸡暗喻作者天性爱"美"，应该走在时间前面，做出一鸣惊人的成就。

《画鸡》阐明了沉默和表达的关系。沉默是一种内敛和思考的力量，这种内敛和思考包括观察、倾听，以积蓄能量；表达的是一种释放和传播的力量。人生要在沉默和表达之间找到平衡，过度的沉默可能导致被忽视，而过度的表达也可能引起反感。只有适度、有分寸地表达，才能真正发挥影响力和感染力。

《画鸡》阐明了行为和语言的关系。当一个人有了高尚的人格魅力或握有一定权力之后，他的一言一行都会在社会上或公众间产生影响，因而必须谨言慎行。人们常用"**平生不敢轻言语，一叫千门万户开**"来形容平时不说闲话，一说就要管用的语言艺术或领导风格。此诗倡导人们以行动证明自己的价值，并在关键时刻发挥关键作用。

诗人赞美画中鸡的自然之美和独特行为，反映了一种存在主义的哲学思想，沉默和表达、行为和语言是一种存在，影响力则是存在的一种自我感觉、自我认知。

# 王阳明

王阳明（1472—1529年），名守仁，字伯安。明代哲学家、文学家、军事家。心学集大成者，和孔子、孟子、朱熹并称为孔孟朱王。存世有《王阳明全集》。

## 蔽月山房

山近月远觉月小，便道此山大于月。
若有人眼大如天，当见山高月更阔。

【译文】

山近一些，月亮就显得远一些；
于是觉得月亮小，山比月亮大。
如果有的人眼界大如天，
就会发现山虽高大而月亮更阔大。

【哲理解读】

站在地上，抬头望向天空，由于山在眼前而月亮在远方，使得月亮看起来比山小。如果人的眼睛能大得如同天空一样，那么这样的视角将能看到山的巍峨高耸，也能看到月亮的宽广阔大。

此诗用山与月的关系，说明看待事物的相对性和主观性。大与小是相对的，不同的观察角度或不同的眼界，对于同一客观事物的感观结果是不相同的。当观察主体靠近山时，便会觉得山大而月小；如果遨游太空，既会看到月亮的小，也会看到月亮的大。站在月球上还会看到地球的"小"，山的存在只是地球上微小的一部分，而月亮则更加阔大。两种物象的不同，不是由于山和月发生变化，而是因为人所处的位置或角度不同。"若有人眼大如天，当见山高月更阔。"人们看待事物跟人的地位和境界有关，境界不同结果就不一样。也就是说，人们对事物的理解在很大程度上取决于视角和经验。要想不被眼前的事物蒙蔽，就得眼大如天，开阔自己的视野，提高自己的境界。思想层次越高，越不会囿于眼前的琐事。当你眼界开阔，心胸宽广的时候，你的世界就会变大，就能看到不同角度的事物。

这对于观察个体对象来说也是一样，管中窥豹，门缝看人，结果只会让自己的眼界变窄。就个人而言，不要把注意力放在眼前琐事上，把眼光放长远一些，多想想如何提升自己，当你自身优秀了、强大了，琐事自然变得渺小。

## 泛 海

险夷原不滞胸中[①]，何异浮云过太空。
夜静海涛三万里，月明飞锡下天风[②]。

【译文】

对于险涛与平坦的种种经历，我从未放在心上，
就像漂浮的白云从太空悠闲经过一样。
我曾经在静夜里，面对着三万里海浪波涛，
趁着月光，手持锡杖，身驾长风，飞越海洋。

【注释】

①险夷：崎岖与平坦。险，为不平；夷，为平。
②飞锡：指僧人手执锡杖飞空。借指云游。　天风：指天际之风。此有天地正气的意思。

【哲理解读】

什么险涛，什么坦途，就如天上飘浮的云，不应停滞于心。夜深人静时想到自己的泛海经历，想到国家的命运，犹如海浪波涛汹涌，起伏不定，我将乘天地之正气，破浪而行，去接受人生的艰难挑战。

明武宗正德元年（1506年），王阳明因得罪了宦官刘瑾，被廷杖四十，投入大牢，后谪贬为贵州龙场驿驿丞。刘瑾并没有就此放过王阳明，派人于途中追杀，欲置王于死地。王急中生智，伪造了一个投江自尽的现场，成功骗过了杀手。可正坐上商船逃难于海上之际，又遇上了大风暴，危险至极，幸好最终化险为夷。由于此诗写于海上逃难之际，回想起来："险夷原不滞胸中，何异浮云过太空。"一切艰难险阻，犹如浮云而已，这体现了诗人豁达的胸怀和强烈的自信。

王阳明经历生死劫难，才有了"龙场悟道"生涯：他在理想的光芒下与险恶环境搏斗，经过四年磨砺，使内心达到天地万物一体之仁的气魄。该诗表现了他所悟的"天理"，诗人在惊涛骇浪之间，如浮云往来太空，循自然之理而行，不为困难所阻挠，不为险夷所困惑，终于成为心学集大成者。他强调主观能动性和内在力量的重要性，他认为人们可以通过内心的修炼和提升来应对外界的挑战与困难。

对于人生的顺境和逆境，心中不应过于滞留，要保持平静和无畏；面对生活中的困难和挑战，要持积极乐观的态度，以一种超越和超然的方式看待。这种思想体现了王阳明"自尊无畏"的哲学理念。

# 杨慎

杨慎（1488—1559年），字用修，号升庵。四川新都（今四川成都）人。明代文学家。后人辑有《升庵集》。

## 三岔驿

三岔驿，十字路，北去南来几朝暮。
朝见扬扬拥盖来，暮看寂寂回车去。
今古销沉名利中，短亭流水长亭树①。

【译文】

三岔驿站，十字路口，北去南来多少个朝朝暮暮。
早晨还得意扬扬坐华盖官车而来，晚上就垂头丧气赶车回去。
古往今来就这样消沉在名利中，唯见那短亭前的流水长亭边的树。

【注释】

①短亭、长亭：古时于大道五里置短亭、十里置长亭，供行人休息。

【哲理解读】

三岔驿地处十字路口，南来北往的人经过这里。他们早上还趾高气扬，驷马而行；晚上就失魂落魄，灰溜溜若丧家之犬。那些追逐名利的人最终都被红尘淹没，只有这短亭前的流水和长亭边的树，长存于天地之间。

　　作者把三岔驿、十字路作为观察点，借道上来来往往的人朝夕之间的变化，揭示了官海的险恶和人生的起落。"**朝见扬扬拥盖来，暮看寂寂回车去。**"三岔驿作为历史的见证者，所见证的都是人世沧桑。作者把眼前的情景放在历史长河里，说明古往今来，升腾沉浮，都在瞬息之间；趋名逐利，荣耀一时，最终都会被历史遗忘。而这个驿站，这个短亭长亭，却仍然流水悠悠，绿树依依。"寄言冉冉征途者，奔走风尘何所求？"面对这变幻的人事与不变的景物，怎不令人深刻思考人生、思考行藏？

　　从哲学的角度来看，这首诗表达了作者对名利和欲望的批判。他观察到人类社会中普遍存在的虚无主义现象，认为人们在追逐名利的过程中失去了真实的自我。他借短亭前的流水和长亭边的树，寓意自然的永恒与人类欲望的虚幻。提醒人们要保持清醒的头脑，珍惜当下，放下虚荣，追求内心的平静和淡泊。

## 临江仙·滚滚长江东逝水

滚滚长江东逝水，浪花淘尽英雄。
是非成败转头空。
青山依旧在，几度夕阳红。

白发渔樵江渚上，惯看秋月春风。
一壶浊酒喜相逢。
古今多少事，都付笑谈中。

【译文】

滚滚长江水向东流去，翻飞的浪花淘尽多少英雄。

不管是与非，还是成与败，到头来都是一场空。
当年青山依旧存在，太阳依然早上东升傍晚西红。

白发苍苍的渔翁和樵夫，看惯了秋天的月亮春天的风。
老人家难得欣喜相逢，自然是畅饮一场，浊酒一盅。
古往今来多少英雄事迹，都在他们的谈笑之中。

【哲理解读】

　　浩浩荡荡的长江水不停地向东流去，历史上许许多多英雄豪杰，像大浪淘沙一样，随着时间的流逝而湮没。什么是与非、成与败，转眼成了空无，只有青山长久在，太阳天天升起又落下。古往今来多少风流人物的故事，不过是渔翁、樵夫酒后闲谈的话料。

　　这首词说尽了历史兴亡，寄托了人生感慨。千古风流人物，无论是非成败，一样在历史的长河中被淘尽湮没，唯有青山绿水永恒存在。"**青山依旧在，几度夕阳红。**""**古今多少事，都付笑谈中。**"诗人感慨历史长河的沉浮，感叹一代代英雄成为过眼云烟。面对千古不息的长江水，借渔樵老者的悠然自得，试图在叹息中看淡世事，超然世外，不受身外之物的拖累。虽然有些淡泊情调，但却表达了一个社会变化过程中的历史唯物论观点：时代造就英雄，英雄瞬间，天地永恒。"是非成败"皆如过眼云烟，无须计较。

　　作者借着对历史变迁和英雄消逝的感慨，揭示了名利的虚无、时间的永远。无论曾经辉煌还是失落，在时间的冲刷下都化为烟云。这种思想有利于淡泊名利，追求人与自然的本真。

# 文徵明

文徵明（1470—1559年），名壁，字徵明，苏州府长洲县（今江苏苏州）人。明代书画家、文学家。著有《莆田集》。

## 感 怀

三十年来麋鹿踪，若为老去入樊笼①。
五湖春梦扁舟雨，万里秋风两鬓蓬。
远志出山成小草②，神鱼失水困沙虫。
白头博得公车召③，不满东方一笑中④。

【译文】

三十年来像一头麋鹿纵情山林，怎么老了还进入官场的樊笼。
时常梦到像范蠡雨天去五湖划船，却离乡万里迎着秋风叹衰鬓如蓬。
原来是远志出了山便成为小草，神鱼失去水便受困如沙虫。
直到头发白了才被朝廷公车征召，我无法像东方朔那样一笑轻松。

【注释】

①若为：为什么。　老去入樊笼：作者为翰林待诏时已五十四岁。
②远志：名贵的中药草。
③公车：汉代官署名，设有公车令。臣民上书或被征召，皆由公车接待。朝廷以公家车马递送应征的人，后因以"公车"为举人应试代称。

④东方：指东方朔。这位西汉才子弱冠时就在金马门待诏，但始终不得重用。

【哲理解读】

　　三十年来，我像麋鹿一样自由自在，为何老了被束缚在这樊笼之中？五湖的春梦伴随着扁舟上的细雨，然而如今万里秋风，只吹得我两鬓白发蓬乱。原来远志出了山像小草一般，神鱼离开水如沙滩上的虫。已经老了才得到公车召唤，哪能像东方朔那样笑得满足。

　　作者才高志远，却多次应举落第，直至五十四岁才经人推荐参加吏部考试被授翰林院待诏。此时他的书画已负盛名，不免受到同僚的嫉妒和排挤。本诗就是他任待诏时有感而作，表达了内心的矛盾和苦闷。

　　诗人在应试求仕之前，曾对步入仕途有过良好的愿望和挫折，这次是抱着试一试的心态应考入官的。殊不知一进官场比他想象的要复杂得多，在一次次失望之后，写下了"远志出山成小草，神鱼失水困沙虫"的名句。好不容易才有了入仕的机会，却如同名贵的志远出了山，就成为不起眼的小草；也像离了水的神鱼，陷入污淖之中像受困于泥沙的细虫。在庸俗势力的包围下，高尚没有用武之地。作者想起当年东方朔弱冠之年就待诏金马门，而自己年过半百才做个待诏小吏，这是多么可笑的境遇。这既揭示了现实世界的无情，也表达了个人在命运面前的无奈和无助。在作者看来，这是自己经受不住功名的诱惑，才误入仕路歧途。诗人试图反思反省：要警惕权势、声名对自身独立人格的侵害，不要为了名利失去真实的自我。

　　此诗还告诉我们，成功和失败并不是绝对的，而是相对的。在不同的环境中，事物的价值和意义可能会有所不同。因此，我们不能以一成不变的眼光看待事物和环境，而应该保持开放的心态和别样的洞察力，在适合中成就自我。

# 丰坊

- 丰坊（1492—1563年），字存礼，号南禺外史。宁波府鄞县（今浙江宁波）人。明朝书画家。著有《万卷楼遗集》等。

## 桃萼歌

东风一夜吹桃萼①，桃花吹开又吹落。
开时不记春有情，落时偏道风声恶。
东风吹树无日休，自是桃花太轻薄。

【译文】

东风整夜吹着桃花的绿萼，桃花吹得开放又把它吹落。
花开时不感谢春天的情谊，花落时却抱怨春风声太恶。
风吹树木从来就没有停止，桃花开落是因自己太轻薄。

【注释】

①萼（è）：花萼。包在花瓣外轮的叶状薄片，花芽期保护花芽，花开时托着花冠。

【哲理解读】

一夜东风吹拂。桃花花萼吹而至开，又吹而至落。桃花之绽开需要东风,其凋落也是因为东风。如果桃花落因东风吹而记其恶,那么桃花开也应因东风吹而记其情。

  桃花在盛开的时候,过于炫耀自己的美丽,忽视了春风给予的滋养和关怀。而当桃花落败的时候,却归咎于东风的力量,抱怨东风太残酷。诗人认为这是桃花过于轻薄,是它自身没有内在的深度和厚度。其实事物有发生就有消亡,花开花落是事物发生、发展和消亡的自然现象,是自然法则使然。懂得这个道理,就不会去怨恨"东风"了。

  从哲理的角度来说,这是同一事物的两个方面,但若只记东风之恶,岂不有失偏颇?事物都有两面性,既有有利的一面,又有不利的一面。对于"物"人们常记其恶而不记其善,遇到失败和挫折不从自身找原因,而是责怪外部因素,这是一种错误归因;对于"己"则记其善而不记其恶,只看到自己的优点和优势,而忘记了背后支持和帮助他的人和事,这是片面的观点,轻薄的表现,也是人性的弱点。人应该有感恩和忏悔意识,常念人好,常思己过,反思自己,感恩他人。

  另外,桃花的开与落,也如同人生的起伏和变化,有时候很美好,有时候很艰难。而东风则代表了外部环境,可能会造成人生的变化或不确定性,然而,人的内在修养和内在价值才是其命运的决定性因素。所以,不能"**开时不记春有情,落时偏道东风恶**"。

# 顾炎武

顾炎武（1613—1682年），本名绛，字宁人，号亭林。苏州府昆山（今江苏昆山）人，明末清初思想家、经学家、史地学家。著有《日知录》《亭林诗文集》等。

## 又酬傅处士次韵①

愁听关塞遍吹笳，不见中原有战车。
三户已亡熊绎国②，一成犹启少康家③。
苍龙日暮还行雨④，老树春深更著花。
待得汉庭明诏近⑤，五湖同觅钓鱼槎⑥。

【译文】

听到关塞吹遍胡笳让人心中忧愁，可是偏偏看不到中原有战车出发。
楚国留下三户人家已将秦朝灭亡，一成十里地依然能复兴少康之家。
想想苍龙在日落之时还腾空行雨，老树在春深之际更是开出了新花。
待到汉家朝廷收复失地的明诏来，我们同去五湖寻找那钓鱼的木筏。

【注释】

①傅处士：即傅山。中国明清时期思想家。
②三户：几户人家。《史记·项羽本纪》："楚虽三户，亡秦必楚也。" 熊绎（yì）国："熊绎"为周代楚国的始祖，此指被秦所统治的

楚国。

③一成：古方十里为一成。　少康：是夏代中兴的国君。
④苍龙：东方七宿的总称。东方七宿排列为龙形，故称苍龙。
⑤汉庭：指代汉民族政权。　明诏：明朝的诏令，英明的诏令。
⑥五湖：太湖的别名。《史记·夏本纪》正义曰："五湖者，菱湖、游湖、莫湖、贡湖、胥湖，皆太湖东岸五湾为五湖。"　槎（chá）：木筏。

【哲理解读】

只听到关外的胡笳，已不见中原的战车。惆怅之间，想起项羽、刘邦、陈胜三个楚人最终灭了秦朝，少康凭借一成十里之地中兴夏室。你我虽然老了，也要像苍龙一样在日暮黄昏时行雨，像老树一样抓住春深的机会开花。等待故土收复、功成身退的诏书到了，我们一起到太湖去寻舟垂钓。

本诗描绘了诗人对国家命运和民族复兴的忧虑与期待。通过历史事件和自然景象，传达出生命的韧性和活力，有一种顽强的民族大义。康熙二年（1663年），顾炎武与傅山在太原相遇，傅赠诗给顾。傅的诗是《晤言宁人先生还村途中叹息有诗》。诗中对顾的操行志节给予了肯定。《又酬傅处士次韵》是顾炎武为酬答傅山所赠的和韵之作。此诗表达了作者的复国之志，认为要坚持抗争，不能隐居遁世。全诗在友情基础上，将个人交往拓展为历史责任，将友谊赋予历史感和现实感。诗人在国将不国之际，表明了复兴汉室的决心。不以年老忘其责，不以体衰堕其志。

"苍龙日暮还行雨，老树春深更著花。"虽已年迈，仍然心系国家命运。待到汉家收复天下论功行赏时，我们一起畅游五湖，这才算得上高尚节操。这两句诗给人一种烈士暮年、壮心不已的悲壮昂扬之感，激励人们到了晚年仍然要无私奉献，有所作为。体现了中华民族生生不息的奋斗精神和顽强斗志。

# 王夫之

王夫之（1619—1692年），字而农，湖广衡州（今湖南衡阳）人。明末清初思想家、哲学家、诗人。著作甚丰，以《读通鉴论》为其代表作。

## 清平乐·咏雨

归禽响暝①，隔断南枝径②。
不管垂杨珠泪进，滴碎荷声千顷。

随波赚杀鱼儿③，浮萍乍满清池。
谁信碧云深处，夕阳仍在天涯？

【译文】

飞鸟归巢声在暮色昏暝中回响，雨隔断了通往故国的路径。
不管垂杨泪珠直进，雨点点滴滴越来越大，一直到击碎千顷荷叶声。
雨打在水面，鱼儿以为是食饵，纷纷随波出水争抢；
鱼在池中荡起密密匝匝的波纹，飘动的浮萍仿佛一下子长满池塘。
这时节有谁还相信在碧云深处，仍然有夕阳在天涯那边辉煌？

【注释】

①暝（míng）：日暮夜晚时的昏暗。

②南枝：朝南的树枝。《古诗十九首·行行重行行》有："胡马依北风，越鸟巢南枝。"因以指故土，故国。

③赚杀：意谓逗煞。言雨滴水面，鱼儿疑为投食，争相夺之。

【哲理解读】

　　黄昏时候，雨下得看不清故土的路径，归巢的飞鸟拍打着翅膀，岸边垂杨泪珠直滴，千顷荷叶被雨打得沙沙作响，雨点像鱼饵洒在水面，让鱼儿上当觅食，那波纹把浮萍荡漾，浮萍一时间铺满池塘。这个时候，谁也不会相信天涯还有夕阳存在。

　　词中的"雨"象征困难，"夕阳"象征希望。诗人一生坎坷，仕途不顺，又历经国破家亡，明灭清兴的痛苦，可是从不颓丧，一直潜心研究学问，最终著作等身，成为明末清初三大思想家之一，这与他内心始终怀着希望有关。在大雨猖獗之际，**"谁信碧云深处，夕阳仍在天涯"**？这是作者一生的感悟，似乎预示着对未来的乐观态度，尽管这样的感悟有一种距离感。在作者看来，"雨"势越大，越不能像鱼儿一样随波逐流，不管世道多么坎坷，始终坚信眼前的"大雨"和碧云深处的"夕阳"同时存在。诗人这一洞见，显示了他的高标卓识，体现了他对自己信仰和追求的坚贞。"雨"的气势越强大，越不能被云翳所蒙蔽，巍然于世的信念便越崇高。这是从作者人生经历来说的，如果从时代背景的角度说，一般认为，这是作者对南明政权抗清复明的一种政治寄托。

　　全词用细腻的笔触和丰富的想象，将自然景色和人生哲理融为一体，展现了人生的复杂性和多彩性。寓言了人生的痛苦和挫折，同时也表达了对未来的希望和乐观的态度。

# 张英

张英（1637—1708年），字敦复，安徽桐城人。名相张廷玉之父。清朝大臣，文学家。著有《存诚堂诗集》《笃素堂文集》等。

## 家 书

千里传书只为墙，让他三尺又何妨。
长城万里今犹在，不见当年秦始皇。

【译文】

千里迢迢一封家书，就为一墙计较，让他三尺又有什么关系呢。
延绵万里的长城今天还在吧，可修筑长城的秦始皇早已不见了。

【哲理解读】

千里之外一纸家书只是为了争一道墙的边界，即使让他三尺地又算得了什么呢？长城历经千年的风风雨雨依然屹立不倒，但当年修建长城的秦始皇却早已消失在历史的长河中。

清康熙年间张英是朝廷大臣，张英的老家在安徽桐城。那年，张家重新扩建府邸，院墙到了邻家地界边沿。邻家知道张家仗势欺人，不愿相让，于是相持不下，张英的家人便写信希望张英干预。张英接到信后作了此诗，劝说家人别为一墙之界与人斤斤计较。家人读诗再三，最终让地三尺。邻家见状感动悦服，也退让三尺，于是就空出一条六尺宽的巷道。如今六尺巷已成为当地著名景点。

　　这首诗描述了宽容和退让的道理，以及历史和时间效应。它以一种简朴而深邃的方式，表达了关于人与人之间矛盾冲突的处理态度，以及对于权势和名利的淡然看待。反映了作者对于小事的豁达和宽容。生活中，人们常常为了一些微不足道的事情争执不休，忘记了宽容和包容的力量，其实，有时候退让一步，不仅可以化解矛盾，还能体现自己的大度和修养。这个故事告诉我们，权势和名利都是短暂的，真正能够留存下来的，是那些经得起时间考验的东西，比如宽容、谦让与交往的智慧。在面对争端和冲突时，不是一味的争斗和索取，而应通过互相妥协和退让，化解矛盾，增进理解和友谊。

　　这首诗有多个版本和传说，但它告诉我们的道理是相同的：物质利益都是暂时的，道德价值才是永恒的。一首小诗让出的一条"六尺巷"，在大力构建和谐社会的今天尤其引人深思。

# 纳兰性德

纳兰性德（1655—1685年），字容若，满族，满洲（今东北）人。清代词人，著有《侧帽集》《饮水词》等。

## 木兰花·拟古决绝词柬友①

人生若只如初见，何事秋风悲画扇②。
等闲变却故人心，却道故人心易变。
骊山语罢清宵半，泪雨霖铃终不怨。
何如薄幸锦衣郎③，比翼连枝当日愿。

【译文】

人生如都像初相见那该多么美好，就不会在秋风里悲伤画扇被闲置。
相亲相爱的人那么轻易就变了心，却反说情人之间本来就容易变心。
唐明皇与贵妃七夕曾在骊山盟誓，贵妃最终在马嵬坡诀别也不怨恨。
你又怎么比得上薄情的唐明皇呢？他总信守比翼鸟连理枝最初誓言。

【注释】

①柬：给人以信札。
②秋风悲画扇：汉朝班婕妤（jié yú）被弃居冷宫，后有诗《怨歌行》，以秋扇闲置为喻抒发被弃之怨情。后遂以秋扇见捐喻女子被弃。
③薄幸：薄情。　锦衣郎：此指唐明皇。锦衣：华贵的服饰。

【哲理解读】

　　两情相悦只恨不能朝夕相处。若知道迟早是分离，倒不如保持"初见"时若即若离的美好。本应相亲相爱，却成了不用的秋扇。如果将二人比作唐明皇与杨贵妃，可是你怎么比得上唐明皇呢？唐明皇还始终坚守着"比翼连枝"最初的誓言。

　　这是纳兰写给朋友的一首词。此词以被抛弃的女子口吻，谴责负心的锦衣郎。词中涉及"变"与"不变"的关系，因为写出了人们的情感心声，流传甚广。"人生若只如初见，何事秋风悲画扇"二句，更被广泛引用。人生初见，那是一切缘起的开始，无论是恋人还是朋友，初见都是客客气气，彼此尊重。初见时的美好，刚相识的完美表现，常常随着交往地深入、了解地增多而发生改变。期望一切都停留在初见时，那几乎是不可能的，若一直停留在这个阶段也就没有了感情的发展和演变。因此"只如初见"是暂时的、相对的，"易变"是必然的、绝对的。这也是绝对的"变"和相对的"不变"在人际交往和感情发展中的体现。本词的主旨是表达作者对于人生的一种理想寄望，然而理想和现实总是有矛盾的，希望是美好的、单纯的，而现实是复杂的、世俗的。

　　总的来说，这首词通过描绘人生中的变化和无常，表达了对人际关系中不稳定性的深刻洞察，体现了对人性复杂性的认识，在深刻的意象和寓意中，传达了一种对时间和变化的哲理性思考，为人们提供了处理人际关系和面对变化的重要启示。

# 刘师恕

刘师恕（1678—1756年），字艾堂。宝应湖西（今江苏金湖）人。清代官员，参与修订《康熙字典》等。著作有《赐谷堂诗》。

## 护 花

花开笑春风，却被风吹落。
自无坚贞性，但怨风轻薄。
赖有护花幡①，众芳得所托。
恐此亦偶然，莫便矜灼灼②。

【译文】

花儿在春风中笑逐颜开，又被春风无情地吹落飘零。
本是花儿自己没有坚贞的秉性，却抱怨春风太过轻薄无情。
依赖护花幡才有了托身之地，众多的花儿才能够一展芳馨。
恐怕这种保护只是偶然的，不要因此骄傲得灼灼逼人。

【注释】

①护花幡（fān）：护花的旗。幡：长条而下垂的旗帜。
②灼灼（zhuó）：明亮的、鲜明的。

**【哲理解读】**

　　春风吹得百花盛开，百花又被吹得落红满地。盛开时花朵笑傲春风，凋落时又怨恨春风薄情。有的花木凭借护花幡庇护，才使花朵有了托身之处。恐怕这里也有偶然因素，不要因此朵朵（咄咄）逼人。

　　就诗的本意而言，花儿被风吹落应该怪自己，而不应该怨春风。因为事物的秉性特征决定于事物的内在根据，而不是外在原因。有花开之时就有花落之日。无论"护花幡"如何神奇，花最终是要凋谢零落的，"护花幡"只能延续花开的时间，何况以"幡"护花也是较为偶然的现象。

　　就诗的寓意而言，无论是"花"还是人，生存和发展都应当依靠自身的内在品质，外在的庇护是不能长期依赖的。"**花开笑春风，却被风吹落；自无坚贞性，但怨风轻薄。**"人活在世上，贵在自身坚贞，而不能像花儿一样缺少坚贞秉性，在短暂的盛开之后，便被春风吹落。虽然"花落"有多种原因，但自身的内在根据，才是最根本的因素。

　　总而言之，这首诗通过描绘花朵与春风之间的关系，揭示了一个深刻的人生哲理：要认识到生活中的挑战和困难是永恒的，人们需要一个适合自己的环境或方式来应对，但又不能什么都依赖外部资源，自己练就一身真本领以及谦虚低调的作风，才是最重要的。

# 郑燮

郑燮（xiè）（1693—1766年），字克柔，号板桥，江苏兴化人。清代书画家、文学家，诗书画世称"三绝"。著有《郑板桥集》。

## 竹 石

咬定青山不放松，立根原在破岩中。
千磨万击还坚劲，任尔东西南北风。

【译文】

根须紧紧地咬住青山不放松，根子原本就深深扎在破岩中。
经过千万次的打击依然挺立，任你变化多端的东西南北风。

【哲理解读】

竹枝紧紧依附着青山，根子扎在破裂的岩石里，经历乱风苦雨的种种折磨，始终坚韧挺拔，任随各方风雨随性而来。

该诗题在郑板桥所画的竹石画上。竹石高贵挺拔，其性格正是诗人正直不阿、坚韧不屈的品格，是诗人不向邪恶势力低头的高雅风骨和积极向上的乐观风貌。"千磨万击还坚劲，任尔东西南北风。"诗中的岩竹，是在与恶劣环境拼搏中成长起来的，比喻只要立场坚定，就能挺拔而立，就能应对各方怪风的打击。人的成长和成就，也应在艰苦的环境中通过自身的磨炼和努力取得。为人只要操守坚贞，就不怕任何磨难，而且磨难越多，锻炼越多，直至各种各样的打击都能应对，从而从容面对生活中的各种困难和社会上的各种挫折。

全诗阐明了人的内在品质和主观意志在抗击恶劣环境和对付各种挑战中的作用。就是说：只要志存高远，坚定信念，就能砥砺前行，超越自我，展现自己的人生价值和意义。

# 题画竹

两枝修竹出重霄，几叶新篁倒挂梢①。
本是同根复同气，有何卑下有何高。

【译文】

两枝修长的竹枝直冲云霄，几片新生的竹叶倒挂在竹梢。
都是同一根本又是同一气候，何必还分什么贵贱和低高。

【注释】

①新篁（huáng）：新生之竹，亦指新笋。此处指新生竹叶。

【哲理解读】

画面上两枝竹子直冲云天，竿头倒挂着几片新生竹叶，一低一高，形成鲜明对比。可它们本是同根生，气候都一样，性情也相同，为什么还要分个贵贱高下呢？

竹竿高低参差，这在自然界极为平常，作者却借以针砭世态，表示平等的意愿。郑板桥曾为一方官员，他从不居高临下，从不与老百姓比高低。作为康乾时期的文人，他所生活的时代，尊卑贵贱、等级制度被视为当时中国天经地义的"真理",不容怀疑的"原则"。而诗人经历了早年的贫穷,在由贫而富的艰难过程中,对这样的"真理",这样的"原则"产生了质疑。在诗人看来,一切本质相同的事物并不存在等级区别,即使二者外表形态有所差异,只要属于相同种属,具有相似的特性,它们就属于同等事物,就应该一视同仁。"**本是同根复同气,有何卑下有何高。**"在等级森严的时代,诗人明白地表达了平等的观念和寄望。

  本诗所传达的平等观念及本质属性等哲学思想,对于人们的世界观和价值观有着重要的启示意义。人们无论身处何种环境,都要坚持正确的信念和原则,平等看待一切人和事件。不因他人的地位或成就差异而轻视或者歧视之。

# 曹雪芹

曹雪芹（1715—1763年），名霑，号雪芹。祖籍辽阳，生于南京，后居北京。清代文学家，中国古典名著《红楼梦》作者。

## 螃蟹咏

桂霭桐阴坐举觞①，长安涎口盼重阳。
眼前道路无经纬，皮里春秋空黑黄。
酒未敌腥还用菊，性防积冷定须姜。
于今落釜成何益，月浦空余禾黍香②。

【译文】

坐在桂香氤氲的梧桐树下举起杯，长安的馋嘴早就垂涎盼望着重阳。
这蟹眼前道路经纬不分一味横行，看它肚里生来就只有黑膏和蟹黄。
酒美不能消除腥味还得用菊花茶，性凉防备腹内积冷一定要加点姜。
如今在锅里被煮熟能有什么好处，朦胧月夜的水滨只留下禾黍清香。

【注释】

①霭：云气。这里指桂花香气。　觞：一种酒杯。
②月浦：有月光的水边，指螃蟹生长处。

【哲理解读】

在飘着桂花香气的梧桐树荫下，喝酒吃蟹，想起螃蟹横行的样子，如今摆上桌来，肚子里却只有黑膜和蟹黄。醺酒加姜，去腥防寒，伴随着菊花茶。螃蟹被吃掉了，螃蟹的故地，那月夜、那水边，依然禾黍飘香。

曹雪芹借薛宝钗口气塑造了这个反面的螃蟹形象。诗中的螃蟹不辨是非曲直，横行霸道，居心叵测，却徒劳无益，最终难以逃脱被人食用的命运。从诗中我们看到，这是薛宝钗对不学无术、不走正道的讽刺。颔联"**眼前道路无经纬，皮里春秋空黑黄**"，揭示了世道之险、人心之恶，以讽刺调侃的口气，形容有的人少有学问，不知道之东西南北却自视清高。诗者通过对比酒与菊、性与姜的关系，告诫人们要明辨是非、坚守原则。尾联"**于今落釜成何益，月浦空余禾黍香**"，以悲悯而冷静的笔调，论说了螃蟹可怜的结局。在螃蟹的生长地，没有了螃蟹的身影，禾黍依旧，岁月如常。寓示一个空无学问的人，纵然横行无忌，最终必然灭亡，并且对世界不会有任何影响。

此诗从螃蟹的横行到肚里空空，暗示了表面现象与内在本质的差别。启迪人们要注重内在修养，积极向上，使内心与外在行为相一致。告诫人们要坚持正确的价值观和行为准则。

# 唐多令·柳絮

粉堕百花洲[①]，香残燕子楼[②]。
一团团、逐队成毬。
飘泊亦如人命薄，空缱绻[③]，说风流。

草木也知愁，韶华竟白头。
叹今生、谁舍谁收！
嫁与东风春不管，凭尔去，忍淹留！

【译文】

百花洲上柳絮像粉末随风飘游,燕子楼中杨花芳香仍然残留。
一团团柳絮互相追赶着结队成球。
漂泊不定恰似苦命的人,难舍难分也无用处,再不要说过去的风流。

草木好像也知道忧愁,还是青春年华竟然就白了头。
可叹这一生,谁舍弃了你,谁又把你带走!
跟着东风去吧,反正春光也不管,任凭你到处漂泊,哪容你在此长久!

【注释】

①百花洲:百花洲在姑苏山上。林黛玉是姑苏人,借以自况。
②燕子楼:在今江苏省徐州市。典出唐代女子关盼盼寡居燕子楼怀旧守节的故事。
③缱绻(qiǎn quǎn):缠绵,情难分。

【哲理解读】

曹雪芹为林黛玉拟的这首词,借柳絮的飘零映射她自身的漂泊;用柳絮的"逐对成球"对应她空自缠绵而伤心绝望的爱情。将愁生白发的郁闷移情给柳絮,以烘托"我"的哀愁。在**"凭尔去,忍淹留"**,以及**"谁舍谁收"**的无奈叹息中,道出了自身的凄惨结局和周围人的冷酷无情。

这首词以物我合一的手法,揭示了人物的内心世界和随波逐流的命运。**"粉堕百花洲,香残燕子楼"**,诗者以"粉""香"暗指自己人格品质的纯洁与芬芳,而以"堕""残"隐喻自己任凭命运捉弄的不幸。特别是**"嫁与东风春不管"**,柳絮被风吹落,春光不管,自己将来不知被命运抛向何处,而自己还无法过问。试想其时其境,相知却不能相爱,这是什么世道?也只能**"凭尔去,忍淹留"**了。这种被强逼割舍所爱的情形必然是很凄凉的，它预示了悲惨的结局，也抒发了主人公寄人篱下、伤世感怀的愁苦内心，具有深刻的时代和社会意义。

此词表达了对人生命运的感慨和对自由的追求。它告诫人们应该追求自己的理想和目标，不受现实的束缚和限制。面对人生的无常与多变，应在顺应自然中寻找内心的平静与应对的智慧。同时也要意识到生命的短暂和脆弱，尽可能地充实自己的人生，让它变得有意义和有价值。

## 临江仙·柳絮

白玉堂前春解舞[①]，东风卷得均匀。
蜂围蝶阵乱纷纷。
几曾随逝水？岂必委芳尘？

万缕千丝终不改，任他随聚随分。
韶华休笑本无根。
好风凭借力，送我上青云。

【译文】

白玉堂前的春光，最了解柳絮舞得曼妙动人；
徐徐东风把柳絮卷得多么均匀。
蜜蜂围绕，蝴蝶成群，一派眼花缭乱的好风景。
什么时候随着流水远去？又何必坠落在芬芳的埃尘？

柳絮千丝万缕缠绵一起，始终不改，任随怎样飘零，
不管是团聚还是离分。
春光啊，不要笑话我原本就没有根。
大好的东风，我将凭借你的力量直上青云。

【注释】

①白玉堂：这里形容柳絮处所高贵。

【哲理解读】

　　白玉堂前的柳絮是多么的高贵，被春风吹拂，好像翩翩起舞。成群的蜂蝶参与到飞舞当中，纷纷扬扬，让人眼花缭乱。即使落入水中随波而去，也决不能委屈地落于芳尘之中。只要紧紧地缠绕在一起，不管是聚是分，什么力量也不能改变，并将借助风的力量直上云霄。

　　曹雪芹为薛宝钗拟的这首词，一反林黛玉的悲戚情调，整体上欢快而轻盈。通过描写柳絮的姿容情志，表达了人物积极乐观、开朗豁达的心境；以及追求高洁、不与世俗同流的情操。实际上则是薛宝钗这位封建"淑女"自我个性的写照，也是她整个人生观的揭示。"**好风凭借力，送我上青云。**"结合《红楼梦》故事情节，大多解读为"她"怀有野心，借势向上，谋取高位。而单就词作文本而言，则说明适应环境的人，正如柳絮一样，凭借"好风"可以达到理想的境界；或者是好的环境和机遇，像顺风一样将奋发向上的人推得更高。当然，读者也可以有自己的解读，比如有人认为：也隐含着对自由的向往。

　　词中柳絮在风中舞动的美丽景象，表达了对生命流逝和生命意义的思考。不管环境如何变化，柳絮的信念和追求始终执着不变。柳絮虽然没有根基，但它们借助风的力量，飞向高远的天空。这启示人们，要勇敢地追求自己的理想和目标，借助可以利用的有利因素和力量，努力向上。

# 袁枚

袁枚（1716—1798年），字子才，号仓山居士、随园主人。浙江钱塘（今浙江杭州）人。清代文学家。著作有《小仓山房集》《随园诗话》等。

## 雨 过

雨过山洗容，云来山入梦。
云雨自往来，青山原不动。

【译文】

大雨过后，山清新得像洗了面容；
云雾飘来，山进入梦幻的朦胧中。
云雾雨丝，任随飘来飘去；
青山始终挺立，不为所动。

【哲理解读】

经过大雨的洗礼，青山面貌一新，云雾氤氲而至，犹如在梦幻之中。云雨来来往往，变幻无常，青山始终不变，屹立不动。

这首诗道出了"动"与"不动"的关系。云缭雾绕，山峰时隐时现，然而始终保持着自己的状态。诗中的云为运动之物，山为静止之物，但自然界的事物运动与静止都是相对的。"**云雨自往来，青山原不动。**"云雨在动，青山不动，"动"与"不动"既相对又统一。从"不动"角度说，青山本来就不随云雨而动，比喻世态人情虽然变化不定，但人们只要坚定信念，就能做到节操自守，坚贞不改，就可以不随风雨飘摇，不随世俗浮沉。从"动"的角度说，云雨变化是一种必然现象，比喻世态变化无常，各种因素纷繁缭绕，但只要人的修养到位，有一颗泰然之心，就能应对各种变化，做好原本的自我，保持原本的初心。这正是人们在面对人生种种变化时所需要的力量与支撑。

这种"动"与"不动"的辩证思想，揭示了自然现象的复杂性和多样性，自然界的存在和变化有其自身的规律和特点，人类应当从自然中吸取智慧，在变中坚持不变的内在品质和精神风貌。

## 纸 鸢

纸鸢风骨假棱嶒①，蹴惯青云自觉能②。
一日风停落泥滓③，低飞还不及苍蝇。

【译文】

纸做的风筝架并不是真的强硬，借助风飞上云霄自我感觉很逞能。
一旦风停了，就会掉落在泥渣上，低飞的时候还不如一只苍蝇。

【注释】

①纸鸢（yuān）：即风筝。 风骨：指纸鸢的竹制骨架。 棱嶒（léng céng）：本意乱石突兀、重叠，此形容强硬有力。
②蹴贯：飞腾。蹴：踩。贯：向上冲。
③泥滓（zǐ）：泥渣。

【哲理解读】

风筝本来就单薄，借助风力上了云霄，便觉得自己了不起了。而一旦失去了风的依托，落在泥地上，连低飞的苍蝇都不如。

此诗通过风筝起飞、悬空、跌落的过程，借物说理，讽刺世态。"纸鸢"徒有其表，看似有棱有角，其实本质上软弱无力。作者借此比喻没有真品质、真本事的人，因趋炎附势而得高位，必然好景不长，一旦失去了依托，就会从空中跌落下来。"一日风停落泥滓，低飞还不及苍蝇。"纸鸢掉下来与有真翅膀的苍蝇比，那就比而下之了，苍蝇至少在没风的情况下也能低飞。这就是说借势者不会永远得意下去，总有一天会掉下来。纸鸢之翔落，讽刺了那种徒有其表而无其能，专靠借势凌人的社会现象。它启示人们：观人表面，重其内在，透过现象，洞悉本质。

《纸鸢》一诗是一副社会人生的缩影，对凭借他人之力而得势逞能的"小人"进行了批评。揭示了人生的起伏和变迁，以及自我定位的重要性。同时，也提醒人们要全面地看待自己和他人，重视内在修养和自身价值的追求。

# 山行杂咏

十里崎岖半里平，一峰才送一峰迎。
青山似茧将人裹，不信前头有路行。

【译文】

走了十里崎岖小路只有半里平地，过了一个山头又是一个山头。
青山像蚕茧一样把人包裹起来，让人难以置信前面还有路可走。

**【哲理解读】**

　　山路崎岖不平，山峰延绵不绝。穿行于层峦叠嶂之中，如同蚕茧将人包裹，由于见不到路的尽头，以致不敢相信前面还有路可行。

　　诗人身在山谷之中，视觉却在山峦之外。"青山裹人"像电影的俯拍镜头，作者似乎跳出山谷而凌空俯视整个山峦，试图以山行的困苦感受告诉世人：一个人走在山中会变得渺小，郁郁葱葱的山峦好像蚕茧一样把人裹住，走在连绵不绝的山峰中，会让人以为前面没有路了，其实只要鼓起勇气就会发现，再往前走是能够走出崎岖小路的。这体现了事物发展曲折性和前进性的统一。"**青山似茧将人裹，不信前头有路行。**"这是告诉人们，前途是光明的，道路是曲折的。人们在社会生活中会遇到各种各样的困难，在困惑迷茫的时候只要不放弃，只要放宽眼界坚持下来，就一定能够在理想的大道上一直走下去。

　　这就是说，虽然前方的道路可能困难重重，但只有勇敢地迈出脚步，去实践、去探索，就能找到属于自己的路。换言之，当人们面对困境时，不要失去信心和希望，只要保持积极而乐观的心态，就能找到出路和机会，实现自己的目标和梦想。

# 赵翼

赵翼（1727—1814年），字云崧，江苏常州人。清代文学家、史学家。所著《廿二史札记》为清代史学名著。

## 论 诗

李杜诗篇万口传，至今已觉不新鲜。
江山代有才人出，各领风骚数百年①。

【译文】

李白杜甫诗篇千百年来万人传诵，现在读起来已经觉得没有新鲜感。中华大地代代出现有才情的人，他们的文章和人气又将流传数百年。

【注释】

①风骚：现指在文学上有成就的人及其影响。本指《诗经》中的"国风"和屈原的《离骚》，后来泛指文学。

【哲理解读】

诗歌是社会生活的文学再现。作为反映社会生活的文学艺术，一个时代有一个时代的审美倾向和情趣，一个时代有一个时代的审美内容和特征。因此，不能盲目地崇拜前人或古人，即使是李白、杜甫的伟大诗篇，也只是他们那个时代生活的反映，随着时间推移也会有历史局限性。

诗歌创作要有时代精神和时代特色，如果文学作品只停留在一个时代，社会就会停滞不前。历史在前进，时代在变革，各个时期都会造就出伟大诗人、伟大文学家和伟大艺术家，以及属于他们那个时代的伟大作品，并以他们的方式影响世界。我们应该用发展的眼光看待诗人及其作品。诗歌创作虽然有传承，但作品必须紧扣时代脉搏，反映时代风貌。一个时代的作品反映一个时代的社会生活，前代作家再伟大也不可能描写后代人的生活，所以，后代人的诗歌必然比前代有新的内容和新的创意，从而给人以新的感觉。"江山代有才人出，各领风骚数百年。"尽管每个时代都有杰出人物，他们的思想和贡献在一定时期内是相对稳定的，但新时代必然代替旧时代，这是绝对的。我们要尊重和传承前人的思想与贡献，同时也要勇于创新、勇于开拓，不断推动社会发展和进步。

这首诗通过对比和评价历代诗人的作品，表达了作者对于文学创新的独到见解，为我们提供了理解和评价文学作品的新思路。它鼓励我们在欣赏经典的同时，也要关注和支持文学的创新与发展。

# 黄景仁

黄景仁（1749—1783年），字汉镛，江苏武进人。清代诗人。著有《两当轩全集》等。

## 杂 感

仙佛茫茫两未成，只知独夜不平鸣。
风蓬飘尽悲歌气，泥絮沾来薄幸名①。
十有九人堪白眼，百无一用是书生。
莫因诗卷愁成谶②，春鸟秋虫自作声。

【译文】

成仙成佛道路渺茫都未成功，只知深夜独自吟唱心中的不平。
像风中的蓬草漂泊不定，把悲悯天下之豪气消磨已尽；
像泥水沾湿的柳絮，万念俱灰，却浪得一个负心汉的声名。
十个人中有九个是用白眼看我，最没有用处就是我这样的书生。
不要以为愁苦之诗会成为吉凶的预言，
春天的鸟儿，秋天的虫子，都会发出自己的声音。

【注释】

①泥絮：泥水沾湿的柳絮。 薄幸：对女子负心。
②谶（chèn）：将要应验的预言、预兆。

**【哲理解读】**

不管做什么都道路渺茫，无法成功，只能在夜里独自抒发心中的愤懑。漂泊不定的生活把慷慨激昂之气消磨殆尽。一个对女子没有轻狂之念的人，却落得负心汉的名声。十有九人用白眼看我，终于明白书生是最没有用的。是愁苦之诗成为吉凶谶言了吗？可自然界的生命都会有自己的声音啊。

作者满腹诗书，却屡试不第，多次外出谋生，饱尝羁旅艰辛，在颠沛流离中度过短暂一生。"十有九人堪白眼，百无一用是书生。"诗人道出了古往今来读书人的苦楚，在自嘲的同时亦寄寓了极大的悲愤和不平。为什么入仕不果会招来"白眼"？是自己的问题还是世态的问题？诗人的理性思考上升到了人生哲学的高度，揭示了心中的不平其实是社会的不平。社会不公平，作为个人又能奈之何？对于黄景仁来说，除了叹息，除了无奈地接受命运，也鼓励自己要敢于发出个体的声音。诗中启示人们，要勇敢地面对人生的困境和挑战，坚定自己的理想和信念。同时也应该关注现实生活，思考自己在这个世界上的价值和意义。

"百无一用是书生"作为名句，表达了一种对现实世界的无奈和自我嘲讽，同时也揭示了读书人在社会中的困境和尴尬地位，成为"万般皆下品，唯有读书高"的悖论。如今多用来形容虽有满腹学问，却有志难伸的苦涩；也用来形容那些纸上谈兵，脱离实际的书呆子。

# 张维屏

张维屏（1780—1859年），字子树，号松心子。广东番禺（今属广州海珠）人。清代诗人。有《松心诗集》等。

## 新 雷

造物无言却有情①，每于寒尽觉春生。
千红万紫安排著，只待新雷第一声。

【译文】

大自然虽不能言语却是有情之物，每于寒冬过尽便会感觉春暖产生。万紫千红的春色都已经安排好了，只待新雷一声百花就会争相开放。

【注释】

①造物：指天地。古人认为天地创造万物。造物无言：出自孔子《论语·阳货》："天何言哉！四时行焉，百物生焉。"

【哲理解读】

天地虽然默默无言，却以自己的方式展现出深沉的情感和力量，寒冬过后春天就会到来。春天的雷声一响，那便是万紫千红的世界。
此诗描绘了大自然的运行规律，表达了作者对自然界和人类社会的独到见解。结合晚清的政治现实，作者认为沉闷的社会即将发生变革，守旧与革新的矛盾双方都在向对立面转化，社会存在由量变到质变的因素。晚清社会积贫积弱的现实已经到了质变的边缘，中国的"新雷"一触即发，新的生气一定会到来。诗人已经预感到时代变革的来临，所以说"**千红万紫安排著，只待新雷第一声**"，新生事物的成长等待着时机。天地间的一切事物都在按照自然规律运动着、变化着，并且通过冬去春来、花开花落等自然现象，让人们可以感知到。而事物具备了变化的内在根据，但没有一定的外部条件，质的变化也是不能实现的，正如春天的花蕾要开放，须待一声"新雷"一样。诗人通过对大自然的赞美和对新雷的呼唤，表达了新生力量的产生有其自身的规律和安排，只要时机成熟或机遇到来，就会迎来由量而质的巨大变化。

  这是诗人对未来变革的一种乐观态度。诗中抒发了对社会变革的热切期待，蕴含着对美好未来的憧憬。与十五年后龚自珍《己亥杂诗》中："九州生气恃风雷"的呼喊有异曲同工之妙。它表明处在历史大变革前夕的诗人，已经朦胧地意识到了除旧迎新的时代要求。

# 林则徐

林则徐（1785—1850年），字元抚，福建侯官（今福建福州）人。清后期政治家、文学家、民族英雄。谥号"文忠"。有《林文忠公政书》存世。

## 赴戍登程口占示家人

力微任重久神疲，再竭衰庸定不支。
苟利国家生死以[①]，岂因祸福避趋之？
谪居正是君恩厚，养拙刚于戍卒宜[②]。
戏与山妻谈故事，试吟断送老头皮[③]。

**【译文】**

能力低微肩负重任已筋疲力尽，继续担当衰躯庸才必然支撑不起。
如果对国家有利我将不顾生死，哪能因为有祸就躲避有福就获取？
被流放伊犁正是君恩高厚，我还是退隐养拙，当一名戍卒更适宜。
开玩笑同老妻谈起一个故事，你可吟咏"断送老头皮"作为送行礼。

**【注释】**

①苟利：如果有利。苟：假如。 生死以：把生死交给。以：用以，去做，从事。出自《左传·昭公四年》："苟利社稷，死生以之。"
②养拙：藏拙，不显露自己。 戍卒宜：做一名戍卒适当。

③作者自注，宋真宗闻隐者杨朴能诗，召对问："此来有人作诗送卿否？"对曰：臣妻有一首，云"更休落魄耽杯酒，且莫猖狂爱咏诗。今日捉将官里去，这回断送老头皮"。上大笑，放还山。东坡赴诏狱，妻子送出门皆哭。坡顾谓曰："子独不能如杨处士妻作一首诗送我乎？"妻子失笑，坡乃出。

【哲理解读】

以我微薄的能力为国家担当重任早已感到疲惫。如果继续下去，无论衰弱的躯体还是平庸的才干都无法支撑。只要对国家有利的事，不论生死都要去做，哪能因为担心祸福而逃避。到边疆做一个戍卒，对我正好是养拙之道。你作为我的内人，可以吟诵那首"老头皮诗"为我送行。

这首诗作于1842年8月，林则徐被充军去伊犁，途经西安口占留别家人。道光十八年（1838年），林赴广州查禁鸦片，于虎门销烟二万余箱。外夷英人发动鸦片战争，林抗英有功，却因朝廷无能而遭革职发配。诗中表明了在禁烟抗英问题上不顾个人安危的态度，虽遭革职充军也无遗憾。只是深恐家人担忧，故笑言相劝。林认为，无论面临何种困境，都应保持乐观和坚韧的态度。"苟利国家生死以，岂因祸福避趋之"二句，被广为传颂，诗人自信抗英禁烟问心无愧，对国家对民族有利的事就不能在乎生死；纵是被贬，遣戍远方，也在所不辞，绝不因为个人利益而趋利避祸。他认为，个人应当为国家和民族的整体利益而奋斗。

全诗表现了林则徐以国家利益为重，不计个人得失的崇高精神，强调了爱国主义和责任感的重要性，表现了作者忧国忧民、一心报国的人生态度。是对个人与社会、责任与自由关系的深刻反思，以及对于价值观选择的思考。

# 龚自珍

龚自珍（1792—1841年），字璱（sè）人。浙江仁和（今浙江杭州）人。清代思想家、文学家、诗人。中国改良主义运动的先驱人物。有《龚自珍全集》。

## 己亥杂诗·浩荡离愁白日斜

浩荡离愁白日斜，吟鞭东指即天涯①。
落红不是无情物②，化作春泥更护花。

【译文】

浩荡的离别愁绪，一直绵延到白日西下，
我一边策马东行，一边吟诗走向天涯。
地上飘零的红色花瓣，并不是没有情感之物，
它将化作春天的泥土，培育出更加美丽的新花。

【注释】

①吟鞭：作者骑马东归，一边策马行进，一边吟诗。 东指：指向东边（诗人的家乡杭州，方位属东）。 天涯：天边。形容东归的路途遥远。
②落红：落花。比喻离开官场的自己。

【哲理解读】

离愁满怀，向着日落西斜的远处；离开北京，马鞭向东一挥，感觉就是人在天涯。我辞官归乡，犹如从枝头上掉下来的落红，但它却不是无情之物，化成了春天的泥土，还能起着培育新花的作用。

诗人辞官回乡，骑在马上，面对落日，不禁产生了人生有限、时空无限的感慨。虽然已经是"落红"，还望能成为"护花"的"春泥"。诗人一方面抒发了辞官离京的惆怅，另一方面表达了拳拳为国、至死不渝的赤子之心。虽然回归乡里，仍该发挥余热。**"落红不是无情物，化作春泥更护花。"** 在诗人看来，落花作为个体，它的生命终止了；但它化作春泥，就能滋养新的花枝，体现生命的最后价值。诗人认为，即使是"落红"，也要对社会有所贡献。一个具有高尚品德和情操的人，即使牺牲自己的一切，也要留下美好的精神影响后人，让自己的人生价值超越个体、超越时空。诗人明白地表露了生命循环的哲思和甘愿奉献的精神。

除了思考生命价值外，此诗还说明事物之间是普遍联系、相互依存和转化的，看待事物要一分为二，譬如"落红"，从一个方面看，似乎已成无用之物，但从另一个方面看，"化作春泥"仍然是有用之物，有用和无用在一定条件下可以相互转化。

# 己亥杂诗·九州生气恃风雷

九州生气恃风雷，万马齐喑究可哀①。
我劝天公重抖擞，不拘一格降人才。

【译文】

中华大地的生机，需要疾风迅雷的变革，
朝臣和民众都噤口不言，终究是一种悲哀。

我奉劝天公重新振作精神，

不拘泥一种格局，把人才降落到人间来。

**【注释】**

①万马齐喑：比喻社会政局毫无生气。喑：喑哑。清代文字狱使得文人噤若寒蝉，不论是朝臣还是民间，都不敢就现实政治发表议论。

**【哲理解读】**

中国要有生气，需要风雷激荡的变革，现在人们都不敢说话，确实令人可悲。作者认为，朝廷已经被陈腐势力所充斥，需要有新鲜血液注入，才能改变这种沉闷僵腐的状态。

己亥（1839年）这一年诗人辞官南归，路过镇江，祠庙里正在举办赛神会，乞求天神为人间降雨，诗人借"道士乞撰青词"之机，写了这首祷神诗。当时正是鸦片战争前夕，清王朝因循守旧，不图革新，整个中华社会一潭死水。诗人借题发挥，以祈天神的口吻，呼唤风雷般的变革。表达了对当时社会局面的担忧和对社会变革的期盼。"**我劝天公重抖擞，不拘一格降人才。**"诗人认为中国僵化的政治局面，不利于社会发展，需要强有力的人才来改变现状。人才是社会进步最重要的资源，任何因素都不应该成为限制人才的障碍。只有杰出人物出现，才能推动社会变革，形成新的"风雷"、新的生机、新的局势。

此诗强调了人才的重要性和创新的必要性，表达了对于社会变革和人才问题的深刻见解。诗中"万马齐喑""不拘一格"已成为成语，前者用来表达沉闷的气氛或政治局面，后者用来表达人才选拔应有多种方式，不能墨守成规。

# 永嘉诗丐

永嘉诗丐：传嘉庆年间（1796—1820年）一个寒冬，一名衣衫褴褛的乞丐冻死街头，其身有一《绝命诗》，知其系浙江永嘉人。官府命人埋葬，并立墓碑，写下"永嘉诗丐之墓"。

## 绝命诗

身世浑如水上鸥，又携竹杖过南州[①]。
饭囊傍晚盛残月，歌板临风唱晓秋。
两脚踢翻尘世界[②]，一肩挑尽古今愁。
而今不食嗟来食[③]，黄犬何须吠不休[④]。

【译文】

身世就像漂浮在水上的一只沙鸥，又一次携带一根竹杖经过南州。饭囊空空装着残月淡淡的银光，我敲着竹板迎风唱着早晨的寒秋。两脚想踏翻那生存和立世的界限，一肩要全担古往今来的各种忧愁。如今走完人生再也不吃嗟来之食，那凶恶的黄犬又何必叫个不休。

【注释】

①南州：泛指南方地区。典出《楚辞·远游》："嘉南州之炎德兮，丽桂树之冬荣。"或为诗丐所寄居永嘉之代称。
②尘世界：尘界和世界的界限。佛教以色、声、香、味、触、法为六

尘，六尘所构成的虚幻世界叫尘界；人类社会和自然界一切事物的总称为世界。

③嗟来食：他人施舍的食物。

④黄犬：暗喻社会黑暗。

【哲理解读】

　　两百多年前的嘉庆年间，南方小城，寒风呜咽。一个衣衫褴褛的尸体蜷缩在官场小道上，州官命人埋葬，意外发现了这首《绝命诗》。

　　诗者将自己的孤苦比作水上的鸥鸟，随波逐流，来去无常，暗示了坎坷的经历。"**饭囊傍晚盛残月，歌板临风唱晓秋。**"饭囊之中空无一物，唯有残月映在碗中，呈现一团白光。乞丐用一种诗意的方式，巧妙地表述了自己的饥饿；然而在这种境况之下，他还能临风唱秋，将自己乐观豁达的文人气质刻画得淋漓尽致。"**两脚踢翻尘世界，一肩挑尽古今愁。**"诗者尽管讨饭，却显大气之风，要用脚踢翻尘界和世界的各种界限，要用自己肩膀挑起古往今来的各种忧愁，既壮志又高标。表达了不愿受世俗拘束的态度和对自由生活的追求。就算做乞丐也不丧骨气，艰难困苦只能摧残肉体，却无法遏制强大的内心世界。最后将自己的苦难指向不公的"黄犬"。该诗以生动的形象和独到的笔触，表达了诗丐对于人生的独特体验和深沉感慨。给人一种深刻的启示：人的尊严和影响，并不取决于他的财富和地位，而是取决于他的品格和才学，取决于他的作品和思想。

　　全诗表现出一个有志的读书人，有着悲天悯人的宽广情怀和济世经邦的精神世界。这正是一个胸怀壮志的人，应该有的人生观和世界观，也是读书人穷则独善其身的一种责任担当。

# 顾太清

顾太清（1799—1877年），女，满族，清满洲镶蓝旗人，西林觉罗氏，名春，字子春。清代女词人。著有词集《东海渔歌》和诗集《天游阁集》等。

## 南乡子·咏瑞香①

花气霭芳芬，翠幕重帘不染尘。
梦里真香通鼻观，氤氲②。
不是婷婷倩女魂？

细蕊缀纷纷，淡粉轻脂最可人。
懒与凡葩争艳冶，清新。
赢得嘉名自冠群。

**【译文】**

这花馥郁的香气如团团云雾，让翠绿色的重重帘幕不染一尘。
它是氤氲在梦里、通透鼻观的真香。
这难道不是梦中那婷婷靓女的离魂？

花蕊细小纷繁连缀，淡淡的脂粉着实让人心情舒畅。
色泽淡雅而清新，懒得与普通花争奇斗艳。
因为人们都喜爱，自然而然就名冠群芳。

【注释】

①瑞香：又称"睡香"，盛开于初春之际。
②氤氲（yīn yūn）：形容烟或云气浓郁。

【哲理解读】

　　瑞香浓郁如云霭，重重翠帘因此而不染尘埃。夜里香沁心脾，犹如美人香魂通透鼻观。它花蕊细小而密集，清新淡雅，不与群芳争艳，却因香味独特，超凡不俗，受到众人喜爱和称赞。

　　该词抓住瑞香花香气馥郁的特点，描述说翠幕重帘的尘灰也被浓郁的香雾驱离了，给人一种佛家修炼通透内心的感觉，仿佛这香气就是倩女的离魂，有着神奇的力量。作者赞美瑞香的芬芳，其实是赞美人的高雅品格与超凡脱俗的境界。它"**懒与凡葩争艳冶**"，以其清新"**赢得嘉名自冠群**"。这嘉名不是与凡花争奇斗艳获得的，是因为它"真香"，因为它"细蕊缀纷纷，淡粉轻脂最可人"，自然而然获得的。它启示人们应该追求内在的品质和内心的修养，而不是华丽外表。

　　这首词应是词人以花自喻，表现出重帘之内，淡雅自守，不与世人相争的心境。有"香"自然会有"嘉名"，既然"香名"天成，又何必与群花苦争艳丽呢。向人们传达了一种常态生活的美学观和价值观，真正的美并不需要浓烈的色彩和张扬的姿态。词的主旨体现了对个体性的尊重而不是群体性的盲从，以及对内在品质和独特性的赞美。

# 黄遵宪

黄遵宪（1848—1905年），字公度，嘉应州（今广东梅州）人。清朝大臣、政治家、诗人。著有《人镜庐诗草》等。

## 己亥杂诗

日光野马息相吹①，夜气沉沉万籁微②。
真到无闻无见地，众虫仍着鼻端飞。

【译文】

白天的山野景象有自然相吹之气，夜晚大地迅速阴沉万物声音微息。但到了各种物象都无声不见之地，仍然有许多虫子在鼻端飞来飞去。

【注释】

①野马：《康熙字典》解释，田野浮气曰野马。典出《庄子·逍遥游》："野马也，尘埃也，生物之以息相吹也。"有学者认为，庄子所谓野马，就是山野的自然景象。
②万籁（lài）：自然界万物发出的声响，或天风吹动山石孔窍而发的声音。

【哲理解读】

　　白天的景象看上去造化无穷，生机勃勃，云气浮动的形状如同奔驰的野马。而到了夜晚，自然界的各种形色、声响就逐渐沉寂不见了，可是真到了无闻无见之地，仍然有许多虫子在人的鼻息飞舞。

　　此诗化用野马息吹的典故描述山野景象，以自我体验描绘昼夜演变，以飞虫挠人隐喻险恶政治生态。其主旨是说作者自己哪怕已经退让到"无闻无见"的境地，与外界不发生任何联系了，可是还有飞虫不断地骚扰。这是讽刺官场小人无端生事、搬弄是非，给诗人平静的生活造成难以回避的烦恼。变幻的山野可以宁静，"我"为什么不能宁静？**"真到无闻无见地，众虫仍着鼻端飞。"** 这句诗是公认的名句，而在引用过程中又引申出新的哲理：那些已经失去权势之人，却依然拥有强大的影响力，在他们周围还有不少人仰其鼻息生活。这实际上反映了某种事物之间存在的必然联系，而且具有一定的普遍性，是一种不可忽视的社会现象。

　　仅就字面意思来说，该诗表达了诗人对大自然的崇敬和赞美，告诉人们应该珍惜自然和生命；在喧嚣的世界中保持内心的平静，不要受世俗纷扰的影响和束缚。同时也流露出对人与环境、人与社会的思考，即通过消除感官和内心的干扰，人们可以更好地感知和理解自己与世界的关系，并意识到生命中的无限可能性和多样性。

# 谭嗣同

谭嗣同（1865—1898年），字复生，号壮飞。湖南浏阳人。中国近代政治家、思想家，"戊戌六君子"之一。著有《莽苍苍斋诗》《谭嗣同全集》。

## 狱中题壁

望门投止思张俭①，忍死须臾待杜根②。
我自横刀向天笑，去留肝胆两昆仑。

【译文】

但愿望门投宿有人相助，我想到了东汉末年的张俭，
更希望他们像汉安帝时的杜根，能忍受死去活来的煎熬以待时机。
屠刀架在脖子上我仍然仰天大笑，
出逃和留下都是肝胆相照，都有着昆仑山一样的浩然正气。

【注释】

①望门投止：望门投宿。止：停顿。 张俭：东汉末期被迫逃亡，在逃亡中接纳其投宿的人家，均不畏牵连，乐于接待。
②忍死须臾：忍受痛苦装死，熬过短暂危险。 杜根：东汉汉安帝时邓太后摄政，杜根上书要求太后还政，太后大怒，命人以袋装之摔死，行刑者慕其为人，不用力，欲待其出宫而释之。太后疑，派人查之，见杜根

眼中生蛆，乃信其死。杜根终得以脱逃。

**【哲理解读】**

　　我希望出亡的康有为、梁启超能像张俭一样受到人们的保护；也希望战友们能如杜根一样忍受生死，等待时机完成变法维新大业。虽然刀架在脖子上，我依然会仰天大笑，因为去者和留者肝胆相照，都像昆仑山一样顶天立地、巍然屹立。

　　此诗充满了个人对社会变革的担当精神。1898年戊戌变法失败后，谭嗣同拒绝亲友劝告，不愿逃亡。他说："各国变法无不流血而成功，中国变法流血，请自嗣同始！"他被捕后在狱中壁上写下了这首就义诗。诗句铿锵有力，气势雄浑，表达了对变法维新的坚定信念、对避祸出亡者的褒扬和祝福，并有对阻挠变法之陈旧势力的蔑视，同时也抒发了甘愿以死醒民的壮烈情怀。"**我自横刀向天笑，去留肝胆两昆仑。**"诗人认为：去与留目标都一样，犹如昆仑山上的两座奇峰，同映日月，照亮天地。体现了中国文人宁可杀身、不可损仁的儒家哲学理念。揭示了变法者对当时社会矛盾和冲突的深刻认识。梁启超赞之为"中国为国流血第一烈士"。

　　从诗中，我们看到一个伟大的历史人物在历史的大转折中所面临的困境和挑战，以及他对信仰和理想的坚守与追求。展现了一个革新者坚定的目标和无畏的精神。同时，这首诗也传达出一种乐观主义精神，即使面对屠刀，也要豪迈地向天大笑，彰显了人类精神的力量和人格的崇高。

# 秋瑾

秋瑾（1875—1907年），女，字竞雄，浙江绍兴人。中国女权和女学思想的倡导者，近代民主革命志士。工诗词，著有《秋瑾集》。

## 梅

冰姿不怕雪霜侵，羞傍琼楼傍古岑①。
标格原因独立好②，肯教富贵负初心？

【译文】

冰莹的姿态不怕霜雪的侵凌，羞于依傍华丽高楼立于古岑。
风格美好的根本是品格独立，不肯因为富贵辜负壮志初心。

【注释】

①琼楼：装饰富丽的楼阁。　古岑（cén）：古老的山丘。
②标格：风度，格调。

【哲理解读】

晶莹的梅花有着圣洁的风采，不是贪恋琼楼玉宇，而是心甘情愿地生长在古朴的孤山之上。独立于世，不流于俗，决不能因为贪图富贵舒适，而辜负了傲霜斗雪的天性和初心。

在女人只能裹足居家的时代,作为一个追求自由的新女性,秋瑾在实践理想过程中,所面临的困难和阻碍是难以想象的。如果说以"**冰姿不怕雪霜侵**"比喻她自己不惧艰难,以"**羞傍琼楼傍古岑**"表明不愿受富贵之累的话,那么"**标格原因独立好,肯教富贵负初心**",可以说是冲破旧的"三从四德"约束的独立宣言,而对于生在富贵之家,处于琼楼之中的秋瑾来说,要走出那个时代牢笼该是怎样的不容易。这是对强大的封建思想和传统观念的反抗,也是对女性束缚的挣脱。正因为这样,才特别感觉这枝"梅花"不惧霜雪、不傍琼楼是多么难得,又是多么可贵。

在秋瑾看来,女性真正优秀和有格调的原因在于独立和自我。从追求男女平等、女性解放和人格价值的角度来说,"标格独立"也是向天下女性的一个昭示:只有独立,才有平等。初心已然,奋斗不止。

## 鹧鸪天·祖国沉沦感不禁

祖国沉沦感不禁,闲来海外觅知音。
金瓯已缺总须补①,为国牺牲敢惜身!

嗟险阻,叹飘零。关山万里作雄行。
休言女子非英物,夜夜龙泉壁上鸣②。

【译文】

祖国沉沦危亡忍不住内心叹息,东渡日本一定要寻找革命知己。
国土被列强瓜分必须要收复,为了国家岂敢珍惜个人的身体。
叹路途艰险梗阻,慨此身漂泊孤零。万里关山也要扮成男装渡洋行。
休说女子不能成为英雄,连我那墙上的宝剑还夜夜鞘中作龙吟。

【注释】

①金瓯已缺：指国土被列强瓜分。金欧：金的盆。典出《南史·朱异传》："我国家犹若金瓯，无一伤缺。"
②龙泉：宝剑名。

【哲理解读】

列强瓜分中国之际，岂敢不为祖国献身。我要东渡日本，寻求革命知音，哪怕千山万水，漂泊伶仃，也要女扮男装，学以救国。谁说女子当不了英雄，连我那挂在墙上的宝剑，也不甘雌伏而夜夜发出龙鸣。

此词风骨峥嵘，撑起的正是秋瑾飒爽的英姿。关山万里，层云重重，一名女子改换男装，一叶槎枒，漂洋过海，勇作雄飞。面对当时中国台湾与辽东半岛已被外夷侵占的严酷事实，秋瑾打破封建礼教的枷锁，冲出封建家庭的牢笼，去寻找志同道合的同志，探求修补金瓯的真理。如此魄力、如此侠气雄风，让多少男儿肃然起敬。该词作于秋瑾赴日不久，后来秋瑾被捕时，官府从她家中搜出这首词稿，被定为"罪状"之一，可见此词反帝反封建的精神内涵。"金瓯已缺总须补，为国牺牲敢惜身！"作者唱出了中国最初的民主革命及妇女解放的最强音，破除了女子非英物的陈旧观念，宣言妇女也是补金瓯的力量。

这是作者对国家命运的关切和担忧，是女诗人对于个人与国家关系的思考，也是个人理想的追求和坚持。体现了秋瑾冲破封建约束的非凡勇气和对祖国的深沉热爱，表现了女中英杰以身许国、以死鸣誓的英雄豪气和不朽的爱国者情怀。

# 王国维

王国维（1877—1927年），字静安，号观堂。浙江海宁人。中国近现代相交时期享有国际声誉的学者。著述以《观堂集林》最为著名。

## 浣溪沙·山寺微茫背夕曛

山寺微茫背夕曛①，鸟飞不到半山昏。上方孤磬定行云②。
试上高峰窥皓月，偶开天眼觑红尘③。可怜身是眼中人。

【译文】

山寺背对着夕阳，光晕显得影廓模糊。
鸟儿飞到半山腰，就隐没了身影。
寺庙里传来的钟声仿佛将云都定住了。

试着登上高峰，窥视皎洁的明月，
偶然得以天眼，来审视世俗红尘，
真可怜啊，原来自己也是这眼中的俗人之一。

【注释】

①微茫：隐约，模糊。 夕曛（xūn）：日落时的余晖。
②上方：寺庙。 磬（qìng）：佛寺中钵形的打击乐器。 定行云：即《列子汤问》"响遏行云"之意。

③天眼：天人的眼。佛教所说肉眼、天眼、慧眼、法眼和佛眼五眼之一。能透视众生诸物，无论上下、远近、前后、内外、大小及未来，皆能观照。

**【哲理解读】**

夕阳西下，山寺隐约在昏暗的山间，鸟飞不过半山就失去了踪影。寺庙里传来响遏行云的孤磬声。在万物迷离恍惚之间，试着登高望月，此刻仿佛忘却了自我，以超然的视角俯瞰茫茫红尘，才意识到自己便是这红尘中的一员。

本词描绘了山寺的宁静与神秘，同时也表达了作者对人生和社会的深刻思考。词人依山望远，都是幽静而渺茫的境界，眼中的"夕曛""孤磬"和"行云"都充满禅意。在禅心入定之时，试图摆脱红尘、寻求超脱，然则求而不得，十分痛苦。"**偶开天眼觑红尘，可怜身是眼中人。**"作者站在高高的山峰上，仿佛睁开了"纯粹的眼睛"透视世界，一双超越自我的眼睛，有着超越常人的洞察力，让他看到的是熙熙攘攘的芸芸众生，可是一直追求高境界的自身，正好也是这眼中的芸芸众生之一。一生追求解脱而不得，一心想免除痛苦而痛苦更深。就像"飞鸟"被山中黄昏消融，"行云"被孤磬阻遏一样。作者清醒的悲悯情怀，于"觑"中忧患着众生的劳苦，以自哀而哀人，哀之尤甚。这是作者的自省和反思，也是对人生的自我关怀和忧虑。王国维作为早期研究叔本华的学者，这或许是受叔本华唯意志论哲学思想的影响，体现了人生追求求之不得、得之厌倦的无聊情绪和悲观情结。

全词通过描绘山寺的静谧和深邃，展现了作者对于超越与局限的思考，对于世俗的审视和超脱的愿望，对于自我与世界的关系的探索。这反映了人类对于超越自身局限，追求更高境界的渴望和努力，以及作者对人生和社会的深刻思考和自省。

## 蝶恋花·阅尽天涯离别苦

阅尽天涯离别苦,不道归来①,零落花如许。
花底相看无一语,绿窗春与天俱暮②。

待把相思灯下诉,一缕新欢,旧恨千千缕。
最是人间留不住,朱颜辞镜花辞树③。

**【译文】**

虽然看惯了天下离别的痛苦,
想不到重回故里,当年的花容竟如此凋谢零落。
想起当初分别时,与她花下默默相看久久无语,
而今绿窗下的芳春却与黄昏的天时一样迟暮。

本想着在这孤灯下细诉相思,
可是一丝重逢的欢愉,又勾起无穷的离别旧绪。
这人世间最留不住的,
就是镜中一去不复返的青春和离开树枝的花朵。

**【注释】**

①不道:不料。没想到。
②绿窗:绿色的纱窗,指女子居所。
③朱颜:青春的容颜。 花辞树:花从树上凋落。

**【哲理解读】**

　　行遍天涯，阅尽离情，竟然想不到家中人已如落花凋零。回忆当年花下离别相互对看，久久说不出一句话来。当时的绿窗依旧，春光却已不再。想在灯下细诉相思之苦，可是一点重逢的喜悦，实在抵不过这些年离别的遗恨，有话不知从何说。哎，人世间最留不住的就是：镜子里美好的容颜和树枝上盛开的花朵。

　　作者离开故土多年后回家，印象中的妻子已经苍老不堪，与自己离家时的美丽红颜已经大不一样。长期离家的愧悔和对妻子的怜悯，跟当年分别时一样，想说什么但什么都说不出来，离愁别绪都在字里行间。想到光阴似箭，岁月无情，聚少离多，朱颜已改，作者发出了**"最是人间留不住，朱颜辞镜花辞树"**的感叹。美好事物总是那么短暂，想留也留不住，镜里无颜色，树上空有枝，这些都不以人的意志为转移。岁月无情，人间有意，自然规律谁也不能改变。离别时痛苦，相逢时也痛苦，即使重逢的新欢也无法抵消分别的旧恨。这和他在《红楼梦评论》中所谓"人生者如钟表之摆，实往复于痛苦与厌倦之间者也"的情感一脉相承。并不是他和妻子之间有什么间隙或恨事，而是悲感于青春消失，人事沧桑。作者从个人的悲欢离合中，看到了世间普遍的意义：人生中的离别和重逢都是痛苦的，而时间是最无情的。

　　此词揭示了青春的短暂和人生的无常。无论是人的容颜还是自然界的花朵，都无法抵挡时间的冲击。启示人们在追求事业和家庭幸福之间要寻求一种平衡。面对时间的无情，还是那首歌唱得好："常回家看看。"趁年轻让人生多一些相聚的时光，少一些分别的遗憾。

# 鲁迅

鲁迅（1881—1936年），本名周树人，浙江绍兴人。新文化运动重要参与者，中国现代文学奠基人之一。有《鲁迅全集》。

## 答客诮

无情未必真豪杰，怜子如何不丈夫？
知否兴风狂啸者，回眸时看小於菟①。

【译文】

没感情的人不一定是真正的豪杰，疼爱孩子的人怎么就不是大丈夫？应该知道山中那兴风狂啸的猛虎，尚且频频回头去看顾它的小老虎。

【注释】

①於菟（wū tú）：老虎的别称。

【哲理解读】

真正的豪杰未必是无情之人，怜爱孩子的人，也不一定就不是大丈夫。即使是凶猛的老虎，在对待自己的幼崽时，也会流露出柔情与关爱。1929年9月鲁迅中年得子，对孩子的关爱可想而知。有的客人以为是溺爱孩子，有所微言。鲁迅在1932年12月写了这首诗表示回应，并探讨了人性中的豪情与柔情的关系。

"无情未必真豪杰，怜子如何不丈夫？"挑战了传统观念中认为豪杰就应该无情的观点。鲁迅认为，真正的英雄豪杰不是由冷酷和无情定义的，情感同样是人性中不可或缺的一部分。对子女的怜爱之情并不妨碍一个人展现大丈夫的气概。他鼓励人们在情感与理智之间寻找平衡，避免因为过分追求某一方面而牺牲另一方面。

"知否兴风狂啸者，回眸时看小於菟。"既展现了自然界的生存法则，也暗示了人类社会中的亲情与责任。"小於菟"是小老虎的别称，这里用来比喻子女。在鲁迅看来，即使是最勇猛、最豪放的人，在面对自己的子女时，也会流露出温柔、怜爱的一面。这种柔情不仅是人性的一部分，而且有时能够激发出比豪情更为强大的力量。

这是一个全面的人性观，它告诉我们，一个人的价值不能用某种单一的特质来评判。真正重要的是一个人如何在不同的情境和关系中，展现出情感与理智之间的平衡与和谐。

# 自　嘲

运交华盖欲何求[①]，未敢翻身已碰头。
破帽遮颜过闹市，漏船载酒泛中流[②]。
横眉冷对千夫指[③]，俯首甘为孺子牛[④]。
躲进小楼成一统[⑤]，管他冬夏与春秋。

【译文】

交了不好的运气还有什么可求，要想摆脱却被碰得头破血流。
用破旧帽子遮住脸穿过热闹街市，就像漏船载酒驶于危险的中游。
横眉冷眼对待千夫所指的人，俯下身子甘愿为人民做一头牛。
躲进小楼就有合乎心意的小天地，不用管它外面是冬夏还是春秋。

【注释】

①华盖：星座名，共十六星，在五帝座上。旧时迷信，以为人的命运中犯了华盖星，运气就不好。也指遮阳避雨似伞之类的器具。

②漏船载酒：漏船，典出《吴子·治兵》"如坐漏船之中"。载酒，化用毕卓"酒船"的典故，出自《晋书·毕卓传》，毕卓曾经对人说："得酒满数百斛（hú）船……拍浮酒船中。"

③横眉：怒目而视的样子。　千夫指：本意是大众所指责的人。鲁迅在《致李秉中》信里说："然而三告投杼，贤母生疑。千夫所指，无病而死。"这个"千夫所指"应指各类敌人。

④孺子牛：春秋时齐景公跟儿子嬉戏，装牛趴在地上，让儿子骑在背上，以为乐。

⑤成一统：意思是说，我躲进小楼，便有个一统的小天下。

【哲理解读】

自己运气不好，又无法摆脱。环境恶劣，出门只有破帽遮脸，可危险依然如漏船载酒驶在激流之中。因为横眉冷对那些大众所指骂的人，自己甘愿做一头普通百姓的牛，所以要坚持信念决不动摇。决不能像有的人躲进小楼里，不管外面的气候如何变化，仍然我行我素。

鲁迅以自嘲的口吻，抒发了对时局的愤懑和不满，也表达了他不屈不挠、坚韧不拔的精神。据《鲁迅日记》记载，1932年10月12日，郁达夫等于聚丰园宴请鲁迅，鲁迅席上有感，写了这首诗。1931年九一八事变后，中国丢失东北大片土地，1932年一·二八事变时，国民政府为躲避敌人威胁曾迁都洛阳，一直到这年12月才迁回南京。作者写这首诗时还没有迁回，所以讽刺有的人只想躲避在小楼里，不管国土沦陷。一方面以诙谐的笔调抨击了时政，另一方面揭示了当时的艰难处境，表明了不畏强权，激流勇进的态度。即使"破帽遮颜过闹市，漏船载酒泛中流"，也要有勇气和信心去面对，而不是"躲进小楼"，逃避现实。不管外面的世界发生怎样的变化，都要坚守自己的立场，绝不改变。

"横眉冷对千夫指，俯首甘为孺子牛"更是表现出鲁迅的硬骨头精神和坚定的斗争意志，对敌人决不屈服，对人民甘愿服务，体现了作者的人生观、世界观和价值观。反映了当时社会中许多知识分子的共同心声，具有深刻的思想内涵和社会意义。

# 莲蓬人①

芰裳荇带处仙乡②，风定犹闻碧玉香。
鹭影不来秋瑟瑟，苇花伴宿露瀼瀼③。
扫除腻粉呈风骨，褪却红衣学淡装。
好向濂溪称净植，莫随残叶堕寒塘。

【译文】

菱叶作衣荇茎为带居住在仙乡，停了风也能嗅到碧玉般的芬芳。
秋风萧瑟鹭鸶鸟早已不见踪影，芦苇花相伴孤单夜宿零露瀼瀼。
扫除腻脂华粉更显露她的风骨，褪下红艳外衣改学简约的淡妆。
愿在清澈的溪水中洁净地挺立，不要跟随残叶堕入寒冷的池塘。

【注释】

①莲蓬：荷花谢后所结的果。
②芰裳：以菱叶为衣裳。芰（jì）：菱，水生草本植物。 荇（xìng）：荇菜，水生草本植物。
③瀼瀼（ráng）：露水很浓的样子。《诗经·小雅·蓼萧》："蓼彼萧斯，零露瀼瀼。"

【哲理解读】

莲蓬人"芰衣荇带"的外貌装束,"风定犹香"的内在神韵,即使"鹭影不来""苇花伴宿",孤守在秋风寒露之中,仍然在所不辞。她远离尘世,褪去红衣,改用淡妆,亭亭直立于清澈的溪水上,坚决不随残叶堕落在冷漠的池塘。

鲁迅通过描绘莲蓬人的形象,展现了一种追求纯粹、脱离浮华、超凡脱俗的精神风貌。在诗中,莲蓬被赋予了人的品质,象征着一种高尚的情操和坚韧的品格。"芰裳荇带处仙乡",这是一个超越尘世的仙境,象征着理想中的纯净与高尚;"风定犹闻碧玉香"暗喻了即便在宁静中,美好事物的内在价值依然能够被感知和欣赏,传达了一种超越表面、追求内在的理念,以及超越物质追求的精神满足。而"腻粉"和"红衣"与"风骨"和"淡妆"的对比,则强调了对真实、纯粹、淡雅的追求,呼吁人们摒弃浮华,追求质朴的品质。"净植"和"堕寒塘",则是两种截然不同的人生选择,诗人认为应该选择"净植",追求内在的真实和自然,不受外界浮华的干扰;同时,告诉人们应该以谦逊和低调的态度面对生活,真实地展现自己的风骨和魅力。

总之,此诗传达了作者对超越尘世的人生境界和道德品质的追求,以及对人生态度和价值选择的哲学思考。它鼓励人们坚守信仰、追求真实和高尚的价值观,在面对世俗的诱惑和压力时能够保持独立自持、不随波逐流的人生态度和立场。

## 游运

游运，1956年生，四川省广汉市人。出版有古体诗词《诗词别韵》，现代诗歌《花的变奏》《银杏的风采》等，共七部。

## 月　食①

原来月亮无光亮，光亮皆因借太阳。
只会跟随地球转，地球一挡便无光。

【译文】

看到月全食，才明白月亮本身并不发光。
月亮那么明亮，原来都是反射太阳的光芒。
而当地球运行在月亮和太阳的一条直线上，
把太阳光挡住，月亮就没有了光亮。

【注释】

①月食：地球绕着太阳公转，月球绕着地球公转，当月球、地球和太阳运转成一条直线时，地球的影子投射到月球表面，形成月食。

【哲理解读】

月亮反射太阳的光到地球上，以为月亮多么明亮。当看到"天狗"把月亮吞了又吐出来，才明白月亮本身并没有光亮。地球一挡，便是一团黑影，反射到地球上的光亮顿时消失。

"原来月亮无光亮，光亮皆因借太阳。"月亮是地球的卫星，一直跟随地球转动，凭借其他星球的光辉，使自己变得辉煌。这说明事物的外在表现并非其内在本质，而是受到外部因素的影响。当地球运行在月亮和太阳之间时，月亮处于地球的阴影中，无法反射太阳光，因此人们就看不到月亮的光亮。所以人们看到的月亮和月光，就是月球对于太阳光的反映和月亮光对于地球的反射。宇宙天体之间的相互关联和依存，使得某一事物的变化可能会影响其他事物，其他事物也可能借力于这一事物产生作用。月亮的光照就是这样一种现象。

"只会跟随地球转，地球一挡便无光。"月食这一天文现象也可以比喻一种社会现象，即有的人自己才疏学浅，并没有多少本事，却能通过假借他人势力、利用他人关系，或者占据他人成果，使自己飞黄腾达，趾高气扬，还自以为光彩照人。而当没有他人庇护，没有他人支持或滋养，便一事无成。这说明人应该有自己的本领，倚仗他人关照是不会长久的，占据他人成果总是要露馅的，只有自己有了真才实学和过硬本领，才会受到人们实质上的尊重，才会立于不败之地。

总而言之，诗中月亮的光亮来源和它跟地球的运动关系，是事物之间的相互联系和借力使力现象，它寓意人类社会复杂的人际关系和借势显能的存在。同时也暗示了依附和借力、合作与互补的重要性。提醒人们要关注环境因素的变化，关注外部环境对事物表现的影响，以保持灵敏和灵活的应变能力。

# 后 记

这本《中华哲理诗词300首译解》，重点是对精选诗词的翻译和解读。编著者力图选出如《诗经》三百首、《唐诗三百首》一样经得起时间检验的选本，既注意选择关于宇宙、自然哲思的诗词，更注意选择人们常用来说明生活体验和人生哲理的篇章，也适当选取理趣禅意的作品。所选诗词，不敢说首首经典，值得背诵，但几乎首首有名句，值得收藏和阅读。

哲理诗词是表现诗（词）人对于生活、社会和自然的哲学思考，反映哲学道理的诗词。这些诗词内容深沉浑厚、含蓄、隽永，多将哲学理趣的抽象道理蕴含于诗词艺术形象之中。作者把某种哲理蕴含在客观物象中，把抽象道理生动形象地表现在意思景象里，使读者在欣赏诗词画面的同时，领悟出深藏的哲思或禅理，从中获得一种别样的审美情趣。诗词本身一般不讲道理，蕴含的道理往往含蓄、曲折，对宇宙、人生、社会的哲理思考和触发诗人思考的景物形象交织在一起，含而不露，发人深省。情与理互趣，诗情和哲理同一，寓理于景，寓理于事，是哲理诗词的重要特征。正如德国诗人歌德所说："一个诗人需要一切哲学，但在其作品中必须把它避开。"

根据这个观点，编著者从中国历代浩瀚的诗词海洋中，精选了305首哲理诗词，形成300个解读篇章（含5首组诗）。上至先秦逸诗，下至近现代名篇，涉及各个历史时期的作品。无论是表现客观世界运行规律的，还是表现人生哲理和情趣的，都侧重选取哲理与诗美并优，包含公认名句（哲理解读中以粗体字标示）的篇章。

有些特别优秀的长诗，如《离骚》《春江花月夜》《琵琶行》等篇，为略见一斑，故节录其有哲理的段落，如若不选实在可惜。也有极少数诗词哲理不是很明显，如柳宗元的《江雪》、柳永的《少年游·长安古道马迟迟》、范仲淹的《渔家傲·秋思》等，但作者对人生感悟非常深刻，表达非常艺术，从其深邃的人生况味中，可以引申出哲思并感受诗美。除严格意义上的诗词外，已被公认为具有哲理诗特征的《老子》也有选章。与传统选本不同的是，单纯讲道理的打油诗、顺口溜不在本书之列。

为了使读者更容易读懂、理解中华诗词的哲理思想，汲取诗词积极向上的精髓和有益的启迪，编著者将所选诗词翻译成通俗易懂、讲究内在韵律的现代诗文。每一首译诗都经过了反复的推敲、修润，既忠实于原著，又力求精益求精，争取达到信、达、雅的要求。注释也是力求准确、简明。但一般不对注释进行再注释和引证。译文、注释、哲理解读互文见义，帮助理解原文，避免烦琐冗长。

本书哲理解读有如下特点，大体上是沿着字面意思—引申意义—哲理意涵三个层次进行的。字面与引申意义尽量保留了原诗的意境和情感，同时运用现代语言和表达方式，让诗的主题和意象更加清晰易懂。就哲理而言，有的是按照原诗本身就含有的哲理进行解读；有的是在原诗哲理意义上引申出了新的哲理；有的原诗哲理意义较单一，而解读时赋予了多层次、多角度的哲理。所有解读都是从字面意义到内涵哲思，从简而论，只讲诗词本意和蕴含的哲学理趣，包括诗词中的人生观、世界观、价值观，而不作与哲理无关的解析，或一言以蔽之包含了丰富的哲理而不言哲理。可以说，诗词翻译和哲理解读，共同构成本书的特色。

　　本书序言由四川大学教授游光中先生所赐，所选篇章与其观点大体一致。由于词已从最初的弹唱曲调脱离出来，演变成了长短句的诗，在写作、阅读与吟诵上完全诗化，所以序言所称哲理诗包含了词。书中对词牌均不作注解，因为它只是填词的一种句式规定。

　　本书由编和著两部分组成，所谓编，是指诗词的选编和注释；所谓著，是指对所选诗词的翻译和哲理解读。编著本书的初衷是：选择最精粹的诗篇，忠于原作而又有现代诗美的精准翻译，精辟凝练的哲理解读，精简明了的注释。但由于编著者的水平所限，难免事与愿违。不当之处希望读者不吝赐教。

游　运<br>2024年7月16日于成都